Amy Finnegan

Emma & Jake

Liebe braucht kein Drehbuch

AMY FINNEGAN

EMMA & JAKE

LIEBE BRAUCHT KEIN DREHBUCH

Aus dem Englischen von Simone Wiemken

Ravensburger Buchverlag

Bibliografische Information der Deutschen Nationalbibliothek:
Die Deutsche Nationalbibliothek verzeichnet diese Publikation
in der Deutschen Nationalbibliografie.
Detaillierte bibliografische Daten sind im Internet
auf www.dnb.d-nb.de abrufbar.

FSC
www.fsc.org
MIX
Papier aus verantwortungsvollen Quellen
FSC® C114500

1 2 3 4 5 E D C B A

Deutsche Erstausgabe

Die englische Originalausgabe erschien 2014
unter dem Titel *Not in the Scipt*

Redaktion: Svenja Wulff
Umschlaggestaltung: Carolin Liepins, München
Verwendetes Bildmaterial von © Igor Zh./Shutterstock,
© passion artist/Shutterstock, © Svetlana Pikhnenko/Shutterstock,
© Paul Stringer/Shutterstock, © Andrew Zarivny/Shutterstock,
© hugolacasse/Shutterstock, © Potapov Alexander/Shutterstock

Printed in Germany

ISBN 978-3-473-40160-4

www.ravensburger.de

Für Shawn,
der mein Leben verändert hat,
obwohl ich eigentlich nur
eine Mitfahrgelegenheit wollte

Emma

»*Promi News* behauptet, ich wäre wieder mit Troy zusammen«, sage ich und blättere in dem Klatschmagazin. Alle möglichen Zeitschriften liegen in Rachels Zimmer herum wie Herbstlaub und am liebsten würde ich sie allesamt in einen Müllsack stopfen. »Für wie blöd halten die mich eigentlich?«

Ich habe nicht mehr mit Troy gesprochen, seit er vor drei Monaten die Scheibe meines Autos eingeschlagen hat. Davon weiß Rachel allerdings nichts. Niemand weiß es und so soll es auch bleiben.

»Ich würde dich ja bedauern, Emma, aber einige von uns *haben* nicht mal einen Typen, den sie ignorieren könnten.« Rachel hat mir den Rücken zugedreht und bewundert wie üblich die Männersammlung, die ihre ansonsten fliederfarbenen Wände bedeckt. Der Großteil der Wandfläche ist mit sorgfältig aus Zeitschriften ausgeschnittenen Bildern von einem männlichen Model beklebt, das sie nur *The Body* nennt. »Und was noch schlimmer ist: Der Typ, für den ich sterben würde, weiß nicht mal, dass ich existiere«, fügt sie hinzu.

»Ich bezweifle, dass es sich lohnt, für ihn zu sterben«, bemerke ich. »Wenn ein Kerl aussieht, als würde er in ein Museum gehören, kann man wohl davon ausgehen, dass sein Kopf aus massivem Marmor besteht.«

Rachel ist sofort beleidigt, als würde sie den Typen tatsächlich kennen. Oder auch nur seinen Namen.

Ich stehe von ihrem Schreibtischstuhl auf, um mir *The Bodys* Gesicht aus der Nähe anzusehen. »Aber zumindest«, fahre ich fort, sie zu ärgern, »sind diese sinnlichen Lippen eine super Photoshop-Arbeit.«

Ich werfe Rachel einen prüfenden Blick zu und muss feststellen, dass mich ihre leuchtend grünen Augen böse anfunkeln.

»Weißt du was?«, sagt sie. »Für jemanden, der im *People Magazine* auf der Liste der schönsten Nachwuchsschauspielerinnen steht, bis du zu anderen gut aussehenden Leuten ziemlich gemein.«

Da Rachel nun schon seit mehr als zehn Jahren meine beste Freundin ist, darf sie so was zu mir sagen. Sie nimmt kein Blatt vor den Mund und sagt einfach, was sie denkt, und das ist eigentlich ganz gut.

Mein Leben fühlt sich nämlich oft total unecht an, selbst wenn die Kameras nicht laufen.

Jedes Mal wenn ich in meine Heimatstadt Fayetteville in Arkansas zurückkehre, erwarte ich, dass die Welt wieder normal wird, aber irgendwie drängt sich auch hier die Arbeit ständig dazwischen. Vor allem heute, denn ich warte auf die letzten Infos zu der neuen Fernsehserie, in der ich ab nächstem Monat mitspielen werde. Besonders gespannt bin ich auf die Besetzungsliste. Also checke ich alle fünf Minuten meine Mails.

Der Duft von Kokos-Limetten-Deo weht zu mir herüber. Rachel schnippt vor meiner Nase mit den Fingern. »Hörst du mir überhaupt zu?«

Ja und nein. Sie schwärmt mal wieder von den Vorzügen ihres lediglich auf Papier existierenden Seelenverwandten. »Ich finde nur, dass Typen, die aussehen wie *The Body*, völlig überschätzt werden«, sage ich. »Und als fester Freund taugen sie schon gar nicht. Das kannst du mir glauben.«

Ich höre das Quietschen der Haustür und sofort erfüllt das Geplapper von Rachels Mom das Haus. Ich muss dabei immer an das Zwitschern eines Kanarienvogels denken. Trina kommt ins Zimmer und sagt: »Oh, Emma, Schatz, wir haben tolle Neuigkeiten!«

So lange ich sie kenne, kleidet sich Trina wie eine Vierzigjährige, die demnächst sechzehn wird. Diesmal trägt sie schwarze Skinny-Jeans und ein viel zu enges lila T-Shirt mit glitzerndem Fleur-de-Lis-Aufdruck, der über ihrem Fünftausend-Dollar-Busen spannt. Trinas platinblonde Locken passen perfekt zu denen ihrer Tochter, doch an Rachels Schönheit ist alles echt.

»Das wird dich umhauen!«, fügt Trina hinzu.

Meine Mutter folgt Trina auf dem Fuße und wirft ihr einen *Kannst-du-das-mal-lassen?*-Blick zu, aber offenbar bin ich die Einzige, die es merkt. Meine Mom trägt eines ihrer typischen Outfits – weiße Bluse mit grauer Tweedhose – und sieht damit aus, als wäre sie gerade aus dem Schaufenster einer Luxusboutique gestiegen. In solchen Stilettos mit Leopardenmuster, wie Trina sie trägt, würde sich meine Mom nicht mal tot erwischen lassen. Aber obwohl die beiden grundverschieden sind, gehen sie doch regelmäßig zusammen mittagessen, seit Rachel und ich uns in einem Schauspielkurs am Community College kennengelernt haben.

Manchmal frage ich mich, ob Mom das nur macht, um zu verhindern, dass Trina versehentlich zu viel Klatsch und Tratsch über mich ausplaudert. Vielleicht will sie aber auch nur nichts von dem verpassen, was in meinem Privatleben *wirklich* vorgeht. Vermutlich erfährt sie darüber mehr von Trina – über Rachel – als von mir selbst.

Trina grinst immer noch bis über beide Ohren, aber das Lächeln meiner Mom wirkt unecht und ihre Wimpern bewegen sich ein wenig zu hektisch für ein normales Blinzeln. »Ich habe Nachricht vom Studio«, sagt sie.

Einen Moment lang starre ich sie nur an. »Aber … wieso war ich nicht im E-Mail-Verteiler?«

»Ich leite die Mail an dich weiter, Emma. Das mache ich doch immer.«

Darum geht es nicht, das weiß sie ganz genau. Ich hatte sie gebeten, dem Studio zu sagen, dass ich auf die Mailingliste will, und das hat sie offensichtlich nicht getan. Wie es in der Branche üblich ist, wurde Mom zu meiner Managerin, als ich meinen ersten richtigen Job bekam, und deswegen läuft *alles* über sie. Aber jetzt, wo ich offiziell erwachsen bin, kann ich mir ein ganzes Team von Managern suchen, wenn ich das will. Ein Team, das mir zumindest zugesteht, dass ich *vor* dem Rest der Welt erfahre, wie die Zukunft meiner Karriere aussieht. Mom hat vermutlich auch längst erkannt, dass es so nicht weitergehen kann. Aber trotzdem hat sie die Möglichkeit eines neuen Managers noch mit keinem Wort erwähnt, als wäre das etwas, das ich ohnehin niemals in Betracht ziehen würde.

Als wäre ich nicht in der Lage, auch ohne sie eine vernünftige Entscheidung zu treffen.

Mom seufzt. »Wir sollten nach Hause gehen, um über die Besetzungsliste zu sprechen.«

»Ich will hierbleiben. Sag mir einfach, was in der E-Mail steht.«

»Ich bin auch schon ganz gespannt«, fügt Rachel hinzu. »Wir warten schon den ganzen Tag.«

Trina flüstert ihrer Tochter etwas zu, und dann starrt Rachel mich mit großen Augen und offenem Mund an. »Ich glaub's nicht, Emma! Du wirst ja sowas von *ausrasten*!«

Super. Jetzt weiß es sogar Rachel schon vor mir.

»Würdet ihr uns einen Moment entschuldigen?«, frage ich.

Trina und Rachel wirken enttäuscht, verlassen dann aber unter erneutem Getuschel das Zimmer.

Meine Mutter schließt die Tür hinter ihnen und holt ihr Handy heraus. »Ich hatte gehofft, wir hätten diese Albernheiten hinter uns«, murmelt sie, »aber du wirst nicht glauben, wer die Rolle des –«

Ich schnappe ihr das Telefon aus der Hand, öffne die E-Mail des Studios und lese laut vor. »Regisseur Steve McGregor wird mit den Dreharbeiten zu *Coyote Hills* in der zweiten Juliwoche in Tucson, Arizona, beginnen … Drehplan … Kameratests … Das lese ich später … Ah, hier ist es: Eine männliche Hauptrolle ist noch unbesetzt.«

Im Klartext bedeutet das ein Problem beim Casting. »Die übrige Besetzung: Eden wird von Emma Taylor gespielt. Die Rolle der Kassidy übernimmt Kimmi Weston.« Ich habe keine Ahnung, wer Kimmi ist, und werfe meiner Mom einen fragenden Blick zu, bevor ich weiterlese. Sie hat ebenfalls noch nie von ihr gehört. »Und die Rolle von Bryce spielt Brett Crawford.«

Ich lasse das Handy fallen.

Ich will darauf herumtrampeln. Loskreischen.

Oder es ganz fest an mich drücken und wild im Zimmer herumhüpfen. Ich kann mich nicht entscheiden.

»Weißt du jetzt, wieso ich es dir unter vier Augen sagen wollte?«, fragt Mom.

Meine Arme hängen so schlaff herunter wie Spaghetti, aber ich schaffe es trotzdem, das Telefon wieder aufzuheben. »Ja, verstehe. Wegen *ihm*«, sage ich und versuche ruhig zu bleiben. »Kommt ein bisschen überraschend, aber was soll's.«

Mom stemmt eine Hand in die Hüfte. *Jetzt geht's los.* »Emma, du weißt, wie satt ich es habe, mit irgendwelchen Romanzen in aller Öffentlichkeit umgehen zu müssen«, legt sie in bester Manager-Manier los. »Die letzten beiden Jahre waren purer Stress. Ich musste ein Klatschmagazin nach dem anderen zum Schweigen bringen. Du stehst jetzt an einem Scheideweg und kannst allen zeigen, dass du eine ernst zu nehmende Schauspielerin bist. Brett Crawford ist jemand, mit dem du dich auf *keinen Fall* einlassen solltest, also komm bitte nicht auf die Idee, ihn um ein Date zu bitten.«

Glaubt sie wirklich, dass *ich* diesen ganzen Mist noch einmal durchmachen will? Romanzen am Set sind fast immer die totale Katastrophe – und das gilt nicht nur für mich. Bis zum letzten Frühjahr habe ich in einer Serie mitgespielt, die zur besten Sendezeit lief und nur super Kritiken bekommen hat – und die wegen Konflikten am Set eingestellt wurde. Ich war die Tochter des Präsidenten, aber der Schauspieler, der den Präsidenten spielte, wurde mit der Kollegin im Bett erwischt, die in der Serie seine First Lady war – und im wahren Leben leider die Ehefrau des Produzenten. Das war nicht schön.

Und es führte schließlich dazu, dass die Serie abgesetzt wurde.

Daraufhin hat Steve McGregor, der Regisseur, Autor und Produzent von *Coyote Hills*, meine Agentin angerufen und gefragt, ob ich Zeit hätte, mich mit ihm zu treffen, um über sein nächstes Projekt zu sprechen. Das war genau an dem Tag, an dem das Ende von *The First Family* verkündet wurde, und ich muss sagen, dass ich in den sechs Jahren meiner Schauspielkarriere noch kein größeres Kompliment bekommen habe.

McGregor hat mehr Knaller produziert als jeder andere. Ich finde seine Methoden genial, auch wenn andere ihn für verrückt halten. Zum Beispiel besteht er darauf, mindestens ein Drittel der ersten Staffel auf einmal abzudrehen, was entweder beweist, dass er vollkommen durchgeknallt ist oder dass er vorhat, mit einem Koffeintropf am Arm herumzulaufen. Er macht außerdem immer ein Riesengeheimnis aus der Besetzungsliste, denn andernfalls hätte ich das mit Brett längst gewusst. Er nimmt sich auch selten die Zeit herauszufinden, ob zwei Schauspieler – die er bereits kennt – tatsächlich miteinander harmonieren. Aber ich habe schon mit genügend Film-Genies zusammengearbeitet und gelernt, dass es keinen Sinn hat, ihre Entscheidungen infrage zu stellen. Man macht einfach, was sie sagen.

»Hör mal, Mom«, sage ich und kann nur hoffen, dass die Pizza, die ich zum Mittagessen hatte, nicht auf ihren Jimmy-Choo-Pumps landet. »Das ist echt kein Problem. Ich habe diesen Brett mal angehimmelt, als ich ungefähr acht war.« Nun, da hat es angefangen – und bis jetzt nicht aufgehört. Aber es ist ein offenes Geheimnis, dass Bretts Beziehungen ... nun ja, sagen wir, dass sie nicht von langer Dauer sind. Und das hat meiner Schwärmerei inzwischen einen ziemlichen Dämpfer verpasst. »Das ist doch längst vorbei. Ich bin total darüber hinweg.«

Also, »total« ist ein bisschen übertrieben. Ich schaue immer noch seine Filme und sehe mir die Szenen, in denen er besonders toll ist, auch mehrmals an. Ich finde halt einfach, dass er der beste Schauspieler meiner Generation ist. Und es ist doch ganz normal, dass ich mich von jemandem mit so viel Talent angezogen fühle, oder nicht?

Mom lächelt mich ein wenig von oben herab an. »Zufällig ist mir erst heute Morgen aufgefallen, dass du auf deinem Notebook schon wieder ein Bild von Brett Crawford als Desktophintergrund hast.«

Ja, schon … Ich sehe ihn halt gern an.

»In den letzten Jahren war das nur gelegentlich anders«, fährt Mom fort, »und zwar, als du Dates mit den anderen Hollywood-Knallköpfen hattest, denen es nicht das Geringste ausgemacht hat, deinen Namen durch den Dreck zu ziehen.«

Muss sie jetzt unbedingt wieder von *denen* anfangen?

»Es ist nicht meine Schuld, dass die mich alle betrogen haben. *Ich* habe nichts falsch gemacht.«

Moms eisige Miene taut ein wenig auf und mir wird bewusst, dass ich diesen weicheren Ausdruck in ihrem Gesicht fast gar nicht mehr zu sehen bekomme. Sie hat braune Augen, ich habe blaue, aber wir haben dieselben dunklen Haare und den zierlichen Körperbau. Ich hatte niemals das Gefühl, von ihr zu einem Leben gezwungen worden zu sein, das ich nicht führen wollte. Ganz im Gegenteil, nachdem ich die Hauptrolle in einer Schulaufführung bekam, wollte ich unbedingt eine richtige Schauspielerin werden. Aber manchmal scheint meine Mom zu vergessen, dass ich nicht irgendeine Klientin bin.

Es geht bei ihr immer nur ums Geschäft.

»Ich weiß das«, sagt Mom. »Und dein Dad und deine engsten Freunde wissen es auch. Aber der Rest der Welt sieht nur ein Mädchen, das immer wieder auf dieselben Typen hereinfällt, als würde sie nicht aus ihren Fehlern lernen. So etwas darf nicht noch einmal vorkommen.«

Glaubt sie wirklich, dass ich mir absichtlich all diese Loser ausgesucht habe?

Als ich Troy begegnete, der in der letzten Staffel von *The First Family* mein Filmpartner war, hatte er immer gute Laune, hat ständig gelacht, mit mir herumgealbert und mich mit Blumen oder einem Abendessen am Strand überrascht. Aber ein Date mit einem Schauspieler ist immer ein Risiko – man weiß nie, ob sie einem nicht einfach alles nur vorspielen.

Ich sehe meiner Mom direkt in die Augen und sage: »Ich hab's kapiert, okay? Hollywood-Typen sind für mich erledigt. Können wir das jetzt abhaken?«

Jemand niest. Rachel und Trina stehen vor der Tür und belauschen uns vermutlich schon die ganze Zeit.

Mom seufzt genervt. »Wir reden weiter, wenn du nach Hause kommst«, sagt sie. »Und vielleicht kannst du ein neues Hintergrundbild für deinen Laptop finden?«

Ich nicke und gebe ihr das Handy zurück. »Keine Sorge. Mir geht's …« *Super*, wollte ich sagen, aber die Vorstellung, wie Brett Crawford neben mir auf einem Regiestuhl sitzt – mit seiner perfekten Surferbräune, den blonden Haaren, die ihm immer in die Stirn fallen, und dem Lächeln, von dem ich Schmetterlinge im Bauch bekomme –, schnürt mir fast die Kehle zu.

»Du wirst *fantastisch* sein«, sagt Mom und drückt meine Schulter. »Steve McGregor hat keine andere für diese Rolle in

Betracht gezogen und er weiß immer, was er tut. Du musst dich einfach nur auf deine Karriere konzentrieren statt auf Jungs.«

Mom verlässt das Zimmer und sofort taucht Rachel wieder auf. Sie schließt die Tür und sagt: »Du flippst doch bestimmt total aus, oder? *Brett Crawford!* Das ist Schicksal!«

»Wohl eher eine Katastrophe.« Ich lasse mich auf ihr Bett fallen und vergrabe mein Gesicht unter einem Kissen. Ich hätte Brett schon bei einigen Gelegenheiten kennenlernen können. Ein paarmal war ich sogar mit ihm im selben Raum. Aber abgesehen davon, dass er zwei Jahre älter ist und mich wahrscheinlich nur als albernes kleines Mädchen betrachtet hätte, habe ich ihn ganz bewusst nicht angesprochen, weil ich den echten Brett gar nicht kennenlernen wollte. »Ich habe eine sehr erfüllende Beziehung zu dem Brett Crawford auf dem Desktop meines Laptops, nur dass du es weißt.«

Mit Wallpaper-Brett streite ich nie, er betrügt mich nicht und … er macht mir auch keine Angst.

»Brett hat seine Karriere beim Fernsehen gestartet, wieso kommt er jetzt zurück?«, frage ich mich laut. »Er war doch *super* in den ganzen teuren Filmproduktionen. Er sollte lieber bleiben, wo er ist.«

Rachel lässt sich auf ihren Schreibtischstuhl plumpsen. »Bist du denn gar nicht auf dem Laufenden? Es ist echt kaum zu glauben, wie viel mehr ich über deine Welt weiß als du.«

Es ist gar nicht schlecht, dass Rachel stets die neuesten Klatschgeschichten kennt, denn Hollywood ist praktisch ihre Religion. Rachel hat bereits als Baby in einer Kuscheldecke Werbespots für Weichspüler gedreht und sich sofort zu meiner Mentorin aufgeschwungen, als wir uns kennenlernten. Aber ein paar Jahre später, als wir zwölf waren, gingen wir beide zu einem offenen Casting für einen Film, der später den Oscar gewann, und ich bekam die Rolle.

Das war einfach Glück. Richtiger Moment, richtiger Ort, richtiges Aussehen.

Seitdem habe ich alles versucht, was ich konnte, um Rachel Vorsprechtermine für andere große Produktionen zu besorgen, aber bis jetzt ist nichts daraus geworden. Und mit jeder Absage wächst die Anspannung. Vor ein paar Monaten hat sie tatsächlich zu mir gesagt: »Wie konnte das eigentlich passieren? Du hast *alles*, was ich mir gewünscht habe.«

Wieso begreift sie nicht, dass ich mir wünsche, sie hätte es ebenfalls?

Aber ganz egal, wie kompliziert die Dinge zwischen uns auch manchmal sein mögen, eines bleibt immer gleich: Rachel ist die einzige Freundin, die von Anfang an zu mir gestanden hat – und sie ist die Einzige, die dafür sorgt, dass ich auf dem Boden der Tatsachen bleibe. Auch wenn ich von Kopf bis Fuß in Prada gehüllt im Blitzlichtgewitter über den roten Teppich laufe, erinnert mich Rachel immer daran, woher ich komme. Wer ich wirklich bin.

Ich puste den silbernen Fransenrand ihres Kissens von meinem Gesicht. »Meinst du Bretts Frauengeschichten?«, frage ich. »Es klingt zwar verrückt, aber wenn ein Typ den Ruf hat, ein Frauenheld zu sein, nutzt das seiner Karriere mehr, als es schadet.«

»Nein, es ist nicht nur das«, sagt Rachel. »Brett soll bei den Dreharbeiten zu seinen letzten paar Filmen echt die Pest gewesen sein. Er ist nie pünktlich am Set gewesen und hat die anderen Darsteller und das Team stundenlang warten lassen.« Rachel klingt wie eine Nachrichtensprecherin und hält eine zerfledderte Klatschzeitschrift hoch, als würde das irgendetwas beweisen. »Ein paar Kritiker behaupten, er hätte seine Leidenschaft für die Schauspielerei verloren und dass er als ausgebrannter Kinderstar enden wird, wenn er nicht bald etwas tut, um sein angeknackstes Image wieder aufzupolieren. Und seine Manager denken offenbar, dass eine Fernsehserie der beste Weg dafür ist. Bei unzähligen anderen Schauspielern hat es funktioniert.«

Einiges davon hatte ich auch gelesen, aber nicht alles. »Jeder weiß, was für ein begnadeter Schauspieler Brett ist – immerhin ist er für die großen Preise nominiert worden, seit er *fünf* war«, sage ich. »Wahrscheinlich ist er wirklich ausgebrannt und McGregor ist clever genug, um zu erkennen, dass Brett diese Fernsehsache durchziehen wird.«

»Da könntest du recht haben. Aber zurück zu den Frauengeschichten«, sagt Rachel mit einem frechen Grinsen. »Weißt du, was Bretts Problem ist? Er ist einfach noch nicht mit dem *richtigen* Mädchen ausgegangen.«

Ich werfe ein Kissen nach ihr. »Das Letzte, was ich sein will, ist Brett Crawfords nächstes ›Party-Wegwerf-Häschen‹, also sieh *mich* nicht an«, verkünde ich mit Entschiedenheit. Dann nehme ich mir vor, mir den Mund mit Seife auszuwaschen, weil ich eine Klatschzeitschrift zitiert habe. Reporter verbreiten genug Lügen über mein eigenes Leben, und deshalb hinterfrage ich alles, was sie schreiben. Allerdings habe ich schon viel erlebt und weiß deshalb, dass sie manchmal doch richtig liegen. Auf der Jagd nach einer schnellen Klatschgeschichte übersehen sie oft die Details, die jemandem *wirklich* schaden können. »Ich finde das alles irgendwie traurig«, fahre ich fort. »Brett war immer jemand, in den ich mich gefahrlos verknallen konnte, aber jetzt –«

Rachel fällt mir lachend ins Wort. »Hör schon auf! Du *weißt*, was passieren wird. Brett wird sich Hals über Kopf in dich verlieben und sein ganzes Leben ändern, um mit dir zusammen zu sein. Also flirte einfach ein bisschen mit ihm und warte ab, was passiert.«

»Nie im Leben«, sage ich. Sie würde es vielleicht verstehen, wenn ich ihr erzählen würde, wie mies es mit Troy gelaufen ist, aber ich kann nicht riskieren, dass Rachel es Trina sagt, die damit sofort zu meiner Mom rennen würde. Und dann würde Mom sich noch mehr darüber aufregen, dass ich jetzt allein in Arizona lebe, wofür ich in den letzten Monaten jeden Tag gekämpft habe. »Ich muss einfach über Brett hinwegkommen, bevor wir anfangen, miteinander zu arbeiten. Das ist alles. Denn andernfalls wäre er … eine ziemliche Ablenkung.«

»Wohl eher ein großes wunderschönes Problem mit einem Killer-Lächeln.« Rachel dreht den Schreibtischstuhl zur Wand, um *The Body* anzuschmachten, der im Cowboyoutfit Werbung für ein Armani-Parfüm macht. »Ich kann mir gut vorstellen, wie abgelenkt ich wäre, wenn ich mit *meinem* Traumtypen zusammenarbeiten müsste. Abgelenkt von seinen muskulösen Armen, den wunderschönen grünen Augen, den glänzenden braunen Haaren und … Oh Mann, ich sollte wohl lieber aufhören, sonst legst du dir womöglich eine eigene Sammlung zu. Aber *The Body* gehört mir ganz allein, ist das klar?«

Wahrscheinlich höre ich mich genauso besessen an, wenn

ich über Brett spreche – ich meine, wenn ich über Brett gesprochen *habe* – aber ich lache trotzdem. »Klar, er ist ganz und gar dein Eigentum«, versichere ich ihr. »Bis hin zur letzten formvollendet geschwungenen Wimper.«

In einer Hinsicht muss ich Rachel aber zustimmen: *The Body*, wer auch immer er sein mag, sieht in diesen Cowboy-Lederhosen echt heiß aus.

JAKE

Reg dich ab, Jake, das ist nur eine Übergangslösung, rede ich mir ein, während ich ruhelos vor Steve McGregors Büro in Tucson auf und ab laufe. Wenn ich den Job bekomme, bedeutet das einen Vertrag über vier Jahre, aber da die meisten Serien schnell wieder abgesetzt werden, komme ich wahrscheinlich früher wieder aus der Sache raus.

Zurzeit wäre es die perfekte Lösung.

Coyote Hills wird nur zwei Stunden von meiner Heimatstadt Phoenix entfernt gedreht, und die Schuldgefühle, ständig so weit weg zu sein, bringen mich fast um. Aber wenn zu Hause etwas passiert – wenn es schlimmer wird –, kann ich schnell da sein. Außerdem wäre die Schauspielerei der perfekte Weg, um diese dämliche Modelsache an den Nagel zu hängen und trotzdem gutes Geld zu verdienen.

Allerdings dachte ich im ersten Moment, meine Agentin wäre verrückt geworden, als sie mir den Vorschlag gemacht hat. »Ich hatte eine Vier minus im Theaterkurs«, habe ich sie gewarnt. »Ich kann mir vermutlich nicht mal einen einminütigen Monolog merken.«

»Vertrau mir, Jake, du wirst besser sein, als du denkst«, hatte Liz geantwortet. »Bei der Schauspielerei geht es nicht nur darum, Text auswendig zu lernen. Es ist vielmehr die Begabung, das loszulassen, was dein Gehirn dir über das wahre Leben einreden will, und stattdessen in die Welt einer fiktiven Person einzutauchen. Und in gewisser Hinsicht hast du genau das in deiner Modelkarriere schon immer getan.«

Erst wollte ich widersprechen, aber dann wurde mir klar, dass sie recht hat. Also, wenn acht Stunden lang in kaum mehr als Lederhosen und einem Cowboyhut herumzustehen – und so zu tun, als wäre es ein Riesenspaß – keine Schauspielerei ist, dann weiß ich nicht, was es sonst sein soll.

Es ist jetzt sechs Monate her, seit mich Liz bei einer weltberühmten Schauspiellehrerin untergebracht hat. Und vor ein paar Wochen hat McGregor sie angerufen, weil er noch eine männliche Hauptrolle zu vergeben hatte, und ich habe die Chance zu einem Vorsprechen genutzt.

Heute haben sie mich zum dritten Mal herbestellt. Die Castingdirektorin hat mir dasselbe Pokerface gezeigt wie schon bei den letzten Probeaufnahmen, aber schließlich hat sie gelächelt und gesagt: »Das war super.«

Dann führte sie mich durch endlose Flure voller Film- und Fernsehposter und sagte, ich sollte vor dem Büro von McGregor warten, während sie sich die Aufnahmen ansähen.

Nach fünfundvierzig Minuten geht die Bürotür endlich wieder auf. »Mr McGregor möchte Sie sprechen«, sagt die Castingdirektorin. Als sie an mir vorbeigeht, flüstert sie mir zu: »Er ist ein bisschen exzentrisch, aber vertrauen Sie mir, er kann einen Star aus Ihnen machen.«

Ich habe kaum einen Fuß in das riesige Eckbüro gesetzt, als auch schon ein Mann auf mich zugerast kommt.

»Da sind Sie, in Lebensgröße!«, sagt McGregor. »Und tatsächlich so gut aussehend.«

Liz hat mich vor seinem breiten schottischen Akzent gewarnt, deshalb war ich darauf vorbereitet, bin aber trotzdem nicht sicher, ihn richtig verstanden zu haben.

»Äh, danke«, antworte ich. »Schön, Sie kennenzulernen.«

Mit meinen fast 1,90 Meter überrage ich McGregor um ein paar Zentimeter. Aber das stört ihn nicht – der Typ ist das Selbstbewusstsein in Person. Und in der Hand, die ich jetzt schüttele, hatte er bestimmt schon ein Dutzend Auszeichnungen, deshalb darf er so selbstbewusst sein, wie er will.

Die Wände seines Büros sind mit Filmplakaten und unzähligen Fotos der Stars gepflastert, mit denen er schon gearbeitet hat. Die Eichenholzregale sind vollgestopft mit Büchern und Schauspielerportfolios, und in einer Glasvitrine reihen sich die Preise aneinander, die er gewonnen hat. Ich komme mir vor wie in einem Museum und wage nicht, irgendetwas anzufassen.

McGregor bedeutet mir, mich in den schwarzen Sessel vor seinem Schreibtisch zu setzen, und nimmt dann auf seinem eigenen Stuhl Platz. »Tut mir leid, dass Sie warten mussten«, sagt er. »Ich habe noch mit Ihrer Agentin telefoniert.« Das war das vierte Telefonat, was vermutlich bedeutet, dass ich zumindest in der engeren Wahl bin. »Mr Elliott, ich musste ein wenig herumschnüffeln, um mehr über Sie zu erfahren, aber ich denke, dass Sie nicht, wie so viele andere in diesem Business, von Anfang an Model oder Schauspieler werden wollten.« Ich zögere kurz, nicke dann aber. »Was waren Ihre ursprünglichen Pläne?«, fährt er fort. »Sagen wir, vor zehn Jahren?«

»Also … als ich noch ein Kind war?«

»Fangen da nicht unsere Träume an?«, antwortet er mit einer Gegenfrage. »Als Kind in Schottland wollte ich mich nach Spanien durchschlagen und Stierkämpfer werden. Und jetzt sitze ich in Amerika und schaue mir die Liste mit den Forderungen meiner Schauspieler an, die länger ist als die Chinesische Mauer.« Er schiebt ein Blatt Papier über den Schreibtisch, damit ich sehen kann, was er davon bereits gestrichen hat: eine Dampfdusche und ein rund um die Uhr zur Verfügung stehender Massagetherapeut sind nur zwei der vielen Forderungen, die jemand gestellt hat. »*Stier*kampf, ist das nicht verrückt? Was war es bei Ihnen?«

»Also … ich glaube, zuerst wollte ich Astronaut werden und dann Baseballspieler«, antworte ich und meine Anspannung löst sich allmählich. »Aber dann hatte ich in der dritten Klasse diese verrückte Idee und habe etwa zwanzig Paar Schuhe aus dem Schrank meiner Mutter genommen, auf dem Bürgersteig vor unserem Haus ein Geschäft eröffnet und sie alle an die Mädchen aus der Nachbarschaft verkauft. Es hat sie nicht einmal gestört, dass ihnen die Schuhe viel zu groß waren.«

McGregor sieht mich an und seine buschigen roten Brauen heben sich. »Ich kann mir gar nicht erklären, woran das lag.«

Ich rutsche auf dem Sessel herum. »Jedenfalls wollte ich von dem Tag an nur noch Geschäftsmann werden – kaufen, verkaufen, eben Geschäfte machen.«

Das ist immer noch das Einzige, was mich interessiert, aber wie es mein Kumpel Devin einmal formuliert hat, habe ich meine Collegepläne gegen Selbstbräuner eingetauscht.

»Ich vermute, Ihre Mutter hat die Schuhe zurückbekommen?«, fragt McGregor.

Bei der Erinnerung an die vielen Stöckelschuhe in allen möglichen Farben muss ich lächeln, doch dann fällt mir ein, wo sie jetzt sind – sie stehen nutzlos in ihrem Schrank. »Ja, hat sie. Auch wenn mir wirklich das Herz geblutet hat, als ich all die Vierteldollarmünzen zurückgeben musste.«

McGregor ist so nett, amüsiert zu lächeln. »Wenn Sie lieber ein Geschäftsmann sein würden, was führt Sie dann *hierher*?« Er deutet auf seine gigantische gläserne Schreibtischplatte, die fast vollständig unter Akten, Drehbüchern, Set-Zeichnungen, Schauspielerfotos und anderem Zeug begraben ist. Alles, was man irgendwie mit Hollywood verbindet, befindet sich im Büro dieses Typen.

Ich bin das Einzige, was hier fehl am Platz ist.

»Meine Agentin ist die Schwester meines besten Freundes und deshalb war sie es, die … mich gewissermaßen *entdeckt* hat.« Das ist die einfachste Antwort.

Aus irgendeinem Grund scheint McGregor das witzig zu finden. »Ach ja, stimmt. Liz hat mir erzählt, dass sie in Phoenix auf der Suche nach einem Nachwuchstalent war und Sie in der Einfahrt ihrer eigenen Eltern wie einen griechischen Gott posieren sah.«

»Ich habe nicht posiert«, sage ich und kann mir ein Grinsen nicht verkneifen. »Ich habe Basketball gespielt, und zwar zufällig ohne T-Shirt, genau wie meine Freunde.«

Es war an einem Samstagnachmittag in meinem ersten Jahr an der Highschool, als Devins ältere Schwester Liz aus New York zu Besuch kam. Sie beobachtete mich über eine Stunde lang von der Veranda aus, was ich ein wenig gruselig fand, doch da hatte ich noch keine Ahnung, was mir bevorstand. Nachdem wir alle zum Essen ins Haus gegangen waren, stürzte sie sich auf mich. Und sie hatte echt gute Argumente. Die Summen, die sie mir für einen einzigen Tag als Model nannte, waren für jemanden wie mich, der sich weder ein Auto leisten noch etwas fürs College ansparen konnte, wirklich verlockend.

Und das war, bevor ich das Geld wirklich *brauchte.*

McGregor betrachtet mich wohlwollend. »Also gut, kommen wir zu dem Grund, warum Sie heute hier sind.« Ich mag den Typen. »Mr Elliott, es gibt da draußen eine Menge guter Schauspieler, aber viele von denen brauchen permanente Anleitung, und ich bin kein sehr geduldiger Mensch. Ich will Schauspieler haben, denen ich nicht ständig erklären muss, wie sie ihre Rolle spielen sollen – ich erwarte, dass sie ihnen zur zweiten Natur wird.«

Jetzt kommt es.

Ich will einfach nur ein Ja oder ein Nein hören.

»Die Aufnahmen von Ihrem Vorsprechen lassen keinen Zweifel daran, dass Sie das Aussehen und die Arroganz von Justin rüberbringen können«, fährt McGregor fort, »aber können Sie tief drinnen auch seine dunkle Seite erfassen? In ihr aufgehen? Zu *ihm* werden?«

»Also …« Soll das eine Fangfrage sein? »Ehrlich gesagt kommt mir Justin vor wie ein rücksichtsloser Chaot.«

»Ganz genau. Deswegen bin ich überzeugt, dass Sie die perfekte Besetzung sind.«

Häh? Wieso hat er einen so schlechten Eindruck von mir? Ich war immer gut vorbereitet und bin jedes Mal pünktlich zum Casting erschienen. Und Liz hat gesagt, sie hätte ihm versichert, dass ich ihr Lieblings-Nachwuchstalent bin.

McGregor schlägt mit der Hand auf seinen Schreibtisch. »Oh, das wollte ich nicht! Ich war in Gedanken schon einen Schritt weiter. Was ich eigentlich sagen wollte, bevor ich Sie beleidigt habe, ist, dass ich bei meinen Schauspielern nach einer unterdrückten Persönlichkeit suche, die zu gern an die Oberfläche kommen will. Wie ich schon sagte, es ist die *zweite* Natur des Menschen, die mich interessiert.«

»Oh. Ach so.« Ich habe keine Ahnung, worauf er hinauswill.

Er beugt sich über den Schreibtisch. »Würden Sie nicht gern mal auf das Teufelchen hören, das auf Ihrer Schulter sitzt? Ein Rebell sein, eine Nervensäge, ein Ekel, das immer nur an sich selbst denkt?« Er wartet auf meine Antwort, also nicke ich. »Wenn es stimmt, was ich so gehört habe, Mr Elliott, dann wird es Ihnen vielleicht Spaß machen, eine Zeit lang nicht der verantwortungsvolle Erwachsene zu sein, der Sie viel zu früh werden mussten.«

Wie viel hat Liz ihm wohl erzählt? »Klar. Das ginge wohl jedem so.«

»Dann sollen Sie diese Chance bekommen«, sagt er. »Sie sind wie ein ungeschliffener Diamant. So viel Talent habe ich schon lange nicht mehr gesehen. Ich habe mir nicht nur Ihre Probeaufnahmen angesehen. Ich habe auch viel Zeit damit verbracht, mit Ihrer Schauspiellehrerin über Ihr Potenzial und Ihre erstaunliche Entwicklung zu sprechen. Und jetzt will ich nur noch wissen, ob Sie bereit sind, diesen ›rücksichtslosen Chaoten‹, wie Sie ihn nennen, zu einem Teil Ihrer Seele werden zu lassen.«

Meine Seele würde in ein Hornissennest springen, wenn ich dafür meinen Modeljob aufgeben, mehr Geld verdienen *und* in Arizona leben könnte. Schon seit mehr als einem Jahr pendle ich ständig zwischen der neuen Wohnung meiner Mutter und meinem aktuellen Hotel – meistens in New York – hin und her. Oder wo auch immer ich eben gerade gebucht wurde. Es ist total peinlich und klingt kitschig, aber mir fehlt ein *Zuhause*.

»Ja, auf jeden Fall.« Ich muss aufpassen, dass ich nicht übereifrig wirke. Das bringt mich in eine blöde Position, wenn es um die Vertragsverhandlungen geht – und die sind immer das Beste am Job. »Für die Details ist Liz natürlich zuständig, aber ich würde gern mit Ihnen arbeiten.« Ich lache. »Es dürfte zumindest recht unterhaltsam werden.«

Einen kurzen Moment lang fürchte ich, dass ich ihn beleidigt habe, doch McGregor fängt ebenfalls an zu lachen.

»Und vergessen Sie nicht *anstrengend*«, sagt er. »Es hängt natürlich von Ihrer Bildschirmzeit pro Folge ab, aber Sie werden vermutlich acht bis sechzehn Stunden pro Tag am Set verbringen, und das drei bis fünf Tage die Woche. Da bleibt Ihnen kaum Zeit für etwas anderes. Aber ein paar meiner Jungstars nutzen ihre Freizeit auch sinnvoll. Nicht, indem sie für die Paparazzi auf den Tischen tanzen – sie gehen zum Beispiel aufs College.«

Ja, er hat eindeutig herumgeschnüffelt. »Gut zu wissen. Aber ich habe kein Problem damit, mein BWL-Studium noch eine Weile zu verschieben.« Das ist zwar gelogen, aber er soll wissen, dass ich voll bei der Sache sein werde, sobald ich den Vertrag unterschrieben habe, denn so bin ich nun mal. »Ich sollte mich lieber darauf konzentrieren, mich nicht im landesweiten Fernsehen zu blamieren. Oder Sie.«

McGregor kichert und hat plötzlich rote Flecken im Gesicht. »Das wäre mir sehr recht. Aber falls es Sie interessiert, können Sie vielleicht« – er wühlt in seinen Papieren herum und legt mir eine Porträtfoto vor die Nase, »dieses hübsche Mädchen fragen, wie sie zwei Jahre College hinter sich bringen konnte, noch bevor der Rest ihrer Klasse überhaupt den Abschluss an der Highschool gemacht hat.«

Ich werfe einen Blick auf das Foto und schaue dann verblüfft auf. »Emma Taylor hat das geschafft?« Liz hatte mir schon gesagt, dass Emma mitspielt, aber ich hatte angenommen, dass ein Superstar wie sie zu sehr mit Shoppen beschäftigt sein würde, um an die Schule überhaupt nur zu denken. »Immerhin spielt sie ja nicht nur in Fernsehserien, sondern auch in Kinofilmen. Wie schafft sie das?«

»Ehrlich gesagt habe ich keine Ahnung. Fragen Sie sie doch einfach.« McGregor sucht noch zwei weitere Fotos heraus. »Hier sind Ihre anderen Kollegen.«

»Brett Crawford«, sage ich. Liz zufolge hat sich McGregor die Entscheidung mit ihm nicht leicht gemacht, und sie meint auch, dass es ein ziemliches Risiko ist, ihn zu engagieren. »Er wird auf jeden Fall die Frauen vor den Fernseher locken.«

»Ich hoffe auf mehr als das«, sagt McGregor. »Dieser Junge ist einfach umwerfend. Ich rechne damit, dass Emma sich in Folge drei in ihn verknallt – spätestens in Folge fünf. Falls er denn am Set erscheint.« McGregor zwinkert mir scherzhaft zu. »Ich drücke die Daumen.«

Ich lächle und sehe mir die Dunkelblonde auf dem anderen Foto an. »Und wer ist das?«

»Kimmi Weston, eine beeindruckende junge Schauspielerin, auf die ich ebenfalls durch Anne aufmerksam wurde«, sagt er und meint damit meine Schauspiellehrerin. »Sie war schon mehrere Jahre lang der Star an der Schauspielschule in Manhattan und ist viel zu begabt, um es nicht mit ihr zu versuchen. Ich fürchte nur, dass sie etwas mehr Lob kassiert hat, als gut für sie ist.«

Er richtet seine Aufmerksamkeit wieder auf die Forderungsliste, die er mir bereits gezeigt hat, nimmt einen roten Kugelschreiber und streicht *persönlicher Koch* durch.

Ich lache, aber ich meine es nur halb im Scherz, als ich zu McGregor sage: »Ich frage mich, was Sie wohl über mich sagen werden, wenn ich wieder gehe.«

»Was immer ich will«, antwortet er und reicht mir über den Schreibtisch hinweg die Hand. »Willkommen in Hollywood.«

Emma

Meine Mutter steht in der Wohnzimmertür meines neuen Hauses in Tucson, lässt den Blick durch den Raum schweifen und sagt: »Mir gefällt das immer noch nicht.«

Ich schätze, sie hatte nicht viel Spaß dabei, mir beim Aussuchen der Möbel zu helfen, aber Rachel und ich waren in unserem Element. Mom hatte versucht, mir einen öden cremefarbenen Sessel aufzuschwatzen und eine Couch, die besser in die Wohnung meiner Oma gepasst hätte.

»Ich find's super!«, verkünde ich und lasse mich auf die knallrote Couch fallen, die ich stattdessen gekauft habe. Es ist eine von diesen Wohnlandschaften mit riesigen Kissen, die so weich und gemütlich sind, dass ich vermutlich hier schlafen werde. »Ich kann es kaum erwarten, mich hier mit einer Schüssel Popcorn einzukuscheln.«

An der Wand hängt ein gigantischer Fernseher, und ich bin gerade damit fertig geworden, meine Filmsammlung in den Regalen zu verstauen – überwiegend romantische Komödien, weil bei denen am Schluss immer alle glücklich sind. Rachel hat währenddessen den Küchenkram ausgepackt und meine Mom hat die Bilder aufgehängt. Bei denen habe ich nachgegeben und sie entscheiden lassen: Mohnblumen und Tulpen in schlichten schwarzen Rahmen. Aber sobald sie weg ist, werde ich noch mal shoppen gehen. Ich finde es total aufregend, plötzlich so viel Platz für mich allein zu haben, der förmlich darum bettelt, mit Dingen gefüllt zu werden, die eigentlich kein Mensch braucht. Vielleicht hole ich mir eine von diesen Lavalampen.

In Knallpink. Oder nein, Orange. Vielleicht auch beides.

Rachel plumpst neben mir auf die Couch und streckt die Beine aus. »Das ist die beste Couch aller Zeiten, um Massen von Leuten einzuladen.«

Vielleicht kann meine Mom die Couch deswegen nicht leiden. Sie starrt uns an, als würde sie das Zimmer bereits voller Bierkästen und Studententypen mit nacktem Oberkörper vor sich sehen. Ich steh nicht wirklich auf so was, aber das sage ich ihr nicht, weil es echt lustig aussieht, wie ihr Gesicht ganz grün wird.

Auch Rachel scheint zu ahnen, was für verrückte Gedanken meine Mom hat, denn sie beugt sich zu mir, verkneift sich ein Grinsen und sagt: »Was glaubst du: Ob Brett die Einrichtung gefällt?«

Eigentlich müsste ich sie hauen, aber stattdessen lache ich.

Mom seufzt und zieht die Rollos herunter. »Ich meinte nicht die Möbel. Es gefällt mir nicht, dass du allein leben willst. Und dazu noch mitten in der Wüste.«

»Aber in Kalifornien war ich noch viel weiter weg von Zuhause«, sage ich, denn dort habe ich während der Dreharbeiten zu *The First Family* gelebt. Meine Wohnsituation ist schon immer ein heikles Thema gewesen. In den letzten drei Jahren habe ich höchstens ein paar Wochen bei meinen Eltern verbracht. Mein Dad war Professor an der Uni von Arkansas, als ich die Rolle bei *The First Family* bekam, und da ich dafür nach Südkalifornien ziehen musste, bewarb sich Dad an der University of California in Los Angeles. Er bekam von dort ein – wie er es ausdrückte – »angemessenes« Angebot, aber da die Uni von Arkansas ihn nicht verlieren wollte, machten sie ihm ein besseres. Kurze Zeit später wurde er Dekan.

Ich zog also bei meiner Tante und ihrem Mann ein. Sie sind beide Architekten in Santa Monica, und das Haus lag nur fünfzehn Minuten vom Drehort von *The First Family* entfernt. Auch meine Tante hat ständig auf mich aufgepasst, aber irgendwie war sie weniger aufdringlich als meine Mom. Und obwohl ich sogar am Set eine Anstandsdame hatte, pendelte meine Mom im ersten Jahr jede Woche zwischen Fayetteville und Los Angeles hin und her. Meistens schleppte sie meine kleinen Brüder Levi und Logan mit. Als die Zwillinge in den Kindergarten kamen, wurde das Leben für meine Mom noch komplizierter.

Ungefähr zu dieser Zeit bekam ich zufällig ein Gespräch meiner Eltern mit, bei dem mein Dad so in etwa Folgendes sagte: »Wir haben zwei kleine Söhne, die uns brauchen. Wir können ihr Leben nicht ständig durcheinanderbringen, nur damit ihre große Schwester ein Filmstar werden kann.«

Das tat schon ein bisschen weh.

Mein Dad hat eher traditionelle Ansichten, wie eine vernünftige Karriere auszusehen hat, doch seit er die Zahlen auf meinem neuen *Coyote-Hills*-Vertrag gesehen hat, fängt er an, die Träume seines kleinen Mädchens ein bisschen ernster zu nehmen. Und da ich nicht mehr minderjährig bin, gehen die Schecks jetzt direkt an mich und nicht mehr auf ein Sparbuch »für später«. Und trotzdem konnte sich Dad einen kleinen Seitenhieb nicht verkneifen, als ich nach Arizona umzog: »Wirf das Geld nicht mit vollen Händen raus, Emma. Das Filmgeschäft ist nicht berechenbar.«

Mein erster großer Kauf war dieses Haus, und sogar Dad musste zugeben, dass es eine gute Investition war. Es riecht nach frischer Farbe, neuen Teppichen und der Apfel-Zimt-Kerze, die Rachel mir zum Einzug geschenkt hat. Ich hatte sie gebeten, mir beim Umzug zu helfen, denn mir war klar, dass drei Tage Einkaufen und Organisieren mit meiner Mom unweigerlich zum Streit führen würden, und Rachel ist super darin, solche Situationen zu entschärfen.

Mom ist hier, weil ich ihrer Meinung nach keine Ahnung habe, was ich alles brauche, um »einen richtigen Haushalt« zu führen. Außerdem will sie nicht, dass ich die nächsten Monate aus Kartons lebe, und deshalb versuchen wir, bis Sonntagabend alles an seinen Platz zu räumen – wo immer der sein mag. Es war auch meine Mom, die alles Organisatorische übernommen hat: Wasseranschluss, Strom, Müllabfuhr und die Alarmanlage. Was das betraf, hatte sie recht – ich hätte das ganze Zeug sicher nicht auf die Reihe gekriegt. Aber alles andere hätte ich wohl auch allein geschafft.

Ich springe von meiner Couch und ziehe das Rollo wieder hoch, um die Sonne ins Zimmer zu lassen.

Direkt vor dem Fenster wachsen wilde Kakteen. Sie haben dicke runde Blätter mit Stacheln, von denen ich mich lieber fernhalten werde, aber sie sind kein Vergleich zu den Saguaro-Kakteen. Die wachsen hier überall und sind groß wie Bäume. Die Landschaft ist echt cool – bis auf die Steine, die anstelle von Rasen die Vorgärten schmücken. Der Duft von frisch gemähtem Gras wird mir fehlen.

»Ich würde das hier nicht Wüste nennen«, sage ich zu meiner Mom. »Mit all den Bäumen, die auf diesem Grundstück gepflanzt wurden – und dem Wasserfall am Pool –, kommt es mir eher vor wie eine *Oase.*«

»Wie du meinst«, sagt sie. »Aber nur zu deiner Info, da sitzt eine zwanzig Zentimeter große Eidechse auf deiner Terrasse.« Bei ihr hört sich das an, als würde ich deswegen schreiend nach Arkansas zurücklaufen. »Oh, da ist übrigens noch eine zweite.«

»Siehst du? Ist doch prima. Ich hab sogar schon Freunde gefunden.«

Rachel kommt zu uns ans Fenster und wir beobachten gemeinsam, wie die braunen Tierchen ziellos über den Beton huschen.

»Na wunderbar«, bemerkt Rachel. »Ich werde von zwei Echsen ersetzt, die Insekten fressen, nicht reden können und irgendwelche Gliedmaßen verlieren, wenn man sie erschreckt.«

»Niemand ist perfekt«, kontere ich. »Aber ich wette, ich kann ihnen Stöckchenholen beibringen.«

Rachel guckt beleidigt. »Dann werden sie garantiert deine besten Freunde. Du weißt schließlich, wie sehr ich Sport hasse.«

»Sagt das Mädchen, das beinahe den Hula-Hoop-Wettbewerb in der dritten Klasse gewonnen hat!«, erinnere ich sie.

Sie seufzt und legt den Kopf auf meine Schulter. »Diese blöde Jenny Perkins und ihre übernatürlichen Hüften.«

Ich drücke Rachel tröstend an mich. »Ich habe gehört, dass ihre Hüften motorbetrieben und aus purem Gold sind. Wer kann damit schon konkurrieren?«

Meine Mom lacht, was nach den ganzen missbilligenden Blicken eine nette Abwechslung ist. Jedenfalls bis sie sagt: »Ihr zwei solltet mal versuchen, euch wie Erwachsene zu benehmen.«

Rachel rümpft die Nase. »Das hab ich mal probiert, vor ein paar Jahren, aber davon hab ich Ausschlag gekriegt. Ich bin dagegen wohl allergisch.«

Das hat gesessen. Ich liebe dieses Mädchen.

Rachel und ich waren wirklich gut im Rumalbern, bevor Klatschmagazine, Castings und preisgekrönte Serien zu unseren wichtigsten Gesprächsthemen wurden. Natürlich können wir nicht ewig Witze über Hula-Hoop-Reifen und Eidechsen reißen, aber ab und zu tut es einfach gut, Quatsch zu machen.

Moms Handy klingelt, und deshalb schlage ich vor, dass Rachel und ich die Kartons in meinem Schlafzimmer auspacken, und wir machen uns auf den Weg zur Treppe.

»Mein Gott, Emma«, sagt Rachel nach einem Blick ins Zimmer. »Das sieht ja aus, als wäre hier ein riesiger Marshmallow explodiert. Wieso ist alles *weiß*?«

»Oh«, murmele ich, denn bis jetzt fand ich, dass der Raum total ruhig und entspannend wirkt. Aber wenn ich mich so umsehe, wird mir klar, was sie meint. Ich habe ein weißes Bettgestell, passende Nachttische, eine weiße Tagesdecke und – kein Witz – bodenlange weiße Vorhänge. Ich muss in einen Reinlichkeitswahn verfallen sein, als ich den ganzen Kram bestellt habe. »Ich schätze, jetzt kommen noch knallbunte Flauschkissen auf meine Einkaufsliste.«

»Ja, und ein paar neue Poster von Brett!«, fügt Rachel hinzu und verpasst mir einen Knuff mit dem Ellbogen. »Ich habe erst vor Kurzem ein paar echt scharfe gesehen.«

Das glaube ich gern, aber sie begreift einfach nicht, wie verzweifelt ich versuche, mich gegen den realen und *echt scharfen* Brett zu wappnen. In nur fünf Tagen werde ich mit ihm arbeiten müssen.

»Wozu brauche ich die, wenn ich *diese* Aussicht genießen kann?«, frage ich und ziehe die Vorhänge zur Seite, damit wir freien Blick auf die wunderschöne Gebirgskette haben. Ich hatte eigentlich erwartet, dass die Landschaft total flach sein würde und dass es außer Staub und Wüstensalbei nichts zu sehen gäbe. Und von beidem gibt es echt viel in Tucson. Hier kommt es einem vor, als wäre die Sonne ein paar Millionen Kilometer näher als überall sonst auf der Erde. Aber im Sabino Canyon wohne ich volle zwanzig Minuten vom heißen Pflaster der Innenstadt entfernt. Hinter dem Haus fließt sogar ein Fluss. »Sieh dir diesen Sonnenuntergang an!«

»Wow«, haucht Rachel. »Das sieht aus, als hätte jemand im Himmel Orangensaft ausgekippt. Das *muss* ich fotografieren.«

Rachel hat diesen Sommer mit dem Fotografieren angefangen und sie ist ein echtes Naturtalent. Meistens benutzt sie dazu nur ihr Handy, aber wenn sie die Fotos erst mal bearbeitet hat, sehen sie aus wie digitale Kunstwerke. Einige der Schnappschüsse, die sie von mir gemacht hat, waren besser als so manches Zeitschriftencover, auf dem ich zu sehen war.

Ihr Twitteraccount – bisher nur ein stetiger Strom ihrer Gedanken zu Castingnews, Klatschgeschichten und Fernsehserien – ist jetzt voll von Fotos in Profi-Qualität. Sie präsentiert die Bilder als perfekte Drehorte für diesen oder jenen Film oder ideale Stimmungsaufnahmen wie diesen Sonnenuntergang. Sie hat sogar meinen Umzug nach Tucson dokumentiert, was einerseits witzig, andererseits auch ein bisschen nervig war, aber da sich ihre Followerzahl in der letzten Woche verdoppelt hat, habe ich nichts dagegen. Die Leute werden schon bald merken, dass es auf ihrem Account viel mehr zu entdecken gibt als nur meine langweilige Wenigkeit.

»Erst Marshmallows und jetzt auch noch Orangensaft?«,

frage ich Rachel. »Entweder hast du heute noch nicht genug gegessen oder du bist süchtig nach Zucker.«

»Ich bin eindeutig hungrig. Habe ich nicht auch gesagt, dass ich Insekten essen würde?«

Ich lache. »Ich dachte, du hättest davon gesprochen, dass die *Eidechsen* das tun.«

Sie denkt darüber nach. »Ach ja.« Durchs Fenster macht sie ein paar Bilder vom Sonnenuntergang, beschwert sich dann, dass sie aus dieser Perspektive nicht genug sieht, und läuft zur Tür. »Das kann eine Weile dauern!«

Mit den Gedanken noch bei den Fotos, beschließe ich, den großen Karton mit meinen Bildern auszupacken. Ich wickle die erste gerahmte Aufnahme aus, auf der Rachel und ich in England zu sehen sind. Das Foto ist vom letzten Sommer und zeigt uns inmitten der Blütenpracht des Gartens von William Shakespeares Geburtshaus in Stratford-upon-Avon. Wir beide strahlen, als hätten wir unsere wahre Heimat gefunden. Ein paar Tage vorher hatte ich eine Filmpremiere in London – die Verfilmung eines historischen Romans, in dessen Welt ich am liebsten für immer abgetaucht wäre. Meine Mom war in Spendierlaune und hatte erlaubt, dass Rachel uns dorthin begleitete. Wir haben uns die ganze Woche in einem hochnäsigen britischen Akzent unterhalten, und meine Mutter hätte uns am liebsten in der Themse ertränkt.

Das war der tollste Urlaub aller Zeiten.

Wir haben die Tage damit verbracht, unzählige Sehenswürdigkeiten abzuklappern. Abends haben wir uns im Londoner West End ein Theaterstück nach dem anderen angesehen. Die Leistung der Schauspieler war wirklich beeindruckend.

Ich glaube, ich könnte niemals so grandios live spielen. Wenn man bei Dreharbeiten etwas verbockt, sagt der Regisseur einfach: »Schnitt! Noch mal!«, und ich kann meinen Fehler ausbügeln, als wäre er nie passiert.

Wäre es nicht super, wenn das auch im richtigen Leben klappen würde?

Das nächste Bild, das ich auswickle, zeigt meine Familie. Levi und Logan, die jetzt sieben sind, grinsen mich mit ihren Zahnlücken an. Ich war mehr als zehn Jahre lang ein Einzelkind und bin ziemlich sicher, dass meine Eltern nicht geplant hatten, das zu ändern. Aber immer, wenn ich Heimweh kriege, sind meine Brüder der Grund dafür. Ich wünschte, sie wären jetzt hier.

Ich ziehe das nächste Foto aus dem Karton, doch diesmal erregt nicht das Bild selbst meine Aufmerksamkeit, sondern das Papier, in das es eingewickelt ist. Rachel hat mir beim Einpacken der Kartons geholfen, und obwohl ich ihr dankbar bin, dass sie ein paar ihrer Lieblingszeitschriften dafür geopfert hat, versetzt es mir beim Blick auf das Erscheinungsdatum dieser speziellen Ausgabe von *Promi News* einen Stich: Es ist das Cover vom März.

Alles im letzten Frühjahr war einfach … grauenhaft.

Trotzdem durchwühle ich den Rest des Kartons, bis ich auf den Artikel stoße, den ich suche: EMMA VERLIERT TROY AN STRANDSCHÖNHEIT. Ich habe den Artikel nie gelesen, aber jetzt streiche ich die Seiten glatt und zwinge mich dazu:

Arme Emma Taylor! Bestimmt sind ihre Augen rot und verweint, nachdem sie erfahren musste, dass sie auch diesmal von ihrem Freund betrogen wurde. Troy Dawson, mit dem sie sechs Monate zusammen war, wurde letztes Wochenende auf dem Santa Monica Pier mit einer anderen Schönheit in einem ziemlich knappen Bikini beobachtet.

»Er hat definitiv nicht versucht, irgendetwas zu verheimlichen«, berichtet ein Beobachter. »Man konnte kaum erkennen, wem welche Hände gehörten.«

Dieses schamlose Verhalten in aller Öffentlichkeit bestätigt die Gerüchte, dass die Beziehung der beiden Superstars beendet ist. »Es wurde echt Zeit, dass sich Troy eine andere sucht«, erklärt ein Freund des jungen Schauspielers. »Emma kann man es nie recht machen.«

Einer anderen Quelle zufolge haben sich Taylor und Dawson am Abend vor seinem Seitensprung auf einer Party am Strand heftig gestritten.

»Ich konnte hören, wie Troy Emma angeschrien hat. Sie hat versucht, ihn zu beruhigen und ihn dazu zu bringen, die Party zu verlassen.«

Dies war nicht das erste Mal, dass Taylor versucht hat, den Hang zu wilden Partys bei einem ihrer Freunde zu zügeln. Es war auch nicht das erste Mal, dass es ihr nicht gelungen ist, deren Interesse an anderen Frauen zu zügeln. »Aus irgendeinem Grund schafft Emma es nicht, dass die Typen ihr treu sind«, berichtet ein Insider aus Hollywood. »Und nachdem sie nun schon von drei Verehrern betrogen wurde, sollte sie sich fragen, ob das Problem vielleicht bei ihr liegt – nicht bei den Männern.«

Der Konflikt steuert auf seinen Höhepunkt zu: Taylor und Dawson haben für die letzte Staffel von noch einen Monat gemeinsamer Dreharbeiten vor sich. Herzensbrecher

Dawson spielt in der Serie erst seit Kurzem den Freund der Präsidententochter, die von Taylor dargestellt wird. Vielleicht soll das die Zuschauer von dem Drama ablenken, das sich im wahren Leben zwischen einem anderen Hollywood-Pärchen abspielt.

Ich höre auf zu lesen, weil meine Augen brennen, aber ich werde wegen Troy Dawson ganz sicher keine Träne mehr vergießen. Was über unseren Streit in dem Artikel steht, stimmt – allerdings habe ich nicht versucht, seinen »Hang« zu irgendetwas zu zügeln. An diesem Abend hat mich ein anderer Typ – den ich von den Dreharbeiten zu *Mountain Home* kannte – zur Begrüßung ganz selbstverständlich in den Arm genommen, als wir uns trafen. Und dann haben wir geredet ... zu lange und zu freundschaftlich und zu was-auch-immer für Troys Geschmack. Er war schon oft ziemlich besitzergreifend gewesen, aber an diesem Abend hat er mich zum ersten Mal so angebrüllt.

Da wusste ich, dass es vorbei war. Um nicht noch mehr Aufmerksamkeit auf uns und das Ende unserer Beziehung zu lenken, habe ich versucht, Troy zu beruhigen. Aber meine Entschuldigung und die Erklärung, woher ich diesen anderen Typen kannte und dass er *zehn* Jahre älter war als ich, reichten nicht aus – und Troy meinte, es mir heimzahlen zu müssen, indem er für die Titelseite eines Klatschmagazins seine Bikini-Version von *Twister* am Strand spielte.

Das war nichts im Vergleich zu dem, was danach passierte.

Ich wollte nichts mehr von Troy wissen, aber noch Wochen nach unserer Trennung hinterließ er mir gruselige Nachrichten auf der Mailbox. Er behauptete, dass er genau wüsste, was ich machte, und zählte die Orte auf, an denen ich die Tage zuvor wirklich gewesen war. Nach seinem letzten Drehtag bei *The First Family* verfolgte er mich über eine Stunde lang, während ich versuchte, ihm mit meinem Auto im dichten Verkehr von L. A. zu entkommen. Ich dachte, ich hätte ihn abgehängt, aber als ich schließlich beim Haus meiner Tante ankam, wartete Troy bereits in der Auffahrt.

Ich öffnete mein Seitenfenster nur einen Spaltbreit und wollte versuchen, die Situation zu entschärfen, aber er fing sofort an mich zu beschimpfen und warf mir vor, dass alles meine Schuld wäre, weil ich mit anderen Typen flirten würde. »Komm schon, Emma. Steig aus. Lass uns reden«, sagte er schließlich etwas ruhiger. Aber bevor wir das Studio verlassen hatten, hatte er mich so fest am Arm gepackt, dass ich bereits blaue Flecke hatte. Deswegen wagte ich nicht, die Türen zu entriegeln.

Und das war der Moment, als er mit der Faust durch mein Fenster schlug.

Auf dem zersplitterten Glas war überall Blut, aber ich warf den Rückwärtsgang rein und raste wieder davon, zu geschockt und entsetzt, um mir Gedanken darüber zu machen, wie schlimm er sich verletzt hatte. Seitdem habe ich ihn nicht mehr gesehen.

Manchmal frage ich mich, ob ihn diese ganze Aktion vielleicht noch mehr fertiggemacht hat als mich.

Eigentlich hätte ich eine einstweilige Verfügung gegen ihn erwirken sollen, aber ich bin immer noch nicht darüber hinweg, dass die Medien genauso brutal waren wie er. Sie berichten noch heute über jedes noch so kleine Puzzleteil, das sie finden können. Und wenn sie nichts finden, füllen sie die Lücken mit absurden Lügen. Sie graben immer neue Fotos von mir aus, auf denen ich verheult oder panisch aussehe – *die arme Emma.* Und natürlich erschien mein Gesicht wochenlang auf allen Titelseiten neben Bildern von Troy, auf denen er besonders grausam und bedrohlich aussah. Vermutlich stammen diese Aufnahmen von irgendwelchen Dreharbeiten, denn normalerweise zeigt Troy diese Seite von sich nicht in der Öffentlichkeit.

Er war immer so charmant. Genau der Typ, den sich jedes Mädchen wünscht.

Und genau der Typ, auf den ich immer wieder reinfalle.

»Emma?«

Ich zucke zusammen und springe auf.

Meine Mom steht in der Tür und mustert mich misstrauisch. »Das Studio hat angerufen. Brett Crawford hat ein Terminproblem mit seiner Kostümprobe nächsten Montag und wird deswegen morgen früh dazukommen, wenn *du* an der Reihe bist. Ich dachte, ich sollte dich vorwarnen.«

Was? Das geht nicht!

»Lass uns den Termin verlegen«, sage ich. »Ich glaube, ich werde krank, und morgen Früh ist es bestimmt noch schlimmer. Meine Hände zittern. Siehst du?«

Sie zittern wirklich.

»Wir haben diese Brett-Sache doch besprochen – du bist über ihn hinweg, schon vergessen?«, erinnert sie mich. »Und in ein paar Tagen wirst du ihn ohnehin treffen müssen. Da kann es ebenso gut auch morgen sein.«

Wieso? Damit sie dabei sein kann, wenn ich in Ohnmacht falle?

Ich lasse mich wieder zurück aufs Bett fallen. »Es ist nicht wegen Brett«, murmele ich, denn es geht wirklich nicht um ihn. Ich hätte diesen Artikel nicht lesen sollen, denn er hat mich wieder daran erinnert, dass meine Berühmtheit den Zeitschriften jedes Recht gibt, die Welt über all meine Fehler, Missgeschicke und Blamagen zu informieren, weil das *Unterhaltung* ist. »Ich fühl mich einfach scheiße.«

»*Krank*, Emma. Du fühlst dich krank.«

»Nein, ich fühle mich wie der letzte Dreck.« Es ist doch nur eine Kostümprobe. Die lässt sich bestimmt verschieben, oder? »Wieso tausche ich nicht einfach den Termin mit Brett und gehe am Montag hin?«

Mom setzt sich zu mir aufs Bett und legt ihre Hand auf meine Stirn. »Du fühlst dich wirklich ein bisschen heiß an.« Ihre dunklen Augenbrauen rücken enger zusammen. »Aber jetzt noch mal anzurufen, nachdem ich bereits gesagt habe, dass es dir nichts ausmacht, deinen Termin zu teilen, lässt dich ein wenig zickig wirken – und niemand kann eine Diva leiden. Ich hoffe also, dass du das jetzt nicht nur vortäuschst.«

Ich wünschte, es wäre so. Lieber wäre ich eine Diva als die *arme Emma Taylor*, das Mädchen, dessen Affären perfektes Futter für die Klatschpresse sind.

In diesem Moment taucht Rachel wieder auf und bemerkt sofort, was meine Mom übersehen hat. »Oh mein Gott!«, stößt sie hervor, stürzt sich auf das Titelbild von *Promi News* und stopft es in einen der leeren Kartons. »Dass ich ausgerechnet *diese* Story als Packpapier benutzt habe! Es tut mir so leid!«

Ich zucke mit den Schultern und schüttele den Kopf, als wäre es keine große Sache. Dann werfe ich einen Blick zu meiner Mutter. Ich rechne schon damit, dass sie eine Bemerkung à la »Herzschmerz ist keine Ausrede, um einen Termin abzusagen!« fallen lässt, aber sie geht einfach nur zu dem Karton mit den Fotos und packt die restlichen Bilder aus, während Rachel bei mir auf dem Bett sitzt und sich bemüht, mich aufzuheitern. Schließlich verlässt meine Mutter den Raum, einen Karton mit dem restlichen Knüllpapier unter dem Arm.

»Danke, Mom«, sage ich, als sie die Tür hinter sich schließt. Und ich meine es ernst.

Eine halbe Stunde später überrascht mich Rachel mit einem so genialen Geschenk, dass wir bestimmt noch jahrelang darüber lachen werden. Sie hat ihr Bildbearbeitungsprogramm dazu benutzt, um den Kopf des Mädchens mit dem superknappen Bikini durch Troys Kopf zu ersetzen.

»Sieh dir nur seine dürren Arme an!«, japse ich, als ich endlich wieder Luft bekomme. »Aber rosa steht ihm echt total gut. Und ich liebe dieses Pünktchenmuster, das du hinzugefügt hast. Der Hammer!«

»Freut mich, dass es dir gefällt«, sagt Rachel. »Weil ich es nämlich gerade anonym ins Netz gestellt habe und es garantiert einschlagen wird wie eine Bombe.«

JAKE

Ein paar Wochen nach meiner ersten Begegnung mit Steve McGregor betrete ich das Desert Productions Filmstudio in Tucson. Heute sind die gesamte Besetzung und alle Mitarbeiter am Set. Ich melde mich beim Sicherheitsdienst, der mich hineinbegleitet und an eine Produktionsassistentin übergibt, von der ich einen Zeitplan und ein Namensschild in die Hand gedrückt bekomme: JAKE ELLIOTT, SCHAUSPIELER. Ein paar Schritte neben mir steht ein Typ und telefoniert. Es ist Brett Crawford. »Nein, ehrlich«, sagt er. »Natürlich erinnere ich mich an dich! Ich hatte nur einen Moment lang deinen Namen vergessen.«

Während er sich ihre Antwort anhört – ich kann den schrillen, flirtigen Tonfall des Mädchens bis hier hören –, verdreht Brett die Augen und lacht. Anscheinend über sich selbst. »Heute Abend? Ach, schade. Ich bin nicht in L. A., sonst wäre ich total gern gekommen.« Er merkt, dass ich ihn beobachte, und schüttelt mit gespieltem Entsetzen den Kopf, als wolle er mir sagen, wie *gruselig* dieses Mädchen am Telefon sei.

Ich wende mich ab und mache mich auf den Weg zum Treffpunkt, aber Brett spricht so laut, dass ich noch immer zuhören kann.

»Tut mir leid, ich muss los!«, sagt er. »Ich werde am Set gebraucht … Ja, natürlich. Ich ruf dich später wieder an.« Und wie aus dem Nichts taucht er neben mir auf und klopft mir auf die Schulter. »*Weiber*, Alter. Die sind total verrückt. Ich habe keine Ahnung, woher die meine Nummer hat.«

Ich bleibe stehen und sehe ihn an. »Aus ihrer Anrufliste?«

»Nee. Ich hab sie nie angerufen. Wir haben uns auf einer Party kennengelernt … glaube ich.«

Der Typ hat diese Sache mit dem ersten Eindruck voll drauf. Ich setze mich wieder in Bewegung, Brett folgt mir. »War sie jemals mit deinem Handy allein?«, frage ich.

»Äh … vielleicht habe ich es rumliegen lassen, als ich Drinks geholt habe oder so.«

»Dann hat sie sich in der Zeit wahrscheinlich mit deinem Handy selbst angerufen«, erkläre ich ihm.

Brett denkt darüber lange nach, als müsste er eine komplizierte Matheaufgabe im Kopf ausrechnen. »Alter, darauf wäre ich nie gekommen«, sagt er schließlich. »Kein Wunder, dass mich ständig irgendwelche Mädchen anrufen, an die ich mich beim besten Willen nicht erinnern kann.«

Mehrere Minuten später ist Brett endlich fertig damit, mir von seiner tollen Karriere zu erzählen – als Weiberheld, versteht sich. Ich entdecke die Stühle, die für die Schauspieler vor einem Klassenzimmer-Bühnenbild aufgestellt wurden. Als ich mich auf den Stuhl setze, auf dem mein Name steht, sagt Brett: »Hey, warte mal! Ich dachte, du gehörst zum Personal!«

Für den Fall, dass er lesen kann, halte ich ihm mein Namensschild unter die Nase.

»Oh!« Er lacht. »Ich habe dich gar nicht erkannt – vollständig angezogen, meine ich. Du siehst ganz anders aus als in dieser Abercrombie-Werbung.« Er lässt einen Platz zwischen uns frei und setzt sich auf den für ihn reservierten Stuhl.

»Armani«, verbessere ich ihn. Einen Moment lang würde ich ihm zu gern eine reinhauen. Ich habe mich nur ein paar

Mal ohne Shirt für Werbeanzeigen fotografieren lassen, aber scheinbar sind das die einzigen Aufnahmen, an die sich die Leute erinnern. Doch Brett versucht offenbar, eine Unterhaltung in Gang zu bringen, und ich benehme mich wie ein Idiot, und deshalb füge ich hinzu: »Abercrombie verlangen von ihren Models ein Eightpack, aber bei mir ist Schluss beim Sixpack.«

Er findet diese Antwort zum Brüllen komisch, aber wenn die letzten fünfzehn Minuten charakteristisch für ihn sind, lacht er grundsätzlich über alles, was jemand zu ihm sagt. Und dann fängt er an, mir Anekdoten von seinen *unglaublich vielen* Fotoshootings zu erzählen. Ich richte meine Aufmerksamkeit auf interessantere Dinge.

Von außen sah das Studio aus wie eine riesige Lagerhalle, aber innen wirkt es wie ein Haus, das jemand auf links gedreht hat. Die Außenwände der einzelnen Sets bestehen aus einfachen Sperrholzplatten, die von Balken abgestützt werden. Kabel hängen von der Decke, überall stehen Möbel und kleinere Requisiten herum. Es riecht nach Klebeband, Holz und … Chaos.

Allein von meinem Platz aus kann ich locker mehr als fünfzig Crewmitglieder zählen. Das Gewimmel erinnert mich an einen Vergnügungspark zur Hochsaison.

Die Mitarbeiter schleppen Ausrüstung und Requisiten durch die Gegend und bauen Kameras und Scheinwerfer auf. Fast alle sind mit Funkgeräten und Headsets ausgerüstet. Die Direktionsassistenten und Abteilungsleiter sind leicht zu erkennen, denn sie reden ohne Pause und zeigen ständig mit den Fingern auf irgendetwas. Und da ist auch Steve McGregor, der wie ein Torpedo zwischen den einzelnen Sets herumschießt.

Das einzige Mitglied des Teams, das ich bereits getroffen habe, ist Kimmi, und diese eine Begegnung hat mir gereicht. Ihretwegen war die Kostümabteilung über eine Stunde hinter dem Zeitplan, als ich zur Anprobe dort auftauchte. Ich konnte zufällig hören, wie McGregor versuchte, den Kostümdesigner zu beruhigen – er hatte sich beschwert, wie unmöglich es wäre, eine Kampfkobra mit Beinen einzukleiden. Dann war Kimmi an mir vorbeigerauscht, hatte mich fast niedergewalzt und gefaucht: »Mit diesen Leuten kann man nicht arbeiten!«

Jetzt bleibt McGregor vor den Stühlen stehen, auf denen Brett und ich sitzen, und lässt den Blick über die anderen, noch freien, Plätze schweifen. »Wo sind die Mädchen?«, fragt er niemand Bestimmtes.

Ein Produktionsassistent taucht aus dem Nichts auf – diese PAs scheinen überall gleichzeitig zu sein. Ihm ragen gefaltete Papiere aus beiden hinteren Hosentaschen, in der einen Hand hält er ein Funkgerät, ein Klemmbrett in der anderen. »Es gab ein Transportproblem mit Miss Taylor«, sagt er. »Wir waren nicht beim Wachpersonal ihrer Wohnanlage angemeldet und hatten eine falsche Handynummer. Aber jetzt ist alles geklärt.«

McGregor starrt dem Typen ins Gesicht. »Und Kimmi?«

Der PA spricht in sein Funkgerät. »Hat jemand Kimmi gesehen?« Ein paar Sekunden später kommt per Funk eine Antwort – irgendetwas über Köpfe, die rollen werden, weil ihre Garderobe noch nicht fertig ist. Der PA gibt nur ein knappes »Verstanden« zurück. Er will McGregor Bericht erstatten, unterbricht sich dann aber, um auf die wutentbrannte Gestalt zu deuten, die auf uns zukommt. »Ich glaube, wir haben sie gefunden.«

Kimmi stolziert aus einem der Flure, und trotz des Lärms um uns herum kann ich ihre Absätze über den Betonboden klackern hören.

»Guten Morgen, Miss Weston«, sagt der PA, der am Eingang stationiert ist. Sie geht einfach an ihm vorbei. Er folgt ihr. »Ich muss Ihnen noch Ihr Namensschild geben.«

»Soll das ein Witz sein?«, fragt Kimmi so empört, als hätte er sie gebeten, Mickymausohren aufzusetzen. Sie ist fast so heiß, wie sie zu sein glaubt – eine Figur wie ein Supermodel, rauchbraune Augen, makelloses Gesicht –, aber dieses Diven-Gehabe kann ich nicht ausstehen. Sie trägt ein schulterfreies Top, hellrosa mit Strasssteinen, einen engen schwarzen Minirock und High Heels, ebenfalls mit Strass besetzt. Auch nicht mein Fall.

Brett beugt sich auf seinem Stuhl nach vorne, um sie besser zu sehen. »Ich glaube, ich kenne sie«, sagt er, als Kimmi näher kommt. Als sie schließlich vor uns stehen bleibt und mit einer Hand auf der Hüfte posiert, steht Brett auf und breitet einladend die Arme aus. »Hey, das ist echt lange her!«

Kimmis verkniffenes Lächeln verschwindet und sie schaut ihn verwirrt an. »Entschuldige, aber ich –«

»Das Hard Rock Hotel. In Vegas. Weißt du nicht mehr?«, versucht Brett ihre Erinnerung aufzufrischen und grinst. »Wir haben uns im Whirlpool vergnügt. Nur wir beide … Das war eine tolle Nacht.«

Ja, unvergesslich, nach ihrem Gesichtsausdruck zu urteilen.

»*Was?*« Ihr bitterböser Blick wandert von Brett zu den Mitarbeitern, die nach dieser kühnen Enthüllung sofort stehen geblieben sind, um nichts zu verpassen. Jetzt beeilen sie sich, wieder an die Arbeit zu gehen, und laufen sich dabei fast gegenseitig über den Haufen. »Ich habe dich noch nie getroffen«, informiert Kimmi Brett. »Und schon gar nicht in irgendeinem Whirlpool.«

Bretts Anmache scheint sie nicht nur in Verlegenheit zu bringen, sie ist auch total empört.

Brett dagegen wirkt erstaunt. »Bist du sicher?« Er verstummt und mustert sie schamlos von oben bis unten. »Komisch. Vielleicht kommst du mir nur bekannt vor, weil ich deine Bewerbungsfotos in McGregors Büro gesehen habe.«

»Wer's glaubt«, faucht Kimmi. Sie sieht sich um, als würde sie hoffen, dass die neugierigen Mitarbeiter noch in der Nähe sind, um auch *diesen* Teil der Unterhaltung zu belauschen. Aber sie sind weg.

Brett hebt die Hände. »Meine Güte! Das war einfach nur ein Irrtum. Tut mir leid.«

»Toll. Dann kannst du aufhören, mich so anzuglotzen. Es wird *nie* passieren, kapiert?«

»Ich wollte doch gar nichts von dir. Also reg dich ab.«

Kimmi sagt nichts mehr. Sie setzt sich auf den Stuhl mit ihrem Namen, der rechts neben meinem steht, wirft ihre gefärbten Strähnchen über die Schulter und fängt an, in ihrer Designerhandtasche herumzuwühlen. »Ich hoffe, du bist ein bisschen zivilisierter als Brett«, sagt sie zu mir. »Oder wenigstens kein Affe.«

Ich kratze mir in bester Affenmanier den Kopf. »Kommt drauf an, wen du fragst.«

Brett verschränkt die Arme. »Kimmi, Jake ist vermutlich auch nicht an dir interessiert. Jedenfalls nicht, wenn die einzige

Rundung deines Körpers aus deiner Schweinchennase besteht. Aber dagegen kann man sich helfen lassen, weißt du?«

Kimmi schaut auf, und jetzt sieht sie so bedrohlich aus, als könnte sie Brett in den Boden prügeln. »Vielen Dank für den Tipp«, sagt sie. »Aber ich nehme keine Ratschläge von Versagern an.«

Bretts Hals ist das Erste, was rot wird. »Ich habe nur meine professionelle Meinung geäußert.«

Der Typ bettelt geradezu um eine Klage wegen Beleidigung.

»Alter«, sage ich, »hast du irgendwas eingeworfen oder bist du von Natur aus so dämlich?«

Er sitzt auf der anderen Seite von Kimmi und grinst sie an. »Ich bin so geboren worden. Traurig, nicht wahr?«

»Traurig ist nur, dass du überhaupt geboren wurdest«, kontert sie und ich muss lachen.

Dieses Mädchen kann gut auf sich selbst aufpassen.

Hinter uns ertönt McGregors dröhnende Stimme. »Ah, Miss Taylor«, sagt er, und natürlich sehen alle hin. »Bitte entschuldigen Sie das Durcheinander heute Morgen. Das wird nicht wieder vorkommen.«

»Eigentlich war es *meine* Schuld. Die Überführung meines Wagens hat sich verzögert und ich habe vergessen …«, antwortet Emma, und alles andere bekomme ich nicht mehr mit. *Wow.* Die Kameras können diese Schönheit nicht einfangen – ich kann die Farbe ihrer berühmten kobaltblauen Augen sogar von hier sehen. Sie trägt eine weiße Bluse mit Spitzenbesatz und enge Jeans. Das lockige dunkle Haar fließt ihr wie geschmolzene Schokolade über die Schultern.

Ich muss an meine armen Freunde in Phoenix denken, die

ihre Seele verkaufen würden, um Emma Taylor auch nur aus fünfzig Meter Entfernung sehen zu können, und ich bin hier, in zehn … neun … acht …

Sie bleibt wie angewurzelt stehen, starrt mich an und schnappt nach Luft.

»Hi«, sage ich. Zumindest glaube ich, dass ich es gesagt habe.

Emma starrt mich noch immer an. Und dann lacht sie plötzlich. *Sie lacht!*

»Ist. Nicht. WAHR!«, ruft sie und geht um die Sitzreihe herum, um links von mir Platz zu nehmen. Ihre Schultern beben immer noch, obwohl sie offenbar versucht, sich zusammenzureißen. »Tut mir leid! Ich … *du!* … Das ist … einfach nicht …« Sie kann nicht einmal aussprechen.

»… wahr?«, beende ich den Satz für sie und frage mich, was an mir so unglaublich witzig sein könnte. »Das sagtest du bereits.«

Kimmis Hand landet auf meinem Knie und sie späht an mir vorbei zu Emma. »Ihr beide kennt euch schon? Lasst mich raten – ihr habt zusammen in einem Whirlpool rumgeknutscht?«

Emma hört sofort auf zu lachen.

»Nein!«, stößt sie aus, schaut dabei aber nicht Kimmi, sondern mich an. Ihr Gesicht ist knallrot und meins vermutlich auch, denn jetzt stelle ich mir natürlich vor, mit ihr in einem Whirlpool zu sitzen. »Wir haben nur … eine gemeinsame Freundin«, verteidigt Emma sich. »Das ist alles.«

»Haben wir?«

Sie antwortet nicht. »Wer behauptet denn, ich hätte mit ihm in einem Whirlpool gesessen?«, fragt sie stattdessen Kimmi.

Brett beugt sich vor. »Nein, nein, Emma. Keine Sorge.

Kimmi bringt alles durcheinander. Ich habe ihr gesagt, dass *du und ich* in diesem Whirlpool waren, aber sie ist eifersüchtig und deshalb …«

Sogar er merkt, dass Emmas Gesicht jetzt nicht mehr rot, sondern dunkelrot ist und dass sie aufgehört hat zu atmen.

Brett springt auf wirft sich vor Emma auf die Knie. »Das war ein Witz!«, versichert er und greift nach ihren Händen. »Ich hab doch nur Spaß mit dir gemacht.«

»Weil er mit *jedem* Spaß macht«, murmelt Kimmi.

Brett sieht sie gereizt an. »Hast du eigentlich auch einen Ausschaltknopf?«

Langsam zieht Emma ihre Hände aus Bretts Fingern. Dann sieht sie mich wieder an. »Was genau geht hier vor?«

»Keine Ahnung«, antworte ich mit einem Schulterzucken. »Mit Sicherheit kann ich nur sagen, dass keiner von uns mit einem der anderen jemals in einem Whirlpool gesessen hat.«

Sie lächelt. »Vielen Dank. Da bin ich aber erleichtert.«

Als Brett bemerkt, dass McGregor im Anmarsch ist, legt er Emma die Hände auf die Schultern und sagt: »Ich kann nicht fassen, dass wir uns bisher noch nicht begegnet sind. Wir haben eine *Million* gemeinsamer Freunde, also müssen wir reden. Ich folge dir übrigens seit gestern Abend auf Twitter – hast du das gesehen?«

Emma nickt nur und sieht schon wieder total gestresst aus. Aber wieso?

McGregor steht jetzt vor uns und grinst wie ein Kind im Spielzeugladen. »Großartig! Sie haben sich schon bekannt gemacht. Was halten Sie von Ihren neuen Kollegen?«

Wäre Kimmi eine Figur in einem Zeichentrickfilm, würde

ihr jetzt Dampf aus den Ohren kommen, aber sie sagt nichts. Auch Emma und ich schweigen.

Brett hat natürlich etwas zu sagen. »Die da kann ich nicht ausstehen«, berichtet er McGregor und deutet auf Kimmi. »Aber die beiden anderen sind cool. Ich freu mich schon drauf, mit ihnen zu arbeiten.«

McGregor grinst unvermindert weiter. »Prima. Dann kann es ja losgehen!«

Emma

Es wäre echt unbezahlbar gewesen, wenn Rachel an diesem Morgen mit mir ins Studio gekommen wäre und Jake *The Body* Elliott leibhaftig vorgefunden hätte, statt ihn nur an den Wänden ihres Zimmers anzuschmachten, wo er eigentlich hingehört.

Meine Mom hatte eine E-Mail mit der Besetzung der letzten männlichen Hauptrolle bekommen, aber nur gesagt, dass es – genau wie Kimmi – ein unbekannter Newcomer ist. Natürlich hatte das meine Neugier geweckt, aber ich war so mit dem Umzug, dem Auspacken, den Hausaufgaben und der Lektüre der Erstfassung von *Coyote Hills* beschäftigt, dass ich nicht dazu kam, den Namen Jake Elliott zu googeln.

Wahrscheinlich wird es noch eine Weile dauern, bis ich Rachel anrufen kann, aber sie wird so was von ausflippen!

Außerdem muss ich unbedingt mit ihr über Brett reden, bei dessen Anblick mir immer noch ganz schwummrig wird, obwohl ich wirklich versuche, mich zusammenzureißen. Und ich kann ihm nicht aus dem Weg gehen. Nach einer Führung durch das Studio landen wir in einem Produktionsraum, um die erste Szene zu lesen, und McGregor setzt Brett ausgerechnet neben mich.

Ich bringe keinen vollständigen Satz zustande. Aber mir ist natürlich klar, dass plötzlich auftretende Verblödung in Anwesenheit von Produzenten, Direktoren, Programmchefs, Abteilungsleitern, Autoren und allen Schauspielern unglaublich peinlich ist. Zumal diese Leute fast alle weniger verdienen als ich und sich vermutlich wundern, wie ein stammelnder Volltrottel wie ich überhaupt eine Rolle bekommen konnte.

Aber es ist Bretts Schuld, dass mein Gehirn seine Koffer gepackt hat. Er hört einfach nicht auf, mit mir zu reden.

Es hilft auch nicht, dass er in echt noch umwerfender ist als auf meinen Postern: seine Augen sind wirklich so blau wie der Pazifische Ozean, seine Haare haben genau das Blond, das ich am liebsten mag – es leuchtet so wunderschön, dass es so aussieht, als würde er immer und überall von der Sonne begleitet werden –, und seine ständig wechselnde Mimik ist mehr als faszinierend. Wieso kann er nicht in meine Träume zurückspringen und dort bleiben?

Keine Hollywood-Typen mehr, ermahne ich mich. *Das endet immer böse. Immer.*

An vier langen Tischen, die zu einem großen Quadrat zusammengeschoben wurden, sitzen rund zwanzig Leute, und noch mal genauso viele haben im Raum verteilt auf Stühlen Platz genommen. Die erste Lesung einer Szene für eine neue Serie ist unglaublich wichtig, und alle, die etwas mit der Produktion zu tun haben, nehmen daran teil. Sie bekommen einen Eindruck davon, wie die Schauspieler ihre Charaktere anlegen wollen, und natürlich lernt man sich dabei auch besser kennen.

Kimmi lässt den Blick über die Getränkeauswahl schweifen – Milch, Saft, verschiedene Teesorten, Kaffee und natürlich Wasser. Sie rümpft die Nase und wendet sich an die erste Person, die keinen Stuhl abbekommen hat. »Ich will eine Cola Light«, sagt sie.

Der Typ, dessen Namensschild ihn als Regieassistenten ausweist – was Kimmi ebenso deutlich sehen kann wie jeder andere von uns –, starrt sie einen Moment lang an, bevor er den Raum verlässt. Direktionsassistenten, kurz DAs, besorgen normalerweise keine Cola. Aber nach wenigen Augenblicken kehrt er schon mit einer Cola Light zurück, was McGregor natürlich mitbekommt. Es sieht so aus, als würde er mit den Zähnen knirschen. »Zunächst sollten wir uns miteinander bekannt machen«, sagt er schließlich.

Nachdem wir die Namen und Titel des gesamten Teams erfahren haben, bittet McGregor uns, die Mappen zu öffnen, die vor uns liegen, und die ersten beiden Seiten des Drehbuchs zu lesen. Der Text weicht ein bisschen von der Version ab, die ich bereits vorab gelesen habe, aber das ist eigentlich immer so.

EINBLENDE
EDENS ZIMMER – TAG
Musik dröhnt und wir sehen EDEN, die langsam den Reißverschluss eines schwarzen Lederstiefels hochzieht, der ihr bis übers Knie reicht. Ihr Faltenrock endet noch ein paar Zentimeter weiter oben. Sie schaut in den bodentiefen Spiegel, und ihr gefällt, was sie sieht. Ihr Vater, CAL, geht an der offenen Zimmertür vorbei, kommt zurück und bleibt stehen.

CAL: Es gibt immer noch Bekleidungsvorschriften, Eden. Auch für die unteren Klassen.

Eden lächelt noch einmal ihr Spiegelbild an und öffnet einen weiteren Knopf ihrer Bluse.

EDEN: Aha.

CAL: Heute ist der erste Schultag, und es ist dir schon jetzt egal, ob sie dich nach Hause schicken?

Eden stopft ihr Make-up, eine Haarbürste und ein einzelnes Schulheft in eine große Louis-Vuitton-Handtasche. Im Hinausgehen gibt sie ihrem Vater ein Küsschen auf die Wange.

EDEN: Ich hoffe, dass sie es tun. Heute ist Ausverkauf bei Saks.

Cals besorgter Blick folgt seiner Prinzessin den Flur entlang.

COYOTE HILLS HIGH – SCHÜLERZEITUNG – TAG
Der neue Herausgeber des
, BRYCE, sitzt erwartungsvoll an seinem Schreibtisch und räumt auf. Er legt die Bleistifte der Stärke 2 sorgfältig in eine Reihe und entdeckt eine Büroklammer, die dort nicht hingehört. Er befördert sie in die entsprechende Büroklammer-Ablage, von denen es drei gibt, geordnet nach Größe. Der Arbeitsplatz ist beinahe steril. Bryce betrachtet die Ordnung und lächelt. Ein Hinterteil und ein Rucksack landen auf seinem Schreibtisch.

JUSTIN: Ich habe gehört, dass du mich dieses Jahr herumkommandieren willst.

Justin beißt in eine Scheibe Toast mit Butter. Bryce wischt die Krümel weg, die auf seinen Schreibtisch fallen.

BRYCE: Du bist der Einzige, der sich freiwillig gemeldet hat, um für die Sportseite zu schreiben.

Justin, der bemerkt, wie Bryce auf die Krümel reagiert, lacht und beißt noch einmal so herzhaft in seinen Toast, dass besonders viele Krümel herunterfallen.

JUSTIN (mit vollem Mund): Das wird super.

COYOTE HILLS – EINGANGSSTUFEN – TAG
Wir sehen ins Innere eines großen Kartons. Er ist leer. KAMERA ZOOMT RAUS: KASSIDY steht vor dem Karton, ein gezwungenes Lächeln im Gesicht. In großen Druckbuchstaben hat sie auf den Karton geschrieben: BITTE SPENDET EURE ÜBERZÄHLIGEN SCHULSACHEN FÜR BEDÜRFTIGE KINDER. Die SCHÜLER gehen vorbei und ignorieren sie.

KASSIDY: Äh … Alles würde helfen, Leute.

Kassidy hört ein leises   im Karton. Freudig sieht sie hinein, doch es ist nur ein kleiner Bleistiftstummel.

KASSIDY: Alles klar. Das ist zumindest ein Anfang.

Jemand reißt ein Blatt von einem Spiralblock ab, und Kassidy schaut wieder auf. Ein einzelnes Blatt segelt in den Karton. Mitten auf dem Papier steht ein großes L.

Kimmi ist die Erste, die einen Kommentar abgibt: »Kassidy sollte diesen dummen Typen wenigstens die Meinung sagen. Mal im Ernst, was soll denn das für ein Charakter sein? Ein edler Gutmensch? Die sind doch schon seit dem Mittelalter ausgestorben.«

»Interessante Anmerkung, Miss Weston«, sagt McGregor. »Kann ich noch andere Meinungen über Kassidy hören? Ich bin davon überzeugt, dass zwei Seiten des Drehbuchs ausreichen sollten, um die Zuschauer zu fesseln und ihnen die Charaktere vorzustellen. Also, was haben Sie bisher erfahren?«

Brett beugt sich auf seinem Stuhl nach vorn. »Wie auf dem Zettel stand, ist Kimmi – oder, äh, *Kassidy* – ein Loser mit einem großen L. Zumindest halten alle anderen sie dafür.«

»Stimmt«, bestätigt McGregor. »Mr Elliott?«

Jake erstarrt und nur seine Augen huschen im Raum herum. Ja, *alle* starren ihn an. Jede Frau im Studio, egal wie alt sie ist, macht das schon den ganzen Morgen. Ich habe mich selbst auch schon ein paarmal dabei erwischt. Meine Vermutung, dass seine Lippen auf Rachels Poster mit Photoshop bearbeitet wurden, stimmt nicht. Jake hat keinerlei digitale Verschönerung nötig. Diese Kombination aus dunkelbraunen Haaren, perfekt gebräunter Haut und smaragdgrünen Augen ist einfach unglaublich. Rachel wird an die Decke gehen, wenn sie erfährt, dass die 3D-Version von *The Body* sogar noch besser ist. Natürlich zeigt er jetzt wesentlich weniger Haut als auf dem Poster, aber trotzdem …

»Kicherst du etwa gerade?«, fragt mich Brett.

Jetzt bin ich diejenige, die erstarrt. Ich schätze, ich habe wirklich ein bisschen gekichert, aber nur, weil ich mir überlegt habe, wie ich Rachel von Jake erzählen werde.

Aber mehr als ein »Ähm« kriege ich nicht heraus, denn das ist alles, was Mädchen, die plötzlich dämlich geworden sind, sagen können.

Jake hat sich eine Antwort für McGregor überlegt. »Sogar

am ersten Schultag, an dem andere Mädchen vielleicht noch schüchtern oder verlegen sind, denkt Kassidy nur an andere, weniger glückliche Leute. Also zieht sie diese Friede-Freude-Eierkuchen-Nummer wohl schon länger durch.«

Wow. Gut beobachtet. Hat unser Adonis womöglich auch ein Gehirn? Er zuckt mit den Schultern und ich kann sehen, wie sich die Muskeln an seinem Hals und den Schultern verkrampfen. *Vermutlich nicht.*

»Sie wissen schon, als würde sie häufig für wohltätige Zwecke eintreten«, verdeutlicht Jake.

»Korrekt«, sagt McGregor. »Und Miss Taylor?«

Ich erwische mich schon wieder dabei, wie ich Jake anstarre, und schaue hastig auf den Tisch. »Ich? Ja, klar. Ich steh total auf wohltätige Zwecke. Ich habe sogar vor, eine eigene Hilfsorganisation zu gründen.«

Jemand legt mir eine Hand auf den Rücken und flüstert mir ins Ohr. »Er redet immer noch über Kimmis Charakter, nicht über *dich.*«

Ich drehe mich um und muss feststellen, dass Brett mir so nahe gekommen ist, dass seine Lippen beinahe meine Wangen berühren. Ich zucke zurück und alle lachen.

»Sorry!«, sagt Brett. »Leuten auf die Pelle zu rücken, ist eine Schwäche von mir. Ignorier es einfach.«

Jetzt ist mein Gesicht garantiert so rot geworden, dass es im Dunkeln leuchtet. So viel zu meiner grandiosen Ankündigung, dass ich eine Wohltätigkeitsorganisation gründen will. Das Problem ist, dass ich keine Ahnung habe, was genau ich unterstützen möchte. Natürlich gibt es viele, die Hilfe brauchen, aber ich will etwas machen, das *mir* etwas bedeutet.

Die naheliegendste Idee wäre wohl eine Art Klinik: Das *Emma-Taylor-Entgiftungszentrum für chronisch Verliebte.* Ich bin doch sicher nicht das einzige Mädchen der Erde, das immer wieder auf Kerle reinfällt, die pures Gift sind, oder?

»Könnt ihr nicht in eurer Freizeit flirten?«, fragt Kimmi, und ich möchte am liebsten etwas nach ihr werfen. Sie sitzt zwar auf der anderen Tischseite neben Jake, aber ich hab einen ziemlich guten Wurfarm. »Wir müssen über meine Rolle reden«, fährt sie fort. »Wie ich bereits sagte, braucht Kassidy mehr *Tiefe.* Ich bin festgelegt fürs Leben, wenn ich jetzt eine dumme Nuss ohne Freunde spiele, die irgendwann als verrückter Öko-Freak endet.«

Am Autorentisch werden bedeutungsvolle Blicke getauscht, und McGregor schmunzelt. »Das ist eine Wendung, auf die wir noch gar nicht gekommen sind, Miss Weston. Vielen Dank. Ich glaube, wir werden Kassidy auch versuchen lassen, die Delfine zu retten. Und auch ein paar Gorillas.«

»Oh ja, bitte«, erwidert Kimmi sarkastisch. »Und vergessen Sie nicht, mir mindestens ein Dutzend Szenen zu geben, in denen ich einen Baum umarme.«

»Hoffentlich redet sie weiter«, flüstert Brett mir zu und deutet auf den Tisch, an dem die Autoren sitzen. Sie kritzeln alle wie wild neue Ideen in ihre Notizbücher. Ich nicke nur und schlucke, denn Brett berührt mich immer wieder, und seine Lippen sind gerade einmal zwei Zentimeter von meinen entfernt. »Sie gräbt sich ihr eigenes Grab.«

Sein Atem ist warm und riecht nach Pfefferminz.

»Aber Kassidy musste sich zum Lächeln *zwingen*, oder?«, platze ich heraus in dem Bemühen, mich abzulenken. »Das könnte bedeuten, dass es ihr doch ein bisschen unangenehm ist, mit ihrer Spendenbox vor der Schule zu stehen. Aber sie tut es trotzdem. Das verrät mehr über sie als alles andere.«

»Weil sie höhere Ziele hat als der restliche Highschool-Abschaum«, fügt Kimmi hinzu.

»Vielleicht hat sie die«, sagt McGregor. »Eventuell wird sie sogar der wichtigste Charakter der Serie. Das wird sich noch herausstellen.«

Brett hebt die Hand, als wäre ihm etwas Geniales eingefallen. »Oder aber Kassidy erweist sich als ebensolches Klischee wie die Schauspielerin, von der sie verkörpert wird. Amtierende Diva, gemeines Biest, ehemalige Cheerleaderin. Suchen Sie sich was aus.«

»Ich war *nie* Cheerleaderin!«, faucht Kimmi.

Sie holt tief Luft, um ihm die Meinung zu sagen, aber McGregor räuspert sich und sieht Brett strafend an.

»Mr Crawford, Klischees töten jede Serie. Sie wollten sicher nicht andeuten, dass ich langweilige und einfallslose Schauspieler angeheuert habe. Wenn das der Fall wäre, würden *Sie* hier nicht sitzen.«

»Ist ein Argument«, erwidert Brett.

Die Diskussion über Kimmi und ihre Rolle geht noch ewig weiter. Ich weiß nicht, wie lange, aber ein Blick auf meine Mappe zeigt mir, dass ich mindestens dreihundert Kreuzchen auf eine freie Seite gemalt habe. Als McGregor sich dann Bretts Charakter zuwendet, stupst Brett mich an. »Hey, Picasso, wir reden jetzt über deinen preisgekrönten Schauspielkollegen. Pass gefälligst auf.«

Er ist ein Weiberheld.

»Klar«, sage ich, sehe ihn aber nicht an … ignoriere ihn. Zur Abwechslung male ich Smileys.

Die Gruppe kommt zu dem Schluss, dass Bretts Charakter, Bryce, ein Perfektionist ist.

Alle Charaktere der Serie sind auf irgendeine Weise mit der Schülerzeitung verbunden, die ein zentrales Element der Story ist und immer wieder für Zoff sorgt.

»Im Verlauf der ersten Staffel«, erklärt McGregor, »werden Sie erleben, wie Bryce die Gruppe zusammenhält, weil er über die erstaunliche Fähigkeit verfügt, die Wogen zu glätten. Er ist mit Abstand das reifste Mitglied der Gruppe.«

»Ach, deshalb haben Sie mich für diese Rolle ausgewählt«, sagt Brett, was alle zum Lachen bringt.

Die meisten Leute halten McGregor sicher für vollkommen verrückt, weil er seine Schauspieler danach auswählt, was möglicherweise ihre zweite Natur sein könnte. Mir gefällt diese Vorstellung aber irgendwie. Ich habe wirklich eine dunkle Seite, die sich nicht um irgendwelche Konsequenzen schert – wahrscheinlich werde ich aus diesem Grund immer wieder von Jungs angezogen, die schlecht für meine *gute* Seite sind. Bedeutet das dann im Umkehrschluss, dass Brett auch eine vernünftige Seite hat, die gern zum Vorschein kommen will?

»Nun, Mr Elliott«, sagt McGregor, »lassen Sie uns über Ihren Charakter Justin sprechen.«

Jake setzt sich ein wenig aufrechter hin, aber Kimmi lässt ihn nicht zu Wort kommen. »Einen Moment, ich will erst mal was fragen«, sagt sie. »Wieso fangen die Namen aller Charaktere mit demselben Anfangsbuchstaben an wie die, von denen sie gespielt werden? Das ist echt komisch.«

Jedes Mal wenn Kimmi eine Frage wie diese stellt, mustern die Produzenten und Direktoren sie mit gerunzelter Stirn. Wenn sie ihren Job behalten will, sollte sie lernen, gelegentlich mal den Mund zu halten. Kimmi hat offenbar den Eindruck, dass sie als Schauspielerin an der Spitze der Nahrungskette steht. Aber viele der Leute hier im Raum waren schon im Geschäft, bevor Kimmi, Brett, Jake oder ich überhaupt geboren wurden, und sie haben genügend Einfluss, um unsere Karrieren mit dem Daumen zu zerquetschen wie Ungeziefer.

Ein guter Schauspieler ist einer, der arbeitet – das ist der beste Rat, den mir ein Hollywood-Veteran gegeben hat. Laienhaft ausgedrückt: Benimm dich nicht wie ein Vollidiot.

Diesmal hat Kimmi Glück, denn McGregor wirkt amüsiert. »Wissen Sie ... Gewöhnlich reagiere ich auf diese Frage, indem ich den Namen des Charakters in etwas weniger Wohlklingendes ändere. Würden Sie statt Kassidy gern Kipper heißen?«

Kimmis Unterkiefer klappt herunter.

»Nein? Dann lieber Karp? Oder Krapf?«

Sie macht den Mund wieder zu.

»Ich könnte aber auch zugeben«, fährt McGregor fort, »dass diese Methode, meinen Charakteren Namen zu geben, mir – einem alten Knacker – hilft, den Anfangsbuchstaben mit dem entsprechenden Schauspieler zu verbinden. Ja, ja, ich weiß, das wirft eine weitere Frage auf: Was, wenn zwei Schauspieler den gleichen Anfangsbuchstaben haben? Nun, dann bekommt einfach einer von ihnen einen neuen Namen – das ist in Hollywood an der Tagesordnung.« Er grinst. »Jake hier hieß früher Eddie.«

»Ja, schon mein ganzes Leben, aber dann hat *Emma* dem ein

Ende bereitet«, sagt Jake. »Meine Mom tut sich schwer mit der Veränderung, aber sie wird sich schon noch daran gewöhnen.«

Während ich mich auf Jake konzentriere, schreibt Brett etwas auf meine Mappe: *Tucson ist öde. Lass uns heute Abend was zusammen machen.*

Wie kann ein Herz in weniger als einer Sekunde stolpern, stehen bleiben und dann bis zum Hals schlagen? Ich lese die Notiz noch einmal, um sicherzugehen, dass ich sie nicht missverstanden habe.

»Nein?«, fragt Brett. »Wieso schüttelst du den Kopf?«

Ich habe den Kopf geschüttelt? Ehrlich? Ich habe Nein zu Brett Crawford gesagt? So einfach?

»Justin ist der Typ, der gern Feuer legt, nur so zum Spaß«, sagt Kimmi, also vermute ich, dass wir wieder beim Thema sind. Ich habe es allerdings nicht mitbekommen, weil ich zu sehr damit beschäftigt war, mein eigenes Feuer zu legen – und Brett darin zu verbrennen. Meinen *ehemaligen* Desktophintergrund-Typen.

»Er hat gemerkt, dass seine Krümel Bryce genervt haben, und deshalb extra noch mal von seinem Toast abgebissen«, fügt Kimmi noch hinzu.

Ich schreibe Brett zurück: *Sorry, Hausaufgaben.*

Brett liest meine Antwort und schnippt mir gegen das Bein. Dann sieht er McGregor an und sagt: »Justin legt nicht nur Feuer. Er facht es an, um zu sehen, wie heiß es wohl wird, und dann kippt er noch einen Kanister Benzin hinterher.«

»Ganz genau«, bestätigt McGregor. »Und damit bleibt noch Ihr Charakter, Miss Taylor. Was erfahren wir über Sie in der alles entscheidenden ersten Szene der Serie?«

»Eden ist ein verwöhntes Einzelkind, das sich nur fürs Shoppen interessiert und seine Nase in die Angelegenheiten anderer Leute steckt«, antwortet Kimmi für mich. »Sie rechtfertigt sich damit, dass sie für die Schülerzeitung die Mode- und Klatschseiten schreibt.«

McGregor tippt seine Fingerspitzen gegeneinander. »Danke, aber in der ersten Szene erfahren wir nur den Teil mit dem Shoppen«, sagt er zu Kimmi. »Alles andere wird erst später enthüllt.«

»Stimmt schon, aber mir reicht's vorerst. Das war's doch, mehr gibt es über Eden nicht zu sagen.« Kimmi steht auf, aber alle anderen bleiben sitzen. Sie hüstelt verlegen. »Das ist doch in Ordnung, oder?«

»Das spielt wohl keine Rolle«, sagt McGregor. »Aber ich denke, wir können zwanzig Minuten Pause machen. Und dann kann Emma meine Frage beantworten.«

Bevor Brett etwas sagen kann, schnappe ich mir meine Tasche und ergreife die Flucht. Ich will ungestört sein. Nicht nur wegen Brett, sondern auch, weil ich Rachel unbedingt von Jake erzählen muss.

Aber mich verfolgt das Patschen von Bretts Flipflops auf dem Betonboden. »Hey! Was ist los mit dir, Taylor?« Ich tue so, als hätte ich nichts gehört, gehe schneller und steuere die Damentoiletten an. Doch als er das nächste Mal etwas sagt, ist er viel näher. Zu nah. »Wieso ignorierst du mich?«

Wenigstens folgt er mir nicht auf die Toilette. Ich habe die Hand schon auf dem Türgriff. »Ich muss nur … mal telefonieren«, sage ich.

»Auf dem Klo?«

Ich zucke mit den Schultern und weiche seinem Blick aus. In dem verwaschenen marineblauen T-Shirt erinnert er mich sehr an eines der Poster, das ich von ihm habe. Er hatte zu Beginn des Meetings erklärt, dass sein lässiger Strandlook – inklusive Surf-Shorts – daran liegt, dass er noch keine Haushälterin eingestellt hat, die seine Kartons hätte auspacken können. Und deshalb hat er am Morgen irgendwelche Sachen angezogen, die er zufällig im ersten Karton gefunden hat.

Ja, Brett ist wirklich sehr nett anzusehen und strahlt Selbstbewusstsein aus, was ich faszinierend finde, aber ich hatte nicht erwartet, dass er ein solcher Zappelphilipp sein würde. Er kann anscheinend nicht länger als fünfzehn Sekunden stillsitzen, und dazu kommt noch, dass er andere Leute ständig berühren muss. Jetzt, wo ich darüber nachdenke, erinnert er mich an den Jungen, der in der zweiten Klasse hinter mir gesessen und mir immer Papierkügelchen gegen den Rücken geschnippt hat.

»Unsere Garderoben sind noch nicht fertig«, sage ich zu Brett und stelle erstaunt fest, dass ich tatsächlich einen vollständigen Satz herausgebracht habe. »Und ich muss meine beste Freundin anrufen.«

»Ah, *Mädchenzeugs* also.« Er streicht sich die Haare aus der Stirn. »Hör mal, es tut mir leid, dass du in diesen Whirlpool-Quatsch hineingezogen wurdest. Das ist irgendwie außer Kontrolle geraten.«

Ich lasse den Türgriff los. »Ach ja? Worum ging es dabei eigentlich?«

Er zögert und streicht seine Haare jetzt in die andere Richtung, als wüsste er nicht, auf welche Seite sie eigentlich gehören. »Kimmi wird dir vermutlich ihre eigene Version davon erzählen, also kannst du ebenso gut erfahren, wie es wirklich war«, sagt er. »Als ich sie heute Morgen gesehen habe, dachte ich, sie wäre jemand, mit der ich … na ja, mit der ich mal in einem Whirlpool saß. Und mit der ich viel Zeit in einer richtig tollen Suite im Hard Rock Hotel verbracht habe – äh, ich glaube, das hatte ich bisher noch nicht erwähnt.« Er lacht und sieht mich erwartungsvoll an, als müsste ich ebenfalls lachen. »Jedenfalls habe ich mich geirrt. Es war nicht Kimmi. Aber wer immer dieses Mädchen damals in Vegas auch war, sie muss ausgesehen haben wie Kimmi.«

Ich kann darüber nicht lachen. Diese Geschichte ist kein an den Haaren herbeigezogener *Promi-News*-Artikel. Sie kommt direkt von Brett und es ist ihm kein bisschen peinlich, Mädchen zu behandeln wie … Plastikgeschirr.

»Wow«, sage ich. »Endlich ist mal jemand wirklich so mies, wie die Klatschpresse behauptet.«

»Nein, das bin ich ehrlich nicht!« Das ist das erste Mal, dass Brett ein einigermaßen ernstes Gesicht macht. »Ich bin nur *halb* so mies. Und ich bin auch nicht schlimmer als die Typen, mit denen du bisher zusammen warst. Ich könnte dir Dinge über diese Jungs erzählen, die –«

»Brett«, unterbreche ich ihn und fühle mich, als hätte mir jemand Eiswasser über den Kopf gekippt. Kein besonders angenehmes Gefühl. »Wenn du irgendetwas über meine Ex-Freunde gehört hast, solltest du wissen, dass es eine ganz schlechte Idee ist, dich mit ihnen zu vergleichen.«

»Keine Panik«, sagt er und hebt die Hände. »Komm nicht auf falsche Gedanken. Ich dachte mir schon, dass du mir deswegen aus dem Weg gehst, aber ich will gar nicht, dass du mich für das perfekte Date hältst. Ich gehe nicht mehr mit den Mädchen, mit denen ich arbeite. Schon seit Jahren nicht.«

Ich bin erleichtert. »Ich auch nicht. Also mit Kollegen, meine ich. Nie wieder.«

Er fängt schon wieder an zu grinsen. »Ich hatte nur gehofft, dass wir zusammen abhängen könnten, auch mit Jake oder sonst wem. Hauptsache, Kimmi ist nicht dabei. Aber ich werde mich in Tucson zu Tode langweilen, wenn du mich die ganze Zeit ignorierst. Und es ist nicht fair, wenn du mir keine Chance gibst, dir zu beweisen, dass ich einfach *ein guter Freund* sein kann, nur weil ein paar meiner Dates nach hinten losgegangen sind. Du wirst niemanden sagen hören, dass ich ein schlechter Freund bin.«

Ich schlucke und bin ein bisschen beschämt. Brett darf niemals erfahren, wie intensiv ich ihn studiert, beurteilt und analysiert habe. Aber einfach nur mit ihm befreundet zu sein, ist mir bis jetzt nie in den Sinn gekommen.

»Das mag sein«, sage ich. »Aber wenn man auch nur die Hälfte von dem glauben kann, was in diesen Zeitschriften steht, kann man das, was du mit den Mädchen hattest, wohl kaum *Dates* nennen.«

Ich rechne damit, dass er darüber lacht, aber sein Gesicht wird wieder ernst. »Woher wollen die denn wissen, ob mir eine von ihnen nicht etwas bedeutet hat?«, fragt er. »Wieso sollte *das* diese sogenannten Journalisten interessieren? Das würde nicht zu den vielen anderen Storys passen, die sie schon über mich geschrieben haben.« Brett scheint noch etwas auf der Zunge zu liegen, aber er schweigt. Ich weiß nicht, ob meine Bemerkung ihn traurig oder wütend gemacht hat oder vielleicht beides. Auf jeden Fall weiß ich genau, wie es sich anfühlt, von der Presse als oberflächlich dargestellt zu werden.

»Das kann ich verstehen«, sage ich und halte ihm die Hand hin. »Also, lass uns Freunde sein.«

Brett betrachtet meine Hand mit hochgezogener Augenbraue. »Machst du Witze?«, sagt er, schlingt seine Arme um mich und drückt mich so fest, dass meine Knochen knirschen.

Einen Moment lang versuche ich mir vorzustellen, dass der Typ, der seine Arme um mich gelegt hat, meine Wallpaper-Version von Brett Crawford ist. Aber die ist aus meinem Kopf verschwunden.

Als hätte sie nie existiert.

Endlich schaffe ich es ins Damenklo. Mein Zeigefinger schwebt schon über Rachels Eintrag in meiner Kontaktliste, doch dann wird mir klar, dass mir nicht genug Zeit bleibt, ihr von Jake zu erzählen, eine Ewigkeit zuzuhören, wie sie kreischt, und an den Tisch zurückzukehren, bevor McGregor einen Suchtrupp losschickt.

Außerdem gibt es ganz sicher eine bessere Methode, Rachel zu überraschen.

JAKE

Ich befürchte das Schlimmste. Mein Handy zeigt drei entgangene Anrufe von meiner Mom.

Noch vor einem Jahr hätte mich das nicht gestört. Mütter sind eben so. Sie rufen immer wieder an, bis man endlich ans Telefon geht, aber meine Mom muss doch wissen, wie sehr mich das in Panik versetzt. Als ich das letzte Mal drei Anrufe von ihr verpasst habe, war ich gerade in Paris auf dem Laufsteg.

Als ich später am Tag zurückrief, ging einer unserer Nachbarn ran. Er sagte mir, dass er es gewesen war, der mich angerufen hatte, weil er meine Mom bewusstlos auf dem Bürgersteig gefunden hatte. Das war das erste Mal, dass meine Mutter mich wirklich brauchte, und ich war so ziemlich am anderen Ende der Welt.

Als ich dann durch das Terminal raste, um den nächsten Flug nach Hause zu erwischen, musste ich mir immer noch goldenen Glitter aus den Haaren schütteln. In dem Moment wurde mir klar, wie sehr ich das Modeln hasste.

In der Besprechungspause suche ich mir eine ruhige Ecke am hinteren Ende des Studios, weit weg von den Sets. Meine Mutter meldet sich erst nach dem fünften Läuten. »Guten Morgen«, sagt sie. »Ich wollte dich noch vor der Arbeit erwischen, um dir viel Glück zu wünschen, aber anscheinend hast du früh angefangen. Tut mir leid, wenn ich dich gestört habe.«

Ich bin erleichtert. »Kein Problem. Ich musste schon um sieben hier sein. Alles in Ordnung bei dir?«

»Natürlich, mir geht es gut.« Das behauptet sie zwar, aber

ihre Stimme klingt undeutlicher als sonst. Wahrscheinlich ist sie nur müde. »Du bist der, um den wir uns Sorgen machen müssen«, fügt sie hinzu. »Ist dir der ganze Ruhm schon zu Kopf gestiegen?«

Das ist etwas, das sich kein bisschen verändert hat: Mom ist immer noch so sarkastisch wie früher. Das Einzige, was zählen sollte, ist, dass sie trotz des Schlaganfalls im Grunde noch immer dieselbe ist. Aber ihre veränderte Stimme, das schiefe Gesicht und dass sie nicht mehr wie früher beim Reden mit den Armen herumfuchteln kann, machen mir immer wieder klar, dass sie nie wieder so sein wird wie vorher.

Und ich kann nicht wirklich etwas dagegen tun.

»Ich chille gerade in einer gemütlichen Liege am Strand, umgeben von meinem Personal«, behaupte ich. »Und morgen kaufe ich mir ein cooles Penthouse, in dem ich jedes Wochenende rauschende Partys feiern werde. Wobei, da fällt mir ein, dass ich ja elterliche Aufsicht benötige. Wann willst du hierher ziehen?«

Ich bezweifle, dass einer von uns seine Meinung ändern wird, was ihren Umzug nach Tucson angeht, aber einen Versuch ist es wert.

Sie lacht. »Jake, es gibt nur eines, das jämmerlicher ist als ein junger Mann, der mit seiner Mutter zusammenlebt, und das ist eine Mutter, die sich an ihren Sohn klammert. Ich bin hier zufrieden und froh, dich endlich los zu sein und nicht mehr zusehen zu müssen, wie du in aller Früh in Boxershorts zum Kühlschrank pilgerst. Also hör auf, mich damit zu nerven.«

Ich seufze. »Also gut. Aber dann entgehen dir meine legendären Kochkünste.«

»Na, Gott sei Dank«, kontert sie.

Wir unterhalten uns noch eine Weile, dann beantworte ich die Nachrichten meiner Freunde. Es ist noch früh, aber sie sind bestimmt schon zusammen und lungern am Pool in Devins Garten herum. Wenn es schon vormittags vierzig Grad sind, kann man außer Schwimmen nicht viel unternehmen. Dann springt man entweder in den Pool oder geht ins Einkaufszentrum, und das wurde uns schon vor Jahren zu langweilig. Die erste Nachricht ist von Devin.

Hey, Jake. Glaubst du, dass sie mit mir ausgeht? Rede, Alter. Erzähl mir alles.

Über meinen Job? Der ist okay.

EMMA TAYLOR, Dumpfbacke.

Wer?

Ich bin auf dem Weg nach Tucson. Du hast noch zwei Stunden zu leben.

Dann kommt eine Nachricht von Mark.

Ignorier Devin. Emma wird mich lieber mögen. All ihre Freunde waren blond.

Auf so was achtest du?

Klar, weil ich normal bin. Du bist ein Freak. Ist sie hochnäsig?

Die Blonde? Allerdings.

Welche Blonde? Da ist auch eine Blonde?

Ja. Ihr Name ist Brett Crawford. Er wird dich bestimmt mögen.

Elliott, ich fahre mit Devin, um dir deinen dürren Hals umzudrehen.

Reite nicht ständig darauf rum, wie gut ich aussehe. Das macht mich ganz verlegen.

Jetzt meldet sich auch Sophie. So langsam glaube ich, die drei haben sich gegen mich verschworen.

Du hast versprochen, mir ein Foto von Brett Crawford zu schicken! Ich warte schon den ganzen Morgen!

Tut mir leid. Er ist betrunken. Ich dachte, das willst du nicht sehen.

LÜGNER! So was würde er bei der Arbeit nie tun.

Ich denke, dass er noch viel schlimmere Dinge bei der Arbeit tut.

Du spinnst!!! Ist er wirklich betrunken?

Nee. Nur unglaublich dämlich.

Du hast mir den Tag versaut ☹☹☹

Ich mach es wieder gut. Willst du Emma Taylor mal treffen?

Ja!!!!!!!!!!!

Du wirst sie mögen.

Ups. Ich habe Mark und Devin gerade gesagt, dass du mich Emma vorstellen willst. Jetzt kriegst du Ärger.

Das dachte ich mir. Zum Glück hab ich mehr Muskeln.

Ich schaue vom Telefon auf, weil ein PA alle zum Tisch zurückruft. Diese Wagenladung voll Informationen heute Morgen hat mich fast erschlagen, aber es war auch einiges dabei, das mich interessiert hat – und eine Sache ganz besonders.

Klar, ich habe Devin und Mark versprochen, Emma für sie abzuchecken und ihnen Bericht zu erstatten.

Aber da kannte ich Emma ja auch noch nicht.

Emma

McGregor macht um sechzehn Uhr Schluss, viel früher, als man als Schauspieler normalerweise nach Hause kommt, was super ist, weil ich Ende der Woche ein Referat halten muss und mich noch nicht mal für ein Thema entschieden habe. Bisher hatte ich zu viel mit dem Umzug zu tun und damit, meine Verliebtheit in einen Typen zu ersticken, den ich noch nie getroffen hatte – was völlig unnötig war, denn es hat vollkommen ausgereicht, ihm leibhaftig zu begegnen.

Bretts Sticheleien mit Kimmi wurden im Laufe des Tages immer boshafter, aber als es dann daran ging, den Text zum ersten Mal zu sprechen … wow. Brett spielt seine Rolle, als wäre Bryce wirklich sein zweites Ich. Aber für eine erste Lesung waren *alle* wirklich super. Als wir fertig waren, hat McGregor gar nicht mehr aufgehört zu strahlen.

Nach meiner Unterhaltung mit Brett hatte sich meine Sprachfähigkeit halbwegs erholt. Meine Gehirnzellen allerdings scheinen immer noch herumzuschweben wie Seifenblasen, denn ich kann meinen Drehplan nicht finden – eine Art Stundenplan für Schauspieler – und habe deshalb keine Ahnung, wann ich morgen wieder am Set sein muss. Und das ist nur ein weiterer Punkt auf der langen Liste idiotischer Dinge, die ich mir heute bereits geleistet habe.

Jeder PA in Sichtweite scheint beschäftigt zu sein, also lege ich auf dem Weg nach draußen einen Zwischenstopp im Produktionsbüro ein. Hinter dem Schreibtisch sitzt eine Mitarbeiterin mit einer roten Stachelfrisur. Sie ist vermutlich nur ein paar Jahre älter als ich, aber ich kann es nicht mit Sicherheit sagen, weil sie fast vollständig hinter Aktenbergen verschwindet. »Entschuldigen Sie die Störung«, sage ich.

Die junge Frau richtet sich ruckartig auf und ich erhasche einen Blick auf ihr Namensschild – sie heißt Mandy. »Oh, hi … Miss Taylor«, stößt sie mit einem leicht panischen Ton in der Stimme aus.

»Sagen Sie ruhig Emma«, sage ich überfreundlich. Wie Kimmi schon den ganzen Tag bewiesen hat, lassen sich Filmleute genauso viel Nerverei gefallen wie Zoowärter, und deshalb wundert es mich nicht, dass Mandy so hektisch reagiert. Die meisten Leute im Filmgeschäft sind eigentlich total cool, aber leider erregen die größten Nervensägen immer das meiste Aufsehen. »Ich bin nur gekommen, um meine neue Handynummer zu hinterlassen. Und kann ich bitte den Drehplan noch mal haben?«

»Natürlich!«, sagt Mandy geradezu erleichtert. Der Irrsinn auf ihrem Schreibtisch scheint ein System zu haben, denn nur Augenblicke später zieht sie einen Aktenordner heraus, auf dem SCHAUSPIELERINFO steht. »Fangen wir mit der Nummer an.« Im Ordner sind mehrere Mappen. Mandy klappt die erste Mappe um. Kimmis Kram. Danach kommt die Info über Jake, dann meine. Sie notiert meine neue Nummer und klappt den Ordner wieder zu. »Okay, ein Drehplan. Wo, wo, wo …« Nach etwa einer Minute des Suchens sagt sie: »Tut mir leid, ich bin gleich wieder da.«

Kaum hat Mandy das Büro verlassen, schnappe ich mir den Ordner.

Natürlich enthalten diese Akten private Informationen wie

Adressen und Telefonnummern und sind deshalb nur wenigen Mitarbeitern zugänglich. Aber Kurzbiografien gehören in die Bewerbungsmappe jedes Schauspielers – und jetzt weiß ich genau, wie ich Rachel von Jake erzählen werde.

Sie wird mich lieben bis in alle Ewigkeit.

Mein Herz rast, als ich in meiner Tasche nach dem Handy suche. Ich nehme Jakes Mappe aus dem Ordner und finde seine Biografie – seine Adresse steht zum Glück nicht drauf, denn die gebe ich Rachel ganz sicher nicht – und mache mit dem Handy ein Foto davon. Es wird unscharf. Genau wie das nächste. Und das nächste.

Es ist total sinnlos, wenn Rachel das kleine Foto von Jake in der oberen Ecke nicht erkennen und die Einzelheiten darunter nicht lesen kann – seinen Namen, den Geburtstag, die Größe, das Gewicht, die Augen- und Haarfarbe und seinen Lebenslauf. *So ein Mist!* Ich atme tief ein, halte die Kamera ganz still und knipse ein letztes Foto. Es ist perfekt!

»Äh … ist das mein Lebenslauf?«

Ich fahre herum und muss feststellen, dass Jake direkt neben mir steht. »Oh … *nein*«, antworte ich und stopfe das Blatt blindlings wieder in die Mappe. »Es ist meiner. Ich war nur neugierig, was meine Agentin hergeschickt hat.«

Sein Lächeln kann nur bedeuten, dass er sich von meinem Interesse geschmeichelt fühlt. »Das ist komisch«, sagt er. »Ich bin nämlich gerade an der Tür vorbeigekommen, und da hattest du ein Blatt Papier in der Hand, auf dem mein Name und mein Foto waren.«

Wäre es sehr unreif, ihm gegen das Schienbein zu treten und wegzurennen?

Okay, Emma Taylor, du bist Schauspielerin, oder etwa nicht? Also fang an zu schauspielern!

»Also gut, du hast mich erwischt«, gestehe ich mit einem Schulterzucken. »Ich habe Fotos von allen Lebensläufen gemacht, damit ich sie zu Hause in Ruhe anschauen kann. Aber jetzt ist mir das total peinlich.«

»Das muss es nicht. Ich finde die Idee super«, beteuert Jake und will nach der Mappe greifen, die ich hinter dem Rücken verberge. Aber ich drehe mich weg, sodass er nicht drankommt. Ich muss das Ding wieder in den Ordner stopfen, bevor Mandy zurückkommt. »Was ist los? Hat deine Agentin ein blödes Foto von dir geschickt oder so?«

»Nein! Es ist nur … du weißt schon, ich bin ein *Mädchen.*« Er gibt nicht auf und ich drehe mich von einer Seite zur anderen, bis ich kurz davor bin, hysterisch loszukichern, was mir heute schon viel zu oft passiert ist. »Ich will nur nicht, dass du siehst, wie viel ich wiege. So, jetzt ist es raus.«

Das lässt ihn zurückweichen und ich nutze die Gelegenheit, die Aktenmappe zwischen die anderen identischen Mappen im Ordner zu schieben. »Im Ernst?«, fragt er. »Du bist etwa so groß wie Tinkerbell.« Normalerweise hätte mich das zum Lächeln gebracht, aber wahrscheinlich glaubt er jetzt, dass ich besessen von meinem Gewicht bin. Und wenn er das herumerzählt, lande ich wieder auf den Titelseiten, mit dem Wort ESSSTÖRUNG! in Großbuchstaben über meinem Kopf.

Das hätte mir noch gefehlt.

»Okay, mein Gewicht ist mir egal«, gestehe ich. »Und ich habe auch nur von deinem Lebenslauf ein Foto gemacht. Es ist aber nicht für mich, sondern für eine Freundin.«

Jake nickt. »Die klassische fiktive Freundin.«

Bevor mir klar wird, was ich tue, habe ich ihm schon mit dem Handrücken auf die Brust geschlagen, was total nach Flirten aussieht und alles widerlegt, was ich ihm zu erklären versuche. Jetzt muss ich mich also richtig ins Zeug legen, damit er mir glaubt.

»Netter Versuch«, sage ich. »Sie heißt Rachel und schneidet seit mindestens einem Jahr deine Anzeigen aus ihren Zeitschriften. Aber sie wusste nicht, wer du bist. Deswegen war ich so überrascht, als ich dich heute Morgen gesehen habe. Es ist einfach ein lustiger Zufall, dass wir zusammenarbeiten werden.« Das alles sprudelt so schnell aus mir heraus, dass Jake sicher nur die Hälfte verstanden hat.

»Dann ist das also die ›gemeinsame Freundin‹, die du erwähnt hast?«

»Genau! Du hast sie nur noch nicht kennengelernt. Sie ist einfach toll.«

Jake lehnt sich gegen den Schreibtisch. Sein T-Shirt spannt über seinen beeindruckenden Oberarmmuskeln. Und wieder stelle ich fest, dass seine Lippen einfach unglaublich sind.

Das darf nicht wahr sein! Ich starre ihn schon wieder an! *Für Rachel. Nur für Rachel.*

»Wo hat sie denn die Anzeigen?«, fragt Jake. »In einem Album oder so?«

»Nein, nichts so Aufwendiges.« Ich bin nicht sicher, ob Jake das wirklich wissen will oder ob er es einfach nur total abartig findet. Dabei hatte ich nie vor, Rachel wie eine verrückte Stalkerin aussehen zu lassen. »Sie kleben an ihrer Wand. Wie Poster, weißt du?«

Jake mustert mich schweigend. »Schade«, sagt er schließlich. »Wenn es eine komplette Sammlung meiner Arbeiten in einem einzigen Album gäbe, würde ich es zu gern in die Finger bekommen. Und es verbrennen.«

Ein peinliches Geräusch platzt aus mir heraus. Das ist mein echtes Lachen, das ich nicht unterdrücken kann, wenn ich etwas wirklich witzig finde. Produzenten verlangen genau dieses Lachen ständig von mir, aber ich kann es bei den Dreharbeiten nicht vortäuschen, auch wenn ich es versuche. Manche Dinge lassen sich eben nicht faken.

»Haben wir nicht gerade darüber gesprochen, dass dein Charakter Justin gern Sachen anzündet?«, frage ich.

Er nickt. »Vor allem die Cowboyfotos. Von denen würde ich gern jedes einzelne abfackeln.«

»Oh nein, die nicht!«, flehe ich. »Deine Stiefel waren so *cool.*«

Jetzt lacht auch Jake. »Die Stiefel waren nicht das Problem.«

»War es der Hut?« Er weiß genau, worauf ich hinauswill – die tief sitzende Lederhose, hallo! –, und schüttelt den Kopf. Er sieht mittlerweile ein bisschen verzweifelt aus.

»Das ist die perfekte Stelle, das Thema zu wechseln«, sagt er. »Genau jetzt.«

Mandy kommt zur Tür herein und bleibt erschrocken stehen. Ich kann ihr ansehen, dass sie fürchtet, in etwas hineingeplatzt zu sein. »Oh, brauchen Sie auch einen Drehplan?«, fragt sie Jake.

»Nein, vielen Dank. Ich habe einen«, sagt er ganz gelassen. Hat er nicht mitbekommen, wie Mandy uns angesehen hat? »Emma hat mir gerade erzählt, wie gut ihr meine Modelfotos im Cowboy-Outfit gefallen haben.«

Ich haue ihn noch einmal. *Reiß dich zusammen, Emma.* In Filmstudios verbreitet sich Klatsch besonders schnell.

»Was meinen Sie, Mandy?«, frage ich. »Passt Jakes riesiges Ego durch die Tür?«

Jake macht ein verwirrtes Gesicht. »Es sind eher meine Bizepsmuskeln, um die ich mir Sorgen mache.«

Genau die Muskeln, die ich gerade bewundert habe.

Ich muss sofort hier raus. »Tut mir leid, Leute, ich muss los. Ich habe noch so viel für die Schule zu tun.«

Mandy gibt mir einen Drehplan, ich danke ihr und will mich von Jake verabschieden. Doch genau in diesem Moment sagt er zu Mandy: »Bis morgen!«

Ich verlasse das Büro, und er folgt mir.

»Ich wollte dich fragen, wie du das mit der Schu… «, fängt er an, doch ich spreche im selben Moment.

»Vielleicht könntest du einige deiner Werbefotos für Rachel signieren oder so? Natürlich nur, wenn du ein paar von den Zeitschriften übrig hast.«

»Nein, keine einzige«, antwortet er und geht hinter mir her. »Aber ich habe einen ganzen Karton voll Autogrammkarten im Auto. Ich signiere gern ein paar davon.«

Das bringt mich wieder zum Lachen. »Du hast einen ganzen *Karton* voll im Auto?«

»Hat das nicht jeder?«

Moment mal, vielleicht meint er das ernst. Jungschauspieler schleppen gern ihre Autogrammkarten mit sich herum, vor allem in L. A. und New York, nur für den Fall, dass sie jemanden treffen, der in diesem Geschäft etwas zu sagen hat. Aber Jake kommt mir nicht vor, als hätte er das nötig.

Ich werfe einen Blick über die Schulter und frage mich, ob ich ihn womöglich falsch eingeschätzt habe – und knalle beinahe gegen die Metalltür, die auf den Parkplatz hinausführt.

Jake greift um mich herum und stößt im letzten Augenblick die Tür auf. »Es ist nicht so, wie du denkst«, sagt er und weiß garantiert, dass er mich gerade vor einer gebrochenen Nase bewahrt hat.

»Miss Taylor!«, ruft jemand. Jake und ich bleiben an der offenen Tür stehen und sehen uns um. Der Fahrer, der mich am Morgen zu Hause abgeholt hat, kommt aus Richtung des Studios auf uns zu.

»Hey!« Ich winke ihm verlegen zu. »Ich bin in einer Sekunde bei Ihnen, okay?«

Jake hat sozusagen den Arm um mich gelegt und hält die Tür auf. Die heiße Sonne von Arizona brennt mir auf den Rücken. »Ich kann dich nach Hause fahren«, sagt er laut genug, dass es auch der Chauffeur hören kann. Er bleibt ein paar Meter entfernt stehen. »Ich wollte dir doch auch noch die Fotos geben«, fügt Jake etwas leiser hinzu.

»Stimmt …«, beginne ich, aber ich brauche einen Moment zum Nachdenken.

Den bekomme ich nicht, denn der Fahrer sagt sofort: »Super, dann kann ich Feierabend machen. Bis morgen, Miss Taylor.« Damit dreht er sich um und geht zurück ins Studio.

Jake öffnet die Tür etwas weiter und ich gehe hinaus.

»Macht dir das wirklich nichts aus?«, frage ich auf dem Weg zu seinem Auto. Es ist ein schwarzes BMW Cabrio – nett, aber kein Angeberauto. Ich bin schon oft genug in einem von diesen Wagen gefahren, um das beurteilen zu können. Ich selbst flitze am liebsten in meinem rot-weißen Mini Cooper herum. »Ich wohne im Sabino Canyon.«

»Kein Problem. Ich habe gehört, dass es dort sehr hübsch ist.« Jake öffnet den Kofferraum und wirft einen Blick zurück zum Studio. »Dein Fahrer sah ziemlich angesäuert aus, weil ich dich entführt habe. Ich wette, der ist in dich verknallt.«

»Nee«, widerspreche ich. »Er ist bestimmt froh, eine Stunde früher nach Hause zu kommen. Außerdem ist es keine gute Idee, etwas mit einem der Mitarbeiter anzufangen.«

»Echt?«, fragt Jake. »Und was ist mit Schauspielkollegen?«

Die Art, wie er mich ansieht, mit diesem Anflug eines Lächelns, lässt Schmetterlinge in meinem Bauch losflattern. *Im Ernst?* Ich bin ein hoffnungsloser Fall.

»Doppelt so dämlich«, antworte ich und setze mein Pokerface auf.

Jake zuckt mit den Schultern und greift nach dem Karton in seinem Kofferraum. »Reine Neugier.«

JAKE

Emma hat nur einen einzigen Tag gebraucht, um mir den Kopf zu verdrehen, aber ich kann verstehen, dass sie nichts mit Jungs anfangen will, mit denen sie zusammenarbeitet. Man muss kein Promi-Experte sein, um den Grund dafür herauszufinden – ihre bisherigen Beziehungen endeten immer in einer Katastrophe.

»Welche Fotos willst du?«, frage ich und blättere in einem Stapel herum. Es sind acht verschiedene – total bekloppt, aber das Studio wollte es so – und auf den meisten sehe ich aus wie ein arroganter Blödmann. »Für deine *Freundin*, versteht sich.«

Sie lächelt zu mir auf, denn ich überrage sie um einen ganzen Kopf. »Vielleicht sollte ich ihr einfach den ganzen Karton mitbringen. Oder wenigstens die Hälfte. Du hast ja Unmengen davon.«

»Ja, aber es ist wirklich nicht so, wie du denkst.« Am besten erkläre ich es ihr. »Das Studio wollte von meiner Agentin Massen von diesen Dingern, für Fanbriefe, weißt du? Als würde ich so was kriegen. Und weil ich ein so netter Typ bin und vor einer Woche zufällig in New York war, habe ich angeboten, den ersten Karton voll eigenhändig abzuliefern, weil meine Agentin total im Stress war mit einer neuen Klientin namens Trixie oder Pebbles oder irgendeinem anderen Hundefutternamen, der mir gerade nicht einfällt.« Ich muss eine Pause machen, um Luft zu holen. »Ich tue also nur meiner Agentin einen Gefallen.«

Emma hält den Kopf schief. »Sieht sie gut aus?«

»Meine Agentin?« Liz ist die weibliche Version von Robo-Cop – halb Mensch, halb Maschine.

»Nein, Trixie oder Pebbles«, sagt Emma. »Und wer hat dir beigebracht, in so langen Sätzen zu sprechen? Das muss ein Mädchen gewesen sein.«

Ich lache. »Ich habe eine nervige ältere Schwester, die pausenlos redet.«

»Das erklärt alles.« Emma streckt die Hand aus und ich gebe ihr einen Stapel Fotos. Lange wird sie es nicht mehr aushalten, im Hochsommer von Arizona auf dem schwarzem Asphalt des Parkplatzes zu stehen. Ich bin in der brütenden Hitze aufgewachsen und habe meine ganze Kindheit mit rotem Staub in den Haaren verbracht, aber für Neulinge ist es nicht leicht.

Emma nimmt sich von jedem Foto eines und gibt mir den Rest zurück.

Auf der Fahrt sprechen wir erst über den Tag am Set, dann vergleichen wir Arizona – sie ist überrascht, als ich ihr erzähle, dass ich tatsächlich von hier stamme – und Arkansas. »Ich muss mich erst an die Viecher hier gewöhnen,« sagt sie. »Wir haben höchstens mal Kakerlaken im Haus, und bei euch sind es gleich Skorpione.«

»Ich sage dir das nur ungern«, antworte ich, »aber wir haben hier noch viel schlimmere Viecher als Skorpione. Zum Beispiel mehr als ein Dutzend Klapperschlangenarten. Und Gila-Krustenechsen sind auch ziemlich tödlich. Riesige Vogelspinnen. Bären. Berglöwen.« Emmas Wangen werden langsam, aber sicher immer bleicher. »Es gibt nur ein einziges gruseliges Vieh, das wir in Arizona *nicht* haben: den Weißen Hai.«

Emma schaudert, blickt aber konzentriert auf die Straße,

was mir die Gelegenheit verschafft, ihr perfektes Profil zu betrachten. Kein Wunder, dass ich schon den ganzen Tag wie auf Wolken schwebe.

Ich sollte mich auch lieber auf die Straße konzentrieren.

»*Aber*«, sagt sie und ihr Lächeln kehrt zurück, »in Tucson gibt es auch die schönsten Vögel. Ich hab schon ganz viele Kolibris gesehen, und an fast jedem Kaktus hämmert ein Specht herum. Und ein Pelikan ist mir auch schon über den Weg gelaufen.« Emma sieht mich an, als könnte sie es nicht glauben. »Ein *Pelikan*, in Arizona. Also im Großen und Ganzen gefällt es mir hier ganz gut.«

»Mir auch«, sage ich. Tucson ist zwar viel kleiner als Phoenix, aber die trockene heiße Luft und die Wüstenlandschaft sind wie zu Hause. »Ich mag die Rotkardinale am liebsten.«

»Die sind unglaublich, nicht wahr? Wie Feuerstrahlen, die durch den Himmel schießen.«

Ich kann kaum glauben, dass wir über Vögel reden und mich das nicht zu Tode langweilt. »Du bist ganz anders, als ich gedacht habe«, muss ich zugeben. »Viel netter.«

Das Kompliment trifft sie unvorbereitet und sie schaut verlegen weg. »Die wenigsten Leute nehmen mich so wahr, wie ich wirklich bin.« Ihr Tonfall lässt mich vermuten, dass ich ein heikles Thema angesprochen habe. Ich würde gern mehr wissen, aber als sie mich wieder ansieht, sagt sie: »Ich schätze, ich beurteile Fremde auch vorschnell. Ich habe Rachel zum Beispiel gesagt, dass du vermutlich strohdoof und ein arrogantes Arschloch bist. Und dass deine Muskeln garantiert gephotoshoppt sind.«

»Gar nicht schlecht«, sage ich. »Aber arrogant bin ich nur

dienstags. Strohdoof gelegentlich. Und was Photoshop betrifft … na ja … da kommt man wohl nicht drum rum.«

Emma lacht. »Das stimmt. Manchmal machen die mir sogar ein Glitzern in die Augen.«

Wir sind jetzt im Sabino Canyon am Fuß der Catalina Mountains angekommen. In einiger Entfernung sind mehrere Golfplätze zu sehen und an der Straße folgt eine bewachte Wohnanlage der nächsten. Was mir besonders auffällt, ist der Fluss – ein wirklich seltener Anblick in der Wüste. Und im Sabino Canyon gibt es eindeutig mehr Laubbäume als im Rest von Arizona.

Emmas Handy piepst, aber sie ignoriert es. Ein paar Sekunden später klingelt auch meins. Mein Handy liegt zwischen uns auf der Armlehne und wir werfen beide einen Blick aufs Display. Es ist eine Nachricht von Brett.

Abendessen für die Hauptdarsteller um 8. El Loro Feliz. Tanque Verde Road.

»Mist«, sagt Emma. »Ich muss an einem Referat arbeiten.«

Abendessen bedeutet, dass ich sie später noch einmal sehen werde, aber ich nutze lieber gleich die Gelegenheit, sie nach der Schule zu fragen. »McGregor hat mir erzählt, dass du schon aufs College gehst«, sage ich. »Müsstest du nicht ungefähr jetzt deinen Highschoolabschluss machen?«

Sie nickt. »Ich bin mit meiner alten Klasse im Mai zur Abschlussfeier gegangen, habe meinen aber schon vor anderthalb Jahren gemacht. Mein letzter Tutor hat mit mir richtig Gas gegeben, und jetzt bin ich also Studentin.«

»Aber wie gehst du aufs College, wenn du jeden Tag drehst?«

»Es sind alles Onlinekurse. Du wirst mich bei der Arbeit lernen sehen. Dauernd.«

Ich habe die Highschool auch früher abgeschlossen und mir überlegt, Onlinekurse zu belegen, aber irgendwie ist das nicht dasselbe. »Musst du irgendwann richtige Vorlesungen besuchen?«, will ich wissen.

»Ich muss mich erst mal für ein Hauptfach entscheiden. Aber das fällt mir bisher noch schwer, weil ich einfach *alles* lernen will.«

Emma zeigt auf das Tor von *Paraiso del Rio*, ihrer Wohnanlage, das direkt vor uns liegt.

Ich halte an, und der Wachmann mustert mich durch das offene Fenster. »Guten Abend, Miss Taylor«, sagt er. »Ist dies ein Gast, den wir öfter erwarten dürfen?«

Emma sieht mich fragend an, aber ich gebe ihr keine Gelegenheit, etwas zu sagen. »Hi, ich bin Jake Elliott, ein Freund von Emma«, erkläre ich dem Wachmann. »Und ja, ich werde sehr oft hier sein.«

Der Wachmann lacht und winkt uns durch.

Ich trete aufs Gaspedal und Emma haut mir auf den Arm. »Jetzt werde ich denen erst recht sagen, dass sie dich nicht reinlassen sollen. Es hat seinen Grund, dass ich hier eingezogen bin. Diese Anlage ist so sicher wie Fort Knox.«

Das stimmt. Nach dem ersten Wachmann stehen wir jetzt an einem weiteren Tor, das in den nächsten Teil der Anlage führt. Ich halte an einem Tastenfeld mit Zahlen und erwarte Emmas Anweisungen. Sie zögert und sagt: »Entschuldige, ich muss dir jetzt mal zu nahe treten.«

Sie löst den Sicherheitsgurt, klettert mit einem Knie auf

meine Armstütze und lehnt sich über mich, um den Zahlencode einzugeben. Sie spielt nicht gerade mit ihren Reizen, aber natürlich bemerke ich das Offensichtliche. »Die Jeans ist von Versace, stimmt's?«

Emma braucht mehrere Versuche, bis es ihr gelingt, den richtigen Code einzutippen. Als das Tor schließlich aufschwingt, zieht sie den Kopf zurück ins Auto und sieht mir in die Augen. »Ich kann mich nicht erinnern, dass ich dir erlaubt habe, mir auf den Hintern zu gucken.«

»Oh … 'tschuldigung«, antworte ich. »Nächstes Mal sage ich meinen Leuten, dass sie deine Leute anrufen sollen, wenn dein Hintern alles ist, was ich vor der Nase habe.« Sie lässt sich wieder in ihren Sitz fallen. »Und ich habe das Etikett nur erkannt, weil ich vor einiger Zeit für sie gearbeitet habe.«

Wieso habe ich nur immer das Gefühl, sie beeindrucken zu müssen?

»Cool«, sagt sie. »Gab es die Klamotten umsonst?«

»Logisch – ich habe immer darauf bestanden, kostenlose Kleidung in den Vertrag aufzunehmen. Und ich finde ihre Krawatten echt super.«

Emma zieht eine Augenbraue hoch. »Wie oft trägst du eine Krawatte?«

Ich zucke mit den Schultern. »Wenn ich am Wochenende zu Hause bin, gehe ich mit meiner Mom in die Kirche.«

Emma lächelt. »Meine Eltern würden ausflippen, wenn ich in der Kirche Versace tragen würde. Wir gehen in eine kleine Landkapelle außerhalb von Fayetteville. Das Abgefahrenste, was ich tragen darf, ist ein Hut mit Federn.«

Ich stelle sie mir als waschechte Südstaatenschönheit vor,

nicht im Film, sondern im wahren Leben, und muss den Drang bekämpfen, sie zu berühren. Ich versuche, keine Miene zu verziehen, und füge hinzu: »Nur meine Krawatten sind von Versace. Die Anzüge sind von Armani.«

»Oha!«, sagt Emma lachend. »Ein Kampf der Titanen!«

Jetzt fahren wir am Sportbereich der Wohnanlage vorbei. Es gibt einen Tennisplatz, mehrere Pools unter Palmen – einer davon mit einem Wasserfall – und ein Fitnesszentrum. Dann kommen wir an den Häusern vorbei, durch deren Grundstücke der Fluss fließt.

»Hey, ist das etwa eine Laufbahn?«

»Ja, nett, nicht?«

Mehr als nett. »Wie lang ist sie, weißt du das?«

»Es sollen ein paar Meilen sein, aber ich habe die Laufstrecke noch nicht getestet.« Emma zeigt mit dem Finger. »Hier ist es«, sagt Emma und deutet mit der Hand zur Seite. »Nummer sechzehn.«

Ich halte vor dem modernen Haus, auf das sie gezeigt hat. »Echt riesig für eine Person«, stelle ich fest. Ich suche seit Tagen nach einer neuen Unterkunft und kann mittlerweile ganz gut von außen die Größe eines Hauses abschätzen. Je schneller ich aus dem stickigen Hotelzimmer komme, desto besser. »Oder wohnt deine Familie auch hier?«

»Nein, ich bin allein. Und ich finde es toll.«

Ich stelle den Motor ab, weil ich weiter mit ihr reden will. »Hast du Brüder oder Schwestern?«

Sofort leuchten Emmas Augen auf. »Zwillingsbrüder. Sieben Jahre alt. Meine Karriere läuft jetzt gewissermaßen auf Autopilot und meine Mom kann sich darauf konzentrieren, die Jungs zum Fußball-, Baseball- oder Basketballtraining zu fahren, je nachdem, welcher Sport gerade angesagt ist. Sie muss sie beschäftigen, sonst verwüsten sie das Haus. Sie sind hundertprozentige Chaoten, aber auch unglaublich süß.«

»Genau das sagt meine Schwester auch über *mich.*« Wie kann Emma so normal sein? Besser als normal? »Brauchst du Hilfe bei den Möbeln oder Kartons oder so? Ich könnte –«

»Danke, aber es ist alles erledigt.« Sie ist schon halb zur Tür hinaus. »Und vielen Dank fürs Fahren. Ich hoffe, es hat dich nicht zu viel Zeit gekostet.«

»Nein, gar nicht.«

Sie antwortet nicht, sondern lächelt nur und schließt die Tür. Was bilde ich mir ein? Emma Taylor spielt in einer ganz anderen Liga. Aber ich mag Herausforderungen.

Sie dreht sich noch einmal um, will sich verabschieden. Doch als ihr Blick auf mein Nummernschild fällt, hört sie auf zu winken. »HOT GUY?« Sie lacht. »Heißer Typ?«

Wer solche Freunde hat wie ich, braucht keine Feinde.

Ich lehne mich aus dem Fenster und sage: »Das war ein blöder Witz – ein Geburtstagsgeschenk von meinen Freunden.« Meine Mom fand die Idee zum Brüllen komisch und half ihnen, es im Internet zu beantragen. »Ein neues Nummernschild steht ganz oben auf meiner Prioritätenliste.«

Emma kehrt zurück auf meine Seite des Wagens, betrachtet mich mit einem belustigten Funkeln in den Augen und tätschelt meinen Arm. »Das ist deine oberste Priorität? Vielleicht solltest du mal nachdenken, ob es nichts Wichtigeres gibt.«

Eindeutig eine Herausforderung. »Ich denke, ich habe bereits etwas Wichtigeres gefunden.«

Emma

Oh nein … Wie sehr habe ich mit Jake geflirtet? Wie verrückt? Oder nur ein bisschen? Ich kneife die Augen zu und verdränge diesen Gedanken. Ich habe meine Gründe, nichts mit ihm anzufangen, und dazu kommt, dass Rachel mir nie verzeihen würde, wenn ich auch nur an Jake *denke.*

Jedenfalls nicht *so.*

Ich lasse mich auf meine Couch fallen und sehe zu, wie sich der Deckenventilator dreht. *Es war nichts*, rede ich mir schließlich ein. Wenn sich zwei Leute begegnen, albern sie ein bisschen herum, das ist doch ganz normal. Und mit Jake kann man sich gut unterhalten.

Das ist noch eine Neuigkeit, die Rachel gefallen wird.

Ich krame das Handy aus meiner Tasche, und während ich noch überlege, was ich Rachel sagen werde, schaue ich mir das Foto von Jakes Lebenslauf an. Seine Modelkarriere begann vor etwas mehr als zwei Jahren mit unbekannteren Marken, bis er von Designern wie Versace und Armani entdeckt wurde. Ich frage mich, warum Jake nach so einem Raketenstart in die Schauspielbranche einsteigen will.

Und was sollten seine ganzen Fragen? Mich fragt eigentlich niemand nach meinem Studium oder meiner Familie – und ein Junge schon gar nicht. Jake schien sich tatsächlich dafür zu interessieren. Er ist sowohl ein offenes Buch als auch ein faszinierendes Geheimnis. Ein Geheimnis, das ich unbedingt lüften will.

Warte … nein.

Nein. Nein. Nein.

Ich will *nicht* hinter sein Geheimnis kommen, denn was wäre, wenn mir gefällt, was ich entdecke? Was stimmt nicht mit mir? Jake gehört in Rachels Fantasiewelt, nicht in meine Wirklichkeit. Ich schicke ihr eine Nachricht.

Bist du zu Hause oder in der Öffentlichkeit, wo du jemandes Trommelfell zum Platzen bringen könntest?

Zu Hause. WIESO?

Jetzt kann ich keinen Rückzieher mehr machen und schicke ihr das Foto aus seiner Bewerbungsmappe.

Während ich auf ihre Reaktion warte, betrachte ich die Fotos, die er mir gegeben hat, und überlege, ob ich Rachel erzählen soll, dass Jakes Lippen auch in echt so aussehen wie auf ihrem Poster. Ich weiß schon jetzt, dass es eine blöde Idee sein wird, den Rest von ihm zu beschreiben.

Mein Telefon klingelt und ich rechne mit hysterischem Gekreische, aber alles, was ich höre, ist aufgeregtes Atmen. »Model-Identifizierungs-Hotline«, melde ich mich. »Wie kann ich Ihnen helfen?«

»Emma!«, japst Rachel, immer noch ganz außer Atem. »*Er* ist es!«

»Jo.«

»Woher hast du das? Ich habe *überall* gesucht, um *irgendwas* zu finden. Und hier steht sein Name und seine Größe und sein Gewicht!« Einen Moment lang herrscht Stille. »Ist das zu fassen, wir haben beide im Dezember Geburtstag! Und er ist nur ein Jahr älter als ich! Das hätte ich von seinen Fotos *nie* vermutet.«

Ich auch nicht. Aber in natura wirkt Jake viel jünger. Da fehlt ihm diese Arroganz, die er auf vielen seiner Werbefotos ausstrahlt, und das macht ihn total anziehend.

»Ach, Mist, hier stehen weder seine E-Mail-Adresse noch seine Telefonnummer«, stellt Rachel fest und klingt zu Tode betrübt. »Aber vielleicht ist er bei Facebook oder Instagram. Was meinst du, ob er twittert?«

Ich muss lachen. »Keine Ahnung. Aber … da er bei *Coyote Hills* mitspielt, könnte ich ihn fragen.«

Eigentlich hätte ich so schlau sein müssen, das Telefon möglichst weit vom Ohr wegzunehmen.

»OH MEIN GOTT, OH MEIN GOTT! NIE IM LEBEN!«, kreischt Rachel, bis sie selbst feststellt, dass ihr davon schwindelig wird. »Wie ist er? Erzähl mir alles!«

Es spielt keine Rolle, was ich sage. Ich könnte Rachel erzählen, dass Jake die Persönlichkeit einer Pellkartoffel hat und nach Sardinen riecht, aber das würde nichts ändern. »Nun, du hattest recht«, gebe ich zu. »Er ist tatsächlich ziemlich cool und hat mir sogar einen ganzen Stapel Autogrammfotos für dich gegeben.«

Wieder Gekreische. »Hat er sie signiert?«

»Äh –« So was Blödes! Wir haben angefangen zu reden, und ich habe ganz vergessen, ihn die Bilder unterschreiben zu lassen. »Ich wusste nicht genau, welche Widmung du wolltest«, flunkere ich. »Du weißt schon, nur deinen Namen oder so etwas wie *Für meinen größten Fan.*«

»Oh … schwierige Entscheidung«, sagt Rachel. »Ich will

nicht, dass er mich für besessen hält. Er könnte also so was schreiben wie *Kann es nicht erwarten, dich endlich zu treffen* oder so. Wie viele hat er dir gegeben?«

»Lass mal sehen.« Ich blättere in den Fotos herum und zähle laut mit. Bei jeder weiteren Zahl werden Rachels Freudenschreie schriller. »Sieben«, sage ich schließlich.

Ich lasse mein Lieblingsfoto in der Schublade meines Couchtisches verschwinden.

»Sieben? Das glaube ich nicht!«

Ich auch nicht. *Hör auf mit diesem Quatsch, Emma.* Ich ziehe die Schublade wieder auf. »Warte, hier ist noch eins.«

Die Jubelschreie nehmen kein Ende. Mindestens eine Viertelstunde lang fragt mich Rachel nach Jake aus, und ich versuche, ihr möglichst viel zu erzählen, ohne sie wissen zu lassen, dass ich das meiste davon bei einem Privatgespräch in seinem Auto erfahren habe.

Verzweifelt versuche ich das Thema zu wechseln. »Ich hab heute auch Brett getroffen«, werfe ich schließlich ein.

»Wen?«, fragt Rachel. »Oh! Brett Crawford! Bist du in Ohnmacht gefallen oder so was?«

»Beinahe. Ich konnte ihn zuerst kaum ansehen. Aber als ich in der Pause aufs Klo gegangen bin, ist er mir gefolgt, und da *musste* ich mit ihm reden. Danach war alles okay. Nachdem ich die ganzen Jahre wegen ihm total gaga war, finde ich es sehr entspannend, dass der echte Brett ganz und gar nicht mein Typ ist.«

»Ist doch egal! Er ist genauso wie die anderen Jungs, mit denen du zusammen warst.«

»Ach was. Genau darum geht es doch.«

»Komm mir nicht mit ›Ach was‹. Erzähl mir von ihm.«

Ich überspringe den Teil, wie Brett beim Lesen seiner Szene alle in Erstaunen versetzt hat, und berichte stattdessen von seinen unreifen Seitenhieben auf Kimmi.

»Okay, er ist also doof. Das wundert mich nicht so sehr«, stellt Rachel fest. »Aber zu dir war er nicht gemein, oder?«

»Nein. Aber das spielt keine Rolle.«

»Natürlich spielt es eine Rolle, weil du doch genau weißt, dass du irgendwann mit ihm ausgehst. Wieso auch nicht? Du musst ihm nur von Anfang an klarmachen, dass du dir das, was die anderen Typen mit dir gemacht haben, nicht mehr gefallen lässt.«

Ich hätte beinahe losgeprustet. Als würde ein Junge, dem man sagt, dass er einem bitte nicht das Herz brechen soll, sich das zweimal überlegen.

»Brett dated keine Schauspielkolleginnen«, informiere ich Rachel. »Das hat er mir gleich heute gesagt.«

»Aber Emma«, sagt Rachel mit zuckersüßer Stimme. »Wenn jemand seine Meinung ändern kann, dann bist du das. Und dass Brett dir nachläuft, ist doch ein gutes Zeichen. Ich glaube ehrlich, dass du nur deinen Charme einsetzen musst, um ihn zu dem Jungen zu machen, den du haben willst.«

Sie liest eindeutig zu viele Liebesschnulzen. »Vielen Dank für deine aufmunternden Worte, aber ich bin nicht daran interessiert, ihm eine Persönlichkeitstransplantation zu verpassen.«

Rachel seufzt. »Also gut. Aber dann versprich mir, dass du ein anderes Date findest, wenn ich zur Premiere komme. Ein Doppeldate wäre soooo cool!«

»Ein … *was*?«

»Ein Doppeldate!«, wiederholt sie. »Weil du Jake für mich

klarmachst, richtig? Bitte, bitte, bitte! Du musst!« Ich schweige eisern, aber Rachel will gar keine Antwort hören. »Ich meine, es muss ja nicht bei der Premiere sein – ich will nicht, dass es ihm unangenehm ist, mich auf dem roten Teppich vorstellen zu müssen oder so. Aber irgendwann an dem Premieren-Wochenende wäre super!« Sie kreischt schon wieder los. »Oh mein Gott! Was wäre, wenn wir uns total ineinander verlieben?«

Ja, im Ernst. Was wäre …

»Sei jetzt bitte nicht sauer auf mich, okay?«, sage ich schließlich. »Aber ich bin Jake erst heute begegnet und sollte ihn vielleicht besser kennenlernen, bevor ich ihn für dich um ein Date bitte.«

Jetzt ist es Rachel, die schweigt. »Sag das zu ihm bitte nicht so. Sag lieber etwas wie: ›Meine beste Freundin kommt zur Premiere und ich *weiß*, dass du sie ganz toll finden wirst.‹«

»Aber er könnte eine Freundin haben. Das wäre doch möglich.« Vielleicht hat er eine. Jake hat zwar angedeutet, dass er an mir interessiert sein könnte, aber wenn ich darüber nachdenke, könnte es bei seiner Frage auch darum gegangen sein, mit *irgendeiner* Kollegin auszugehen, nicht unbedingt mit mir. »Oder noch schlimmer, er könnte ein Aufreißer sein«, bemerke ich. »Soll ich das nicht lieber erst herausfinden?«

»Er hat aber nicht gesagt, dass er eine Freundin hat, oder?« Da ist eindeutig Panik in ihrer Stimme. »Und du hast gesagt, dass er cool ist, also ist er bestimmt keiner von *denen*!«

Ich werde es ihr nicht ausreden können. »Gib mir wenigstens genug Zeit, um ›Axtmörder‹ von der Liste zu streichen, okay?«

Rachel lacht – zumindest so etwas in der Art. Dieses nervöse Kichern kenne ich. Das macht sie, wenn irgendetwas nicht stimmt. »Meinetwegen«, sagt sie dann. »Aber lern ihn nicht *zu genau* kennen, hörst du?«, droht sie. »Du schaffst es immer wieder, dass die Kerle dich viel interessanter finden als mich.«

»Haha, sehr witzig.« In meiner Kehle wächst ein Stein heran und plumpst in meinen Magen. »Das ist seit der Junior High nicht mehr passiert.«

»Kann schon sein«, antwortet sie. »Aber nur, weil wir seit dieser Zeit nicht mehr mit denselben Jungs unterwegs waren. Und *The Body* gehört mir, vergiss das nicht!«

Das könnte ich gar nicht, selbst wenn ich es wollte.

JAKE

»Das ging schnell«, sagt der Manager der Wohnanlage *Sabino Haven* und überreicht mir den Schlüssel zu meiner neuen Wohnung. Vermutlich denkt er, dass ich sie aus einer Laune heraus gemietet habe, aber ich habe mir schon so viele andere angesehen, dass mir die Entscheidung leichtfiel. »Wir haben hier wenig junge Leute, die eine behindertengerechte Wohnung suchen«, fügt der Typ mit einem Lächeln hinzu. »Aber ich finde es echt rücksichtsvoll von Ihnen, dass Sie für die Besuche Ihrer Mom vorsorgen. Wann wollen Sie einziehen?«

»Bald, hoffe ich.« Die meisten Tage, an denen ich nicht im Studio gebraucht werde, sind schon verplant, weil ich noch für ein paar Modeljobs in New York gebucht bin. Aber ich werde versuchen, mir ein Wochenende freizuhalten, um meine Sachen aus Phoenix zu holen. »Ich werde diese Woche zumindest schon ein paar Möbel liefern lassen.«

»Kein Problem«, sagt der Manager und heftet meinen Mietvertrag ab. »Und zu Marketingzwecken wüssten wir gern, wie Sie auf uns gekommen sind.«

Ich zeige aus dem Fenster. »Vor Kurzem habe ich eine Freundin in *Paraiso del Rio* abgesetzt und dabei die Trainingsbahn gesehen.« Dass ich in dieselbe Straße ziehe, in der auch Emma wohnt – wenn auch nicht in dieselbe Wohnanlage –, macht sie bestimmt misstrauisch, aber Sabino Canyon fühlt sich an wie eine private Insel, und ich brauche eine Trainingsstrecke im Freien. Laufbänder kann ich nicht leiden. »Für meinen Job muss ich in Form bleiben.«

Der Manager klopft sich auf seinen dicken Bauch. »Mir hat die Bahn nicht geholfen, aber Sie haben bestimmt Freude daran. Sie führt unten am Fluss entlang durch mehrere Wohnanlagen, die alle gut gesichert sind.« Er kommt zu mir ans Fenster, wo die untergehende Sonne die Sandsteinterrasse in ein orangegoldenes Licht taucht. Am Eingang zum Innenhof steht ein großer Saguaro-Kaktus wie ein Wachtposten. »Nicht schlecht, oder?«

»Es ist perfekt.«

Ich habe meine neue Wohnung gerade verlassen, als Brett anruft, um sicherzugehen, dass ich zum Abendessen komme. Er sagt, McGregor hätte ihn sich vorgenommen, weil er Kimmi so gequält hat – das würde es noch schwieriger machen, mit ihr zu arbeiten. Also hat Brett sich unsere Nummern geben lassen und will versuchen, die Wogen wieder zu glätten.

McGregor hat Brett auch gesagt, dass man im *El Loro Feliz* das beste mexikanische Essen bekäme. Und das will in Tucson etwas heißen, wo es an jeder Ecke eine Cantina gibt. Wegen der Deko hat unser Boss den Laden sicher nicht empfohlen, denn von innen sieht er eher aus wie ein billiges Batikshirt – rot, gelb und grün – und nicht wie ein Restaurant. Die Plastikblumen helfen auch nicht gerade und die Plüschpapageien sind einfach nur peinlich. Aber die Aromen von heißen, handgemachten Tortillas, brutzelnden Fajitas und frischer Salsa …

Ich bin schon beim ersten »*¡Hola!*« des Oberkellners hin und weg.

Vom Eingang aus kann ich Brett nicht sehen, aber die Menschentraube in einer Ecke ist ein recht guter Hinweis auf seinen

Aufenthaltsort. Ich halte mich im Hintergrund, bis alle Verehrerinnen weg sind, bis auf eine. Ihre Mutter macht Fotos von ihr, während sie auf der Eckbank neben Brett sitzt. Er hat den Arm um das Mädchen gelegt.

»Hannah kommt dieses Jahr auf die Senior High«, sagt die Mutter. Brett grinst noch strahlender, als sich die dürre Rothaarige enger an ihn drückt. Ihre Mutter macht noch einen Schnappschuss mit ihrem Handy. »Und sie hat gerade mit ihrem Freund Schluss gemacht, weil er erst mal erwachsen werden muss. Hannah ist *sehr* reif für ihr Alter.«

Ich setze mich auf die andere Seite der Eckbank und warte auf einen Hinweis, dass Brett von dieser schamlosen Anpreisung genauso angewidert ist wie ich. Aber er lächelt nur und spielt mit. Vermutlich ist er der Präsident seines eigenen Fanklubs. »Okay, wir müssen jetzt ein paar Jungsgespräche führen«, sagt er schließlich, und der Wink mit dem Zaunpfahl ist nicht zu übersehen. »War schön, dich kennenzulernen, Heidi.«

»Hannah«, verbessern ihn Mutter und Tochter kichernd. Im Weggehen vergleichen sie ihre Servietten mit dem Autogramm.

»Alter«, sage ich zu Brett, »du brauchst *Hilfe.*«

»Meldest du dich freiwillig?« Seine Hand schießt hoch. »Kimmi!«

Die Leute drehen sich um, weil sie wissen wollen, nach wem Brett gerufen hat, und Kimmis großer Auftritt ist wirklich sehenswert. Sie trägt jetzt einen noch kürzeren Rock, ein Top mit silbernen Pailletten und ein anderes Paar Stilettos. Diamanten baumeln an ihren Ohren. »Ich sagte doch, dass du *normale* Klamotten anziehen kannst«, meint Brett, als sie an unseren

Tisch kommt. »Du funkelst ja richtig! Also, es sieht gut aus, meine ich.«

»Spar dir das.« Kimmi scheucht Brett auf, damit sie zwischen uns in der Nische sitzen kann. Ich muss aufpassen, dass ich als Erster aufstehe, wenn Emma kommt, damit sie neben mir sitzt und nicht neben Brett.

Schmiede ich wirklich gerade einen *Plan*, damit sich ein Mädchen neben mich setzt? Wie alt bin ich – zwölf?

Eine Kellnerin bringt Speisekarten und eine Karaffe mit Wasser.

»Tut mir leid, was ich heute gemacht habe«, sagt Brett zu Kimmi. »Du hast einfach … du hast mich vor versammelter Mannschaft dumm dastehen lassen.«

»Und du hast mich wie Abschaum behandelt!«, faucht Kimmi. »Alle wissen doch, dass du nur auf billige Tussis stehst. Du würdest kein anderes Mädchen finden, selbst wenn dein Leben davon abhinge.«

Brett scheint wirklich beleidigt zu sein und ist dämlich genug, mich Hilfe suchend anzusehen. Ich zucke mit den Schultern. »Tut mir leid, Mann. Ich kenne dich erst einen Tag und weiß jetzt schon, dass du zwar einen gewissen Charme hast, aber nicht das geringste Taktgefühl. Und billige Anmachen ziehen nun mal nur bei billigen Mädchen.«

»Ganz genau«, bestätigt Kimmi und schlägt ihre Speisekarte auf. »Und auch wenn du es vermutlich nicht hören willst – es gibt noch einige Frauen auf dieser Welt, die Selbstachtung haben.«

Bretts Blick huscht zwischen uns hin und her. »Ihr glaubt doch nicht etwa, dass ich ein Problem damit habe, Frauen kennenzulernen? Oder …« Er muss kurz überlegen. »Oder *gute* Mädchen? Die kriege ich, wann immer ich will.«

Kimmis Blick fällt auf die Kellnerin, die jetzt bei ihren Kolleginnen steht und uns gelegentlich verstohlene Blicke zuwirft. »Jake«, sagt sie, »zeig Brett, was du mit Taktgefühl meinst. Besorg dir ihre Telefonnummer, *ohne sie danach zu fragen.*«

»Vergiss es«, erwidere ich. »Ich flirte nicht auf Kommando.«

Brett lacht. »Los, komm schon. Zeig uns, was du draufhast.«

Mir bleibt keine Zeit mehr, etwas zu entgegnen, weil die Kellnerin gerade mit Chips und Salsa an unserem Tisch ankommt. Es ist nicht dieselbe, die uns die Speisekarten gebracht hat.

»Ich möchte eine Cola Light«, sagt Kimmi. »Mit wenig Eis. Und einem Strohhalm.«

»Gern.« Die Kellnerin lächelt Brett verliebt an, aber als sie mich entdeckt, stutzt sie und schaut gleich noch ein zweites Mal hin. Das würde ich Brett zu gern unter die Nase reiben. »Ist alles zu Ihrer Zufriedenheit?«

»Das haben Sie schon mal gefragt«, sagt Brett und schenkt ihr sein berühmtes Lachen. »Ich bin immer zufrieden.«

Die Kellnerin deutet auf ihr Namensschild. »Ich bin Tara. Vorhin war Nikki an Ihrem Tisch.«

»Ups! Mein Fehler«, sagt Brett. Die andere Kellnerin ist ungefähr fünfzehn Zentimeter größer als Tara und ihre Haare sind fünfzehn Zentimeter kürzer. Aber dass beide blond sind, macht es für jemanden, der seine Freundinnen so oft wechselt wie sein Hemd, vermutlich etwas verwirrend. »Ich hätte auf Ihr Namensschild achten sollen«, fügt Brett hinzu, doch sein Blick landet ein gutes Stück tiefer.

Der Typ muss wirklich noch viel lernen. Vielleicht sollte ich ihm wirklich zeigen, wie es geht.

Die Kellnerin weicht einen Schritt zurück und ihr Blick spricht Bände: *Hör gefälligst auf, mir auf die Brüste zu glotzen.* »Jedenfalls … Ich bin ein großer Fan«, sagt Tara. »Das sind wir alle, deswegen haben wir Strohhalme gezogen, wer diesen Tisch bekommt.«

»Habe ich ein Glück«, entgegnet Brett. Während Kimmi und ich die Speisekarte studieren, erzählt Brett Tara, warum er in Tucson ist. Seine Zusammenfassung von *Coyote Hills* ist gar nicht schlecht, aber Kimmi und mich erwähnt er mit keinem Wort. Die Kellnerin sieht trotzdem immer wieder zu mir, und ich reagiere auf jeden ihrer verstohlenen Blicke mit dem Anflug eines Lächelns. »Emma Taylor spielt auch mit«, beendet Brett seinen Bericht.

Tara schnappt nach Luft. »Im Ernst? Kommt sie heute Abend auch?«

»Nee«, antwortet Brett. »Sie hat in letzter Minute abgesagt.«

Na toll. Was mache ich dann eigentlich hier?

»Ich möchte meine Cola Light, und zwar *jetzt*«, verlangt Kimmi.

»Und einen Steak-Burrito«, fügt Brett hinzu. »Für mich, nicht für sie.«

»Ich nehme einen kleinen Salat mit kalorienarmem Dressing und Ananasstückchen, keinen Ananasbrocken«, sagt Kimmi.

Die Kellnerin mustert sie von oben herab. »Tut mir leid, wir haben keine Ananas – weder Stückchen noch Brocken. In unserem Salat sind Karotten und Tomaten.«

»Sorgen Sie einfach dafür, dass er knackig ist«, faucht Kimmi.

Tara notiert alles. Als sie mich fragend ansieht, schenke ich ihr einen mitfühlenden Seufzer und sage: »Berufsrisiko.«

Natürlich ist mir klar, dass Kimmi der Seitenhieb nicht gefällt, aber diese Demonstration für Brett war schließlich ihre Idee, da muss sie das Bauernopfer spielen. Taras Lächeln wird breiter. »Ich weiß nicht, was ich nehmen soll«, behaupte ich. »Das sieht alles *so gut* aus.«

»Darf ich einen Vorschlag machen?« Tara beugt sich über mich und lässt sich viel Zeit. Sie beschreibt jede einzelne Zutat und jeden Geschmack, als wäre sie der Chefkoch dieses Ladens.

Kimmi wird noch länger auf ihre Cola Light warten müssen. Brett kaut Eiswürfel.

»Das hört sich unglaublich lecker an«, hauche ich, als hätte mir ihre perfekte Präsentation von Nummer 9 – überbackene Nachos – den Atem geraubt. Es ist echt grausam, aber schließlich ist das hier eine Lehrstunde. »Und, äh ...« Ich sehe mich unauffällig um. »Ich will Sie bestimmt nicht in Schwierigkeiten bringen oder so, aber vielleicht könnten Sie den Koch um ein kleines ... *Extra* bitten? Ich bin wirklich *sehr* hungrig.«

»Aber natürlich«, sagt Tara und zwinkert mir zu.

Sie entfernt sich und ich nicke Brett zu. »Erledigt.«

Brett kleckert Salsa auf sein Hemd. »Wohl kaum. Du hast ihre Nummer nicht gekriegt.«

»Die kriegt er noch«, sagt Kimmi, die hinter der Kellnerin hersieht. »Also, was weiß ich noch nicht über euch Jungs, das sich zu wissen lohnt?«

Ich will einfach nur, dass dieser Abend bald zu Ende ist, deswegen überlasse ich Brett das Reden. Und er hört gar nicht mehr damit auf. Er erzählt von seinen Autos, seinen Booten, seinen Motorrädern und erstaunlicherweise auch von seiner Familie. »Meine Eltern sind immer für mich da. Sie lieben mich über alles.«

»Wie rührend«, bemerkt Kimmi.

Brett funkelt sie wütend an – der gute Vorsatz, nett zu ihr zu sein, ist anscheinend schon wieder vergessen. Da ich bei ihrem Zickenkrieg nicht den Schiedsrichter spielen will, lenke ich das Thema auf Kimmis und meine Schauspiellehrerin. »McGregor hat mir erzählt, dass Anne Mabley dich zum Vorsprechen geschickt hat.«

Kimmi lächelt tatsächlich, mit Zähnen und allem. »Natürlich. Ich war auf der Schauspielschule vom ersten Tag an ihr Liebling. Und da du auch bei ihr gelernt hast, weißt du sicher, dass *fünf* ihrer Schüler bereits wichtige Filmpreise gewonnen haben.«

»Und sie glaubt, dass du eine große Karriere vor dir hast«, fügt Brett hinzu.

Ich warte auf die nächste hochnäsige Antwort von Kimmi, doch dann wird mir klar, dass die beiden mich ansehen. »Das hat Anne über *mich* gesagt?«, frage ich. »Wieso sollte sie das tun?«

»Gute Frage«, stichelt Kimmi. »Aber sie hat es auch zu mir gesagt. Wieso ist sie so sicher, dass du Erfolg haben wirst? Hast du wirklich so viel Talent, dass du die Leute ins Kino lockst, oder liegt es nur an deinen Bauchmuskeln?«

»Bauchmuskeln?«, fragt Brett. »Hast du seine Brust noch nicht gesehen? Die ist ein Knaller.«

Auch wenn ich selbst nicht von meinen schauspielerischen Fähigkeiten überzeugt bin, kann ich mir nicht vorstellen, dass McGregor mich nur wegen meiner … anderen Vorzüge ausgewählt hat. »Schluss mit den Röntgenblicken«, verlange ich und lache, obwohl ich eigentlich total genervt bin. Die beiden glotzen auf meine Brust. »Ich habe deutlich mehr getan, als nur herumzustolzieren, um diesen Job zu kriegen, klar? Und wann hat Anne mit *dir* über mich gesprochen?«, frage ich Brett.

»Vor einer Woche oder so«, antwortet er mit einem Schulterzucken. »Ich kenne in diesem Geschäft alle, die Rang und Namen haben, und weiß alles über *jeden.*« Brett wirft Kimmi einen bedeutsamen Blick zu. »Und deswegen versuchen die Leute gewöhnlich, es sich nicht mit mir zu verscherzen.«

»Soll das der jämmerliche Versuch eines Machtspielchens sein?«, fragt Kimmi.

»Erst bildest du dir ein, ich würde dich anmachen, und jetzt, dass ich dir drohe?« Brett beugt sich vor und grinst. »Und um das klarzustellen: Wenn ich Emma Taylor haben kann, wieso sollte ich dann *dich* wollen?«

Zum Glück bringt die Kellnerin genau in diesem Augenblick unser Essen, also kann ich so tun, als wäre der Teller mit Nachos – gestapelt bis zur Decke – der Grund für den Schock, der mich getroffen hat. Ich kann mich nicht mehr richtig darauf konzentrieren, Tara um den Finger zu wickeln, aber sie entfernt sich trotzdem mit einem eindeutigen Hüftschwung von unserem Tisch.

Kimmi nimmt einen Schluck von ihrer Cola und sagt: »Emma ist nicht dein Typ.«

»Sie ist weiblich, also ist sie mein Typ«, widerspricht Brett und ignoriert seinen Burrito. Ich stürze mich auf meine Nachos. »Außerdem weiß ich bereits, dass sie auf mich steht.«

Mir bleibt das Essen im Hals stecken.

»Welches Mädchen in ihrem Alter ist denn *nicht* verknallt in dich?«, fragt Kimmi, als würde Emma noch Zöpfe tragen. Und Kimmi ist wie alt? Vielleicht ein oder zwei Jahre älter? »Aber das hat sich wahrscheinlich erledigt, als du heute den Mund aufgemacht hast.«

»Falsch«, kontert Brett gereizt. »Hast du nicht gesehen, wie nervös sie in meiner Gegenwart war? Sie war total verlegen und konnte mir nicht in die Augen sehen.« Er zeigt mit dem Messer auf mich. »Wie hat sie sich bei *dir* verhalten?«

»Ganz normal. Kein Problem.« Jetzt, wo ich darüber nachdenke, wie sie sich Brett gegenüber verhalten hat, könnte er recht haben. Es ist schon verrückt genug, dass überhaupt irgendein Mädchen mit einem Gehirn Brett Crawford mag, aber *Emma*?

»Kimmi, zurück zu dir«, sage ich. »Woher kommst du?«

Sowohl Kimmi als auch Brett verblüfft es, dass mich das interessiert. Vielleicht sind sie doch nicht so dämlich.

»Meine Familie hat Wohnsitze an beiden Küsten – in Pacific Palisades und in den Hamptons«, sagt Kimmi und hat damit schon viel verraten. Sie schwafelt noch ein wenig über ihre unglaublich spannende Jetset-Lebensweise und kommt dann endlich zu ihrer Familie. »Mein Vater ist Immobilienmakler, genau wie mein Großvater – sie sind im Moment in Dubai und arbeiten gemeinsam an einem Projekt. Und mein Bruder studiert in Harvard.«

»Wo auch sonst«, murmelt Brett mit vollem Mund. »Und

deine Mom ist eine angeheiterte High-Society-Tussi, die von einer Luxusboutique zur nächsten rennt?«

Kimmi erstarrt. »Fast richtig. Allerdings ist sie meistens mehr als nur angeheitert. Weißt du das auch von deinen Hollywood-Kumpels?«

»Oh Mann, das sollte ein Witz sein!«, beteuert Brett so hastig, dass ihm Krümel aus dem Mund fliegen. »Ist sie wirklich Alkoholikerin?«

»Komm schon, Alter«, sage ich. »Musst du dich unbedingt wie ein Idiot aufführen?«

Kimmis Augen sind ausdruckslos. »Ist doch egal. Ich kenne sie kaum.« Sie hebt die Hand und winkt die Kellnerin heran. »Jake, du hast einen Job zu erledigen.«

Es fällt mir schwer, Tara ein vorgetäuschtes Lächeln zu schenken. Diese Sache mit Emma liegt mir schwer im Magen, und ich weiß nicht, ob ich Kimmi bedauern soll, weil ihre Mutter ein Alkoholproblem hat, oder ob ich geschockt sein soll, weil es Kimmi offenbar gleichgültig ist. Oder doch nicht?

Meine Beziehung zu meinem Vater ist genauso eisig. Jedenfalls behandle ich ihn so.

»Hat es geschmeckt?«, fragt Tara und legt jedem von uns eine Rechnung hin.

Brett und ich beteuern, dass es toll war, aber Kimmi schiebt den kaum angerührten Salat von sich. Tara ignoriert sie, wünscht Brett viel Glück bei seiner neuen Serie und lächelt mir beim Gehen noch einmal zu.

»Du hast voll versagt, Mann«, triumphiert Brett und will sich kaputtlachen.

»Ich versage niemals.« Ich schiebe meine Rechnung über

den Tisch. Darauf steht: *Das Essen geht auf mich. Ich habe in zehn Minuten Feierabend.*

»Und so«, sagt Kimmi zu Brett, »macht das ein richtiger Mann.«

Brett sieht endlich wieder von der Rechnung auf. »Nicht schlecht. Aber du hast ihre Nummer nicht gekriegt, und das war der Deal.«

»Dreh den Zettel um«, sage ich und Brett muss feststellen, dass auf der Rückseite Taras Name und Telefonnummer stehen. »Das kannst du als Trostpreis behalten.«

Er knüllt die Rechnung zusammen und wirft damit nach mir.

Mein Spiel endet hier. Ich lasse zwanzig Dollar Trinkgeld liegen und gehe zu meinem Auto.

Emma

Die Maske ist der Ort, den ich am liebsten mag: Drehstühle, Haarwaschbecken, Glasschränke mit allem, was das Herz begehrt, überall beleuchtete Spiegel und Rollwagen voll mit Haargel, Sprays, Bürsten und anderem Frisierzeug – und natürlich Schminke in allen nur denkbaren Farben.

Da fühlt man sich doch gleich wie eine Prinzessin.

Am Morgen des zweiten Tages stehe ich pünktlich um halb sieben auf der Matte, doch außer Brett ist niemand da. »Hey«, sagt er. »Wieso wollen die dich schminken? Du bist doch auch so schon der Oberknaller.«

Brett Crawford hat dich gerade als »Oberknaller« bezeichnet, denke ich, doch mein Puls bleibt unverändert. Das ist merkwürdig. Außerdem ist mir gerade aufgefallen, dass ich seit meinem Telefonat mit Rachel keinen einzigen Gedanken an ihn verschwendet habe. Ich fürchte allerdings, dass es besser gewesen wäre, an Brett zu denken und mir Jake aus dem Kopf zu schlagen.

»Danke«, sage ich zu Brett. »Jetzt, wo ich mein Kostüm habe, bin ich ein bisschen nervös.«

Für heute sind Probeaufnahmen angesetzt, damit McGregor sehen kann, ob ihm der Stil jedes Charakters richtig erscheint. Ich hoffe, dass er noch ein paar Änderungen vornimmt, sonst muss ich dieses Outfit in der ganzen ersten Folge tragen, die in ungefähr acht Tagen abgedreht wird.

»Schicke Stiefel«, bemerkt Brett. »Die sieht man sonst nur auf dem Sunset Strip.«

»Genau das dachte ich auch«, sage ich. Eigentlich mag ich *alle* Arten von Schuhen, aber in diesen schwarzen Lederstiefeln, die mir bis übers Knie reichen, habe ich irgendwie das Gefühl, nackt zu sein. Und es hilft auch nicht gerade, dass zwischen dem Rand der Stiefel und meinem karierten Schulröckchen noch rund zehn Zentimeter Haut zu sehen sind. »Aber mein wahres Problem ist dieser Rock.«

»Ich seh da kein Problem«, beteuert Brett mit einem breiten Grinsen.

Ich verdrehe die Augen. »Ich schätze, ich bin heute Morgen einfach schlecht drauf. Ich habe nicht gut geschlafen und musste schon um halb sieben hier sein.«

Er fährt sich durch die Haare. »Ich hätte auch gern noch eine Stunde länger geschlafen, aber McGregor will meine Haare kürzer und irgendwie anders. Er findet, dass ich zu sehr aussehe wie ein Surfer.«

»Das liegt euch Jungs aus Kalifornien wohl im Blut, was?«

Unsere Stylistin Donna kommt herein und sagt: »Vergiss Kalifornien. Ich werde dich in einen sonnenverwöhnten Arizona-Traumtypen verwandeln.«

»Gibt es da einen Unterschied?«, fragt Brett.

»Machst du Witze?«, antwortet Donna und breitet einen Frisierumhang über ihm aus. Während der Frisuren- und Make-up-Tests habe ich schon festgestellt, dass Donna sehr nett ist. Die Maskenbildnerin, die kurz nach Donna hereingekommen ist, macht mich allerdings ein bisschen nervös. Madelyn ist in jeder Hinsicht doppelt so groß wie ich und immer kurz angebunden. Nicht unbedingt jemand, den ich gern an meinen Augen herumfummeln lasse. Ich habe kaum Zeit, sie zu begrüßen, da erwürgt sie mich schon fast mit dem Umhang und rafft meine Haare zum Pferdeschwanz zusammen.

»Vorsicht mit den Locken«, mahnt Donna. »Ich habe für heute etwas besonders Raffiniertes geplant.«

»Du solltest Emmas Haare genauso machen wie für diesen englischen Film letzten Sommer«, schlägt Brett vor. »So zerzaust und lockig. Damit sah sie so gut aus.«

Donna fängt an, an Bretts Haaren rumzuschnippeln, und bestätigt, dass ihr meine damalige Frisur gefallen hat, sagt aber auch, dass sie diesmal etwas anderes plant. Madelyn grunzt nur – wer weiß, was sie uns damit sagen will. Ich weiß auch nicht, wie ich auf Bretts Bemerkung reagieren soll, also wechsle ich das Thema. »Du hast schon vorher mit Hugh Kramer gearbeitet, nicht wahr?«, frage ich Brett. Kramer war Regisseur bei diesem Film.

»Ja. Kann den Typen nicht ausstehen«, antwortet Brett. Ich mag Kramer auch nicht besonders, aber bei ihm hatte es sich angehört, als wären er und Brett die besten Freunde. »Kramer interessiert sich nur für Verkaufszahlen«, fährt Brett fort. »Und wenn er sich einen Star schnappen kann, der außerdem noch schauspielern kann – wie du –, dann hat er Glück.«

Ich runzle die Stirn, und Madelyn gibt wieder einen ihrer Grunzer von sich. »Halt still«, knurrt sie.

»Entschuldigung.« Ich mache die Augen weit auf, damit sie den Eyeliner abtupfen kann, den ich gerade verschmiert habe. »Danke, Brett. Du hast wahrscheinlich recht. Die Pferde haben ihre Rolle besser gespielt als manche der Schauspieler in diesem Film, aber ich bin froh, dass er trotzdem so gut angekommen ist.«

»Ja, es gibt nichts Schlimmeres, als seinen Namen im Zusammenhang mit einem Flop zu hören. Natürlich kann man ein Drehbuch lesen und glauben, dass es ein Kassenschlager wird, und dann …« Während Bretts Haare immer kürzer werden, unterhalten wir uns über die gelegentlichen Reinfälle, die wir erlebt haben. Es ist schön, mit jemandem über die unvorhersehbare und frustrierende Seite unseres Jobs so offen sprechen zu können.

Wenn Brett nicht gerade herumzappelt oder auf seine plumpe Art Frauen anmacht, kann er ganz nett sein.

»Was macht ein Mädchen wie du in seiner Freizeit, außer sich die Zehennägel zu lackieren?«, fragt er. »Warst du schon mal bei einem Motocrossrennen?«

Moment mal … wie kann man von Filmen über Zehennägel zu Motorrädern kommen, ohne zwischendurch Luft zu holen? »Das würde mir nicht im Traum einfallen«, antworte ich mit einem Lachen. Motorradrennen sind eines von Bretts Hobbys, die ihn – der Klatschpresse zufolge – davon abhalten, ein ernsthafter Schauspieler zu sein.

»Im Ernst? Du wärst begeistert!« Jetzt tauschen wir die Plätze, damit Donna meinen Haaren einen neuen Farbton verpassen kann. »Ich fahre schon seit fünf Jahren«, sagt Brett, »aber McGregor hat mich schwören lassen, dass ich mich auf keine Maschine setze, bis wir die Staffel im April fertig gedreht haben. Er hat das sogar in den Vertrag aufnehmen lassen.«

McGregors Verträge haben es wirklich in sich. Ich kann mir kaum die eigenen Zähne putzen, ohne vorher eine schriftliche Erlaubnis einzuholen. »Musst du noch auf mehr verzichten?«

»Ja, auf ziemlich viel sogar, was mir zurzeit ganz guttut,

aber deswegen darf ich doch trotzdem zusehen, wie andere Leute Spaß haben. In ein paar Wochen ist ein großes Rennen in L. A. Willst du mitkommen?«

»Äh ….«

»Du brauchst nicht gleich auszuflippen. Ich habe dir doch gesagt, dass ich aufgehört habe, mit meinen Kolleginnen auszugehen«, sagt Brett hitzig. »Wir können ja mit ein paar anderen Leuten zusammen hingehen. Das wird bestimmt super.«

Dass es in Los Angeles ist, macht mir die Entscheidung leicht. »Tut mir leid, ich kann nicht.«

Brett funkelt mich erbost an. »Du willst nicht mit mir gesehen werden, stimmt's?«

Donna und Madelyn tauschen einen interessierten Blick und ich würde Brett zu gern anflehen, dieses Gespräch zu beenden. Studiomitarbeiter haben Verschwiegenheitsklauseln im Vertrag, aber *irgendwie* findet der Studioklatsch immer seinen Weg in die Öffentlichkeit. Meine einzige Chance ist Ehrlichkeit.

»Okay, das stimmt zum Teil«, gestehe ich Brett. »Das ist nichts Persönliches, aber wenn wir zufällig zusammen fotografiert werden, ob nun in einer großen Gruppe oder ohne sie – man wird uns sofort als Paar sehen. Das passiert, wenn man zusammen arbeitet und sich dann noch privat trifft.«

»Ja, manchmal schon.« Brett verstummt und ich lasse ihn schweigen. Aber schon nach etwa dreißig Sekunden sieht er wieder zu mir herüber und sagt: »Du wirst nicht glauben, was für ein Idiot ich gestern Abend war. Ich fühle mich echt mies. Bei unserem Abendessen hat Jake Kimmi nach ihrer Familie gefragt, und ich habe aus Versehen Witze über ihre alkoholkranke Mutter gemacht.«

»Wie kann man sowas *aus Versehen* machen?«

»Es ist irgendwie passiert«, sagt Brett. »Ich sage und tue immer das Falsche, auch wenn ich es gar nicht will. Das hasse ich an mir. Aber ich habe gedacht, ich könnte das mit Kimmi vielleicht wieder in Ordnung bringen. Payton Wilson geht auch zum Motocross, und ich wette, Kimmi hätte nichts dagegen, Hollywoods bestaussehenden Single zu treffen. Kommst du mit, wenn sie auch mitkommt?«

Ich lache. »Nein! Sie mitzunehmen, würde es nur nach einem Doppel-Date aussehen lassen.«

Madelyn geht zwischen unseren Stühlen durch und bereitet ein weiteres Tablett vor, vermutlich für Kimmi, die jeden Moment auftauchen dürfte. Zweifellos dicht gefolgt von Jake.

»Dann nennen wir es doch einen inoffiziellen Werbeauftritt für *Coyote Hills*«, schlägt Brett vor. »Ich lade auch Jake ein. McGregor würde es gefallen, wenn wir alle zusammen gesehen werden. *Kostenlose Werbung* – seine Lieblingsworte. Also, abgesehen von *Emmy-Award-Preisträger* und *super Kritiken.*«

Kimmis Gesicht taucht in meinem Spiegel auf. »Wohin gehen wir?«

»L. A.«, sagt Brett strahlend. »Wir hängen mit Payton Wilson ab. Kommst du mit?«

Kimmis Augen strahlen, aber sie setzt hastig eine gelangweilte Miene auf. »Wenn's sein muss«, sagt sie, als würde sie Brett und auch Payton nur einen Gefallen tun. »Bist du auch dabei, Emma?«

»Allerdings«, antwortet Brett für mich. »Sie darf uns nur einmal im Jahr versetzen, und diesen Freifahrtschein hat sie gestern Abend schon verbraucht.«

»Du bist fertig, Süße«, sagt Donna und sprüht eine letzte Ladung von irgendeinem Ozonkiller auf meine Haare. »Wir sehen uns dann nachher.«

Ich stehe auf, und Brett mustert mich – und zwar von oben bis unten. »Du solltest dir nicht so viele Gedanken wegen deines Kostüms machen. Jeder Kerl der Welt wird davon begeistert sein.«

»Toll. Wie beruhigend.« Ich ziehe den Rock so weit herunter, wie es geht, und wünschte, da wäre noch ein Knopf an meiner viel zu engen weißen Bluse. »Also, diese Rolle ist eindeutig eine Herausforderung.«

»Wieso beschwerst *du* dich?«, fragt Kimmi, die sich den Stuhl, den ich gerade freigemacht habe, ganz genau ansieht. Was glaubt sie, was ich da zurückgelassen habe? Ein Ei? »Guck dir doch mal an, was *ich* tragen muss.«

Sie hat eine sackartige Caprihose, ein purpurrotes Top mit eckigem Halsausschnitt und Turnschuhe bekommen.

»Darüber haben wir doch erst gestern gesprochen«, erinnere ich sie. »Kassidy hat ihren eigenen Stil.«

Kimmi verdreht die Augen. »Wen interessiert denn die Charakterbeschreibung? Spätestens nächste Woche werde ich Designersachen tragen.«

Brett prustet los. »Träum weiter! Das Einzige, was du *selbst* entscheiden darfst, ist die Farbe deiner Unterwäsche.«

Falsch. Mir haben sie heute Morgen wegen des ultrakurzen Rocks so ein fleischfarbenes Stretchding verpasst. »Nicht mal das ist sicher. Ich habe –«, beginne ich, aber Brett glotzt mich schon wieder an. Diesmal haue ich ihn dafür. »Hör auf damit! Glaubst du, Mädchen merken das nicht?«

»Er *weiß*, dass sie es merken«, sagt Kimmi. »Und wenn wir schon von schlechtem Benehmen reden – es würde mich wundern, wenn Jake vor heute Mittag hier hereingewankt käme.«

Meine Güte. Hat er sich volllaufen lassen? Dieser Gedanke ist irgendwie … enttäuschend.

»Der Typ ist ein begnadeter Aufreißer«, sagt Brett, als wäre das etwas wirklich Beeindruckendes. »Er hat gestern Abend kaum mit dieser Kellnerin gesprochen und sie trotzdem abgeschleppt.«

Oh.

Jake ist also genau wie alle anderen Kerle in diesem Geschäft. Mein Männergeschmack ist wirklich eine Katastrophe.

»Schon verrückt, was man alles in so kurzer Zeit über jemanden erfahren kann«, bemerke ich mit einem kleinen amüsierten Lächeln. Das beherrsche ich perfekt. Da kann man jeden Filmkritiker fragen.

Obwohl die erste Woche am Set eher chaotisch war, ist die zweite einfach fantastisch. Ich hatte schon viel zu lange totalen Stress und finde es faszinierend, dass McGregor die Produktion leitet wie ein Dirigent sein Orchester. Das hilft mir dabei, mich zu konzentrieren. Die Dreharbeiten scheinen doppelt so schnell zu gehen wie sonst, was toll ist. Mittlerweile habe ich mich auch mit meiner Rolle angefreundet.

Es ist einfach alles super.

Auch das Team ist klasse. McGregor hat etliche Leute von anderen Projekten abgezogen, um diese Crew zusammenzustellen, und während einer Beleuchtungspause sage ich ihm, was für ein großartiges Team er hat.

»Danke, meine Liebe«, antwortet er, holt sich ein paar Gemüsesticks und setzt sich neben mich. Für alle Mitwirkenden stehen immer ein paar Snacks und Getränke bereit, und heute sogar frisch zubereitete Limonade. Das Mittagessen wird von einer Cateringfirma geliefert. »Und falls es dir noch nicht aufgefallen ist«, sagt McGregor kauend, »ich habe auch eine Gruppe hervorragender Schauspieler angeheuert.«

Ich werfe einen Blick zu den Stühlen, die immer für uns bereitstehen, und beobachte, wie Kimmi mit Jake flirtet. Das macht sie oft, aber entweder spielt Jake den Coolen, oder er ist mit seinen Gedanken noch bei der Kellnerin, die er neulich kennengelernt hat. Brett rennt an ihnen vorbei und kickt einen Plastikbecher vor sich her wie einen Fußball. Jake springt auf und folgt ihm.

»Talent, Schönheit und ein großartiges Team – mein Erfolgsrezept«, sagt McGregor. Dann sieht er mich prüfend an. »Was hältst du von Kimmi?« Mittlerweile duzt er uns alle.

Soll ich jetzt lügen oder lieber nicht? »Sie ist eine gute Schauspielerin. Also, *wirklich* gut. Aber sie hasst diese Schlabberhosen.«

Ich nippe an meiner Limonade.

»Ah, ja.« McGregor beißt von einer Karotte ab, was ihn aber nicht vom Reden abhält. »Sie wird sich daran gewöhnen. Ich habe ein paar interessante Dinge für sie geplant.«

Normalerweise erfahren die Schauspieler nicht, worum es in den nächsten Staffeln gehen wird, aber ich versuche, ihm ein paar Infos zu entlocken. »Ich wette, die Autoren arbeiten an coolen Storys für jeden von uns«, sage ich. »Eden bleibt doch nicht immer die selbstsüchtige Klatschkolumnistin, oder?«

McGregor überlegt sich seine Antwort sorgfältig. »Diese Serie ist so angelegt, dass sie über die Highschoolzeit hinausgeht«, antwortet er schließlich, »und deshalb müssen die Charaktere jetzt noch weit von dem entfernt sein, was sie am Ende sein werden.«

Die typische nichtssagende Antwort. »Ich denke, die Serie wäre wohl ziemlich öde, wenn wir alle jetzt schon perfekt wären«, stelle ich fest.

»Ganz genau. Auch wenn unsere beiden männlichen Hauptdarsteller anscheinend nicht erwachsen werden wollen«, sagt McGregor mit einem kritischen Blick zu Jake und Brett, die jetzt erbittert um den Plastikbecher-Fußball kämpfen.

»Ganz meine Meinung«, bestätige ich. Jake ist für mich zu einem Buch mit sieben Siegeln geworden. Seit ich das mit der Kellnerin erfahren habe, versuche ich herauszufinden, ob er wirklich so ist, wie Brett ihn dargestellt hat. Wenn er tatsächlich ein Frauenheld ist, muss ich Rachel warnen, aber bis jetzt gibt es keinen Hinweis darauf. Bretts schlechte Manieren stören mich inzwischen nicht mehr. Meine Schwärmerei für ihn hat sich ein für alle Mal erledigt. »Auch wenn man es kaum glauben kann – ich bin bereits Kerlen mit einem größeren Ego begegnet.«

McGregor nickt. »Du bist schon mit einigen Berühmtheiten ausgegangen, stimmt's?«

Jetzt lächle ich nicht mehr. »Allerdings. Mit zu vielen.«

»Keiner davon hatte dich verdient. In diesem Geschäft gibt es viele arrogante Flegel, die nur so sind, weil man ihnen alles durchgehen lässt, und deshalb kann ich nur hoffen, dass du den Typen eine Lektion erteilt hast.«

Das bezweifle ich. Bei Troy jedenfalls habe ich einfach nur die Flucht ergriffen und stundenlang geweint.

Der Plastikbecher trifft mein Bein und Jake kommt angerannt, um ihn zu holen. »Tut mir leid! Der ging daneben«, sagt er und zeigt auf die zwei Stühle, die das Tor markieren. Sie stehen mindestens fünf Meter entfernt von mir.

»Und zwar eine Bauernmeile!« Oh je, diesen Spruch habe ich noch nie außerhalb von Arkansas gebraucht.

Jake zuckt mit den Schultern. »Jemand muss die Stühle umgestellt haben.«

Es fällt mir schwer, nicht zu lachen, als er den zerknitterten Plastikbecher wieder wegkickt. Ich drehe mich wieder zu McGregor um, der mich prüfend mustert.

»Glaub nicht, dass mir *diese* Möglichkeit nicht längst durch den Kopf gegangen ist«, meint er mit strengem Blick.

»Welche Möglichkeit?«, frage ich, und dann wird mein Gesicht plötzlich heiß – glühend heiß. Bei den Vertragsverhandlungen hat McGregor durchblicken lassen, wie sehr ihm Romanzen am Arbeitsplatz zuwider sind. »Oh nein, niemals! Ich habe schon genug Frösche geküsst, um zu wissen, dass sich keiner davon in einen Prinzen verwandelt.«

»Dann solltest du vielleicht weniger Zeit in Sümpfen verbringen.«

»Leider ist die Auswahl nicht sehr groß«, antworte ich. »Aber wer weiß? Vielleicht treffe ich eines Tages einen anständigen Jungen, der nur aus Versehen ins Studio gekommen ist.«

McGregors Blick ruht jetzt auf Jake. »Oder einen, der *denkt*, dass er nur aus Versehen hier ist.«

JAKE

An den meisten Tagen sieht Emma mindestens einmal in meine Richtung, aber so etwas wie einen Flirt hatten wir das letzte Mal, als ich sie am ersten Tag nach Hause gefahren habe. Seitdem ist sie gerade mal so freundlich zu allen, dass man sie nicht für hochnäsig hält.

Was muss ich tun, um ihre Aufmerksamkeit zu erregen? Irgendeinen verrückten Hollywood-Paarungstanz aufführen?

Emma ist auch zu Brett »freundlich«, also nehme ich an, dass sie ihn wohl doch nicht leiden kann. Und mit jedem Wort, das aus seinem Mund kommt, verbessert er meine Chancen.

»Du bist widerlich«, wirft sie ihm gerade an den Kopf und weicht zurück, wobei sie beinahe eine Kamera umstößt. »*Das* wollte ich nicht wissen!«

»Du wolltest doch wissen, ob ich Bethany Parke kenne«, verteidigt sich Brett. »Und ich kenne sie nun mal. Sehr, sehr gut sogar.«

»Immerhin erinnerst du dich noch an ihren Namen«, murmele ich.

Er streckt mir die Zunge heraus.

Tyler, der erste Direktionsassistent, brüllt: »Erstes Team wieder auf die Eins!«, und ich muss mich konzentrieren. In der Szene, die wir gerade drehen, liege ich auf einer alten Couch am Set mit dem Schülerzeitungsbüro – die Füße übereinandergeschlagen, den Kopf auf dem Rucksack – und soll entspannt wirken, obwohl ich natürlich ständig aufpassen muss, wo meine Arme und Beine sind und welchen Gesichtsausdruck ich mache. Außerdem muss ich darauf achten, was die anderen tun und sagen, damit ich meinen Einsatz nicht verpasse.

Beim Modeln braucht der Fotograf mir nur zu sagen, dass ich selbstgefällig aussehen soll, und schon allein daran zu denken, wie ich Devin beim Basketball in den Hintern trete, reicht für die nächsten fünfzig Aufnahmen. Aber McGregors Anweisungen heute Morgen waren etwas komplizierter.

»Justin, nach dem Aufstehen bleiben dir genau zehn Minuten, bis du zur Schule musst«, begann er. »Du hast drei von diesen Minuten zum Duschen genutzt, und das einzige Kleidungsstück, das du nicht vom Boden aufgehoben hast, waren frische Boxershorts. Alles klar?« Ich nickte. Das kenne ich schließlich aus eigener Erfahrung. »In den nächsten fünf Minuten hast du dir die Zähne geputzt, warst auf dem Klo und hast dir mit den Fingern die Haare gekämmt, und das alles gleichzeitig. Da ist dir auch eingefallen, dass du den Rucksack nicht vergessen darfst. Du hast eine Minute gebraucht, um Toast zu machen, eine weitere ganze Minute, um Butter darauf zu streichen, weil dir das wichtig ist. Verstanden?« Wieder habe ich genickt. »Dann hast du dir eine Packung Milch geschnappt und bist zur Tür hinausgerannt. Du hast die Hälfte der Milch direkt aus der Packung getrunken, und der Rest verdirbt jetzt in deinem Jeep. Das alles spielt sich ab, bevor die eigentliche Szene beginnt.«

Ich könnte natürlich einwerfen, dass nichts davon wirklich passiert, aber nachdem McGregor nun schon zwei Wochen lang solches Zeug in meinem Kopf abgeladen hat, begreife ich allmählich, dass mir solche Details dabei helfen, Justin besser kennenzulernen.

»Und jetzt ist deine einzige Sorge, Mario vom roten Planeten auf den grünen Planeten zu befördern«, sagt er und zeigt auf den kaputten Nintendo 3DS, den ich in dieser Szene in den Händen halte. »Wenn Kassidy ihre Spendenbox auf dem Flur fallen lässt und Eden und Bryce zur Tür sehen, tust du *nichts*. Du drückst nur ABXXA oder welche Knöpfe man auch immer drücken muss, damit Mario springt. Und alles, was du hörst, ist ›*ping-ping-pling! Boing-boing, plopp!*‹ Alles verstanden?«

Ich nicke, nicke, nicke.

McGregor sagt, dass er diese Technik mit den fiktiven Hintergrundinformationen nur in den ersten paar Folgen anwenden will. Danach wird erwartet, dass ich zu Justin geworden bin und genau weiß, wie er denkt, sich bewegt, und welchen Gesichtsausdruck er in jeder Situation hat. Kimmi bekommt ebenfalls solche Anweisungen, und sie hasst es.

Brett und Emma kriegen eigentlich immer nur Lob, sonst nichts.

Die Szenen werden in keiner bestimmten Reihenfolge gedreht, aber ich habe inzwischen erfahren, dass das bei Film- und Fernsehaufnahmen normal ist. Im Moment sind wir bei Szene fünf, obwohl die erste Folge schon fast fertig ist. Im Drehbuch sah diese Szene ziemlich einfach aus – ich habe nur zwei Sätze. Aber wir halten uns jetzt schon *vier* Stunden an ihr auf. Beleuchtungsprobleme, eine defekte Kamera und natürlich Kimmi – die einfach Kimmi ist – führen immer wieder zu Verzögerungen.

Unzählige Aufnahmen aus verschiedenen Kamerawinkeln, und ich drücke ABXXA. Meine Daumen sind steif, mein Genick bringt mich um und meine Augen brennen vom Starren auf den leeren Bildschirm. Das Witzige daran ist, dass es mir Spaß macht. Und zwar alles.

»Bild steht!«, ruft Tyler.

Ein Direktionsassistent wiederholt die Info, und die PAs rufen es durch das ganze Set. Ein Summton warnt alle Anwesenden, dass die Aufnahmen gleich beginnen.

»Los geht's. Ruhe, bitte!«

»Läuft!«, sagt Tyler.

»Ton ab!«

»Kamera ab!«

Die Klappe für Kamera A wird hochgehalten und ein Kameraassistent sagt: »Szene fünf, Aufnahme vier.« *Klapp.* »A läuft.«

Die Klappe für Kamera B wird zugeschlagen. »B läuft.«

McGregor sitzt vor seinem Monitor. »Und … Action!«

Ich tippe ABXXA. Eigentlich ist es vollkommen egal, in welcher Reihenfolge ich die Tasten treffe, oder dass man im Normalfall nur A drücken muss, damit die Figur springt, aber aus diesem Kamerawinkel spielt das keine Rolle.

Pfump! Das ist Kimmi, die den Karton fallen lässt.

Ich denke nur: *Spring, Mario, spring!*

»Brauchst du Hilfe?«, fragt Brett und rennt zur Set-Tür. Wie McGregor angeordnet hat, verschwindet er für genau drei Sekunden und kommt dann mit dem Karton im Arm zurück. Kimmi trottet hinter ihm her und sieht total deprimiert aus, nachdem sie gerade eine Stunde auf den Eingangsstufen der Schule gestanden und um Schreibwaren gebettelt hat – jedenfalls steht es so im Drehbuch. Ich weiß nichts darüber, denn ich bin auf dem roten Planeten und versuche, auf den grünen zu kommen.

»Ist alles okay?«, fragt Brett Kimmi.

Mein Stichwort. Ich schlage die Füße andersherum übereinander, den linken über den rechten. ABXXA …

»Ich habe nur einen Bleistiftstummel gekriegt«, sagt Kimmi. »Eden, hilfst du mir beim nächsten Mal?«

Emmas *Wohl-kaum*-Lachen ist mein nächstes Stichwort.

»Spring, du Zwerg, spring!«, schreie ich Mario an.

Kimmi schnappt nach Luft. »Hey, sei nicht so gemein zu Eden! Es ist doch nicht *ihre* Schuld, dass sie so klein ist.«

Ich gebe vor, mein Spiel zu unterbrechen, drehe den Kopf und starre Kimmi an. »Reg dich ab, okay?«, sage ich. »Mein Freund mit dem Zwergenproblem ist nicht real, und deshalb ist es ihm vollkommen egal, wie ich ihn nenne. Außerdem finde ich nicht, dass Eden in diesen Stiefeln klein aussieht.«

Kimmis Blick wandert an Emma herunter. »Wohl nicht«, sagt sie empört. Jedenfalls ist das der Ausdruck, den sie laut Drehbuch vermitteln soll.

»Schnitt!«, ruft McGregor. Es ist ohnehin das Ende der Szene, aber bei ihm klingt es, als hätte Kimmi die gesamte Aufnahme ruiniert. »Kimmi, als du Eden gemustert hast, sah es schon wieder so aus, als würdest du etwas Ekliges riechen.«

Brett zieht einen Schuh aus und hält ihn Kimmi unter die Nase. »Das hier vielleicht?«

Kimmi kreischt und schlägt nach ihm.

»Wieso ist es mit zwei Jungs in dieser Szene«, fragt Brett McGregor, »ausgerechnet *Kimmi*, die Emma abcheckt? Das ist echt fies, Mann.« Er dreht sich zu mir um und fügt halblaut hinzu: »Wenigstens hast du einen guten Blick auf ihren Hintern. Von meiner Position aus sehe ich gar nichts.«

»Mal abgesehen von meinem *Gesicht*«, mischt sich Emma ein, die nah genug steht, um alles zu hören. Über die Schulter wirft sie mir einen Blick zu und flüstert: »Wir hatten doch abgemacht, dass du mir nicht mehr auf den Hintern guckst!«

Moment mal. Flirtet sie etwa mit mir?

»Ich kann mich nur wiederholen«, antworte ich, immer noch auf der Couch ausgestreckt, »das ist der einzige Blickwinkel, den ich habe.«

Emma lacht. »Rutsch mal ein Stück, diese Stiefel bringen mich noch um.«

Ich schwinge meine Beine von der Couch und mache ihr nur zu gern etwas Platz.

»Macht es euch nicht zu gemütlich«, sagt McGregor. »Wir wiederholen das gleich noch mal. In drei Minuten.« Er geht mit Kimmi an den Monitor und spielt die letzte Aufnahme noch einmal ab. »Ah«, sagt er schließlich. »Das war doch nicht so schlecht.«

»Super, dann nennen wir das den Martini«, erwidert Kimmi und schlägt damit vor, dass wir für heute Schluss machen sollen – glaube ich zumindest. Hier am Set gibt es so viele merkwürdige Ausdrücke, die ich noch lernen muss. »Können wir jetzt gehen?«

McGregor winkt Tyler an den Monitor, damit auch er sich die Szene ansieht. Brett verlässt das Set, ohne etwas zu sagen.

Emma und ich sehen uns an.

»Es ist erst halb fünf«, flüstert sie. »Glaubst du, dass er uns wirklich schon gehen lässt?«

»Kann schon sein. War das nicht die letzte Szene auf dem Plan?«

Sie überlegt kurz. »Ja, aber McGregor könnten noch *Unmengen* kleiner Dinge einfallen, die noch verbessert werden müssen. Wir haben echt Glück, dass er so großen Wert darauf legt, das ganze Wochenende bei seiner Familie zu sein, sonst würden wir hier jeden Framstag verbringen. So war es zumindest bei meiner letzten Serie.«

»Framstag?«, frage ich.

»Ganz genau. Und sie werden auch hier gelegentlich nötig sein, vor allem für Nachtaufnahmen«, sagt Emma. »Wir arbeiten dann ungefähr sechzehn Stunden, den halben Freitag und die ganze Nacht, bis am Samstag die Sonne aufgeht. Das sind *Framstage.* Im Grunde ist das so etwas wie eine große Pyjamaparty, denn alle sind todmüde und lachen über jede Kleinigkeit, die tagsüber kein bisschen witzig wäre.«

»Klingt gar nicht schlecht«, stelle ich fest.

Emma lächelt. »Ist es auch nicht. Und es ist auf jeden Fall besser, als jeden Freitagabend am Schreibtisch zu sitzen und zu lernen. Seit meinem Umzug hierher habe ich nichts anderes getan. Ich freue mich wirklich nicht auf noch einen langweiligen Abend über meinen Büchern.«

Bei jedem anderen Mädchen wäre das ein Wink mit dem Zaunpfahl gewesen. Ich nehme es als mein Stichwort.

»Ich werde heute auch keinen lustigen Abend haben«, sage ich. »Ich muss nach Phoenix fahren und anfangen, meinen ganzen Kram herzubringen.« Nicht schlecht. Und jetzt los. »Es wäre toll, auf der Fahrt Gesellschaft zu haben – du weißt schon, damit ich nicht einschlafe. Nur zum Reden.«

Emma sitzt ganz still. »Hat deine … Kellnerin heute keine Zeit?«

»Wer?«, frage ich, bis mir alles klar wird. »Oh nein. Ich hab keine Ahnung, was du über die Kellnerin gehört hast. Aber Brett und Kimmi wollten nur sehen, ob ich ihre Telefonnummer kriegen kann, ohne sie danach zu fragen, was dazu geführt hat, dass sie mir auch gesagt hat, wann sie Feierabend macht. Aber ich bin direkt in mein Hotel gefahren – *allein*, nur damit du es weißt.«

Emma mustert mich mit gehobenen Brauen. »Ich habe aber eine ganz andere Version der Geschichte gehört.«

Ich zucke mit den Schultern. »Das erklärt einiges.«

»Was denn?«

»Dass du mich neuerdings behandelst, als hätte ich Tollwut. Oder zumindest Herpes.«

Emma lacht. »Taktgefühl gehört nicht zu meinen Stärken. Aber ich muss dir leider einen Korb geben.«

»Ach, komm schon«, sage ich. »Du hast hinreichend deutlich gemacht, dass du kein Date mit mir willst. Und solange wir beide uns in dieser Hinsicht einig sind, können wir doch zumindest miteinander abhängen, oder etwa nicht?«

Ich lächle sie nur an, während sie darüber nachdenkt. Ihr Gesicht hat die Farbe eines atomaren Feuerballs und ist damit so heiß wie der Rest von ihr.

»Ein Nein akzeptierst du wohl nicht«, stellt sie schließlich fest.

»Darin habe ich zu wenig Übung«, gestehe ich, was tatsächlich stimmt. »Außerdem würde ich gern mehr über deine Onlinekurse wissen. Ich will auch welche belegen.«

»Im Ernst?«

»Die letzte Aufnahme ist tadellos, Leute. Machen wir Schluss für heute!«, ruft McGregor und alle jubeln. »Das Skript für Folge zwei findet ihr in euren Garderoben.«

Ich werfe Emma einen Blick zu. »Dann hole ich dich um sechs ab?«

Was habe ich bloß an mir, das sie zögern lässt?

»Okay, ich komme mit.«

Super! Ich will noch etwas sagen, aber Brett ist im Anmarsch. »Rate mal, wer eine Freundin bekommt?«, sagt er und wedelt mit dem Drehbuch vor Emma herum. »Das solltest du unbedingt lesen.«

Das kann nur eines bedeuten.

Emma

Es ist kein Date, rede ich mir ein, als Jake das Set verlässt. In Los Angeles habe ich ständig irgendwas mit den Jungs unternommen. Und ich kann wirklich etwas Abwechslung brauchen.

Oh bitte, wem mache ich hier etwas vor? Das kleine Biest in mir hat meine bessere Hälfte schon wieder in Schwierigkeiten gebracht, das weiß ich. Aber … Jake will nur über die Kurse reden. Sonst nichts.

Das ist kein Date.

Brett blättert im Drehbuch für morgen herum. »Willst du wissen, wer wen küsst?«

»Nein!« Ich weiß auch so, was im Text steht. »Nichts verraten.«

»Okay, okay«, sagt Brett. »Bist du bereit für morgen?«

Ich habe schon gehört, dass Jake nicht zum Motocross mitkommt, weil er dieses Wochenende in seine neue Wohnung einzieht, aber Brett schwört trotzdem, dass niemand auf die Idee kommen wird, dass unsere Gruppe aus Paaren besteht, weil Kimmi und ich die einzigen Mädchen unter vier Jungs sein werden. »Wenn ich mitkomme und wir nur zu viert sind –«

»Also ehrlich, Taylor! Wie oft muss ich dir noch sagen, dass ich nichts von dir will?«

»Ich möchte nur vermeiden, dass es *aussieht* wie ein Date.«

»Es ist total egal, wie es aussieht, denn als ich McGregor gesagt habe, dass wir alle nach L. A. fliegen, um Werbung für *Coyote Hills* zu machen, ist er vor Freude fast an die Decke gesprungen.« Brett geht langsam rückwärts vom Set. »Und er erwartet, dass du mit deinem strahlenden Lächeln richtig viel Aufsehen erregst. Wir sollen jedem, den wir treffen, von der Serie erzählen.«

Ich hätte wissen müssen, dass er McGregor aufstacheln würde. »Also gut, ich komme mit auf deine angebliche Publicity-Tour«, rufe ich ihm nach, weil er schon fast draußen ist. »Und ich werde *richtig* viel Aufsehen erregen, weil ich eine Leuchtreklame auf dem Kopf tragen werde, auf der steht: ›Ich mache das nicht freiwillig!‹«

»Perfekt!«, brüllt er zurück und mehrere Mitarbeiter sehen sich neugierig um. »Wenn noch Platz ist auf dem Schild, kannst du noch was dazuschreiben: ›Schaltet ein, wenn ich mit Brett Crawford knutsche! *Coyote Hills*, dienstagabends, zwanzig Uhr!‹«

Na toll. Brett wird in der Serie mein Freund. Schlimmer kann es nicht werden.

Auf der Heimfahrt in meinem endlich gelieferten Auto fahre ich an mehr Wüstensalbei-Büschen vorbei, als ich je für möglich gehalten hätte, und versuche nicht daran zu denken, Brett Crawford zu küssen – oder zu erwürgen. Ich drehe die Klimaanlage so hoch, wie es geht, fühle mich aber trotzdem noch wie eine Weihnachtsgans im Ofen. Ich habe gehört, dass das Wetter in Tucson eigentlich sehr angenehm ist – sobald man den glühend heißen Sommer überlebt hat. Bis es so weit ist, erfreue ich mich am steten Wechsel von 40 Grad Hitze und Wolkenbrüchen. Die Gewitter kommen alle paar Tage, und die Blitze sind echt der Wahnsinn – fünfzig Stück gleichzeitig.

Toll anzusehen, aber auch gefährlich.

Genau wie Jake.

Als mir ein paar Tage nach unserem ersten Treffen wieder einfiel, dass die Fotos für Rachel immer noch nicht signiert waren, hat er erwähnt, dass er sich in einer Wohnanlage in der Nachbarschaft eingemietet hat. Und als ich vor ein paar Tagen abends laufen war, habe ich ihn aus dem Auto steigen und in seine Wohnung gehen sehen. Ich weiß jetzt also, wo er wohnt, etwa vier Minuten entfernt. Zwei, wenn ich renne.

Das sollte ich Rachel wohl besser nicht erzählen. Jedenfalls noch nicht.

Während ich mir auf der Fahrt den Kopf über diese Dinge zerbreche, ruft meine Mom an.

»Trina nervt mich ständig damit, dass ihre Tochter unbedingt am Casting für *Stars in Their Eyes* teilnehmen will«, sagt sie. »Hat Rachel dich gebeten, ein paar Anrufe für sie zu machen?«

»Ja, und ich habe ihr versprochen, dass ich alles versuche«, bestätige ich. »Wo ist das Problem?«

Am anderen Ende der Leitung ist ein entnervtes Seufzen zu hören, als könnte Mom nicht fassen, dass ich immer noch nicht weiß, wie die Dinge laufen. »Emma, es spricht nichts dagegen, gelegentlich mal ein paar Freunde anzusprechen, die an einem Projekt arbeiten, zu dem Rachel etwas beitragen könnte, aber es ist einfach ein Unding, wildfremde Leute anzurufen und deinen Namen zu benutzen, als könntest du Disneyland damit kaufen.«

»Meine Güte, Mom. Ich gehe nun wirklich nicht mit meinem Promistatus hausieren.« Natürlich habe ich keine Ahnung, ob mein Plan, Rachel in dieses Casting zu bringen, funktioniert, aber darf ich es nicht wenigstens versuchen? Sie ist erst jetzt alt genug für *Stars in Their Eyes*, eine Reality-Show, die für angehende Schauspieler den Durchbruch bedeuten könnte. »Rachel ist einfach perfekt für die Show, und der Castingdirektor wird das sofort erkennen.«

»Dann soll sie sich hinten anstellen wie alle anderen auch«, sagt Mom.

»Ich will doch nur dafür sorgen, dass sie einen Platz in der Schlange bekommt.« Viele Leute schaffen nicht einmal das, nur weil sie einen Schal tragen, der dem Regisseur nicht passt – oder wegen irgendeiner anderen Kleinigkeit.

Ein weiterer Seufzer. »Diese Gefallen müssen endlich ein Ende haben, Emma.«

Ich habe es satt, immer wieder diese Diskussion zu führen. Rachel ist außergewöhnlich begabt und hat einen Durchbruch verdient.

Ich komme zu Hause an und beende das Gespräch. Während ich mich für Phoenix zurechtmache, versuche ich alle Gedanken an meine Mom und auch Rachel zu verdrängen. Was Donna mit meinen Haaren gemacht hat, ist richtig genial. Sie haben irgendwie mehr Volumen als sonst, und deshalb achte ich beim Duschen darauf, die Frisur nicht zu zerstören.

Das Beste an meinem neuen Haus ist der begehbare Kleiderschrank. Da ist nicht nur genug Platz für all meine Klamotten, der Schrank hat außerdem genügend Bodenfläche für meine heimliche Leidenschaft: Schuhe.

Ich entscheide mich für meine Lieblingssandalen. Jetzt fehlt nur noch ein Outfit, das zum *Nicht-Date* passt. Ich beginne mit einer dunklen Jeans, probiere fünf Tops an, alle schwarz, und begutachte jedes etwa dreißig Sekunden lang. Schließlich entscheide ich mich für eines mit kurzen Ärmeln und einem Ausschnitt, der nichts zeigt, was als Flirtversuch missverstanden werden könnte. Ich bin gerade mit dem Schminken fertig, als Jake an der Tür klingelt.

Ein Blick auf ihn reicht. Ich sollte sofort die Tür zuschlagen und den Schlüssel zweimal umdrehen.

Ich habe nämlich gerade herausgefunden, wie Jake am besten aussieht: frisch geduscht. Seine dunklen Haare glänzen fast schwarz, weil sie noch feucht sind, und sie wellen sich genau an den richtigen Stellen. Er trägt ein enges smaragdgrünes T-Shirt, das er nur vorne in die Jeans gesteckt hat.

Kann er nicht wenigstens einmal furchtbar aussehen? Heute zum Beispiel?

Wir beginnen mit *Hi, oh, hallo, bist du fertig, ja, kann losgehen* – also den üblichen verlegenen Halbsätzen, die irgendwie dazugehören, wenn mich ein Junge abholt. Nur dass das hier kein Date ist. Ganz und gar nicht. An seinem Auto angekommen, mache ich mir sogar selbst die Tür auf, und das fühlt sich kein bisschen komisch an. Ganz normal.

Jake biegt auf die Canyon Road ein. »Es ist eine lange Fahrt. Hast du Hunger?«

Kurz bevor wir Feierabend gemacht haben, gab es am Set frisch gebackene Erdnussbutterplätzchen, und ich habe mir gleich *drei* genommen. »Ich bin okay, wenn du nichts willst.«

»Alles klar, denn ich habe meiner Mom versprochen, ihr ihren Lieblingsburger mitzubringen«, sagt Jake. »Oder bist du auch eins von diesen Mädchen, die nur Salat essen?«

»Sehe ich aus wie ein Karnickel?«

»Nein, aber du siehst auch nicht aus wie jemand, der viele Burger isst.«

»Ich liebe Hamburger«, beteuere ich. »Und Pizza, Nachos, Popcorn … alles, was lecker ist.«

»Und Wasser«, sagt er. Er zeigt auf meine Tasche. »Wie viele Flaschen hast du dabei?«

»Nur ein paar.« Mir ist schon aufgefallen, dass er auch ständig eine Wasserflasche mit sich rumschleppt. »Das ist so ziemlich alles, was ich trinke. Allerdings mochte ich auch die Limonade, die wir heute Mittag hatten. Ich habe sogar nach dem Rezept gefragt.«

»Dann kannst du jetzt deinen eigenen Limonaden-Verkaufsstand aufmachen und wirst superreich werden.«

Okay, er ist süß, das muss ich zugeben. »Hast du da etwa Erfahrung drin?«

Jake lächelt. »Mein erster und einziger Verkaufsstand war ein bisschen kreativer.«

»Lass mich raten. Die Mädchen mussten für einen Kuss von dir bezahlen?«

»Schön wär's! Dafür hätte ich bestimmt weniger Ärger gekriegt. Nein, ich habe alle Schuhe meiner Mutter verkauft.«

Ich bin absolut entsetzt und nehme meine Füße möglichst weit aus Jakes Reichweite. Ich will nicht riskieren, dass er sich an meinen Prada-Sandalen vergreift. »Du warst ein verdammt ungezogener Junge.«

Fast die ganze zweistündige Fahrt über albern wir herum, flirten aber nicht – nicht *wirklich* jedenfalls – und unterhalten uns über alles Mögliche.

»Wie bist du zur Schauspielerei gekommen?«, fragt er und

bringt das Gespräch schließlich auf die Arbeit. »Es macht dir Spaß, stimmt's?«

Vor uns flitzt ein Kojote über die Straße. Seit ich nach Arizona gezogen bin, habe ich mehr Kojoten gesehen als Katzen und Hunde.

»Darauf habe ich eine Standardantwort«, sage ich. »Aber die ist langweilig und oberflächlich. Die echte ist allerdings ein bisschen schnulzig.«

»Na, dann will ich die Schnulze hören«, verlangt Jake.

»Du hast es so gewollt.« Um die Spannung zu steigern, nehme ich einen großen Schluck aus meiner Wasserflasche. »Ich habe mit sechs angefangen, Schauspielstunden zu nehmen, Rollen im Gemeindetheater gespielt, und mit neun dann an Castings für professionelle Projekte teilgenommen. Danach kamen ein paar Werbespots, kleinere Filme und so was. Als ich zwölf war, hörte meine Mom von einer großen Produktion, die ausgerechnet bei uns in Fayetteville gedreht werden sollte – ein Film über eine Pionierfamilie, die sich in den Ozarks niederlässt. Die Rolle des Mädchens war echt riesig, und meine Mom hat nicht wirklich damit gerechnet, dass ich sie kriegen würde. Aber Rachel und ich haben uns monatelang auf das Casting vorbereitet, und als es so weit war, haben unsere Mütter uns für den großen Tag nach Los Angeles gebracht.«

»Rachel schauspielert auch?«, fragt Jake. »Die Freundin, für die ich die Fotos signiert habe?«

»Ja, aber leider hat es an dem Tag nicht geklappt«, sage ich und es schnürt mir die Brust zu, wie immer, wenn ich daran zurückdenke. »Wir wissen nicht, ob sie etwas Falsches gegessen hat oder so, aber am Morgen des Castings ging es ihr richtig schlecht. Sie hat trotzdem vorgesprochen, konnte aber nicht ihr Bestes geben.«

»Und *du* hast die Rolle bekommen«, sagt Jake. »Wahrscheinlich hättest du sie ohnehin gekriegt.«

»Wer weiß«, antworte ich, obwohl er vermutlich recht hat. Während der Dreharbeiten hat der Castingdirektor zu meiner Mom gesagt, dass sie gehofft hatten, eine zierliche Dunkelhaarige mit hellen Augen und einem echten Südstaatenakzent zu finden. Also genau jemanden wie mich. »Aber versuch das mal deiner besten Freundin zu erklären, wenn du zur Oscarverleihung gehst – *Mountain Home* hat einen in der Kategorie Bester Film bekommen –, während sie zu Hause sitzt und sich die Augen ausheult, weil *sie* es hätte sein können, die über den roten Teppich läuft.«

Jake schaut unverwandt geradeaus, und ich bin froh darüber, denn ich habe plötzlich einen Kloß im Hals. Rachel hat nie mit mir darüber gesprochen, aber am Abend der Oscarverleihung hat mir Trina alles über das gebrochene Herz ihrer Tochter erzählt – wie sie die Schluchzer unterdrückt hat, als ich mit den anderen auf der Bühne stand, und wie sie trotzdem für mich geklatscht und gejubelt hat.

»Rachel hat wirklich Talent als Schauspielerin. In letzter Zeit hat sie angefangen zu fotografieren, und sie macht grandiose Bilder«, berichte ich, weil mir peinlich bewusst geworden ist, wie ich Rachel beschrieben habe. »Und sie ist ganz bestimmt keine Heulsuse, auch wenn es sich gerade so angehört hat. Sie ist klug und hübsch. *Sehr* hübsch sogar.«

»Vielen Dank für das Verkaufsgespräch«, bemerkt Jake lachend. »Wenn du damit fertig bist, mir zu erzählen, was dir an der Schauspielerei gefällt, kannst du mir vielleicht auch erzählen, was *Rachel* daran findet. Aber nur, wenn du unbedingt willst.«

Ich werfe ihm einen finsteren Blick zu, setze meinen Bericht aber trotzdem fort. »Also gut, jetzt kommt der schnulzige Teil: Als wir *Mountain Home* gedreht haben, Szene für Szene, konnte ich mir nicht vorstellen, dass aus diesem Chaos etwas Vernünftiges entstehen würde. Und die Drehtage waren sooo lang und schon nach kurzer Zeit kein bisschen aufregend.«

Jake nickt zustimmend. Gut möglich, dass er bei der Arbeit ähnliche Gedanken hat.

»Aber«, fahre ich fort, »als ich mich dann auf der Kinoleinwand gesehen habe, war das *unglaublich*. Es war total cool, mir dabei zuzusehen, wie ich jemanden spiele, der ganz anders ist als ich. Ich war fast geschockt, dass die Zuschauer tatsächlich geglaubt haben, dass dieses Mädchen auf der Leinwand eine echte Person ist. Ich liebe das Schauspielern also nicht unbedingt während der Dreharbeiten. Das Tollste ist der Adrenalinkick, wenn ich am Ende den fertigen Film sehe.«

»Das ist überhaupt nicht schnulzig«, sagt Jake. »Jeder sollte etwas tun, auf das er stolz sein kann – was immer es ist, das einem dieses tolle Gefühl gibt.«

»Ist es für dich das Modeln?«

»Nicht mal annähernd«, antwortet er. »Der Laufsteg-Kram ist nicht so schlimm. Meine Kumpels betteln nicht gerade um Freikarten für die Fashion Week. Jake trommelt mit den Fingern auf dem Lenkrad herum. »Viel schlimmer sind die Magazine. Ich weiß schon Wochen, bevor die Anzeige erscheint, was für Witze meine Freunde reißen werden.«

Wenn sie ihn damit aufziehen, spielt bestimmt Eifersucht eine Rolle, zumindest ein bisschen. Mich überrascht allerdings, dass Jake wirklich beschämt klingt. Er ist so gut in seinem Job. Aber genau wie Berühmtheit bedeutet auch Erfolg für jeden etwas anderes.

»Mir geht es so mit den Klatschmagazinen«, gestehe ich. »Ich nehme mir das alles mehr zu Herzen, als ich sollte.«

»Aber denen glaubt doch keiner.«

»Oh doch«, widerspreche ich. »Wenn *Promi News* eine Story erfindet, dass ich ganz Österreich aufgekauft habe, diskutieren zehn Minuten später Hunderte online darüber, wieso ich Österreich gewählt habe und nicht Frankreich. Oder warum nicht gleich ganz Europa?«

»Mit deiner Fantasie solltest *du* für die *Promi News* schreiben«, sagt Jake, und dafür haue ich ihm auf den Arm. »Wie kommen deine Freunde und Familie damit klar?«

Gute Frage. »Rachel ist super. Sie kommt zu den meisten meiner Premieren und Preisverleihungen. Und meine Mom … nun, sie ist auch meine Managerin, und manchmal vertragen sich diese beiden Rollen nicht besonders gut.«

»Was ist mit deinem Dad?«

»Mein Dad? Hmmm … Bei ihm ist das ganz anders. Er ist natürlich stolz auf mich, tut aber immer so, als wäre meine Karriere bloßer Zufall. Er ermahnt mich dauernd, dass sie auch ganz schnell wieder vorbei sein kann und ich dann lieber etwas *Vernünftiges* vorzuweisen haben soll.«

»Gehst du deswegen aufs College? Um irgendwann etwas anderes machen zu können?«

»Nein, ich will nur nicht eindimensional sein.« Wir reden

viel zu viel über mich. »Was ist mit dir? Wie bist du in all das hineingeraten?«

Jake erzählt mir, dass er beim Basketballspielen entdeckt wurde – ich hätte ihn ebenfalls sofort unter Vertrag genommen – und dass seine Agentin ihm irgendwann sagte, dass ihm die Schauspielerei vielleicht mehr Spaß machen würde. »Versteh mich nicht falsch, denn bis jetzt finde ich es toll«, sagt er. »Das Schauspielern ist der härteste Job, den ich je hatte, und jeder Tag ist eine neue Herausforderung. Aber auf Dauer ein Promi zu sein … ich weiß nicht. Das bin ich einfach nicht.«

»Was würdest du denn lieber machen?«

»Irgendwas Geschäftliches. Verkaufen, verhandeln und so was. Die Schuhe meiner Mutter zu verkaufen war nur der Anfang.« Er fährt vom Freeway ab. In der Ferne ragen Berge auf, aber das Erste, was ich von Phoenix sehen kann, sind die hohen Gebäude. »Ich treibe meine Agentin irgendwann noch in den Wahnsinn, weil ich keinen Vertrag unterschreibe, ohne ein Dutzend Mal nachzuverhandeln. Die Vertragsverhandlungen sind für mich das Beste am Modeln.«

»Dann willst du Betriebswirtschaft studieren?«, frage ich und er nickt. Ich hätte beinahe losgelacht und würde ihm gern erzählen, was mein Dad beruflich macht, beschließe aber, damit noch zu warten. Ich kann Jake aber wenigstens ein paar Tipps geben, zumal er ja schon gesagt hat, dass er über meine Kurse sprechen will. »Also, das Vorstudium kannst du online machen. Und von Mitte April bis Anfang Juli ist gewöhnlich Drehpause, da kannst du dann an den richtigen Vorlesungen teilnehmen.«

»Darüber habe ich nachgedacht, seit du mir das erste Mal

davon erzählt hast«, sagt Jake und fährt auf den Parkplatz des Burger-Restaurants. »Ich weiß nur noch nicht, womit ich anfangen soll.«

Er hält vor einer großen Speisekarte am Drive-in-Schalter, und ich sage: »Ich könnte es dir zwar sagen, aber ich arbeite nicht umsonst. Du wirst mir einen Burger kaufen müssen.«

Jake lächelt mich so unglaublich süß an, dass mir ganz warm wird.

»Dich kann man aber leicht zufriedenstellen«, bemerkt er.

Ich muss lachen. »Du bist der Erste, der jemals so etwas zu mir gesagt hat.«

Er beugt sich zu mir herüber und dreht eine Strähne meiner Haare zwischen seinen Fingern … Das ist alles.

Aber es ist genug.

Ich schnappe mir meine Tasche, stoße die Tür auf und hechte aus dem Auto. »Wir treffen uns am anderen Ende des Drive-ins«, sage ich und steuere die Toiletten des Restaurants an, damit ich in den Spiegel starren und mich selbst ermahnen kann, dass ich mich nicht in Jake Elliott verlieben darf.

JAKE

Ich wünschte, Emma hätte irgendeinen alten Fetzen angezogen und sich die Haare zu einem Oma-Dutt hochgesteckt. Aber nein, sie sieht aus wie ein Filmstar, den man nur von Weitem anhimmeln darf. Kurz bevor sie die Tür zum Hamburger-Restaurant öffnet, holt sie einen großen weißen Hut aus der Tasche und zieht ihn sich tief über die Augen. Oh Mann, dieses Gesicht sollte niemals verborgen werden.

Ich besorge unser Essen, und Emma erwartet mich am Ende des Drive-ins. Als wir wieder unterwegs sind, sprechen wir noch eine Weile über das College, dann fragt sie: »Weiß deine Mutter, dass ich mitkomme?«

»Ja«, sage ich. »Aber keine Sorge, ich habe ihr versichert, dass das kein Date ist. Sie ist trotzdem ganz aufgeregt, weil … na ja, sie ist ein Fan von dir.«

»Und sie will ihren Hamburger.«

»Das auch.« Wir werden in ein paar Minuten da sein. Ich kann es nicht länger vor mir herschieben. »Okay. Ich, äh … ich muss dir was sagen.«

Emma sieht mich misstrauisch an. »Was denn?«

Ich hole tief Luft. »Vor ungefähr einem Jahr hatte meine Mutter einen Schlaganfall und ist seitdem halbseitig gelähmt. Ihr Gesicht ist schon fast wieder normal, aber sie sitzt im Rollstuhl, und die Ärzte glauben, dass sie sie sich wahrscheinlich nie wieder normal bewegen kann.« Emma hört wortlos zu, die Arme um sich geschlungen, und ich merke, dass sie nicht weiß, was sie sagen soll. Das weiß niemand. Ich auch nicht. »Ich wollte nur nicht, dass du dich unbehaglich fühlst, wenn du sie triffst. Es macht sie immer ganz verlegen, wenn die Leute nicht wissen, was mit ihr ist. Ihre Sprache ist ein wenig undeutlich, aber davon abgesehen ist sie in Ordnung … im Kopf, meine ich. Du kannst dich also ganz normal mit ihr unterhalten.«

Emma nickt. »Ich kann mir nicht vorstellen, wie das ist, wenn die eigenen Eltern so was durchmachen müssen.«

Wir halten am Tor zu der bewachten Wohnanlage, in der meine Mutter lebt, und ich gebe den Code ein. »Es war ein schwieriges Jahr, das kann ich dir sagen. Es hilft auch nicht gerade, dass sie so tut, als wäre es nicht schlimm, als könnte sie alles allein regeln. Es gab vor ihrem Schlaganfall keinerlei Warnsignale, und die Vorstellung, dass das jederzeit wieder passieren könnte, macht mich fertig. Die Ärzte wissen nicht einmal, wie es überhaupt geschehen konnte.«

Der Schlaganfall kam nicht nur aus heiterem Himmel, auch das Timing war eine Katastrophe. Ich hatte gerade meinen BMW gekauft – direkt vom Händler, mit allen nur denkbaren Extras – und fand mich unglaublich vernünftig, weil ich das Geld dafür zusammengespart hatte. Da wusste ich noch nicht, dass es wichtigere Dinge geben würde, für die ich mein Geld ausgeben konnte, wie etwa das neue Haus, das meine Mom jetzt brauchte, den Pflegedienst und die Physiotherapie. Meine Schwester war vor Kurzem als Austauschstudentin nach Italien gegangen. Ich hatte mich schon am College eingeschrieben und wollte nur noch ein paar Modeljobs pro Monat machen. Aber über Nacht war alles anders, und Liz hat mir den Vertrag mit Armani verschafft, damit ich alles bezahlen konnte. Das College musste warten.

Während ich durch die Straßen in Moms Nachbarschaft fahre, unterhalten Emma und ich uns über leichtere Themen. Ich will nicht mit einer ernsten Miene bei meiner Mutter auftauchen, damit sie nicht denkt, ich würde sie »schon wieder bemitleiden«.

Ich parke vor dem Haus.

Emma nimmt die Tüte mit dem Essen, und wir gehen auf die Haustür zu. »Das Haus sieht neu aus«, stellt sie fest. »Du bist nicht hier aufgewachsen, oder?«

»Nein.« Ich schließe die Tür auf. »Wir hatten ein zweistöckiges Haus nicht weit von hier, aber meine Mom kommt jetzt nur noch in einem Bungalow zurecht.«

Kaum hat Emma die Haustür hinter sich geschlossen, kommt Mom auch schon mit ihrem Elektrorollstuhl um die Ecke. »Geh aus dem Weg, Junge«, sagt sie. »Ich kann sie gar nicht sehen.«

»Ich freu mich auch, dich zu sehen.« Ich trete zur Seite und stelle die beiden einander vor.

Die Augen meiner Mutter leuchten auf. »Meine Güte, du bist es wirklich«, stößt sie hervor.

Emma drückt mir die Tüte mit den Hamburgern in die Hand. »Es freut mich, Sie kennenzulernen, Mrs Elliott.«

Ich habe keine Ahnung, ob ich mich jemals daran gewöhnen werde, wie Moms Leben jetzt aussieht. Es bringt mich um, wie gefangen sie sich in diesem Rollstuhl fühlen muss, zumal sie ja nur einen Arm und ein Bein bewegen kann. Früher ist sie jeden Morgen kilometerweit gelaufen.

»Ihr seid bestimmt halb verhungert«, sagt Mom, die vor uns durchs Wohnzimmer in die Küche rollt.

»Nur einer von uns ist halb verhungert«, widerspricht Emma. »Auf der ganzen Fahrt kam dieses knurrende Geräusch vom Fahrersitz.«

»Selbst *wenn* mein Magen geknurrt hätte«, kontere ich, »hättest du es nicht gehört, weil du pausenlos geredet hast.«

Emma lacht – ein Laut, bei dem ich unwillkürlich lächeln muss –, aber sie und Mom ignorieren meinen kleinen Seitenhieb. »Mein Sohn verschlingt Nahrung wie ein schwarzes Loch«, verkündet Mom und parkt ihren Rollstuhl am Küchentisch. »Ihn satt zu bekommen, ist fast unmöglich.«

»Kann es sein, dass ich hier nichts mehr zu sagen habe?«, frage ich.

»Ist er nicht gut erzogen? Jake kann sogar Gedanken lesen«, sagt Mom zu Emma.

Ich setze mich neben Emma und verteile die Burger. Sie lächelt mich an. »Er kann aber noch mehr«, sagt sie. »Jake sorgt bei der Arbeit immer für Unterhaltung.«

Mom sieht mich vorwurfsvoll an. »Du ärgerst doch nicht wieder die Mädchen?«

»Ich? Das würde ich nie tun!« Ich nehme einen Monsterbissen von meinem Burger.

»Das klingt, als hätte er schon immer Ärger gemacht«, sagt Emma zu meiner Mom. »Jake hat mir erzählt, dass er als Kind all Ihre Schuhe verkauft hat.«

»Ach, das war noch gar nichts«, erwidert Mom. Ich kann ihre undeutliche Sprache problemlos verstehen, weil ich sie so gut kenne, aber ich frage mich, ob Emma alles mitbekommt. »Ich glaube nicht, dass er dir schon die richtig schlimmen Sachen erzählt hat.«

»Also, von meinem Aufenthalt in Folsom Prison weiß sie noch nichts«, sage ich. »Falls du darauf anspielst.«

Emma schenkt mir ihr umwerfendes Grinsen. »Du warst also im Knast?«

Ich nicke ernst. »Du kennst doch diese Etiketten an Matratzen, auf denen steht, dass es verboten ist, sie abzuschneiden? Ich konnte mich eines Tages nicht mehr beherrschen.«

»Verstehe«, antwortet Emma. »Das erklärt auch, wieso McGregor der Meinung war, dass du diesen Schwerverbrecher-Look hast, nach dem er gesucht hat.«

Emma

»›Schwerverbrecher-Look‹«, wiederholt Mrs Elliott, und ihr Lachen klingt kräftiger, als ich erwartet hätte. Sie sieht ganz anders aus als Jake, denn sie ist sehr zierlich und wirkt in ihrem Rollstuhl noch kleiner. Außerdem hat sie blonde Locken, die ihr über die Schultern fallen. Die grünen Augen hat Jake eindeutig von ihr, aber seine Größe und die dunklen Haare müssen von seinem Dad sein, auf den in diesem Haus nichts hinweist. »Jake braucht immer jemanden, der ihn zurechtstutzt, und deshalb bin ich froh, dass ihr euch kennengelernt habt.«

Mrs Elliott sieht viel zu jung für einen Schlaganfall aus – sie ist höchstens fünfzig. Die linke Seite ihres Körpers scheint in Ordnung zu sein und wirkt sogar ziemlich kräftig, aber die rechte Seite kann sie kaum bewegen. Wenn sie lächelt, verzieht sich nur eine Hälfte ihres Gesichts, aber beide Augen leuchten auf. Und obwohl sie langsam und etwas undeutlich spricht, kann ich sie ganz gut verstehen.

Ich schätze, dass Jake seine Schlagfertigkeit auch von ihr hat. Sie scheint eine ziemlich coole Mutter zu sein.

»Wir geben alle unser Bestes, damit Jake nicht abhebt«, sage ich. »Das ist allerdings nicht leicht. Es gibt nur wenige Schauspieler, die solche Naturtalente sind. Darüber spricht schon das ganze Team.«

»An welchem Set arbeitest *du* denn?«, fragt er mich. »Alles, was ich zu hören kriege, ist: ›Du hast schon wieder in die Kamera geguckt. Pass auf das Kabel auf. Du hast dein Stichwort verpasst.‹«

Ich schüttele den Kopf, damit seine Mom weiß, was für ein Unsinn das ist. »Vielleicht in den ersten paar Tagen, aber er lernt wirklich schnell. Anfangs ist es tatsächlich verwirrend, und man muss auf vieles achten. Überall liegt Zeug herum, über das man nicht stolpern, es aber auch nicht ansehen darf. Auch die ganzen Mitarbeiter, die am Set herumlaufen, darf man nicht ansehen. Über dem Kopf hat man einen Mikrofongalgen, den man ignorieren muss. Und manchmal spricht man den Text einfach in den luftleeren Raum und muss so tun, als wäre jemand da, mit dem man sich unterhält. Irgendwann kommt man sich ein bisschen verrückt vor, wenn man dauernd mit unsichtbaren Leuten spricht.«

»Ehrlich? Das kann ich gar nicht verstehen. Ich mache das die ganze Zeit«, sagt Mrs Elliott. »Oh! Hallo, Charlie!«

Ich drehe mich um, weil ich sehen will, wen sie begrüßt hat, und Jake lacht lauter, als ich es je bei ihm gehört habe. »Bist du wirklich auf diesen alten Trick reingefallen?«

»Jacob!«, schimpft seine Mom, doch auch sie muss sich das Lachen verkneifen.

Ich verberge mein Gesicht hinter den Händen. »Ich dachte, du hättest vielleicht einen Bruder, der Charlie heißt.«

»Tut mir leid, ich kann nur mit einer Schwester dienen.«

»Tja, aber da ich sie nirgendwo sehe, muss sie ebenfalls unsichtbar sein.«

»Amber studiert in Italien«, erklärt Mrs Elliott. »Nach meinem Schlaganfall ist sie sofort nach Hause gekommen, aber als ich wieder halbwegs klar im Kopf war und gemerkt habe, dass meine Kinder ihre Leben wegen *mir* auf Eis gelegt hatten, habe ich mit der Peitsche geknallt und sie wieder weggeschickt.«

Jetzt bin ich ziemlich sicher, dass es hier keinen Vater gibt. Aber wo steckt er?

Jake hat sich wieder beruhigt und erzählt von seiner Schwester: »Amber hat sich dreimal für das Kunststudium in Florenz beworben – das ist eine von diesen Erfahrungen, die man nur einmal im Leben macht. Sie wird noch ungefähr ein Jahr dort bleiben.«

»Und wenn sie ihren kleinen Bruder nicht hätte, wäre sie überhaupt nicht dort«, fügt Mrs Elliott hinzu. Jake erstarrt, und sein Hamburger schafft nur den halben Weg zum Mund. »Ich verbiete dir jede Bescheidenheit, was das angeht, Jacob. Ihr Stipendium reicht kaum für die Miete, und sie würde niemals dort bleiben, wenn du ihr nicht ständig versichern würdest, dass du dich um mich kümmerst. Was du *tust.*«

»Das ist … wow«, murmele ich.

Einen Moment lang sieht Jake seine Mutter an, dann wandert sein Blick wieder zu mir. »Ich unterstütze Amber nur, weil sie mich in den Wahnsinn treibt, wenn sie zu Hause ist. Die sind übrigens von ihr.« Er deutet auf zwei Gemälde, die über der Couch hängen. »Nicht schlecht, oder?«

»Die sind fantastisch.« Ich stehe vom Tisch auf, um mir die Ölgemälde genauer anzusehen. Beide zeigen eine Küstenlandschaft mit einem Leuchtturm. Wenn ich nicht gerade erfahren hätte, dass Jakes Schwester sie gemalt hat, hätten sie ebenso gut aus einer der teuren Galerien an der Strandpromenade von Santa Barbara oder Monterey stammen können.

Zwischen den Bildern hängt ein farblich passender Quilt. »Oh, das ist ja toll!«, sage ich und sehe erst jetzt, wie kompliziert das Muster ist. Es sieht beinahe aus wie ein Mosaik aus

Glas, nur dass es hier winzige, perfekt aneinandergenähte Stoffstückchen sind. »Hat Amber das auch gemacht? Bei uns in Fayetteville gibt es auch viele Leute, die quilten, aber etwas wie *das hier* habe ich noch nie gesehen.«

»Das hat meine Mom gemacht«, sagt Jake, und ich drehe mich freudestrahlend um. Doch das Strahlen vergeht mir, als ich den Anflug von Trauer in Mrs Elliotts Lächeln bemerke – sie kann nicht mehr quilten. »Sie hat Hunderte davon gemacht, meistens für andere Leute, und alle waren so toll wie dieser.«

»Ich hatte einen anderen schon fast fertig, als mich dieser dämliche Schlaganfall erwischt hat«, sagt Mrs Elliott. »Und sobald mein rechter Arm wieder richtig funktioniert, nähe ich ihn zu Ende.« Sie sieht zu Jake hinüber. »Ich gehe mehrmals pro Woche zu einem hervorragenden Therapeuten.«

»Mom liebt ihre Physiotherapie«, berichtet Jake, »weil sie ihren Therapeuten attraktiv findet.«

Mrs Elliott ist kein bisschen verlegen. »Außerdem ist er Single und man kann sich gut mit ihm unterhalten«, sagt sie.

»Ich weiß nicht, Mom«, gibt Jake zu bedenken. »Er wirkt immer so ernst.«

»Junge, in meinem Alter kann ich froh sein, einen Mann zu finden, der noch seine eigenen Zähne und Haare hat.«

Jake lacht. »Dann solltest du ihn dir vielleicht doch schnappen, bevor ihm irgendwas ausfällt.«

Ich werfe noch einen Blick auf das Kunstwerk und sage: »Ich habe noch keinen Quilt gemacht, aber ich kann nähen. Also, wenn es Ihnen nichts ausmacht, mir die Grundlagen beizubringen, würde ich gern noch einmal herkommen und Ihnen dabei helfen, den angefangenen Quilt fertigzustellen.«

Sie braucht ja eigentlich nur eine zusätzliche Hand, nicht wahr?

»Das würdest du tun?«, fragt sie ungläubig. »Es ist doch eine so lange Fahrt.«

»Das ist kein Problem«, versichere ich ihr.

Ich stelle fest, dass Jake mich anstarrt und allmählich zu lächeln beginnt. »Ich, äh … ich werde dann mal meine Kartons ins Auto packen«, sagt er. »Ihr könnt übers Quilten reden, aber nicht über mich. Redet *bloß* nicht über mich.«

»Also, die Zeit, die er im Gefängnis verbracht hat«, beginnt Mrs Elliott, als Jake noch in Hörweite ist. Doch dann sprechen wir tatsächlich übers Quilten, und sie erklärt mir voller Begeisterung, wie es gemacht wird. Von der Auswahl der Stoffe, dem Ausschneiden winziger Stückchen, ihrer Anordnung bis hin zum Einfädeln der Nadel und dem sorgfältigen Einnähen Stich für Stich – es hört sich unglaublich mühselig an. Aber es ist offensichtlich, dass Mrs Elliott das Quilten genauso viel bedeutet wie mir das Schauspielern.

Es ist nicht nur ein Hobby für sie, es ist ein Teil ihrer Persönlichkeit.

Wie würde ich mich fühlen, wenn ich von heute auf morgen plötzlich nicht mehr tun könnte, was mir am meisten Spaß macht? Bei dieser Vorstellung wird mir ganz anders. Als Jake zurückkommt, habe ich einen Kloß im Hals.

»Wollen wir los?«, fragt er.

Mrs Elliott und ich versichern einander, wie nett es war, dass wir uns kennengelernt haben, und ich betone, dass es wirklich mein Ernst ist, dass ich ihr bei ihrem unfertigen Quilt helfen will. Dann machen Jake und ich uns auf den Weg zur Tür.

»Es war schön, dich kennenzulernen, Charlie«, ruft Jake und winkt dem unsichtbaren Mann hinter seiner Mutter zu. »Ich habe mir schon immer einen Bruder gewünscht.«

Ich pikse ihn in die Seite. »Das ist das letzte Mal, dass du mich mit Charlie aufziehst.«

»Das möchte ich bezweifeln«, widerspricht er.

Als wir wieder im Auto sitzen, erzählt mir Jake, wie sehr er sich wünscht, dass seine Mutter zumindest quilten könnte. Er sagt, dass er eine Haushälterin eingestellt hat, die nicht nur putzt, sondern auch kocht, und dazu noch zwei Schwestern von einem Pflegedienst, die sich im täglichen Wechsel um ihre körperlichen Bedürfnisse kümmern und sie zu ihren Terminen fahren. Jake hat ihnen mehr Gehalt angeboten, wenn sie seiner Mom ein- oder zweimal pro Woche beim Quilten helfen, aber bis jetzt hat es keine der Damen getan.

Kein Wunder, dass er mich so angestrahlt hat, als ich gesagt habe, dass ich ihr gern helfen würde.

Je länger wir uns unterhalten, desto mehr wird mir bewusst, wie teuer Mrs Elliotts Pflege sein muss. Ich versuche mir vorzustellen, wie ihr Leben wohl sein würde, wenn Jake nicht diesen Job hätte. Wie viele Menschen in ihrer Lage brauchen häusliche Pflege oder jemanden, der ihnen Essen kocht und das Haus putzt? Ganz zu schweigen von Freunden, die ihnen helfen, Dinge zu tun, die sie allein nicht mehr können. Gibt es genügend Organisationen, die so etwas anbieten?

»Weißt du was?«, sagt Jake. »Ein Stück die Straße runter ist ein Klub, der so dunkel und voller Leute ist, dass dich dort niemand erkennen würde – natürlich nur, wenn du Lust hast.«

Ich lächle und nicke nicht mit Absicht. Es passiert einfach.

Ein paar Minuten später parken wir vor einem Klub, und ich betrachte das zweistöckige Glasgebäude und die Menschenmassen, die davor auf Einlass warten. »Was meinst du, können wir eine Hintertür benutzen?«

Jake steigt aus. »Das ist längst geregelt.«

Wir gehen nur Zentimeter voneinander entfernt über den Parkplatz, und ich stecke meine Hände in die Taschen, weil es mir plötzlich total unangenehm ist, dass sie so dicht neben ihm an meinen Seiten baumeln. Jake macht dasselbe und dazu noch im selben Augenblick, was uns beide zum Lachen bringt.

»Irgendwie peinlich«, sage ich.

»Kein bisschen.«

Wir erreichen den Hintereingang, der von einem Türsteher bewacht wird. »Warte hier und halt den Kopf unten«, sagt Jake. »Hoffen wir, dass ich ein besserer Schauspieler bin, als ich vermute.«

In L. A. kann ich mich ohne große Probleme in Klubs schleichen, aber ich schätze, in Phoenix gibt es nicht allzu viele Leute, die nicht erkannt werden wollen.

Jake bezahlt den Typen, kommt zu mir zurück und flüstert: »Alles klar. Ich habe ihm erzählt, dass meine verrückte Ex-Freundin am Vordereingang warten würde, und das konnte er total verstehen.«

Ich lächle und drücke mich mit gesenktem Kopf am Türsteher vorbei.

Wir müssen uns durch einen stockdunklen Flur tasten und rempeln immer wieder aneinander. Die ohrenbetäubende Musik leitet uns, bis wir schließlich die Tanzfläche erreichen. Sie ist rappelvoll, und die bunten Lichteffekte machen es unmöglich, jemanden genau zu erkennen. »Super Laden, oder?«, fragt Jake und beugt sich dabei ganz dicht zu mir, damit ich ihn trotz des dröhnenden Hip-Hop hören kann.

»Kann man wohl sagen.« Die Beats sind so intensiv, dass es sich anfühlt, als würde mein Herz im selben Takt hämmern. Jake ergreift meine Hand – nur damit wir nicht getrennt werden – und wir schlängeln uns durch die vielen Leute, bis wir endlich ein freies Fleckchen zum Tanzen finden. Ich überwinde meine Verlegenheit recht schnell, weil Jake vollkommen entspannt ist.

Jedes Mal wenn ein langsamer Song kommt, legen wir eine Tanzpause ein. Ich versuche, nicht darüber nachzudenken, dass es vermutlich keine gute Idee war, mit Jake hierherzukommen.

Nach zwei Stunden sind wir beide fast zu müde, um zu stehen, geschweige denn zu tanzen. Jake schlägt vor, dass wir nach dem nächsten Lied aufbrechen. Ich bin einverstanden.

Aber das nächste Lied ist ein ruhiger, langsamer Song. Ich will mich umdrehen, einen Schluck Wasser trinken, doch Jake hakt einen Finger in eine der Gürtelschlaufen meiner Jeans und zieht mich zurück. »Hey, wir sind nur Freunde, schon vergessen? Ich bin sicher, wir kriegen das hin.«

Natürlich tun wir das. Ich sollte mich nicht so anstellen.

»Bist du sicher?«, frage ich, als er mir seine Hände auf die Hüften legt. Ich hebe meine zu seinen Schultern und versuche, meinen rasenden Puls zu ignorieren. »Ich habe gehört, dass neun von zehn Mädchen in Ohnmacht fallen, wenn sie dir so nahe kommen.«

Er hält mich ein bisschen fester. »Selbst wenn das stimmen würde, wärst *du* die eine, die es nicht tut.«

Da wäre ich nicht so sicher.

Als das Lied vorbei ist, nimmt er meine Hand, führt mich durch die Menge, den dunklen Flur entlang und zur Hintertür hinaus. Auf dem Parkplatz lässt er meine Hand wieder los – irgendwie abrupt. Ich hole tief Luft, und eine frische Brise streicht über mein erhitztes Gesicht.

Ich bin überzeugt, dass mich niemand erkannt hat.

Jake wirkt plötzlich abgelenkt, und während wir zum Auto gehen, sieht er sich immer wieder zum Klub um. Vielleicht hat er wirklich eine verbitterte Ex-Freundin, die dort in der Schlange steht.

Aber das spielt keine Rolle. Kurz bevor wir seinen Wagen erreichen, sage ich zu ihm: »Ich hatte schon lange nicht mehr so viel Spaß. Danke.«

JAKE

»Elliott!«

Mein Name hallt über den Parkplatz. *Also doch.* Mir war so, als hätte ich Devins Auto auf den Parkplatz fahren sehen, als wir gerade aus dem Klub kamen.

»Geh lieber in Deckung, sonst haben wir ein Problem«, sage ich zu Emma und öffne ihr hastig die Wagentür. Ihre Augen werden ganz groß und sie springt ins Auto. Ich schlage die Tür wieder zu und lehne mich dagegen.

»Jake, mein Alter«, sagt Devin und kommt zusammen mit Mark auf mich zu. »Hast du nicht gesagt, dass du erst morgen kommst?« Er deutet auf Emma, die hoffentlich ihr Gesicht verbirgt. Ich rücke etwas zur Seite, um sie vom Schein der Straßenlaterne abzuschirmen. »Aber das erklärt wohl, dass du nicht angerufen hast.«

»Das hat sich in letzter Minute ergeben«, sage ich und bin nicht bereit, Emma mit den beiden zu teilen. Nicht heute Abend. »Ich muss sowieso noch mal fahren, um mein restliches Zeug abzuholen.«

»Das kapier ich nicht«, sagt Mark. »Du bist stinkreich. Schick doch ein paar Möbelpacker.«

»Es sind nur Kartons«, erkläre ich. »Die Möbel habe ich in Tucson gekauft.«

Devin reckt den Hals, um einen Blick ins Auto zu erhaschen. »Wer ist das denn?«

Ich rühre mich nicht von der Stelle. »Niemand, den du kennen musst.«

»Ist es doch nie«, sagt Mark und legt mir eine Hand auf die Schulter. »Und dabei tun wir *alles* für dich.«

»Wenn man davon absieht, dass ihr nie wisst, wann ihr euch verziehen sollt«, kontere ich und die beiden lachen, weil sie es für einen Witz halten. Ich verspreche, sie anzurufen, wenn ich wieder in Phoenix bin, und unsere Wege trennen sich.

Und jetzt muss ich einiges erklären.

»Nette Freunde«, stellt Emma fest, nachdem auch ich eingestiegen bin. »Ich konnte sie im Rückspiegel sehen.«

»Tut mir leid, dass du dich verstecken musstest, aber die beiden nerven mich schon die ganze Zeit, weil sie dich kennenlernen wollen. Vor allem Devin, der mit den braunen Haaren.« Ich biege auf die Hauptstraße. »Und stell dir vor, was die Leute denken würden, wenn man uns zusammen gesehen hätte – vor einem Klub in Phoenix.«

Sie würden denken, dass wir ein Date hatten. Und genau das will Emma unbedingt vermeiden.

»Alles klar.« Emma wirft einen Blick aus dem Fenster und im Auto herrscht ungefähr zehn Sekunden lang Schweigen. Dann kommt: »Mich ihm vorzustellen wäre vielleicht keine schlechte Idee. Rachel kommt zur Premiere, und ich hatte gehofft, dass du mit ihr hingehen würdest. Wir könnten an dem Wochenende ein Doppeldate daraus machen, und ich gehe dann mit Devin.« Sie sieht sich zu mir um. »Ist das okay?«

Soll das ein Witz sein? Nein, es ist *nicht* okay. »Ja, klar.«

Wieder Schweigen. »Du würdest es mir doch sagen, wenn es dir nicht recht wäre, oder?«

»Ich sage immer, was ich meine«, lüge ich.

»Ich wollte nur sichergehen«, sagt Emma. »Die Premiere ist

ja erst in zehn Wochen oder so, und wenn Devin bis dahin eine Freundin hat, wäre es auch nicht schlimm.« War das ein versteckter Hinweis? »Aber versteh mich nicht falsch. Er ist bestimmt ein netter Kerl.«

Nein, kein Hinweis. Mit *Devin* würde sie ausgehen, aber nicht mit mir. Devin lebt sowieso das Leben meiner Träume, schon ewig. Perfekte Familie mit Geld, er rauscht durch die Schule, ohne sich anzustrengen, und prahlt ständig damit. Er ist seit der Junior High mein bester Freund, aber wir sind in jeder Hinsicht erbitterte Konkurrenten. Ich würde Emma wesentlich lieber mit Mark verkuppeln, der ein harmloser Trottel ist.

Ich drehe das Radio lauter. »Ja, Devin ist der coolste Typ, den ich kenne.«

»Ist er nicht der, dessen Schwester deine Agentin ist?«, fragt Emma, die *immer noch* über Devin redet.

Ich nicke nur und konzentriere mich auf die Straße.

»Ach, ich habe ganz vergessen, dir etwas zu erzählen! McGregor ist eine interessante Wendung der Story herausgerutscht.« Was immer es ist, Emma klingt ganz aufgeregt. »Du und Kimmi habt demnächst eine heiße Knutschszene!«

Oh nein. »Bitte sag mir, dass das ein Scherz ist.«

Sie grinst zu mir herüber, und jetzt ist klar, dass sie mich nur ärgern wollte. »Das wäre doch aber gar nicht schlecht, oder?«

»Jedenfalls nicht für Kimmi.«

Emma lacht, und meine Anspannung löst sich. »Ach, hör auf. *So* gut bist du bestimmt nicht.«

Da ist ein Funkeln in ihren Augen, und am liebsten würde ich ihr vorschlagen, es selbst herauszufinden.

»Wenn so viele Leute zusehen, sind Filmküsse sowieso kein bisschen romantisch«, fährt sie fort. »Ich habe meinen allerersten Kuss vor der Kamera bekommen, und es brauchte ein Dutzend Wiederholungen und vier Kameraeinstellungen, bis ich es endlich hingekriegt habe. Ich war so nervös, dass der Produktionsleiter das Set schließen musste.«

»Im Ernst?«, frage ich. »Wie viele Jungs hast du seitdem geküsst?«

»Was geht dich das an?« Emma klingt sauer.

»Am Set natürlich. Nur das habe ich gemeint.« Ich schalte die Innenbeleuchtung an, um sie besser betrachten zu können. »Du wirst ja rot.«

Emma schaut in den Innenspiegel. »Gar nicht.«

Sie *ist* rot geworden. »Lass mich raten. Einen? Zwei? Drei? Wird es schon wärmer? Vier?«

»Also gut!«, unterbricht sie mich. »Acht.«

»Ich dachte mir, dass du es noch weißt. Mädchen zählen immer mit – wir sind nichts anderes als Nummern.«

»So, meinst du? Das ist ein typisches Jungs-Ding.«

»Ehrlich?«, frage ich und gebe mich schockiert. »Und wie viele Jungs hast du geküsst, wenn *keine* Kamera lief?«

Emma schlägt die Hände vors Gesicht, und wir können beide nicht aufhören zu lachen. »Du bist grausam.«

»Und du sitzt mit mir in einem Auto fest, das ...« Ich werfe einen Blick auf den Tacho. Ich fahre nur fünfzig und beschleunige. »... das achtzig fährt – und das noch die nächsten zwei Stunden – und ich bin ein ziemlich geduldiger Typ. Also bring es hinter dich.«

»Meinetwegen, aber danach bist du dran.«

»Einverstanden.« Ich habe nichts zu verbergen.

Emma holt tief Luft. »Ich bin mit drei der acht Typen ausgegangen, die ich bei der Arbeit küssen musste, und den Klatschmagazinen habe ich es zu verdanken, dass inzwischen jeder weiß, wer die drei waren. Aber jeden von ihnen habe ich zum ersten Mal am Set geküsst. Damit war natürlich kein *echtes* Feuerwerk mehr zu erwarten.«

»Kein Feuerwerk mehr?«, sage ich und spüre dabei selbst ein paar Funken. »Das ist traurig.«

»Ja, irgendwie schon«, sagt sie. »Okay, jetzt bin ich an der Reihe. Kimmi steht total auf dich, aber ich weiß nicht, ob du nur den Unnahbaren spielst oder wirklich nicht interessiert bist. Also?«

Das ist einfach. »Ich steh nicht auf hochnäsige Mädels. Zu anstrengend.«

»Erzähl mir nicht, dass du mit keinem der Models ausgegangen bist, mit denen du gearbeitet hast.«

»Doch, natürlich. Und genau deshalb meide ich Mädchen wie Kimmi.«

Emma sieht wieder aus dem Fenster. »Das kann man nie wissen. Man kann sich nicht aussuchen, in wen man sich verliebt.«

Emma

Jake und ich waren erst nachts um halb drei wieder in Tucson. Dann haben wir noch bis nach drei Uhr in seinem Auto gesessen und geredet. Ich konnte gar nicht aufhören zu kichern, denn er hatte immer den richtigen Spruch drauf, um zu sticheln, war dabei aber nie verletzend. Als um sieben mein Wecker klingelt, habe ich Muskelkater vom Lachen. Ich muss kurz nachdenken, wieso ich den Wecker überhaupt gestellt habe, denn es ist Samstag.

Motocross. Brett. Kimmi. Blöder Lärm.

Brett holt mich mit seinem protzigen blauen Truck ab, in dem es nur eine durchgehende Sitzbank gibt. Dann fahren wir zu Kimmi. Sie steigt ein und macht sich so breit, dass ich gegen Brett gedrückt werde. Auf dem Flug nach L. A. haben wir das gleiche Sitzproblem. Als Brett die Tickets gekauft hat, waren in der ersten Klasse nur noch zwei Plätze frei. Also musste er noch einen Platz in der Holzklasse dazubuchen – und zwar »ganz ohne Absicht« auf Kimmis Namen.

Ich biete an, mit ihr zu tauschen, weil sie sich weigert, zwischen den Touristen zu sitzen, aber Brett sagt: »Kimmi und ich würden die ganzen neunzig Minuten streiten, und dann kommen die Air Marshalls und verhaften uns beide.«

Das ist ein gutes Argument, also sitze ich schließlich mit Kimmi in der ersten Klasse.

Eine ganze Weile hat sie zu viel damit zu tun, die Flugbegleiterinnen mit ihren Sonderwünschen durch die Gegend zu scheuchen, aber nachdem sie es sich bequem gemacht und ihren Lipgloss aufgefrischt hat, dreht sie sich zu mir und sagt: »Ich finde übrigens, dass du die hochnäsige Zicke besser spielst, als ich erwartet habe.«

»Äh, danke.« Spricht sie über meine Rolle oder will sie andeuten, dass sie mich für eine hochnäsige Zicke hält? Ich entscheide mich für den sicheren Weg. »Ich glaube nicht, dass Eden wirklich so ist, wie sie sich gibt. Ich bin ziemlich sicher, dass sich manche Mädchen nur deswegen so provozierend anziehen, weil sie Aufmerksamkeit erregen wollen und es ihnen egal ist, wie sie die bekommen. Vermutlich werden im Lauf von Edens Story noch andere Probleme auftauchen.«

Kimmi verzieht den Mund, als hätte ich sie persönlich beleidigt. »Nur weil sich ein Mädchen nicht für seinen Körper schämt, bedeutet das nicht, dass es Probleme hat. Oder Aufmerksamkeit erregen will.«

Oh. Da habe ich wohl einen Nerv getroffen. »Natürlich nicht. Ich stelle nur Vermutungen über meine Rolle an. Du spielst Kassidy übrigens fantastisch. Hast du dich inzwischen an die Kostüme gewöhnt?«

Kimmi lässt ihren Schminkspiegel zuschnappen wie ein Haigebiss. »Ich trage sie, oder nicht?«

»Und ich stecke immer noch in diesen Barbie-Klamotten.«

Ich erwarte eine weitere bissige Bemerkung, aber Kimmi macht etwas, das fast wie ein echtes Lächeln aussieht, und setzt dann ihre Kopfhörer auf.

Wenige Minuten später reicht mir eine Stewardess eine Serviette mit dem Logo der Fluggesellschaft, auf der in Großbuchstaben gekritzelt steht: *KOMM VORBEI! ICH LANGWEILE MICH!* Meine Güte, Brett braucht einen ganzen Zirkus, um ihn zu unterhalten. »Auf der Serviette war nicht genug Platz, aber er hat mich gebeten, Ihnen zu sagen, dass er ein Kartenspiel dabeihat«, richtet mir die Flugbegleiterin aus. »Und der Platz neben ihm ist frei.«

»Vielen Dank«, sage ich genervt. Ich will Kimmi sagen, dass ich gehe, aber ihre Augen sind geschlossen.

Brett sieht mich auf dem schmalen Gang kommen und winkt. Er ist allerdings nicht der Einzige, der mich bemerkt, und deshalb muss ich mehrmals stehen bleiben, um die netten Worte der Fluggäste zu erwidern. Es wäre unhöflich, nicht mit jedem von ihnen ein bisschen zu plaudern.

»Ich bin beeindruckt«, bemerkt Brett, als ich endlich bei ihm ankomme. »Du hast es länger mit Kimmi ausgehalten, als ich gedacht hätte.«

In seiner Reihe gibt es drei Sitze, aber da er auf dem mittleren sitzt, muss ich mich direkt neben ihn setzen. Ich entscheide mich für den Fensterplatz. »Ich habe schon beim Einsteigen Werbung für *Coyote Hills* gemacht«, fügt er hinzu. »Und ich habe allen gesagt, dass dies ein Publicity-Trip ist, was bedeutet, dass du dir keine Sorgen über deine *Wir-sind-kein-Paar*-Phobie machen musst.«

»Mach ich nicht«, versichere ich ihm. »Du hast also Karten dabei? Dann lass uns spielen.«

»Nee, ich wollte dir nur eine Ausrede verschaffen, Kimmi allein zu lassen.« Brett beugt sich dichter zu mir. »Ich wollte dich was fragen.«

»Okay, aber muss das in der Lautstärke eines Nebelhorns sein?«

»Tut mir leid, ich habe nur zwei Lautstärken: laut und lauter«, antwortet er. Aber dann *versucht* er wenigstens zu flüstern. »Hör mal, ich wollte sichergehen, ob wir wirklich nur Freunde sein sollten, auch privat, denn seit unserer ersten Begegnung hatte ich das Gefühl, dass du etwas für mich empfindest, und –«

»Was? Nein, auf keinen Fall!« Ich weiche vor ihm zurück, und mein Gesicht glüht. Ich habe mich aber schnell wieder im Griff und dämpfe meine Stimme. »Wieso sollte ich? Etwas für dich empfinden, meine ich. Weil ich das nämlich nicht tue. Hab ich noch nie.«

»Wow, du bist ja richtig verknallt«, sagt er lachend und rückt mir schon wieder auf die Pelle. »Oder du *warst* es zumindest … Was davon ist es? Gegenwart oder Vergangenheit?«

Woher weiß er das nur?

Er summt vor sich hin und wartet auf eine Antwort. Und da ich nicht entkommen kann – jedenfalls nicht ohne Fallschirm –, sage ich: »Vergangenheit, Brett. Sehr, sehr vergangen. Und jetzt kannst du aufhören, so dämlich zu grinsen.«

»Ich wusste es!«, sagt er triumphierend. »Und du bist schon über mich hinweg? Seit wann?«

»Seit dem Tag, an dem wir uns begegnet sind und ich gemerkt habe, wie pervers du bist«, sage ich und muss jetzt auch fast lachen. »Und du hast nicht das geringste Benehmen. Jetzt zum Beispiel sitzt du hier, denkst nur an dich und verschwendest keinen Gedanken daran, wie verlegen du mich machst. Du merkst gar nicht, was du da tust, oder?«

»Äh, doch?«

Jetzt bin ich nicht mehr zu bremsen. »Man hat dich behandelt wie einen Filmstar, seit du vier Jahre alt warst, und du durftest zu jedem alles sagen, was du wolltest. Und jetzt, sechzehn Jahre später, bist du noch immer so unreif wie ein Vierjähriger.«

»Autsch«, sagt Brett und lehnt sich in seinem Sitz zurück. »Lass dich nicht aufhalten. Was genau mache ich denn, das so unreif ist?«

Sein Pech, dass er gefragt hat. »Fangen wir damit an, dass deine Art, mit und über Mädchen zu sprechen, einfach widerlich ist«, sage ich. »Du musst anfangen, erst nachzudenken, bevor du mit allem herausplatzt, ganz besonders, wenn es dabei um Folgendes geht …«

Ich flüstere jetzt noch leiser und werfe ihm ein halbes Dutzend seiner unausstehlichen Lieblingsthemen vor.

»Das ist doch aber gar nicht so schlimm. Willst du wirklich sagen, dass ich nicht mehr über –«

Ich presse ihm eine Hand auf den Mund, bevor er wieder mit etwas herausplatzt.

Brett beruhigt sich und sagt: »Okay, ich *weiß*, dass ich erwachsen werden muss. Du bist ungefähr die hundertste Person, die so etwas in letzter Zeit angedeutet hat. Sogar meine Eltern sind momentan irgendwie … komisch zu mir.«

Es ist allgemein bekannt, dass Bretts Eltern ihren Sohn maßlos verwöhnen. »Wenigstens versuchst du, netter zu Kimmi zu sein, was ein Anfang ist.«

Er lehnt sich vor, greift an mir vorbei, zieht mit einem Ruck das Verdunklungsrollo am Fenster herunter und sagt erst danach wieder etwas. »Es wäre alles viel einfacher, wenn mir jemand den Mund zukleben oder mir zumindest ein Drehbuch schreiben würde, in dem genau steht, wie ich mich verhalten soll. Das wäre kein Problem für mich. Aber stattdessen muss ich mich von allen möglichen Leuten zutexten lassen – von denen, die mich verurteilen oder hassen. Ich kann mich nicht erinnern, dass ich außer von meinen Eltern jemals ein Kompliment bekommen habe, das sich nicht auf … du weißt schon, auf mein Aussehen bezog. Oder auf meine Schauspielerei, was zwar nett ist, aber irgendwie nicht zählt, weil ich dabei nur so *tue*, als wäre ich jemand anders.«

Ich höre aufmerksam zu, bin aber zu verblüfft, um ihn zu unterbrechen.

Brett fährt sich mit beiden Händen durch die Haare. »Ich meine, wie viele Rollen habe ich denn inzwischen gespielt? Mindestens zwanzig. Und ich schwöre, ein bisschen von jedem Charakter ist an mir hängen geblieben, und deshalb bin ich jetzt ein undefinierbarer Mix aus all diesen Leuten, die es nicht einmal wirklich gibt.« Er sieht mich an, immer noch todernst. »Ergibt das irgendeinen Sinn? Ich wüsste nämlich zu gern«, Brett deutet mit beiden Händen auf seinen Körper, »wie viel von dieser *Freakshow* wirklich *ich* bin.«

Wow. »Ich weiß genau, was du meinst«, gestehe ich ihm. »Du hast gerade etwas gesagt, das ich schon seit Jahren in Worte zu fassen versuche. Das war doch ein Kompliment, oder? Und ich habe dir schon vor ein paar Minuten eines gemacht – ich finde es toll, dass du dich bemühst, besser mit Kimmi auszukommen. Das waren dann schon zwei an einem Tag, die nicht von deinen Eltern kamen.«

Brett grinst und ist plötzlich wie ausgewechselt. »Kein Wunder, dass ich dich mag, Taylor. Aber nicht auf *diese* Weise«, sagt er und versetzt mir einen freundschaftlichen Knuff. »Und jetzt hör auf, mich ständig anzufassen, sonst fangen die Leute noch an zu reden.«

Vielleicht ist dieser Ausflug doch keine so blöde Idee gewesen.

Payton holt uns in seinem schwarzen Escalade vom Flughafen ab. Kimmi sitzt natürlich vorn, wo er einen perfekten Blick auf ihre wunderschönen langen Beine hat. Sie scheint tatsächlich nervös zu sein und fummelt an ihrer Tasche herum. Immerhin ist Payton wirklich was fürs Auge – dunkelblonde Haare, umwerfende braune Augen und der Schatten eines Dreitagebarts – der Typ verkörpert den Mega-Filmstar.

Ich kenne auch die beiden anderen, die mit uns im Wagen sitzen. Gabe und Aiden sind Mitglieder einer Boygroup, die kaum singen kann, aber da die Mädchen bei ihren Konzerten so laut kreischen, merkt das niemand. Die beiden baggern mich jedes Mal an, wenn wir uns begegnen. Aber andererseits baggern sie alles an, was einen Rock trägt.

Das kalifornische Wetter ist wie üblich perfekt: Eine dünne Wolkendecke verhindert, dass die Sonne direkt vom Himmel knallt, aber es ist trotzdem schön warm. Brett vertieft sich sofort ins Renngeschehen, beugt sich aber gelegentlich zu mir herüber, um mir etwas »super Cooles« über die Veranstaltung zu erzählen. Er besteht auch darauf, dass ich dem einzigartigen Röhren jedes getunten Motors lausche, aber für mich ist das Ganze einfach nur Lärm.

Kimmi scheint beleidigt zu sein, weil Payton sie nicht mehr beachtet. Sie verlässt mehrmals die Tribüne, um »wichtige Telefongespräche« zu führen, aber ich habe den Verdacht, dass sie nur geht, um einen weiteren großen Auftritt zu haben, weil das der Moment ist, in dem Payton am ehesten mit ihr spricht.

Der Dreck spritzt überall hin, und da wir in der ersten Reihe sitzen, mischt sich er mit den Auspuffgasen der Motorräder. Meine nackten Beine sehen schon bald aus, als hätte ich beim Schlammcatchen mitgemacht. Brett kann sich darüber nur totlachen und bietet an, meine Beine sauber zu machen.

Ich lehne dankend ab. Wieso war ich nur so blöd, Shorts anzuziehen?

Brett richtet seine Aufmerksamkeit auf die Fahrergruppe, die sich für das nächste Rennen aufstellt. In meiner Hosentasche vibriert das Handy. Es ist eine Nachricht von Jake.

Devin sagt Ja. Er geht mit dir aus, wenn du es wirklich willst. Auch mein unsichtbarer Bruder Charlie würde gern mit dir ausgehen. Kriege ich eine Provision fürs Organisieren?

Ich muss grinsen und antworte ihm.

Ein Date für mich = ein Hamburger für dich. Deal?

Kaum habe ich die Antwort gesendet, macht mein Magen einen Rückwärtssalto. Nicht gut. Jakes Nachricht war im typischen Freunde-Ton gehalten. Aber *mein* Text klang eindeutig nach einem Flirtversuch.

Jake braucht ungewöhnlich lange für seine Antwort, also stehe ich auf und brülle mit allen anderen, auch wenn ich keine Ahnung habe, wen ich eigentlich anfeuere. Als der Motorenlärm endlich aufhört, fangen alle an, Pläne für den Abend zu machen. Ich bekomme nur Bruchstücke mit und zwinge mich, nicht auf mein Handy zu starren, das prompt wieder losbrummt.

Was, wenn Jake zurückflirtet? Was, wenn ich etwas losgetreten habe, das ich nicht mehr aufhalten kann? Ich hole das Handy heraus und lese seine Nachricht.

> Zu dumm. Also nur ein Burger für den Deal mit Devin. Ich habe versucht, Charlie aufzutreiben, um ihm die gute Nachricht zu überbringen, aber er ist mal wieder verschwunden.

Ich verkneife mir ein Auflachen und stecke das Telefon wieder ein, bevor Brett merkt, mit wem ich schreibe.

Sekunden später hängt er schon wieder an meinem Arm. »Ich nehme an, das breite Grinsen bedeutet, dass *99* für dich okay ist.«

»Was soll okay sein?«

»*Club 99*«, sagt er. »Sara Roberts feiert dort heute ihren Geburtstag.«

»Super. Lass uns hingehen«, antworte ich, ohne nachzudenken. Aber dann fällt mir etwas Beunruhigendes ein … Wenn das Saras Party ist, könnte auch Troy dort sein. Durch ihn habe ich Sara kennengelernt. »Oh, warte. Ich übernachte bei meiner Tante und habe versprochen, dass ich um sieben da bin«, behaupte ich, obwohl ich mit ihr keine Uhrzeit ausgemacht habe. »Und das ist schon in einer Stunde.«

»Ist das dein Ernst? Du musst *um sieben* zu Hause sein?«

»Nein, so ist das nicht …« Ich muss mich zusammenreißen. Ich kann nicht ewig vor Troy weglaufen. Irgendwann muss ich mich mit ihm auseinandersetzen, und das mache ich am besten in einer großen Menschenmenge, weil er dann sein falsches Lächeln aufsetzt und aussieht wie der heißeste Typ im ganzen Raum. »Kein Problem. Ich rufe sie einfach an und –«

»Hey! Verzieh dich!«, brüllt Brett. Er lässt meine Arme los und beugt sich über die Schutzplanke. »Mach deinen Job! Das Rennen findet *hinter dir* statt!«

Auch ich werfe einen Blick über die Planke, und mir wird ganz anders.

»Brett … das ist kein Motorsportfotograf.« Der Typ, der Fotos von uns macht, heißt Craig Paddock, und er steht auf der Liste meiner am meisten gehassten Paparazzi ganz oben. Aber er hat einen Presseausweis – vermutlich gefälscht – und deshalb können wir nichts gegen ihn unternehmen.

Gabe hat seine eigene Art, mit solchen Typen umzugehen. Er dreht Paddock den Rücken zu und fängt an, seinen Gürtel aufzuschnallen. »Gleich kann er ein Foto machen, für das er eine Million kriegt.«

Brett springt an mir vorbei und hält ihn auf. »Ich habe McGregor versprochen, dass wir uns von schlechter Presse fernhalten.«

Um seine Tarnung aufrechtzuerhalten, richtet Paddock seine Kamera wieder auf die Motorräder und zieht dann ein paar Tausend Dollar reicher ab. Sein Profit hängt davon ab, welcher Schnappschuss ihm gelungen ist und wie viel Klatsch ein Reporter dazu ausgraben kann.

Als die Rennen vorüber sind, erregen wir so viel Aufsehen, dass uns der Sicherheitsdienst zum Parkplatz begleiten muss. Natürlich lungert Paddock die ganze Zeit um uns herum und schießt Fotos, als wäre es der erste Schultag seiner einzigen Tochter. Und mitten in all dem Chaos hakt sich Kimmi bei mir ein und sagt: »Wie schaffst du das nur, Emma? Das ist doch total irre!«

»Einfach nur lächeln und hoffen, dass du nichts zwischen den Zähnen hast«, antworte ich und stelle fest, dass sich Kimmi einen sehr passenden Moment ausgesucht hat, um plötzlich die beste Freundin zu mimen. Es gibt nun mal nichts Besseres für ein Schauspielsternchen, als mit einem A-Promi gesehen zu werden.

Und jetzt wird es mir auf einmal klar: Jemand hat Paddock einen Tipp gegeben.

In Hollywood ist der *Club 99* der angesagteste Schuppen von Los Angeles. Die Musik ist genauso gut wie das Essen, und selbst wenn man sich den ganzen Abend lang nur die Leute anschaut, hat man schon genug Unterhaltung.

Gegen acht mischen wir uns unter die Möchtegern-Promis. Ich werde immer wieder gefragt, wo ich so lange gewesen bin, denn ich war nun schon einige Zeit nicht mehr in L. A.

Aber ich werde auch mindestens ein Dutzend Mal gefragt, mit wem ich jetzt zusammen bin, nachdem Troy und ich Schluss gemacht haben – als *müsste* ich sofort einen neuen Freund haben –, und alle tun so, als wäre die Sache mit Troy gerade erst zu Ende gegangen.

Ich erinnere sie daran, dass es schon vier Monate her ist.

In der Dating-Zeitrechnung ist das schon fast ein Jahrzehnt.

Der Hauptraum des Klubs ist oval und in verschiedenen Blautönen mit silbernen Akzenten gehalten. Etwa dreißig halbkreisförmige Nischen säumen die Wände. In der Mitte ist Platz zum Tanzen, aber im Moment spielt die Musik nur leise und die Beleuchtung ist noch an. Fast alle Gäste stehen um einen Tisch herum, der mit Drinks, Häppchen und einer gigantischen Schokoladenfontäne lockt.

Sara Roberts ist der Liebling der Medien, und sie scheint es zu genießen, dass überall Fotografen sind. Ich habe bereits gehört, dass Paddock an der Tür abgewiesen wurde. Das beweist zumindest, dass die Security ihren Job versteht, aber auch respektable Fotografen können einem viel Ärger machen.

»Es wundert mich, dass du den Fotografen beim Rennen nicht erkannt hast«, sage ich zu Brett. Wir sitzen zusammen mit Gabe und Aiden in einer der Nischen. »Craig Paddock. Gespaltene Zunge, große rote Hörner. Den musst du doch kennen.«

Brett winkt zwei Mädchen auf der anderen Seite des Raums zu. Er hat ihnen bereits die Namen Glamour und Glitter verpasst, weil ihr Schmuck das Licht reflektiert wie ein Laser und wir befürchten müssen, zu erblinden. »Ich kann die Typen nicht auseinanderhalten«, sagt er. »Die haben doch immer eine Kamera vor dem Gesicht.«

Ich erkenne Craig Paddock sofort. Bevor er Fotos macht, sagt er meistens etwas Boshaftes. »Emma, Schatz, wieso betrügen dich deine Freunde bloß immer?« Das waren seine genauen Worte vor ein paar Monaten, nach der Trennung von Troy. Ich habe Paddock daraufhin mit einer Mischung aus Entsetzen und Wut angestarrt, und er hat seine Kamera gezückt. Das Bild erschien dann zu einer Story mit der Überschrift: EMMA BRICHT ZUSAMMEN! HAT SIE EINE ESSSTÖRUNG?

Das Foto, das Paddock an dem Tag gemacht hatte, schien wirklich zu beweisen, dass ich nichts mehr aß, denn alles, was ich in meiner Einkaufstasche hatte, waren ein paar Selleriestängel. In Wirklichkeit kochten meine Tante und ich einen Eintopf, und da sie den Sellerie vergessen hatte, war ich schnell zum nächsten Supermarkt gegangen, um welchen zu kaufen. Aber als ich aus dem Laden kam, lauerte Paddock schon auf mich, und so wurde ich zum Aushängeschild für hungernde Kinder.

»Wieso war Paddock überhaupt beim Rennen?«, frage ich Brett und versuche, Abstand zu ihm zu halten. »Dass ihr Jungs zum Motocross geht, ist ja bekannt, und auch, dass ihr normalerweise keine Mädchen mitnehmt. Also, wieso ist er ausgerechnet *heute* aufgetaucht?«

»Woher willst du wissen, dass wir normalerweise keine Mädchen mitnehmen? Hast du Nachforschungen angestellt?«, fragt Brett und lacht wie einer von diesen bösen Jungs, die andere auf dem Schulhof quälen. »Ich wusste es. Du warst echt verknallt in mich.«

»Mit der Betonung auf ›warst‹, Brett. Vergangenheit!«, zische ich. »Und wenn du irgendjemandem davon erzählst, schwöre ich, dass ich nachts zu dir komme und dir den Kopf abschneide.«

»Emma«, sagt er von oben herab. »Wann begreifst du, dass du nicht damit rechnen sollst, nachts in meiner Nähe zu sein? Kapier das endlich.«

Das bringt ihm einen Rippenstoß mit dem Ellbogen ein. »Jetzt hör mir mal gut zu«, flüstere ich, damit uns Gabe und Aiden nicht hören. Aber die beiden sind schon damit beschäftigt, sich die Beute für diesen Abend zu suchen. »Ich glaube, Kimmi hat Paddock einen Tipp gegeben. Sie ist aufgeleuchtet wie eine Glühbirne, als er nach ihrem Namen gefragt hat, und dann hat sie ihm alles über ihre Rolle in *Coyote Hills* erzählt. Als hätte sie es einstudiert! Ich bin sicher, dass sie das eingefädelt hat, um die Aufmerksamkeit auf sich zu lenken.«

»Aber das ist doch der Sinn unseres kleinen Ausflugs«, bemerkt Brett. »Allerdings ist Kimmi eine echte Klette. Sieh dir mal an, wie sie an Payton hängt und ihn zwingt, sie allen vorzustellen.«

Das stimmt zwar, aber da jetzt keine Motorräder mehr da sind, die Paytons Blut in Wallung bringen, scheint es ihm nichts auszumachen, dass Kimmi ihm nicht von der Seite weicht. »Hast du mitbekommen, dass sie heute dauernd telefoniert hat?«, frage ich Brett.

Er denkt darüber nach. »Du hast wahrscheinlich recht. Aber hier sind sowieso überall Fotografen, was stört dich also daran?«

»Dass Paddock seine Fotos an die gemeinsten Revolverblätter verkauft.« Brett scheint nicht mehr zuzuhören, deshalb spähe ich um ihn herum, weil ich wissen will, wen er ansieht. »Oh, es ist Bethany Parke. Du solltest zu ihr gehen und Hallo sagen.«

Brett dreht sich wieder zu mir um. »Ja, das sollte ich wohl. Aber sie kann ziemlich nerven.«

»Was? Ich dachte, du … magst sie.« Das war die höfliche

Umschreibung der Beziehung, die Brett seiner eigenen Schilderung zufolge mit Bethany hat.

»Tue ich«, bestätigt Brett. »Aber ich kann sie morgen Nacht doch auch noch mögen.«

Ich rutsche an den Rand der Sitzbank. »Entschuldige mal. Ich muss mich übergeben.«

Brett lacht und legt einen Arm um mich. »Na, Taylor? War ich wieder unartig?«

Schließlich tauchen auch Kimmi und Payton bei uns auf. »Hey, ihr Turteltauben«, sagt Kimmi. »Die haben uns schon alle nach dem heißen neuen Pärchen ausgefragt.«

Brett und ich sitzen sofort aufrecht. »Wir haben nur geredet«, sage ich.

Kimmis pink angemalte Lippen verziehen sich zu einem Grinsen. »So hat das aber nicht ausgesehen. Da möchte dich übrigens jemand sprechen, Emma.« Sie zeigt in Richtung Büfett. »Ich soll dir ausrichten, dass er dich an der Hintertür treffen will.«

Ich erstarre schon, bevor ich auch nur einen Blick riskiere. Troy sieht mich direkt an und wirft sich eine Schokoerdbeere in den Mund.

Äußerlich betrachtet schaue ich einfach weg. Aber innen drin fällt der Strom aus.

Totaler Blackout.

»Das dürfte interessant werden«, sagt Brett.

Ich versuche, mein Handy herauszuholen, bekomme es aber nicht zu fassen. »Ich brauche ein Taxi«, wispere ich.

Brett nimmt meine Hand. »Du zitterst ja.«

Ich kann kaum reden, denn mein Herz scheint in meiner

Kehle zu hämmern. Und in meinem Hals, meiner Brust, meinen Ohren. »Es ist nichts. Ich muss nur … hier weg.«

Brett streckt die Hand über den Tisch. »Payton, Autoschlüssel. Sofort!«

Ich höre Payton und Kimmi flüstern und nehme irgendwelche Bewegungen wahr. »*Bitte*, ich will nur ein Taxi«, flüstere ich. »Und wenn Troy fragt, ich wohne im Four Seasons.«

Ich will nicht, dass er mich findet. Irgendwo. Jemals wieder.

»Okay, okay«, sagt Brett. »Wir bringen dich raus.«

Aber Troy ist an unserem Tisch, bevor wir auch nur aufstehen können. »Hey, Leute, wie geht's?«

Ich presse meine Hände zusammen und zwinge mich, zu ihm aufzuschauen. Ich hasse es, solche Angst vor ihm zu haben, aber alles, was ich vor Augen habe, ist seine Faust, die auf mein Autofenster einschlägt.

Kimmis Stimme durchdringt das schrille Rauschen in meinen Ohren. »Ich habe deine Botschaft ausgerichtet, Troy«, sagt sie. »Aber Emma ist heute mit jemand anderem hier. *Wie man sieht.*«

Brett ist der Nächste, der etwas sagt. »Wir können uns später unterhalten. Unser Essen kommt gleich.«

»Ich will nur eine Sekunde mit ihr reden«, verlangt Troy. »Komm schon, Emma.«

Brett lacht. »Das läuft nicht, Alter. Wie Kimmi schon sagte, ist Emma heute Abend mit *mir* hier.«

»Du glaubst gar nicht, wie egal mir das ist.«

Mir ist abwechselnd heiß und kalt.

Payton steht auf. »Verzieh dich, Troy. Im Ernst. Du hattest deine Chance bei Emma.«

»Und jetzt darf Brett mal ran?« Troys Hände ballen sich zu Fäusten und er starrt Payton wütend an.

Mein Kopf schreit mir zu, etwas zu unternehmen, diesen Irrsinn zu beenden, aber mein Körper gehorcht nicht.

»Vielleicht«, fährt Troy mit gepresster Stimme fort, »solltest du deinem Kumpel sagen, dass die *heilige Emma* nicht zu seinem Lebensstil passt, wenn du verstehst, was ich meine? Er wäre besser bedient mit einem der zehn anderen Mädchen, die er am Start hat, als mit dieser bösartigen Schlam-«

Brett springt aus der Nische, ich fange an zu kreischen und Troy geht zu Boden – alles gleichzeitig.

Ein Blitzlichtgewitter geht los, und die Leute um uns herum suchen das Weite. Ich finde mich plötzlich unter dem Tisch wieder, das Gesicht in den Händen vergraben. Das Gebrüll und Gerangel geht immer weiter, man hört Faustschläge und wüste Beschimpfungen. Dann scheint das Schlimmste vorüber zu sein, und auf einmal ist noch jemand bei mir unter dem Tisch.

»Du siehst furchtbar aus. Leg dir das über.«

Ich schaue zwischen meinen Fingern durch. Kimmi hält mir ein schwarzes Jackett hin. »Komm mit mir.«

Ich kann kaum glauben, dass ich verzweifelt genug bin, ihr zu vertrauen, aber ich nehme das Jackett trotzdem und krieche unter dem Tisch hervor. Die Security hat Troy und Brett voneinander getrennt, aber es herrscht noch immer ein großes Durcheinander. Mein Kopf ist halb verhüllt, und Kimmi führt mich durch die gaffende Menge bis zur Damentoilette.

»Geh da rein. Ich sorge dafür, dass dir niemand folgt.«

»Wieso machst du das?«, frage ich. Wie profitiert Kimmi davon? »Ich meine, danke, aber …«

»Du hast *jämmerlich* ausgesehen unter diesem Tisch.« Sie hält das Jackett hoch. »Und das hier habe ich dem Manager runtergerissen, der vollkommen überfordert war.«

Kimmi stößt die Tür des Waschraums auf, und ich gehe hinein.

Lidschatten und Eyeliner sind über mein ganzes Gesicht verschmiert. Ich sehe wirklich jämmerlich aus. Wie konnte ich diese Sache mit Troy so außer Kontrolle geraten lassen?

Die nächsten zwanzig Minuten vergehen, während ich versuche, mich zu beruhigen. Dann taucht Kimmi wieder auf und sagt: »Die Polizei will mit dir reden.«

Die Polizei? *Mist. Mist. Mist.* Das darf nicht wahr sein!

Kimmi reicht mir ihr Schminktäschchen und fügt hinzu: »Ich habe denen schon gesagt, dass Troy ein widerlicher, fremdgehender, perverser Ex-Freund ist, der zu Wutausbrüchen neigt.« Ich starre sie entgeistert an, und sie verdreht die Augen. »Ich wusste, dass du denen das *nicht* sagen würdest, also habe ich es für dich getan.«

Ich weiß nicht, ob ich lachen oder weinen soll. »Darf ich dich in den Arm nehmen?«

»Nie im Leben.« Sie verschwindet wieder.

Ich versuche, so gut es geht, mein Make-up zu retten, dann bringt mich ein Polizeibeamter hinaus auf den Parkplatz. Dort warten so viele Streifenwagen und Paparazzi, dass ich mich am liebsten unsichtbar machen würde. Einfach wegrennen, mich verstecken und jemand anderen dafür bezahlen, Emma Taylor zu sein. Zumindest heute Abend.

Wenn Brett verhaftet wird, könnte ich mir das nie verzeihen. Womöglich würde McGregor ihn deswegen sogar feuern.

Ich lasse meinen Blick über die Menschenmenge schweifen und sehe mehrere Leute, die von Polizisten befragt werden. Endlich entdecke ich Brett und atme auf – er hat keine Handschellen an. Troy aber auch nicht.

Ich habe schon viele Prügeleien in Klubs erlebt, aber die Polizei wurde fast nie gerufen. Wieso stehen dann hier *sechs* Einsatzfahrzeuge? Die grinsenden Gesichter der Fotografen und Reporter sprechen Bände. Mindestens einer von ihnen muss sofort, als die Schlägerei losging, die Polizei gerufen haben, und hat es vermutlich viel schlimmer dargestellt, als es wirklich war. So kommt man an eine richtig große Story.

Wie es aussieht, haben die Polizisten eine Massenschlägerei erwartet.

Ich beantworte die Fragen eines Beamten. Er will eigentlich nur wissen, was Brett und Troy vor der Prügelei zueinander gesagt haben. Nachdem ich ihm alles berichtet habe, kommt Brett auf mich zu. Ich bin so erleichtert, ein Lächeln auf seinem Gesicht zu sehen, dass ich mich in seine Arme werfe. »Bist du okay? Du hasst mich jetzt bestimmt!«

»Kein bisschen!«, widerspricht er. »Niemand wirft mir irgendetwas vor.«

»Aber du hast doch gesagt, dass McGregor dich gewarnt hat, bloß keine schlechte Presse zu bekommen.« Ich sehe mir sein linkes Auge genauer an. Es ist schon fast zugeschwollen. »Ich werde ihn sofort anrufen und ihm sagen, was passiert ist, damit er keinen Herzinfarkt kriegt, wenn er es in den Nachrichten sieht.«

Brett deutet auf all die Kameras und die Polizeiwagen. »Reg dich ab. Ich sehe hier keine Story.«

Ich kann spüren, dass Troy uns beobachtet, und werfe ihm einen kurzen Blick zu. Seine eisblauen Augen lassen mich frösteln, ich kann sein Starren nicht ertragen und schaue weg.

Jämmerlich trifft es ganz genau. Will ich wirklich zulassen, dass er mir auch in Zukunft solche Angst macht?

Ich bitte Brett, zu bleiben, wo er ist, und gehe zu dem Beamten, der mich befragt hat. Ich sage ihm, dass ich mit Troy reden will, betone aber auch, dass er möglicherweise versuchen wird, mich mitzunehmen, und dass ich deshalb gern in seiner Sichtweite bleiben würde.

»Kein Problem«, sagt der Polizist. »Sehen Sie einfach zu mir herüber, wenn Sie mich brauchen.«

Als Troy mich näher kommen sieht, schickt er das Mädchen weg, das an seinem Arm hängt, und kommt bis auf wenige Zentimeter an mich heran. Doch bevor er Luft holen kann, werfe ich ihm an den Kopf: »Was könntest du mir wohl zu sagen haben, das es wert war, dich aufzuführen wie ein durchgeknallter Freak?«

Troy ist es gewöhnt, dass ich mir jeden Mist von ihm gefallen lasse, und deshalb trifft ihn mein Angriff vollkommen unerwartet. »Ich … äh …«, stammelt er, doch dann wird sein Gesicht wieder finster. »Ich will nur sichergehen, dass eine Sache klar ist: Du hältst gefälligst den Mund darüber, was mit deinem Autofenster passiert ist.« Er hält seine rechte Hand hoch. »Ich habe überall Narben, und das ist nur deine Schuld.«

Ich muss ihn da treffen, wo es wehtut, und er hat mir gerade die richtige Munition geliefert.

»Dann solltest du eines wissen«, beginne ich ihm meine Lügengeschichte aufzutischen. »Ich kenne da einen Reporter, der sich nur zu gern einen Namen machen würde, und ich könnte ihm mit einer Hammerstory dabei helfen. Ich habe ihm bereits eine Kopie des Überwachungsbandes vom Haus gegenüber dem meiner Tante gegeben – wetten, dass du an diesem Tag keinen Gedanken an Kameras verschwendet hast? Jedenfalls ist er überzeugt, dass die Öffentlichkeit liebend gern sehen würde, wie einer von Hollywoods angesagtesten Jungs die Scheibe meines Wagens einschlägt. Ich habe ihm auch deine ganzen Nachrichten geschickt. Du weißt schon, welche ich meine – dass du mir überallhin folgen und mich ständig beobachten würdest. Irgendwie gruselig, findest du nicht? Und ja, falls du dich das fragst, mein Reporterfreund wartet nur auf mein Okay – oder auf etwas anderes, das sich für ihn lohnt. Er glaubt sogar, dass diese Story gar nicht erst in die Magazine kommt, sondern gleich in die Abendnachrichten. Wäre das nicht super? Dann kennt alle Welt deinen Namen.«

Troy blinzelt ein paar Mal. »Das ist Erpressung, Emma. Und das ist ein Verbrechen.«

»Oh, nein, man nennt so was Selbstverteidigung, und das ist erlaubt. Wenn du mich also noch einmal bedrohst, auf welche Weise auch immer, wird das nächste Mal, wenn dein Gesicht auf dem Titelblatt eines Magazins erscheint, das Wort STALKER drüberstehen.«

Ich brauche nicht auf Troys Antwort zu warten. Ich habe gerade den Auftritt meines Lebens hingelegt, und sein schockierter Ausdruck lässt keinen Zweifel daran, dass die Botschaft angekommen ist.

JAKE

Am Sonntagabend hinterlässt mir Emma eine Nachricht auf der Mailbox: »Glaub nichts von dem, was du über dieses Wochenende siehst oder hörst, bis ich dir selbst davon erzählen kann. Morgen, bei der Arbeit.«

Offenbar hat sie nicht auf den Drehplan gesehen, denn ich habe am Montag frei. Sie meldet sich den ganzen Tag über nicht, und abends um neun gebe ich es auf und rufe sie an. Sie geht nicht ran, schickt mir aber sofort eine Nachricht.

> Muss mit meiner Mom und meiner PR-Frau reden. Noch mindestens 50 Stunden. Das nervt. Sorry.

Am Dienstagmorgen ist Emma bei irgendwelchen Außenaufnahmen, und deshalb gehe ich ins Tonstudio, wo Brett in der schaumstoffgedämmten Tonkabine sitzt. Seine ganze linke Gesichtshälfte ist blau. »Autsch«, sage ich zum Tontechniker.

Er zuckt mit den Schultern. »Mit dem Typen wird's nie langweilig.«

»Hey! Ich kann euch hören!«, ruft Brett aus der Kabine.

»Nein, kannst du nicht«, widerspricht der Tonmann mit einem Lachen und schaltet erst jetzt sein Mikrofon an. Dann verstellt er ein paar Regler auf seinem riesigen Mischpult. »Okay, noch einmal diesen letzten Satz … Aufnahme läuft.«

Brett sieht auf den gigantischen Fernseher an der Wand und betrachtet sich selbst, wie er mit Kimmi über ein Footballfeld geht. Ich weiß, dass es bei den Dreharbeiten zu dieser Szene sehr windig war. Wahrscheinlich konnten die Mikrofone deshalb keine gute Tonspur liefern.

Wenn nur ein oder zwei Worte fehlen, werden sie meistens gleich am Set nachgesprochen und später wird dann alles zusammengeschnitten. Aber wenn ganze Sätze untergegangen sind, werden sie im Tonstudio aufgenommen. Das Schwierige dabei ist, dass man sein Sprachtempo genau an die eigenen Mundbewegungen im Film anpassen muss. Natürlich muss auch der Tonfall zur Emotion der Szene passen.

Im Tonstudio arbeiten auch die Toningenieure. Sie sind für Geräuscheffekte zuständig – wie etwa das Knirschen von Kies unter den Füßen, das Klatschen, wenn jemand ein Buch fallen lässt, das Zuschlagen einer Tür und jedes andere nur denkbare Hintergrundgeräusch. Ich könnte ihnen stundenlang bei der Arbeit zusehen. Jeder Schritt, jedes Knarren oder Quietschen wird mit allergrößter Präzision erzeugt. Und das immer wieder, bis es perfekt ist, genau wie bei den Schauspielern am Set, die ihre Szenen auch mehrfach durchspielen.

Der Tonschnitt ist eine viel kompliziertere Sache, als ich je vermutet hätte. Es piepst drei Mal und Brett spricht ins Mikro. »Vergiss es einfach, Kassidy«, sagt er. »Es lohnt sich nicht, Nachforschungen anzustellen.«

Der Tontechniker überprüft die Aufnahme gleich mehrmals. »Das war's«, sagt er zu Brett. »Du bist fast so gut wie unser Super-Jake hier.«

Ich hatte gehofft, dass er sich nicht mehr an den Spitznamen erinnern würde, den er mir beim letzten Mal verpasst hat, weil ich jedes Mal nur einen Versuch gebraucht habe.

»Alter, ich hasse dich«, verkündet Brett, als er aus der Kabine kommt. »Wo ich auch hingehe, muss ich mir anhören, wie toll du bist. Wenn du jetzt auch noch persönliche Cheerleader hättest, würde ich dir ihre Pompons in den Hals stopfen.«

»Ich glaube, ich habe vor ein paar Tagen Pompoms in einem Karton mit Requisiten gesehen«, sage ich. »Aber wenn du Ärger willst, soll es mir recht sein. Du scheinst dich ganz gut als Sandsack zu eignen.«

»Ach, das.« Brett fährt sich mit einer Hand übers Gesicht. »Du weißt, was passiert ist?«

»Kimmi?«, frage ich.

»Das war auch meine erste Vermutung«, mischt sich der Tonmann ein. »Ich bin in fünf Minuten wieder da.«

Er verlässt das Tonstudio und Brett sagt: »Guckst du nicht ab und zu mal Fernsehen oder gehst ins Internet? Es ist Thema Nummer eins der letzten Tage. Und die ganzen Magazine sind heute auch erschienen.« Ich zucke gleichgültig mit den Schultern und er setzt seinen Bericht fort. »Emma und ich waren am Samstagabend auf einer Party im *Club 99*, und Troy Dawson hat uns gesehen, als wir es uns gerade in einer der Nischen … na ja … *kuschlig* machen wollten. Emma wollte nicht mit ihm sprechen, aber er hat nicht lockergelassen, also musste ich das regeln.«

Ich habe keine Ahnung, wie lange ich gebraucht habe, um die Wörter »kuschlig machen« zu verarbeiten. Jedenfalls hat es eine Weile gedauert, auch den Rest zu begreifen. »Wow. Im Ernst?«

Bezieht sich Emmas Keine-Dates-Regel nur auf mich?

»Ja, Alter. Total irre«, bestätigt Brett. »Ich habe noch nie jemanden so ausflippen sehen. Als sie Troy bemerkt hat, fing sie an, wie verrückt zu zittern, und ich frage mich wieso.« Als ich über die möglichen Gründe dafür nachdenke, wird mir so schlecht, dass ich meinen verletzten Stolz sofort vergesse. »Und als Troy nicht freiwillig gehen wollte, bin ich ausgerastet. Sogar McGregor fand, dass ich richtig gehandelt habe.«

Vermutlich hat er das. Ich klopfe ihm anerkennend auf die Schulter. »Ich schätze, das macht dich zum Helden. Einem potthässlichen zwar, aber trotzdem.«

Brett und Emma? Das kann ich nicht glauben. Aber dass Troy Emma so panisch gemacht hat … das belastet mich noch viel mehr. Was hat der Kerl ihr angetan?

Jeden Abend mindestens eine Stunde lang Text zu lernen, passt nicht besonders gut in meinen Trainingsplan, deshalb mache ich am Dienstagabend mein Bauchmuskeltraining und wiederhole dabei die Sätze für den nächsten Tag. Ich habe gerade mein Shirt ausgezogen und mit den Sit-ups angefangen, als Emma auf meiner Veranda auftaucht.

»Äh … hallo«, sagt sie und der Blick ihrer großen blauen Augen wandert von meiner nackten Brust zu meinem Gesicht. »Ich habe heute ein Schild gesehen, das mich ein bisschen nervös gemacht hat. Der Fluss hinter unseren Häusern heißt Rattlesnake Creek, aber das bedeutet doch wohl nicht …?«

»Haben wir diese Unterhaltung über Arizona nicht schon geführt?«, frage ich.

»Ja, schon, aber ich habe nicht erwartet, dass die Schlangen … du weißt schon, vor meiner Küchentür lauern.«

»Wenn du sie nicht hungrig wegschicken willst, wirf ihnen

ein paar rohe Eier hin«, schlage ich vor und weiß nicht, ob ich sie hereinbitten soll oder nicht. Nachdem ich den ganzen Tag an sie und Brett denken musste, neige ich eher zu *nicht.* Aber ich muss auch ständig überlegen, was Troy ihr wohl angetan hat. »Davon abgesehen musst du einfach vorsichtig sein. Bleib auf den Wegen und pass auf, wo du hintrittst.«

Emma schaudert. »Heilige Scheiße.«

Ich zucke mit den Schultern. »Wenn du dich dann besser fühlst, könnte ich versuchen … ich weiß auch nicht, sie zurück in die Berge zu treiben? Bei den Pfadfindern war ich berühmt fürs Schlangenhüten.«

Emma lacht, und damit hat sie mich.

»Willst du mit mir eine Runde Laufen gehen?« Sie hat ihre Haare zu einem Pferdeschwanz gebunden und trägt ein enges graues Tanktop und blaue Laufshorts. Sie sieht viel zu hübsch aus, um Sport zu treiben. »Ich will dir diese ganze verrückte L. A.-Geschichte erklären.«

»Sicher«, sage ich, obwohl ich lieber einen langsamen, qualvollen Tod sterben würde, als noch mehr darüber zu hören. »Aber wir waren uns doch einig, dass das am Freitag kein Date war, deshalb brauchst du mir auch nichts zu erklären.«

»Schon klar. Es ist nur so, dass ich auch mit Brett kein Date hatte.« Emma holt eine zusammengerollte Zeitschrift hervor, die sie hinter dem Rücken versteckt gehalten hatte. »Aber ich will, dass wenigstens meine Freunde die Wahrheit kennen.«

Ich schnappe mein Shirt vom Boden und ziehe es an. »Die Presse hat eine Riesenstory aus Nichts gemacht – Jungs kämpfen doch ständig um Mädchen. Und spätestens am nächsten Wochenende sind sie dann wieder beste Freunde.«

»Aber sie haben nicht wirklich um mich gekämpft«, sagt Emma und schlägt die Zeitschrift auf. Dort sind zwei volle Seiten mit Fotos zu sehen, die etwas ganz anderes beweisen. »Und dieser ›Heiße-neue-Romanze‹-Kram ist totaler Blödsinn.«

Ich zeige auf ein Foto, auf dem Brett und Emma wie zwei Turteltauben in einer Nische sitzen. Brett hatte recht mit seinem *kuschlig machen.* »Ja, man fragt sich wirklich, wie die auf so was kommen konnten.«

Das bringt mir einen bitterbösen Blick ein und ich füge hastig hinzu: »Tut mir leid, aber –«

»Jake, es war falsch von mir, dem Bericht eines anderen über dich und die Kellnerin zu glauben, oder nicht?« Emma drängt mich in meine Wohnung und schließt die Tür hinter sich. »Also lass mich bitte die Fakten von der Fantasie trennen, damit du nicht denselben Fehler machst. Ob du es glaubst oder nicht, auch Fotos können lügen.«

Irgendwie gefällt mir diese neue energische Emma. »Okay, soll mir recht sein.«

»Gut. Dann lies das zuerst.« Emma gibt mir die Zeitschrift.

Brett Crawford wurde am vergangenen Wochenende an verschiedenen Hotspots mit seiner neuen Flamme Emma Taylor gesehen. Unseren Quellen zufolge hat sich das Paar erst vor zwei Wochen am Set der TV-Produktion kennengelernt.

Ein Insider, der den jungen Stars nahesteht, verriet uns: »Sie waren total in ihrer eigenen Welt und hatten nur Augen füreinander«. Andere Quellen bestätigen, dass Taylor keine von Crawfords üblichen Wochenendbeziehungen ist.

Nach einem aufregenden Tag beim Motocross, wo das Paar seine Zuneigung ungeniert zur Schau stellte, nahmen die beiden im an der Geburtstagsfeier ihrer gemeinsamen Freundin Sara Roberts teil. Dort kam es dann zum Eklat.

Augenzeugenberichten zufolge sah Taylors Ex-Freund Troy Dawson, wie sich die beiden in einer Nische küssten, und näherte sich dem Paar. Als Taylor sich weigerte, mit ihm zu sprechen, fing Dawson an, sie zu beleidigen und zu verhöhnen. Dann warf er Crawford an den Kopf, dass er mit einem seiner »zehn anderen Mädchen« mehr Spaß haben würde. Quellen zufolge sprang Crawford darauf hin auf und schlug Dawson brutal nieder. Nach einer kurzen Rauferei, während der sich die verängstigte Taylor unter dem Tisch verbarg, wurden beide ohne Anklage entlassen.

Taylor wurde später dabei beobachtet, wie sie sich auf dem Parkplatz an Crawfords Brust ausweinte. Ein Freund des Paars bestätigte uns, dass Taylor doch noch mit Dawson sprach und ihn bat, sich nicht in ihre neue Beziehung einzumischen. »Troy sah echt sauer aus«, berichtet der Insider. Danach soll Taylor in Crawfords wartende Arme zurückgekehrt sein.

Diese heiße neue Romanze beweist einen erfrischenden Wandel in Crawfords Wahl seiner Begleiterinnen. Vielleicht kann Emmas Zuneigung den einstigen Goldjungen wieder zu dem Star machen, den wir alle bewundert haben. Wir wünschen der jungen Liebe alles Gute und warten schon gespannt auf weitere Fotos von unserem neuen Promi-Paar Brett und Emma. Oder, wie wir sie von nun an nennen werden: .

Ich überfliege den Artikel nur, weil ich ihn schon auf dem Rückweg von der Arbeit im Supermarkt gelesen habe. Ich gebe Emma das Magazin zurück und will es nie wieder anfassen.

»Willst du wissen, wie viel davon totaler Schwachsinn ist?«, fragt Emma. Ich nicke, schnappe mir meine Laufschuhe und lasse mich in einen meiner riesigen Sitzsäcke fallen. »Kurz zusammengefasst: Das meiste davon ist wahr«, sagt sie, was mir einen echten Schock versetzt. »Alles, außer den wichtigsten Teilen, was bei Storys wie diesen eigentlich immer der Fall ist.«

»Okay. Welche Teile?«, frage ich.

Emma setzt sich neben mir auf den Boden. Ich habe keine Couch in meinem Wohnzimmer. Nur zwei Sitzsäcke, eine aufgemotzte Entertainment-Anlage und eine einzelne Lampe – und fast alles davon ist schwarz.

»Ich versuche, es mit den Bildern zu erklären«, sagt Emma. Sie zeigt auf das Foto vom Motocross, auf dem sie Brett ansieht, dessen Hände auf ihren Armen liegen. Ihr Lächeln ist eindeutig. »Auf diesem Bild lache ich eigentlich über die Nachricht, die du mir geschickt hast. Die mit deinem unsichtbaren Bruder Charlie. Brett wusste nicht, dass wir uns geschrieben haben, und hat mich nur gefragt, wo wir zu Abend essen wollen. Und du kennst ihn ja, er kann nicht mit einem reden, ohne einen dauernd anzufassen.«

»Oh«, ist alles, was ich dazu sagen kann, denn ich bin ganz überwältigt davon, dass dieses strahlende Lächeln *mir* galt und nicht Brett. Ich zeige auf eine der Aufnahmen aus dem *Club 99*. »Was ist damit?«

Unsere Arme berühren sich jedes Mal, wenn sich einer von uns bewegt. Emmas Haut ist ganz warm.

»Wir hatten nicht mal ansatzweise vor, uns zu küssen. Aus jeder anderen Perspektive wäre das eindeutig zu sehen gewesen«, antwortet sie. »Aber mit der Schlagzeile ›Brett und Emma flüstern miteinander‹ lockt man keinen Hund hinter dem Ofen hervor. Wir haben überlegt, ob Kimmi dem Fotografen beim Motocross einen Tipp gegeben hat, damit sie mit uns gesehen wird und etwas persönliche Aufmerksamkeit bekommt.«

Das klingt tatsächlich logisch. »Meinst du, dass Kimmi eine der Quellen für den Artikel war?«

»Gut möglich.« Sie schaut mit diesen Augen zu mir auf, die mich dazu bringen könnten, ihr alles zu glauben. »Aber manche Reporter schreiben das auch nur, um irgendwen zitieren zu können. ›Eine Quelle, die den beiden nahesteht‹ kann auch jemand sein, der ein paar Tische weiter gesessen hat – es muss nicht unbedingt jemand sein, den man kennt. Und ein ›Freund‹ ist dann vielleicht jemand, der ›nur das Beste will‹ – nämlich für sich selbst. Oh, und mein Favorit ist der ›Insider‹. Das kann jemand sein, der zufällig im gleichen Bundesstaat lebt, aber bei den Reportern hört es sich an, als würde er in meinem Kopf wohnen, weil er ja *so gut* informiert ist. Das sind doch alles blöde Wortspielereien.«

»Und außerdem gelogen.« Es gibt aber noch etwas Wichtigeres, das ich wissen will. »Hast du wirklich mit Troy gesprochen? Ich vermute mal, dass er ein eifersüchtiger, besitzergreifender Arsch ist?«

Emma presst die Lippen zusammen, schaut aber nicht weg. »Und dazu noch jähzornig«, fügt sie schließlich hinzu. »Anfangs habe ich das nicht gemerkt – kein bisschen. Aber nach ein paar Monaten war er jedes Mal angepisst, wenn ich mehr als

Hallo zu einem anderen Typen gesagt habe. Daraus wurden dann Vorwürfe, und nachdem er mich mit Bikini-Blondie betrogen hat und ich nichts mehr von ihm wissen wollte, wurde es … *gruselig*, wenn du die Wahrheit hören willst.«

Sie betrachtet mich, als wollte sie meine Reaktion abschätzen. Ob sie wohl merkt, dass meine Eingeweide total verknotet sind? »Wie gruselig?«

Emma holt tief Luft und atmet langsam wieder aus. »Das muss aber unter uns bleiben, versprochen?«, sagt sie und ich nicke ernst. »In der letzten Drehwoche ist Troy vor meinem Wohnwagen ausgeflippt und wollte mich erst gehen lassen, nachdem er mir jede Gemeinheit an den Kopf geworfen hat, die ihm einfiel – ich hatte danach sogar blaue Flecke auf meinen Armen. Schließlich konnte ich mich befreien, bin in mein Auto gesprungen und losgefahren, aber er ist mir gefolgt. Und … um das Ganze abzukürzen, es endete damit, dass Troy mir das Fenster auf der Fahrerseite eingeschlagen hat – mit der Faust.«

»Er hat … *was?*« Ich weiß nicht, was ich erwartet hatte. »Hat er dich verletzt?«

Emma schüttelt den Kopf. »Mir ist nichts passiert. Im Gegensatz zu ihm. Ich habe allen erzählt, dass mein Fenster am Strand eingeschlagen worden ist – dass jemand in mein Auto einbrechen wollte. Und nach der Schlägerei im *Club 99* habe ich gedroht, das alles und noch mehr öffentlich zu machen, wenn Troy mich nicht in Ruhe lässt. Ich wünschte, ich hätte das schon längst getan. Es fühlte sich super an.«

Meine Anspannung löst sich ein wenig. »Was hat dich dazu gebracht, ihm jetzt die Meinung zu sagen?«

»Ob du es glaubst oder nicht, es war Kimmi«, sagt Emma.

»Sie musste mir unbedingt an den Kopf werfen, wie jämmerlich sie es fand, dass ich mich unter dem Tisch versteckt habe, und ich dachte: ›Ja, ich bin *wirklich* jämmerlich.‹ Also habe ich beschlossen, etwas zu unternehmen.«

»Sehr gut.« Am liebsten würde ich Emma in die Arme nehmen – nur, damit sie in Sicherheit ist –, aber ich widerstehe der Versuchung. »Danke für dein Vertrauen. Ich werde niemandem davon erzählen, das verspreche ich.«

»Ich habe nicht einmal Brett gesagt, wie ich Troy unter Druck gesetzt habe«, erklärt Emma mit einem Lächeln. Dann wirft sie noch einen Blick auf das Magazin. »Und auf diesem Foto habe ich Brett nur deswegen kurz umarmt, weil ich so froh war, dass er nicht verhaftet wurde. Ich bin also nicht in seine ›wartenden Arme‹ zurückgekehrt, wie es im Artikel steht, und habe mich ganz bestimmt nicht an seiner Brust ausgeheult. Ich habe den Klub allein verlassen, bei meiner Tante übernachtet, und bin am nächsten Morgen nach Hause geflogen. Seitdem habe ich praktisch pausenlos mit meiner Mom und meiner PR-Agentin telefoniert und versucht, diese Katastrophe wieder glattzubügeln.« Emma seufzt. »Zusammengefasst gibt es also keine *Bremma* – nur einen Freund mit einem Anfass-Tick, der ein großes Risiko eingegangen ist, um jemandem für mich in den Hintern zu treten. Brett hat seine Fehler, aber ich bin ihm dankbar für das, was er getan hat.«

»Ich auch«, bestätige ich. Aber wieso klang das bei Brett so, als ob die beiden in dieser Nische rumgemacht hätten?

Ich stehe auf und helfe Emma vom Boden hoch. Wir gehen zur Haustür hinaus und steuern den Joggingpfad an. »Nur um das klarzustellen«, sage ich. »Solange sich die Jungs an deine

Nur-Freunde-Regel halten, so wie ich, dann … kuschelst du mit ihnen?«

Sie lacht. »Nein! Brett hatte nur für ein paar Sekunden seinen Arm um mich gelegt.«

»Und seine Hände waren überall auf dir. *Aber*«, füge ich hinzu, bevor sie mir noch einmal widerspricht, »ich gehöre nicht zu den Typen, die ihre Zuneigung so großzügig verteilen wie Probehäppchen beim Bäcker. Wenn ich mich also so verhalte wie Brett, solltest du wissen, dass es tatsächlich etwas *bedeutet.*«

Emma lächelt und schaut dann hastig zur Seite, als würde sie nicht wollen, dass ich ihre Reaktion sehe. Jetzt weiß ich es mit Sicherheit: Sie mag mich.

Wir erreichen die Laufstrecke und traben los.

»Mit dir abzuhängen macht Spaß«, sagt sie. »Aber diese blöde Brett-Story macht alles komplizierter.«

»Wieso? Brett kann es doch egal sein, ob wir alle miteinander befreundet sind.«

»Brett ist nicht das Problem«, erklärt Emma. Der Fluss rauscht so laut, dass wir dicht nebeneinander laufen müssen, um den anderen zu verstehen. »Wenn die Presse schreibt, dass ich mit ihm zusammen bin … Stell dir mal vor, was passiert, wenn ich mit *dir* gesehen werde, beim Tanzen oder so.«

»Selbst *wenn* du mit uns beiden ausgehen würdest«, sage ich, »für Leute in unserem Alter ist es doch normal, mehrere Freunde zu haben.«

Emma schüttelt den Kopf. »*Normale* Mädchen können mit verschiedenen Jungs gleichzeitig ausgehen, aber ich nicht. Die Zeitschriften verdienen mit unschuldigen Storys kein Geld. In ihrer Welt geht niemand aus, nur um Spaß zu haben. Es muss immer ein Skandal damit verbunden sein.«

»Aber du kannst doch niemanden betrügen, mit dem du gar nicht zusammen bist«, gebe ich zu bedenken. »Und wenn du Angst hast, dass uns jemand zusammen sieht, wieso hast du dann an meine Tür geklopft?«

Emma packt mein Shirt und bringt mich mit einem Ruck zum Stehen. »Weil …« Sie sieht mich an und braucht einen Moment, um zu Atem zu kommen. »Vielleicht verbringe ich gern Zeit mit dir. Und wenn das okay für dich ist – ohne dass wir ein Date haben oder sonst was in der Art –, dann dürfen wir uns nicht zusammen sehen lassen.«

Ich bin zweifellos der dämlichste Typ auf Erden. »Okay. Ich bin dabei.«

Ich frage mich, wann Emma wohl merkt, dass sie mein Shirt immer noch nicht losgelassen hat. Sie hält mich jetzt sogar mit beiden Händen fest. Sekunden später lässt sie sie sinken. »Gut«, sagt sie und schaut die Laufstrecke hinunter, die nur von vereinzelten Laternen beleuchtet wird. »Wie wär's mit einem kleinen Rennen?«

»Ernsthaft?«, frage ich. »Glaubst du wirklich, du hast eine Chance?«

»Logisch. Ich muss nur eben meinen Schuh zubinden.« Sie bückt sich kurz, fährt wieder hoch und rast los. »Oder auch nicht!«

Ich will ihr folgen und fliege beinahe auf die Nase. Emma hat die Schnürsenkel meiner Laufschuhe aufgezogen.

Emma

Nur Minuten nach dem Vorfall im *Club 99* hatte ich meine PR-Agentin angerufen und ihr *fast* alles erzählt, was passiert war – natürlich nicht, was ich zu Troy gesagt hatte. Trotzdem wiederholte sie ständig: »Wir müssen mit deiner Mutter darüber reden.«

Mein erster Impuls war, »Nein!« ins Telefon zu schreien. Aber ich wusste, dass ich nur einen Aufschub bis zum nächsten Morgen aushandeln konnte. Dann würde ich meine Mutter anrufen. Ich wollte aber abwarten, welchen Stellenwert die Story auf den Klatschseiten im Internet bekam, denn das war oft ein Hinweis darauf, was in den Printmedien zu erwarten war. Noch vor zehn Uhr an diesem Abend konnte man die Berichte über die Schlägerei überall lesen – und das Fazit? Brett und ich sind ein Paar.

Leider entdeckte Rachel diese Webseiten zur selben Zeit wie ich und erzählte sofort ihrer Mom davon, die meiner Mutter natürlich eine SMS schicken musste, die mich daraufhin um Mitternacht bei meiner Tante anrief. Sie war außer sich vor Wut. Nicht nur, weil es jetzt so aussah, als würde ich mit Brett gehen, und ich außerdem noch Gegenstand einer Prügelei geworden war, sondern vor allem, weil ich die unglaubliche Frechheit besessen hatte, zuerst in meiner PR-Agentur anzurufen.

Wie meine Mom immer wieder betont, ist es *ihr* Job, mit den PR-Leuten Schadensbegrenzung zu betreiben, und nicht meiner.

Mom will immer alles bestimmen. *Sie* entscheidet, wie dämlich oder unschuldig mich die Öffentlichkeit sieht. Mit einem anderen Manager hätte ich wohl zumindest ein Mitspracherecht. Es macht mich krank, dass meine Meinung niemanden interessiert. Ich will mehr sein, als nur das *Gesicht* der Emma Taylor GmbH.

Aber wie kann ich meinen Manager feuern, ohne gleichzeitig meine Mom zu verlieren?

Nachdem sie mir ein paar Wochen lang Vorwürfe gemacht hat, regt sich meine Mutter inzwischen nicht mehr so sehr über die Vorfälle in L. A. auf. Die Klatschmagazine treten die Geschichte immer noch breit, aber auf eine Weise, die *Coyote Hills* viel positive Aufmerksamkeit verschafft – was McGregor natürlich glücklich macht. Auf eine verdrehte Art ist Bretts kleine Werbekampagne also ein voller Erfolg gewesen.

»Also gut, ihr beiden«, sagt McGregor zu mir und Brett am Schulbücherei-Set. »Ich brauche echte *Leidenschaft* in dieser Szene. Eure Fans erwarten, dass Funken sprühen, also enttäuscht sie nicht!«

Auf einem Stuhl seitlich von mir sitzt Kimmi. Sie lacht und flüstert Jake etwas zu. Er flüstert zurück und ich kann nur ahnen, was sie sagen. Jake ist für heute fertig und will den Nachtflug nach New York nehmen, muss aber noch bleiben, weil für das Ende des Drehtages eine Besprechung angesetzt wurde.

Wenn ich es in diesem letzten Kamerawinkel hinbekomme, können wir endlich gehen. Die Beleuchter arbeiten mit unseren Licht-Doubles noch an der richtigen Ausleuchtung des Sets.

»Wie wär's mit noch mehr Spaß an diesem Wochenende?«, fragt mich Brett. McGregor hatte Anfang der Woche vorgeschlagen, dass Kimmi und ich wieder nach L. A. fliegen, um mit Brett zu einem Baseballspiel zu gehen. »Diesmal ist es eine noch größere Gruppe. Und kein Handgemenge, das verspreche ich.«

»Du hast auch versprochen, deine Hände von *mir* fernzuhalten.«

»Stimmt, aber das habe ich geflissentlich vergessen«, sagt er. »Aber die Warnung ist angekommen.«

»Letzte Maske!«, ruft Tyler.

Nur Augenblicke später werden Brett und ich mit allen möglichen verschönernden Gegenständen gepikst und betupft. Ich weiß wirklich nicht, wie Leute aus dem Showbusiness arrogant sein können, wenn sie eine ganze Armee von Haarstylisten und Maskenbildnern brauchen, um alle ihre Makel zu kaschieren.

»Erstes Team zurück auf Eins!«, sagt Tyler.

Brett und ich kehren auf unsere Ausgangspositionen zurück und unsere Licht-Doubles verziehen sich. Ich versuche mich zu konzentrieren und wiederhole in Gedanken immer wieder meinen ersten Satz. Wenn ich den richtig herausbringe, geht der Rest meistens von selbst. Aber ich muss in dieser Szene heftig mit Brett flirten – und das, während Jake nur ein paar Meter entfernt sitzt und zuschaut.

Ob es nur gespielt ist oder nicht, es ist irgendwie peinlich, und ich kann nicht aufhören, mich zu fragen wieso.

»Ich geb dir eine Million, wenn du das Shirt auch am Wochenende trägst«, flüstert Brett und bezieht sich damit auf meinen super tiefen V-Ausschnitt. Ich verdrehe nur die Augen. Er pikst mir in den Bauch. »Ich versuche nur, ein Lebenszeichen von dir zu bekommen. Irgendeine Reaktion.«

»Ich könnte dir ein paar Rippen brechen«, erwidere ich. »Wie wäre das?«

»Szene steht!«, ruft Tyler.

»Szene steht!«

»Ruhe am Set!«

Tyler lässt noch einmal den Blick über das Set schweifen. »Läuft!«

»Ton läuft!«

»Kamera läuft!«

Der Mikrofongalgen schwebt direkt über unseren Köpfen und mir wird eine Klappe vor die Nase gehalten. »Szene vier, die Erste.«

Die Klappe wird zugeschlagen. »Klappe A.«

»Klappe B.«

»Und … Action!«, sagt McGregor und ich schlüpfe in die Rolle der Verführerin.

Mindestens zum zehnten Mal gehe ich hinter Bretts Stuhl entlang und streiche ihm mit einem Finger über die Schulterblätter. »Bryce, wenn du noch länger für diese Bioarbeit lernst, wird Mr Adams glauben, dass du geschummelt hast. Du darfst nicht *jede* Frage richtig beantworten.« Ich schiebe seine Bücher weg und setze mich vor ihn auf den Tisch. »Entspann dich doch mal. Komm zur Party.«

»Äh … vielleicht«, murmelt Brett. Er rutscht tiefer in seinen Stuhl und starrt lieber seine teuren Schuhe an als meine Beine. Ich wurde schon wieder in einen von diesen ultrakurzen Röcken gesteckt. »Aber du solltest dich auch auf die Biologieklausur vorbereiten. Du kannst doch auch zu mir nach Hause kommen, dann können wir, na ja … lernen.« Er stößt einen verlegenen Seufzer aus, und als ich ihm mit den Fingern durch die Haare fahre, windet er sich auf seinem Stuhl. Jedes Mal wenn wir an diese Stelle kommen, muss ich mir das Lachen verkneifen. Brett spielt den braven Jungen wirklich perfekt – er hat nur Probleme damit, ein braver Junge zu *sein.*

Ein paar Zeilen später schreit McGregor: »Schnitt! Schnitt! Das war großartig! Machen wir es noch mal, genauso gut.« Er droht mir schelmisch mit dem Finger. »Was für ein ungezogenes Mädchen diese Eden ist! Jetzt, wo Daddy kein Geld mehr hat, braucht sie einen anderen, der ihr Geschenke kauft. Und, Brett, du spielst den Loser wirklich perfekt.«

»Noch mal. Alles wieder auf die Eins«, sagt Tyler.

Wir wiederholen die Szene noch dreimal, dann sind wir für diese Woche fertig. »Erstes Team, kommt mal her«, sagt McGregor. »Und von den anderen kann auch jeder zuhören, den es interessiert. Wir sind eine große Familie.«

Wir setzen uns auf unsere Stühle – der von Jake steht zufällig fast immer direkt neben meinem – und eine Frau in einem grauen Hosenanzug gesellt sich zu McGregor. Sie hat einen Stapel Aktenmappen unter dem Arm. »Ich möchte euch unsere PR-Expertin Vicky vorstellen«, sagt McGregor. »Sie hat aufregende Neuigkeiten für uns.«

Vicky berichtet, dass sie für die Produktionsfirma arbeitet und in der nächsten Woche die große Werbekampagne für *Coyote Hills* starten soll. »Nach all der Aufmerksamkeit, die die Ereignisse der letzten Zeit erregt haben, müssen wir das Eisen schmieden, solange es heiß ist«, sagt sie und lächelt mich fröhlich an. Dann wandert ihr Blick zu Brett am anderen Ende der Sitzreihe und auch er bekommt ein Lächeln. Dass wir nicht wirklich ein Paar sind, ist deutlich zu sehen, aber das ist Vicky egal. Ich kenne dieses Lächeln: *Haltet den Klatsch am Leben. Gebt den Leuten, was sie wollen.*

»Die Klicks auf unsere Seite haben sich in den letzten Wochen verdreifacht und wir haben schon Tausende E-Mails mit Fragen zur Serie bekommen«, fährt Vicky fort. »Deswegen haben wir beschlossen, die offizielle *Coyote-Hills*-Webseite schon ein bisschen früher online zu stellen als geplant, und brauchen dazu Ihre Hilfe.« Sie hat für jeden von uns eine Mappe vorbereitet. »Eine Kopie von allem ist auch an Ihre Manager geschickt worden, aber ich würde unseren Plan gern persönlich erläutern.«

Ich öffne die Mappe und blättere durch die Seiten.

Die erste Seite scheint Brett genauso zu verblüffen wie mich – es ist ein Fragebogen. »Ich verrate Ihnen gern, was ich am liebsten esse«, sagt er. »Aber was ich in meiner Freizeit mache, ist doch wohl allgemein bekannt.«

Vicky nickt. »Das mag schon sein, Mr Crawford, aber wir wissen nur, was uns die Presse verrät, nicht wahr? Wir möchten, dass Sie diese Dinge mit Ihren eigenen Worten beschreiben. Ihre Fans sollen sich fühlen, als würden sie tatsächlich mit Ihnen sprechen.« Sie sieht McGregor an, der sie voller Stolz anstrahlt. »Unsere Programmchefs sind übereinstimmend der Ansicht, dass *Coyote Hills* das Potenzial zu Bestquoten hat, und wir planen ein paar besondere Veranstaltungen, um der Serie etwas dezente Werbung zu verpassen.«

Brett lacht. »So was wie dezente Werbung gibt's nicht. Man gibt der Sache einfach einen kräftigen Schubs.«

»Ganz recht«, bestätigt McGregor und hebt dann beide Hände, als würde er das Rote Meer teilen wollen. »Unsere Premiere im Event-Center in Sonora wird spektakulär! Wie ihr wisst, laden wir alle, die in Hollywood Rang und Namen haben, zu *uns* ein, damit sie die Gegend, in der *Coyote Hills* spielt, live erleben können. Und am Wochenende vorher wird es statt einer normalen Pressekonferenz ein gemeinsames Essen und viel Spaß mit den Medien geben. Wenn sie euch erst mal kennengelernt haben, werden sie euch als beste Freunde betrachten. Das Ganze wird auf meiner Ranch stattfinden.« Er wartet auf Beifall.

»Jiiii-haaa«, sagt Brett und schwingt ein unsichtbares Lasso über dem Kopf.

Kimmis mürrischer Ausdruck bleibt unverändert. »Darf ich mal raten? Wir werden auf Pferden posieren?«

»Vergiss Pferde«, mischt sich Jake ein. »Ich will einen Bullen reiten.«

Er sieht vollkommen ernst aus, was mich zum Lächeln bringt. Und zwar sehr. *Emma, hör damit auf.*

McGregor runzelt die Stirn. »Tut mir leid, mein Junge. Ich kann dein gutes Aussehen nicht aufs Spiel setzen.« Wieder wedelt er dramatisch mit den Armen. »Aber wir werden auch so ein volles Programm haben. Die Vorführung der ersten Folge wird natürlich die Hauptattraktion. Und wenn die Presseleute dann wieder abfahren, werden sie von der Serie und ihren Schauspielern so fasziniert sein, dass sie von hier bis Moskau davon schwärmen. Bitte gebt die Fragebögen bis Montag im Produktionsbüro ab. Das wird also ein arbeitsreiches Wochenende für uns alle. Wobei mir einfällt …« McGregor sieht Brett an. »Gibt es schon Pläne für das Baseballspiel?«

»Und ob! Behalten Sie den Großbildschirm im Auge.«

»Hervorragend! Und immer schön lächeln für die Kameras, okay?« McGregors Blick wandert zu mir. »Es macht nichts, wenn ihr beide nicht die Turteltäubchen seid, für die ihr gehalten werdet – ehrlich gesagt, bin ich sogar ganz froh darüber –, aber ihr sorgt damit für erstklassige Werbung. Das gilt auch für dich, Kimmi. Payton Wilson ist eine hervorragende Wahl. Also weiter so!«

»Jake wird nicht da sein«, bemerkt Brett und wirft mit einem Papierknäuel nach ihm. »Er drückt sich schon wieder.«

»Dass man ihn weltweit auf Werbetafeln bewundern kann, ist mehr als genug Werbung.« McGregor grinst Jake an, der daraufhin Bretts Papier-Kanonenkugel auf ihn abschießt.

McGregor fasst sich an die Brust und tut so, als wäre er tödlich getroffen. Doch dann holt er kurz Luft und sagt: »Amüsiert euch dieses Wochenende gut in L. A., aber bitte benehmt euch.«

Bis jetzt hat mich noch niemand in die *Bitte-benehmt-euch-*Schublade gesteckt.

Los Angeles wird viel mehr Spaß machen, seit diese Sache mit Troy aus der Welt ist. Nach dem Streit im Klub haben mich sowohl sein Manager als auch sein Anwalt im Studio angerufen, um sich in Troys Namen bei mir zu entschuldigen. Ich bin mehr als erleichtert, dass er meine Drohung ernst genommen hat und auch, dass er verzweifelt genug ist, um sein Team zu informieren. Sein Manager wird schon dafür sorgen, dass er nicht wieder ausrastet – und damit seiner Karriere den Todesstoß versetzt.

»Darf ich noch etwas klarstellen?«, frage ich McGregor. Ich drehe mich zu den Mitarbeitern um, die hinter uns stehen, denn einige von ihnen haben berichtet, dass sie Anrufe von Klatschreportern bekommen haben. »Brett und ich sind nicht im Entferntesten ein Paar. Wenn also jemand anruft, um ein paar Insiderinformationen zu bekommen, wäre es schön, wenn sie genau das erfahren.«

»Mit anderen Worten, Emma ist verliebt«, mischt sich Brett ein. Der Blick, den er sich dafür von mir einfängt, drückt genau das Gegenteil aus. »Also sagt einfach ›Kein Kommentar‹, dann wissen sie schon Bescheid«, fügt er noch hinzu.

»Das vermittelt nur leider das falsche Bild, weil ich Brett im Moment nicht einmal leiden kann.«

»Oh, Sie beide sind so süß!« Vicky kichert tatsächlich. »Was uns zum nächsten Punkt auf der Tagesordnung bringt. Unsere Analysen haben ergeben, dass die Zielgruppe von *Coyote Hills* auf Twitter aktiver ist als auf jeder anderen Plattform, und deshalb möchten wir, dass sich jeder von Ihnen dort einbringt. Ein oder zwei Tweets pro Tag wären super. Vielleicht ein kleiner Hinweis auf Ihre Rolle oder ein amüsanter Bericht über etwas, das am Set passiert ist. Agieren Sie auch auf Twitter miteinander. Scherzhafte Sticheleien oder ein witziger Schlagabtausch wären ein toller Beweis für den Zusammenhalt im Team.«

»Ganz meine Meinung!«, sagt McGregor. »Mir ist jedoch aufgefallen, dass einer von euch noch nicht bei Twitter ist.«

Jake, der langsam, aber sicher in seinem Stuhl versinkt, murmelt: »Na super.«

Ich muss mir eine Hand auf den Mund pressen, um nicht loszuprusten. Jake *hasst* soziale Netzwerke.

McGregor neigt den Kopf zur Seite, als müsste er über etwas nachdenken. »Also, falls ich mal einen Höhlenmenschen brauchen sollte, wärst du die perfekte Besetzung. Aber bis es so weit ist, erwarte ich, dass du dich bei Twitter anmeldest.«

Jake lässt immer noch den Kopf hängen, dreht sich aber weit genug zu mir um, um mir zuzuflüstern: »Vielleicht ist der Modeljob doch nicht so schlecht.«

Ich kann nicht aufhören zu lachen.

Vicky verteilt noch eine Liste mit allen Werbeaktionen bis zur Premiere, dann sind wir entlassen. Ich stehe auf, doch als ich sehe, dass Jake auf seinem Stuhl sitzen bleibt, lasse ich mich wieder auf meinen zurückplumpsen. Als alle anderen weg sind, sagt er: »Ich komme Sonntagabend aus New York zurück. Hast du Lust … mir zu zeigen, wie man twittert?«

Wir waren schon ein paarmal zusammen laufen, es ist also nicht ungewöhnlich, dass wir uns auch außerhalb der Arbeit sehen, aber bisher war das immer eher eine spontane Sache.

»Klar«, antworte ich. »Ich wollte ohnehin etwas mit dir besprechen. Eine Idee, zu der ich gern deine Meinung hören würde.«

»Aha.« Er zögert kurz und fügt hinzu: »Dann können wir ja zusammen bei dir was essen. Mit vollem Magen kann ich besser denken.«

Erstaunlicherweise schaffe ich es, keine Miene zu verziehen. »Kannst du nicht etwas essen, bevor du zu mir kommst?«

»Warum? Kochst du nicht sowieso was für dich? Du kannst doch einfach zwei Portionen machen.«

»Das Einzige, was ich richtig gut kann, sind Spaghetti. Ist dir das nicht zu langweilig?«

»Nicht, wenn es danach noch … sagen wir mal, Pfirsichauflauf gibt? Ich bringe das Eis mit.«

»Ach? Jetzt willst du auch noch Nachtisch?«

»Klar, und mir fällt bestimmt noch was anderes ein«, antwortet Jake und verlässt das Set.

Ich bleibe auf meinem Stuhl sitzen und starre Löcher in die Luft. *Was anderes?*

Beim Baseballspiel am nächsten Tag sind wir zehn Leute – ein paar davon sind Freunde, die ich ewig nicht mehr gesehen habe – und ich nutze die Chance, die anderen ganz beiläufig nach ihren Managern auszufragen. Wenn ich mir jemand Neues suchen will, muss ich schnell vorgehen. Ich kann nicht in Hollywood verkünden: »Hey, ich will meine Mom abservieren. Aber sag es keinem, okay?« In weniger als einer Stunde wüsste sie Bescheid.

Im besten Fall kann ich ein zivilisiertes Gespräch mit meiner Mutter führen, bevor ich jemand anderen anheuere. Der schlimmste Fall? Sie wird nie wieder mit mir reden.

Heute kommen Kimmi und ich recht gut miteinander aus. Payton schenkt ihr *richtig* viel Aufmerksamkeit und deshalb ist sie bester Laune. Brett sitzt während des Spiels zwar neben mir, flirtet aber wie wild mit meiner Freundin auf seiner anderen Seite. Irgendwann dreht er sich kurz zu mir um und stellt fest: »Sie ist echt süß, findest du nicht?«

Ich muss lachen. »Ja, Brett, außerdem ist sie ein *anständiges* Mädchen. Wenn du also mit ihr ausgehen willst, benimm dich.«

»Stimmt, sie hat diese *Benimm-dich*-Ausstrahlung«, bemerkt er. »Aber manchmal finde ich das ganz gut. Wie heißt sie?«

»Das soll ein Scherz sein, oder?« Eigentlich weiß ich nicht, wieso mich Brett immer wieder so schockiert, aber seine Dämlichkeit ist wirklich nicht zu übertreffen. »Ich könnte dir natürlich sagen, wer sie ist, aber es gibt da auch etwas, das sich *Konversation* nennt, und normale Leute betreiben sie, wenn sie jemanden kennenlernen wollen. Also dreh dich wieder um, stell dich ihr vor – ja, auch wenn dein niedliches kleines Gesicht allgemein bekannt ist – und frage sie, wie sie heißt und woher sie kommt. Das wäre zumindest ein guter Anfang.«

Brett grinst. »Und *dann* kann ich sie abschleppen?«

Am liebsten würde ich ihm an die Gurgel gehen. »Dein Prinz-Charming-Unterricht ist vorbei. Ich gebe es auf.«

Als wir das Stadion verlassen, folgen uns die Paparazzi auf Schritt und Tritt. Sie rufen uns bescheuerte Kommentare zu: »Kommt schon, Brett und Emma, nur ein Kuss!« Brett reagiert perfekt darauf. Er lacht nur und antwortet: »Wenn ihr *diese* Art von Action sehen wollt, müsst ihr euch *Coyote Hills* anschauen.«

Ich lächle nur und winke den Typen zu.

Trotzdem verdrehen die Idioten wieder alles. Sie haben nicht nur Bretts Dauerflirt mit *einer anderen* übersehen, sondern auch nicht mitgekriegt, dass er mich den ganzen Tag entweder mit »Taylor« oder »Ey« angesprochen hat und bestimmt nicht »Emmaschatz« oder »Baby« zu mir gesagt hat. Aber genau so steht es am Sonntagnachmittag auf einer der Online-Klatschseiten – einer Seite, die Rachel immer liest.

Bei unserem Telefongespräch an diesem Abend versuche ich

ihr zu erklären, was tatsächlich Sache ist, aber sie findet, dass die Fantasieversion meines Lebens viel aufregender ist.

»Weißt du was, Emma?«, sagt sie. »Ihr beide wärt das perfekte Hollywood-Traumpaar. Also schnapp ihn dir.«

»Äh, nein. Können wir bitte nie wieder darüber sprechen?«

»Soll mir recht sein. Aber da wir gerade von Männern reden …« Sie kichert und ich fühle mich sofort schuldig, weil ich ausgerechnet jetzt das Abendessen für denjenigen vorbereite, um den sich die Unterhaltung gleich drehen wird. »Jake ist jetzt auf Twitter! Brett folgt ihm, und ich bin total ausgeflippt, als mir klar wurde, wer der neue *Mach-das-nur-wegen-des-Essens*-Typ ist. Aber wieso hat er sich so einen seltsamen Namen ausgesucht? Was soll das bedeuten?«

Ich bin ein bisschen verwirrt, denn eigentlich dachte ich, dass ich Jake dabei helfen sollte, seinen Account einzurichten. »Warte mal kurz«, sage ich und öffne meine App. Tatsache, es ist Jake: @machdasnurwegendesessens. Ich lache, weil sein Profilfoto nur seinen Hinterkopf zeigt. »Er ist mehr oder weniger gezwungen worden. Also schätze ich, er will damit ausdrücken, dass er nur auf Twitter ist, weil er muss.«

»Oh. Ich würde ihn gern direkt anschreiben, aber er folgt mir noch nicht«, sagt Rachel. »Was meinst du, wäre es *sehr* aufdringlich, ihm zu schreiben oder ihn vielleicht sogar anzurufen, oder *nur ein bisschen* aufdringlich?« Während meines drei Sekunden dauernden Schweigens gibt Rachel auf. »Okay, ich lasse es bleiben. Ich dachte nur, dass er vielleicht gern darüber sprechen würde, was wir bei unserem Date unternehmen wollen.«

»Er ist kein großer Planer«, antworte ich. »Ich könnte dir

aber ein paar Links zu coolen Locations schicken und dann entscheidest du, wohin wir gehen. Ich habe hier auch noch nicht viel gesehen.«

»Alles klar. Gute Idee«, sagt Rachel. »Und da wir gerade beim Thema sind, was für ein Typ er ist, ich war bei deinen Eltern zu Hause, wie du gesagt hast, und habe ein paar deiner Kleider für die Premiere anprobiert. Aber keins davon … also, ich will *umwerfend* aussehen, wenn wir uns treffen. Wenn du diesmal wieder mit einem Designer zusammenarbeitest, könntest du dann vielleicht sagen, dass du dich nicht zwischen zwei Kleidern entscheiden kannst, und beide mitnehmen? Ich hätte so gern etwas in Gold.« Mir fällt der Kochlöffel in die Tomatensoße, die mir prompt aufs Shirt spritzt. »Die werden das doch machen, oder?«, fährt sie fort. »Wenn ich eines trage und du das andere? Das wäre für sie doch doppelte Werbung auf dem roten Teppich.«

Das kann nicht ihr Ernst sein. Diese Kleider kosten ungefähr zwanzigtausend Dollar das Stück, was Rachel genauso gut weiß wie ich. Ich kann froh sein, dass ich überhaupt *eines* bekomme.

»Tut mir wirklich leid«, sage ich, »aber das geht nicht. Außerdem dachte ich, dass du mein Kleid von der Silvestergala anziehen willst.«

»Das habe ich anprobiert, aber darin sieht mein Hintern so platt aus«, erwidert Rachel. »Und mein Busen auch. Wie würde es dir gefallen, deinen Traumtypen zu treffen, und er denkt, ›Wie alt ist die? Zehn?‹. Denn genau das wird er denken und er ist *The Body.* Er ist perfekt und deshalb muss ich ebenfalls perfekt aussehen. Wie ein Model. Mit einem perfekten Hintern.«

Ich weiß längst nicht mehr, was ich sagen soll, und dann

klopft auch noch *The Body* höchstpersönlich an meine Hintertür. Wir treffen uns abends immer dort, weil die Laufstrecke hinter den Häusern entlangführt, und je weniger Leute uns zusammen sehen, desto besser. Zum Glück sind die meisten meiner Nachbarn nette Rentnerehepaare, die keine Ahnung haben, wer ich bin, und das kann auch gern so bleiben.

Ich rase zur Tür, damit Jake nicht noch einmal klopft, ziehe aber nur den Vorhang zur Seite und bedeute ihm, dass er noch einen Augenblick warten soll. »Das verstehe ich, Rachel, ehrlich«, versichere ich ihr. »Ich kann wegen des Kleides wirklich nichts tun. Aber ich habe trotzdem eine gute Nachricht für dich! Bist du bereit?«

»Ja! Immer! Was ist es?« Vermutlich ahnt sie es schon.

»Gestern beim Spiel habe ich mit einer Freundin gesprochen, die jemanden vom *Stars-in-Their-Eyes*-Team kennt.«

Rachel kreischt los und ich fühle mich etwas weniger schuldig, über die Grimassen zu lächeln, die Jake jetzt vor meinem Küchenfenster schneidet.

»Jedenfalls will diese Freundin ein paar Anrufe machen und mit etwas Glück bringen wir dich ins Casting. Du wirst fantastisch sein! Ich weiß genau, dass du es in die Show schaffst.«

Ein paar Minuten später mag Rachel mich wieder und wir verabschieden uns.

Ich reiße die Hintertür auf. »Hast du schon mal von Glasreiniger gehört?«, frage ich Jake. »Weil du nämlich jeden deiner Froschmund-Abdrücke von meiner Scheibe putzen wirst.«

»Du warst es doch, die mich vor der Tür stehen gelassen hat«, beschwert er sich. »Mindestens zwanzig Minuten lang.«

Ich lache über seine Empörung. »Fünf Minuten. Ich habe

mit Rachel telefoniert. Und falls du es schaffst, das Wasser auf den Tisch zu stellen, ohne noch eine Sauerei zu machen, kannst du das Fenster nachher putzen.«

Jake geht zum Kühlschrank, stellt die kleine Packung Eis in den Gefrierschrank und nimmt zwei Flaschen Wasser heraus. Er jongliert einen Moment damit und wirbelt sie dann mit Schwung auf meinen kleinen runden Tisch.

Er trägt ein schlichtes weißes T-Shirt. Er sieht verdammt –

Essen, Emma. Konzentrier dich aufs Kochen.

Ich fange wieder an, in der Soße zu rühren, doch er steht plötzlich hinter mir. »Was jetzt?«

»Kannst du das Knoblauchbrot aus dem Ofen holen?«

»Knoblauch?«, fragt er. »So viel zum Thema *was anderes*, das ich geplant hatte.«

»Genau deswegen habe ich es gemacht«, behaupte ich, doch ich muss meiner Fantasie befehlen, nicht länger dieses Bild heraufzubeschwören, wie wir *was anderes* machen. »Du bist hier, weil ich etwas Geschäftliches mit dir besprechen und dir das Tweeten beibringen will – sonst nichts. Nun, vielleicht noch ein oder zwei weitere Dinge, aber nicht … *das.*«

Jake späht über meine Schulter und ich fühle seinen warmen Atem an meinem Nacken. Wieso quält er mich so? »Wie doof«, sagt er. »Ich habe mir extra die Zähne geputzt.«

Ich schubse ihn zu meinen Ofenhandschuhen. »Willst du jetzt hören, was ich mir überlegt habe?«

Ich bin total aufgeregt und kann es nicht erwarten, es ihm zu erzählen. »Erinnerst du dich an unseren ersten Tag am Set, wo ich peinlicherweise verkündet habe, dass ich eine Wohltätigkeitsorganisation gründen will?«

»Ja, klar.« Er legt das heiße Knoblauchbrot auf einen Teller. »Was willst du denn unterstützen?«

»Ich habe eine Weile gebraucht, das herauszufinden«, gestehe ich, »aber es war deine Mutter, die mich auf die perfekte Idee gebracht hat. Und du hast ebenfalls dazu beigetragen.«

Jake hebt die Brauen. »Interessant ... Du willst also eine Selbsthilfegruppe für Freunde und Familie von chronisch arroganten Jungs gründen?«

»Nein, du Blödbacke! Obwohl die Idee nicht schlecht ist.« Ich drücke ihm die Schüssel mit den Spaghetti in die Hand und scheuche ihn zum Tisch. »Und jetzt setz dich hin und benimm dich wie ein Gast.«

Er macht es sich auf einem Stuhl bequem und verkündet: »Jake Elliott spielt jetzt die Rolle des Gastes, und zwar sehr gern, weil er keine Tiefkühlpizza mehr sehen kann.«

Ich will mich auch hinsetzen, bevor ich ihm von meinen Plänen erzähle, und deshalb stelle ich hastig den Rest des Essens auf den Tisch und nehme ihm gegenüber Platz. Ich schaufle einen Riesenberg Nudeln auf seinen Teller, doch als ich zur Soße greife, lädt er sich schnell noch mehr auf.

»Zu meinem Plan«, sage ich, nachdem wir beide volle Teller haben. »Ich hoffe, das ist nicht zu persönlich, aber stell dir vor, du hättest kein Geld, um die medizinische Versorgung und die Reha deiner Mutter zu bezahlen. Würden ihre Versicherung und irgendwelche Zuschüsse dafür ausreichen?«

Jake lehnt sich zurück. »Nicht mal annähernd. Vor ihrem Schlaganfall war sie selbstständig und hatte deswegen nur eine Basisversicherung. Und die staatlichen Zuschüsse sind viel geringer, als man denkt.«

»Was glaubst du, wie euer Leben aussehen würde, wenn du deinen Job nicht hättest?«

Er überlegt. »Ich würde irgendwo anders genauso hart arbeiten, aber wesentlich weniger verdienen. Ich hätte ihr kein neues Haus kaufen können. Und die Kosten für den Pflegedienst und die Behandlungen gehen jeden Monat in die Tausende. Wenn ich das alles nicht bezahlen könnte, sähe unser Leben *ganz anders* aus. Vor allem für sie.«

»Das dachte ich mir«, sage ich, »und deswegen will ich eine Organisation gründen, die Leute mit körperlichen Behinderungen unterstützt. Finanziell und auf sozialer Ebene.« Jake sieht mich mit großen Augen an. »Sie soll die Kosten decken für elektrische Rollstühle, Prothesen, Krankengymnastik, häusliche Pflege – solche Dinge eben. Ich würde auch gern ein Netzwerk aus Freiwilligen aufbauen, die den Leuten helfen, neue Hobbys zu finden oder ihre alten wieder aufzunehmen, die sie allein vielleicht nicht mehr bewältigen können. Wie Quilten oder Malen oder so was.«

Ich habe mich gründlich informiert und das Thema sogar für ein Sozialkundereferat verwendet.

Jake sagt nichts. Er lächelt nur und streckt den Arm über den Tisch. Er nimmt meine Hand in seine. Mir läuft ein Schauer über den Rücken. Keiner von uns bringt ein Wort heraus.

»Manchmal haust du mich wirklich um«, sagt er schließlich und lässt meine Hand los. Es waren höchstens fünf Sekunden, also wollte er sie wohl gar nicht halten. Vielleicht war es einfache eine etwas zu lange Berührung. Oder so etwas wie ein anerkennender Knuff. So, als wollte man einer Freundin sagen, dass sie etwas gut gemacht hat. Aber mit der Hand?

Nein, das ist Unsinn. *Er hat meine Hand gehalten.*

Ich kann nicht ausschließen, dass ich ein breites Grinsen im Gesicht habe. »Wie gesagt, du und deine Mom haben mich auf die Idee gebracht. Natürlich kann so eine Organisation nicht *jedem* helfen, aber ich hoffe, dass wir wenigstens etwas Gutes tun können.«

Jake nimmt sich noch eine Scheibe Knoblauchbrot. »Das klingt toll. Aber du wirst mehr Geld brauchen, als du hast, stimmt's?«

»Richtig. Und dafür brauche ich dich«, sage ich. »Sobald die Sache eingerichtet ist und anläuft, wäre es toll, wenn du mir beim Spendensammeln hilfst, weil du mehr Ahnung von dem ganzen Geschäftskram hast. Ich schätze, dass wir beide einen Haufen Leute mit tiefen Taschen und einem großen Herzen kennen.«

»Das klingt super. Ich bin dabei«, sagt er.

»Danke, Jake.« Ich kann gar nicht mehr aufhören zu grinsen und schiebe mir eine Ladung Spaghetti in den Mund.

»Sag mir einfach Bescheid, wenn es losgeht.« Wieder lehnt sich Jake in seinem Stuhl zurück und verschränkt die Hände hinter dem Kopf. »*Emmaschatz.*«

»Oh Gott. Das hast du gelesen?«

»Klar, ich muss doch auf dem Laufenden bleiben.«

Ich fische eine Olive aus meinem Salat und werfe damit nach ihm. »Ab sofort ist es dir verboten, Klatsch zu lesen, sowohl online als auch in gedruckter Form. Dieser Schwachsinn ist doch erst vor ein paar Stunden im Internet aufgetaucht.«

»Aber meine Freundin Sophie liest dieses Zeug«, erklärt Jake. »Und sie hat mich sofort angerufen, als mein Flugzeug heute Abend gelandet ist. Sie glaubt, weil ich euch beide kenne, sollte ich alles über *Bremma* wissen.«

Sophie?

»Aber dich interessiert es nicht, weil du die Wahrheit kennst?«

»Stimmt, ist mir total egal«, antwortet er. Er schiebt sich einen Löffel Spaghetti in den Mund und grinst beim Kauen. Ich werfe noch eine Olive nach ihm. »Kein Grund gewalttätig zu werden! Ich glaube nur, dass du gar nicht mitbekommst, dass Brett dich wirklich mag.«

Ich lache. »Nie im Leben! Erzähl mir nicht, dass du auch darauf hereingefallen bist. Brett steht *überhaupt nicht* auf mich. Gestern beim Spiel sollte ich ihm helfen, eine meiner Freundinnen zu verführen. Irgendwann hätte ich ihm am liebsten gesagt, dass er gefälligst die Finger von ihr lassen soll, weil er mir in epischer Breite erzählen musste, wie er sie abschleppen würde. Klingt das für dich so, als wäre er an *mir* interessiert?«

Jake antwortet nicht sofort. Wieso nicht? Was gibt es da zu zögern?

»Nein. Normalerweise nicht«, sagt er. »Aber der Mistkerl ist mittlerweile mein schlimmster Feind. Sieh dir das an.«

Jake gibt mir sein Handy mit der Twitter-App.

»Ich dachte, wir richten deinen Account *gemeinsam* ein«, sage ich und gebe mich ein bisschen beleidigt. Ich frage mich auch, ob ihm jemand anders geholfen hat. Nicht dass er unbedingt Hilfe gebraucht hätte. Es ist nur … wer bitte ist Sophie?

»Mein Flug hatte Verspätung. Ich habe mich gelangweilt.«

Ich betrachte sein Handy. »Wow. Das hast du erst *heute* eingerichtet? Dir folgen schon über dreitausend Leute!«

»Ich weiß. Scroll mal runter zum Anfang, dann weißt du wieso.«

Ich brauche eine Weile, um mich durch Hunderte Tweets zu scrollen – 99 Prozent davon sind von Frauen. An einigen bleibt mein Blick hängen, denn sie sind sehr … eindeutig. Und endlich erreiche ich die Unterhaltung zwischen Jake und Brett, die diesen Erdrutsch an weiblichem Charme ausgelöst hat:

Brett Crawford @schauspielerinkognito
@machdasnurwegendesessens #lol Alter! Dein Profilbild zeigt deinen HINTERKOPF!

Jake Elliott @machdasnurwegendesessens
@schauspielerinkognito Und trotzdem sehe ich besser aus als du. #dummgelaufen

Brett Crawford @schauspielerinkognito
Hey, Ladys! Sagt Hallo zu meinen neuen Kumpel bei #coyotehills @machdasnurwegendesessens! Er ist Single! #bitteteilen

Das war noch nicht das Schlimmste. Brett hatte Fotos von Jake im Oben-ohne-Cowboy-Outfit angehängt.

»Oh, wow«, stelle ich fest. »Du hast ein paar ziemlich angriffslustige Verehrerinnen.«

Jake nimmt sein Handy wieder an sich. »Ich glaube nicht, dass Vicky so was gemeint hat, als sie von freundlichen Sticheleien gesprochen hat.«

»Das war genau das, was sie damit meinte.« Ich stehe auf, um den Tisch abzuräumen. »Bereit für den Nachtisch?«

»Und ob!«

Mein Blick fällt auf die Uhr am Herd. »Mist, das hatte ich ganz vergessen! Mein Vater wird dich jeden Moment anrufen.«

Jake erstarrt. Dann kommt nur ein »Hä?«.

»Entschuldige! Ich wollte es dir längst sagen«, versichere ich ihm und lege ihm zur Beruhigung die Hände auf die Schulter. Für einen toll gebräunten Arizona-Typen ist er ziemlich blass geworden. »Entspann dich. Ich habe ihm gesagt, dass du einen Abschluss in Wirtschaft machen willst, es aber nur über ein Fernstudium geht. Das ist alles. Mein Dad hat angeboten, dir ein paar Tipps zu geben, welche Kurse du belegen solltest.«

»Weil er Dekan ist?« Jakes verwirrter Gesichtsausdruck ist irgendwie niedlich.

»An der Uni von Arkansas. Am College für Wirtschaftswissenschaft.«

Er lächelt. »Den zweiten Teil davon hast du bisher nie erwähnt.«

»Ja, stimmt. Ich wollte es dir nicht sagen, solange ich nicht wusste, ob er dir helfen würde.«

Jakes Handy klingelt. Es ist, als würde ein Güterzug durch meine Küche rasen. Aber das Timing ist perfekt, denn meine Hände liegen immer noch auf seinen Schultern, und seine haben irgendwie den Weg an meine Hüften gefunden.

Und ich wünschte, sie würden dort bleiben.

JAKE

Nur ein Vater mit einem ausgeprägten Beschützerinstinkt merkt aus fast zweitausend Kilometern Entfernung, wenn ein Kerl seine Tochter so ansieht, wie ich es gerade bei Emma getan habe. Wieso sonst sollte er genau in dieser Sekunde anrufen? Aber Mr Taylor braucht sich keine Sorgen zu machen. Beim ersten Klingeln meines Handys weicht Emma zurück – als hätte sie sich verbrannt. Ich räuspere mich und sage: »Jake Elliot.«

»Jake, Bob Taylor hier. Emma hat mir erzählt, dass Sie Geschäftsmann werden wollen.«

Energisch und gleich auf den Punkt. Unbewusst richte ich mich auf. »Ja, Mr Taylor. Vielen Dank für Ihren Anruf.«

Emma kichert über meinen höflichen Tonfall, und deshalb trete ich ihr mit Absicht auf den Fuß, als ich mich mit meinem Telefon in ihr Wohnzimmer verziehe. Die nächste Viertelstunde bombardiert mich Mr Taylor mit Fragen. Ich versuche, möglichst vernünftige Antworten zu geben, und dann macht er Vorschläge, worauf ich mich als Erstes fokussieren soll. Am Ende unseres Gesprächs sagt er, dass ich ihn jederzeit anrufen kann, wenn ich weitere Hilfe brauche. Ich danke ihm für seine Unterstützung und er antwortet: »Ich helfe doch gern. Viel Glück.«

Und das war's.

Ich kehre in die Küche zurück, wo Emma gerade den Pfirsichauflauf auf zwei Teller verteilt. »Dein Dad hatte ein paar gute Ratschläge für mich«, sage ich. »Danke, dass du das möglich gemacht hast.«

Emma zögert kurz. »Er hat dir doch nicht seinen üblichen Vortrag gehalten, dass Schauspielerei nur etwas für Egozentriker ist?«

»Doch, schon«, lüge ich. »Aber ich habe ihm gesagt, ich könnte ihm leider nicht zuhören, weil ich gerade dabei wäre, Selbstgespräche zu führen.«

Emma lacht und reicht mir meinen Teller. Das Eis, das es dazu gibt, schmilzt bereits neben dem warmen Auflauf. Ich vermische beides und schiebe mir einen großen Löffel voll in den Mund. »Wow«, sage ich und fühle mich wie im siebten Himmel. »Bezahlt dich meine Mom, damit du nett zu mir bist? Erst das Abendessen, dann der Anruf von deinem Dad und jetzt *das*?«

Unsere Blicke treffen sich und Emma lächelt. »Ich kann nicht anders – ich muss einfach nett zu einem Typen sein, der so gar nichts zu bieten hat.«

Ich zupfe an einer ihrer Locken. Aber viel lieber würde ich sie jetzt küssen.

McGregor ist stinksauer. Wir haben gerade mit den Dreharbeiten im Klassenraum-Set begonnen, als Kampfjets auf ihrem Weg zur Davis-Monthan Air Force Base über uns hinwegdonnern. Sie sind nicht nur laut, sie bringen auch die Kameras zum Wackeln. Der Assistent, der für den Drehplan zuständig ist, entschuldigt sich und sagt, er habe schon mehrfach mit der Militärbasis telefoniert, aber dort scheint man es nicht für nötig zu halten, ein Fernsehstudio über jedes Manöver zu informieren.

»Und wieso nicht?«, faucht McGregor den armen Kerl an.

»Ich bin doch nicht nur zum Spaß amerikanischer Staatsbürger geworden!«

Wir bekommen die Anweisung, irgendwo abseits vom Set zu warten, bis die Arbeit weitergehen kann. Emma und ich landen schließlich in Bretts Garderobe und genehmigen uns ein zweites Frühstück, während Brett uns von den verrücktesten Erlebnissen seiner fast zwanzigjährigen Karriere in der Unterhaltungsbranche erzählt. Total abgefahren ist die Geschichte von Mr Peasles, dem Kater.

»Wir haben in *Der Ausreißer* zusammengearbeitet«, sagt Brett. »Ich musste den Bekloppten spielen und der Katze meine Lebensgeschichte erzählen. Wie ich vor den Misshandlungen zu Hause geflohen bin, mich einer Gang angeschlossen und Drogen genommen habe – so düsteres Zeug halt. Aber Gustave, der Besitzer der Katze, der darauf bestanden hat, zusammen mit dem Tiertrainer am Set zu bleiben, ist ständig in Tränen ausgebrochen, bis wir die Aufnahme abbrechen mussten. Gustave hat sich dann den Kater geschnappt und ihn wie verrückt gestreichelt. Und zu mir hat er dann gesagt, ich soll seinen armen kleinen Kater nicht so quälen.« Mit einem heftigen französischen Akzent äfft er Gustave nach: »›Aah, du musst auf'ören diese furschtbare Rede! Mein kleine Pussykatze ist ganz außer sisch!‹«

»Im Ernst?«, frage ich. »Mr Peasles leckt sich den eigenen Hintern ab.«

»Oh, nein, nicht diese Katze. Das Katzenklo von Mr Peasles war mit einem Zelt aus blauem Satin überspannt. Und wenn er sein Geschäft gemacht hatte, hat ihm Gustave mit warmem Rosenwasser und einem Waschlappen den Hintern abgeputzt.«

Emma muss so sehr lachen, dass ihr der Teller mit ihrem Sandwich vom Schoß rutscht und auf dem Teppich landet. Sie japst nach Luft und stößt hervor: »Wieso … in aller Welt … nennt jemand seine Katze Mr Peasles und behandelt sie dann wie eine Prinzessin?«

Während sie noch versucht, nach ihrem Lachanfall wieder zu Atem zu kommen, fange ich an aufzusammeln, was ihr heruntergefallen ist.

Brett wirft mir seine Serviette zu. »Gustave sagte, dass er Mr Peasles aus dem Tierheim gerettet und den Namen beibehalten hat, damit das arme Tier keine Identitätskrise kriegt. Als ich dann meinte, dass er den Namen vermutlich deswegen bekommen hat, weil er bei den Vorbesitzern die Wohnung vollgepieselt hat, hat mir Gustave tatsächlich eine geklebt.«

»Gelegentlich eine Ohrfeige zu bekommen, bildet den Charakter«, sagt Emma, die immer noch lacht. Erst dann fällt ihr auf, dass ich für sie sauber mache, und sie kniet sich auf den Boden. »Danke, aber ich mach das.«

Das Essen, das sie fallen gelassen hat, passt eigentlich ganz gut zum Rest des Raumes. Überall in Bretts Garderobe liegt Müll herum – Drehbuchseiten, Fanpost, Verpackungen von allem möglichen Naschkram. Wahrscheinlich kriegt das Reinigungsteam eine Gefahrenzulage.

»Der arme Mr Peasles«, sage ich. Emma schenkt mir ein Lächeln, das einen Eisberg zum Schmelzen bringen würde.

»Keine Sorge, er war in Therapie«, sagt Brett, der Chips mampft und beim Reden Krümel verstreut. »Jeden Tag Punkt ein Uhr hat der Therapeut Mr Peasles auf seinem Handy angerufen.«

Jetzt weiß ich, dass er uns auf den Arm nimmt. »Das erfindest du doch alles.«

»Tu ich nicht.« Brett dreht sich zu seinem Laptop um, der auf dem Tisch steht. »Ich beweise es euch.« Ein paar Minuten später betrachten wir alle ungläubig die Webseite von Mr Peasles. Er sieht aus wie ein ganz normaler schwarzer Kater – abgesehen davon, dass er auf einem hellblauen Kissen mit silbernem Fransenrand liegt, das auf einem Regiestuhl liegt. Auf der Rückenlehne des Stuhls steht in glitzernder Schnörkelschrift *Mr Peasles.* Unter seiner Vorderpfote schaut etwas hervor, das aussieht wie ein diamantbesetztes Handy.

»Wow. Jetzt kann mich in Hollywood nichts mehr schocken«, sage ich.

»Warte mal ab, bis du mit ein paar ›zukünftigen Superstars‹ arbeiten musst«, erwidert Emma. »Die sind gewöhnlich viel schlimmer als echte Stars.«

»Kimmi Weston zum Beispiel«, fügt Brett hinzu. Er greift sich einen Mini-Fußball und versucht, ihn auf seiner Fingerspitze kreisen zu lassen. »Sie wird allerdings nicht lange dabei sein. Die meisten Schauspielerinnen, die zwar hübsch, aber total unbegabt sind, verschwinden schnell wieder in der Versenkung.«

»Darauf würde ich nicht wetten«, widerspricht Emma. »Sie *hat* Talent, und McGregor setzt große Hoffnungen in sie.«

»Echt? Also, *meine* größte Hoffnung ist, dass sie von einem Bus überfahren wird«, kontert Brett mit einem fiesen Grinsen. Seine Bemühungen, freundlicher zu Kimmi zu sein, haben sich anscheinend schon wieder erledigt. »Wieso bist du eigentlich so nett zu ihr? Sie beleidigt dich doch ständig.«

Emma zuckt mit den Schultern. »Es stört doch keinen, wenn ich so tue, als würde ich ihre Sticheleien nicht verstehen. Ein Zickenkrieg macht alles nur schlimmer. Außerdem ist es lustig, die Naive zu spielen.«

»Dann … *schauspielerst* du?«, frage ich. Irgendwas daran gefällt mir nicht.

»Wieso nicht?«, antwortet Emma. »Du machst das im richtigen Leben doch auch, oder, Brett?«

Brett setzt die perfekt unschuldige Miene von jemandem auf, der so etwas niemals tun würde. »Warum sollte ich jemand anders als ich selbst sein wollen?«, fragt er, und ich muss daran denken, dass er die Preise für seine schauspielerische Leistung bestimmt nicht ohne Grund bekommen hat. Vielleicht ist er sogar cleverer, als er sich gibt.

Emma lacht. »Darauf erwartest du nicht wirklich eine Antwort, oder?«

»Nur wenn du dabei auf meinem Schoß sitzt«, sagt Brett.

»Sorry«, erwidert Emma, »aber ich muss erst mehr Essen holen, um es auf deinen Fußboden zu werfen.«

»Ich auch!« Ich folge ihr nach draußen.

»Hey!«, ruft Brett uns nach. »Bringt noch ein paar Servietten mit.«

Ich werfe einen Blick zurück in seine Garderobe. »Vielleicht noch einen Waschlappen und Rosenwasser?«

Er wirft mit dem Fußball nach mir. »Vielleicht sollte ich den Klatschreportern erzählen, dass du deine Lederhosen und Cowboystiefel gegen hübsche Kleidchen getauscht hast?«

»Du würdest in einem trägerlosen Sommerkleid wirklich süß aussehen«, bemerkt Emma, dreht sich um und verschwindet. Da mir für keinen von beiden ein guter Spruch einfällt, werfe ich Brett den Ball an den Kopf und renne hinter Emma her. »Aber im Ernst«, fügt sie hinzu, »wenn du dich *jemals* von deinen Cowboystiefeln trennst, will ich sie haben. Die würden auf Ebay ein Vermögen bringen.«

»Ach?«, sage ich. »Ich wette, du hast schon das Besteck verhökert, das ich neulich benutzt habe.«

Emma gibt sich überrascht. »Woher weißt du das?«

Ich flüstere ihr ins Ohr: »Paparazzi ... Die sind überall.«

Sie versucht, mir ein Bein zu stellen. »Sei nicht so gemein.«

»Wieso? Du hast doch angefangen, mich zu ärgern.«

»Nee. Ich weiß doch, dass du dein Cowboyoutfit nie hergeben würdest.«

Wir verlassen den leeren Flur und müssen aufhören zu flirten. Die Caterer haben alles wieder aufgefüllt, und jetzt erwarten uns ein riesiger Berg Obst, eine Käseplatte und eine Schale mit Gebäck. Auf den anderen Tischen gibt es Hühnchen, Fisch und Unmengen Gemüse. Ich weiß wirklich nicht, wie man von den Schauspielern erwarten kann, dass sie in Form bleiben, wenn ständig so viel Essen herumsteht.

Kimmi tritt zwischen uns.

»Hey, du telefonierst ja gar nicht!«, stellt Emma fest und täuscht Begeisterung vor. »Wir sitzen alle in Bretts Garderobe und diskutieren darüber, wie schlecht man es als männliches Model im Leben hat. Komm doch zu uns.«

»Wer würde *das* verpassen wollen?«, antwortet Kimmi spitz.

Als wir in Bretts Garderobe zurückkehren, spielt er Dart. »Du wirfst wie ein Mädchen«, stelle ich fest. »Lass mich mal.« Ich nehme ihm die Dartpfeile ab, trete noch einen Schritt weiter zurück und werfe einen Pfeil. Er trifft zwar nicht genau ins Schwarze, ist aber dicht dran.

»Fünfzig Dollar, wenn du das noch mal schaffst«, bietet Brett mir an.

»Ich mach das auch umsonst.« Ich werfe den nächsten Pfeil, der genau in der Mitte landet.

Emma klatscht anerkennend. Brett klopft mir auf den Rücken. »Das ist irre!«

»Mich wundert das nicht«, bemerkt Kimmi. »Jake trifft jedes Ziel, das er anvisiert. Wie lange hat er vom Newcomer zum Topmodel gebraucht – ein paar Monate? Und dann kriegt er einen Job, für den jeder andere jahrelang die Schauspielschule besuchen muss. Und vergesst nicht seine Verführungskünste. Hast du viel Zeit mit deiner Kellnerin verbracht, Jake, oder war das nur ein One-Night-Stand?«

Sie weiß *nichts* über mich. Ich habe hart für meinen Erfolg gearbeitet, und jedes Mal wenn es den Anschein hat, dass das Leben zu leicht wird, zieht mir jemand den Teppich unter den Füßen weg. Aber ich habe keine Lust, Kimmi das zu erklären. Die Geschichte mit der Kellnerin ist Monate her. Wieso fängt sie jetzt wieder davon an?

»Ich habe das Restaurant dreißig Sekunden nach dir verlassen«, antworte ich. »Allein.«

»Interessant«, sagt sie. »Mit wem verbringst du denn stattdessen deine Zeit?«

Kimmis Blick wandert zu Emma. Sie bedenkt sie mit einem so giftigen Lächeln, dass ich eine Gänsehaut bekomme. *Deswegen* hat sie die Kellnerin erwähnt – sie wollte sehen, wie Emma darauf reagiert.

Sie weiß Bescheid über uns.

Bestimmt vier Sekunden lang herrscht Schweigen, aber Emma verzieht keine Miene. »Tut mir leid, Kimmi«, sagt sie schließlich. »Aber auf dieser Seite des Raums gibt es nichts Aufregendes zu berichten.«

Brett hat aufgehört zu lachen und sieht jetzt total genervt aus. Er *mag* Emma, aber ich muss aufpassen, wie ich mit ihr darüber rede. Sie wird mir niemals eine Chance geben, wenn sie glaubt, dass ich so ein besitzergreifender Freak bin wie Troy.

»Weißt du was?«, wendet sich Brett an Kimmi. »Wir haben uns hier echt super amüsiert, bevor du aufgetaucht bist. Ich kann unseren Ausflug an den Lake Tahoe am Labor Day kaum erwarten. Drei volle Tage mit der Eiskönigin!«

Emma wirft ihm einen warnenden Blick zu. »Hör auf damit, Brett. Ihr beide benehmt euch wie Kleinkinder, die um ein Dreirad streiten.«

Kimmi kichert. »Ja, Brett, werd endlich erwachsen.«

»Sie hat nicht nur von mir gesprochen«, sagt er.

»Wie du meinst.« Kimmi öffnet die Tür. »Ich muss Payton anrufen. Ich lade ein paar meiner Freunde an den See ein, und deshalb muss er ein zusätzliches Hausboot mieten.«

Nachdem sie weg ist, schließt Brett die Tür und schlägt den Kopf dagegen. Bei jedem Bums stößt er ein Schimpfwort aus. Als er endlich aufhört, sagt er: »Ich kann nicht glauben, dass Kimmi und Payton tatsächlich miteinander gehen!« Er sieht Emma hoffnungsvoll an. »Bitte, ich *flehe* dich an, komm mit an den See. Ich *sterbe*, wenn du nicht … Nein, es wird Kimmi sein, die stirbt, weil ich sie nämlich über Bord werfen werde.«

Emma lacht. »Wenn die Polizei fragt, werde ich bestimmt

nicht sagen, dass du Kimmi den Tod gewünscht hast. Und zwar schon zwei Mal, und das nur heute.«

»Bitte, du musst kommen. Ich tue alles dafür.« Brett rückt ihr schon wieder auf die Pelle.

Sie weicht zurück. »Ich sagte doch schon, dass ich andere Pläne habe.«

Die hat sie. Emma verbringt am Wochenende einen Tag mit meiner Mom und will sich von ihr Anregungen für ihr Wohltätigkeitsprogramm holen und ihr gleichzeitig bei der Arbeit an dem angefangenen Quilt helfen.

»Was ist so wichtig, dass du es nicht absagen kannst?«, fragt Brett. »Wenn du einen heimlichen Verehrer hast, sag es mir lieber gleich, bevor sich das rumspricht. Dann kann ich mich darauf vorbereiten, den Typen mit dem gebrochenen Herzen zu spielen.«

Emma hält den Kopf schief. »Die Vorstellung ist verlockend, Brett, aber ich will eine Wohltätigkeitsorganisation ins Leben rufen, und das ist wichtiger, als in der Sonne zu liegen.«

»Wie öde«, sagt er. »Dann musst du mitkommen, Jake.«

»Danke, aber ich kann nicht. Ich habe bereits Pläne mit meinen Kumpels – wir spielen am Labor-Day-Wochenende immer bei einem Basketballturnier.«

»Dann muss ich Payton ausreden, Kimmi mitzunehmen«, verkündet Brett und reißt die Tür auf. Er knallt sie hinter sich zu, und Emma und ich sehen uns an.

Wir sind allein, was am Set selten vorkommt.

»Sehr praktisch«, sage ich und sammle die Dartpfeile wieder ein. »Wir müssen noch ein paar Details zu Phoenix besprechen.« Ich ziele und werfe, aber der Pfeil landet ein paar Zentimeter neben der Mitte. »Ich finde, du solltest das ganze Wochenende bleiben.« Wieder ein Pfeil. Dichter dran. »An nur einem Tag schafft ihr es auf keinen Fall, den Quilt fertig zu nähen. Außerdem müsst ihr echt viel über deine Pläne sprechen.«

Volltreffer.

Emma hat eine Hand in die Hüfte gestemmt und lächelt mich an. Ich weiß, dass jetzt ein Spruch kommt. »Miteinander laufen zu gehen, ist eine Sache«, sagt sie. »Das Abendessen war schon grenzwertig. Aber *drei Tage* mit dir in Phoenix zu verbringen? Hallo? Das wäre so was von ein Date.«

»Bestimmt nicht«, widerspreche ich und ziehe die Pfeile aus der Dartscheibe. »Ich werde fast die ganze Zeit über Basketball spielen und du wirst eine Nähnadel in der Hand haben. Oder dachtest du, ich würde das ganze Wochenende neben dir sitzen?« Emma lächelt zwar noch, schüttelt aber bereits den Kopf. »Ich gehe in ein Hotel und du kannst bei meiner Mom bleiben«, schlage ich vor. »Wie wäre das?«

»Auf keinen Fall. Wenn überhaupt, dann nehme *ich* das Hotel.«

Ich kann nicht fassen, dass sie wirklich darüber nachdenkt, das ganze Wochenende zu bleiben. »Vertrau mir, Emma. Meine Mutter hätte dich viel lieber als Gast als mich. Ich esse zu viel und mache Unordnung.«

Emma greift sich einen Dartpfeil. »Und würden wir dann … etwas zusammen unternehmen oder so?«

Ihr erster Pfeil trifft die Wand und ich muss mir das Lachen verkneifen. »Wenn du willst, könnten wir etwas einplanen zwischen, äh … meinem letzten Spiel des Tages und meiner Nacht im Hotel?«

Meine Mannschaft übersteht gewöhnlich nicht einmal die ersten paar Spiele des Turniers, aber das braucht Emma ja nicht zu wissen.

»Das hängt davon ab, was dir vorschwebt.« Sie zielt noch einmal und trifft diesmal die Tür.

»Wie wär's mit Abendessen und danach Kino?«, frage ich. »Und dann Kuscheln auf der Couch und Fernsehen?«

Sie lacht. »Ja, klar. Weil das ja gar kein Date wäre.«

»Okay, soll mir recht sein. Ich bin auch mit der Hälfte zufrieden.« Ich reiche ihr einen letzten Dartpfeil und springe aus der Gefahrenzone. »Kein Kino. Und das Abendessen können wir auch gern streichen.«

Emma

Das lange Wochenende scheint nie zu kommen, doch schließlich ist es so weit. Ich bin so nervös, dass ich mit kaum fünfzig Stundenkilometern über die Schnellstraße Richtung Phoenix krieche.

Ich treffe am Samstagmorgen bei Jakes Mutter ein, aber er ist schon bei seinem ersten Turnierspiel. In der vergangenen Woche haben Mrs Elliott und ich ein paar Mal am Telefon über meine Organisation gesprochen und können jetzt – während wir an ihrem Quilt arbeiten – besprechen, wie wir Menschen mit Behinderungen am besten helfen.

Mrs Elliott hat das alles auch mit ihrem Physiotherapeuten diskutiert, der auf Patienten wie sie spezialisiert ist. Er hat angeboten, uns Montagmorgen in seiner Praxis zu treffen, die am Feiertag geschlossen ist, um mir ein paar Tipps zu geben, welche Fragen in mein Antragsformular gehören. Ich habe bereits eine Anwaltskanzlei damit beauftragt, den Papierkram zu erledigen, und Jake stellt eine Liste mit potenziellen Spendern zusammen. Auch McGregor hat ein paar Namen beigesteuert, und die ganze Sache entwickelt sich hervorragend.

Da Rachel auf alles steht, was mit Hollywood zu tun hat, habe ich sie gebeten, im Internet nach Spendengalas zu suchen. Ich erhoffe mir dadurch Hinweise, wie man am besten Geld sammelt, gleichzeitig aber auch für Unterhaltung sorgt, damit möglichst viele Leute kommen.

Jakes Mom warnt mich, dass die Frau vom Pflegedienst für etwa eine halbe Stunde im Haus sein wird und vermutlich viele

Fragen stellt, wenn sie mich sieht. Deswegen verziehe ich mich in mein Auto, das ich in der Garage abgestellt habe, und nutze die Zeit, um Rachel anzurufen. Seit ich hier bin, hat sie schon vier Mal versucht, mich zu erreichen.

Sie geht direkt beim ersten Klingeln ans Handy. »Wieso gehst du nicht an dein Telefon?«, fragt sie zur Begrüßung. »Wo steckst du?«

In Jakes Garage, denke ich.

»Ich arbeite an dem Wohltätigkeitskram«, antworte ich stattdessen. »Hast du schon irgendwelche passenden Veranstaltungen gefunden?«

»Was?« Sie verstummt kurz. »Ach ja. Das habe ich vergessen. Ich hatte so viele andere Sachen zu tun.«

Im Ernst? Ich hatte sie schon vor drei Wochen gefragt. Und seitdem noch mindestens fünf Mal.

»Und es lenkt mich *total* ab, wenn ich ins Internet gehe«, sagt Rachel. »Die Leute, die mir auf Twitter folgen, sind echt launisch. Wenn ich nicht alle paar Stunden irgendwas Spannendes poste, sind sie weg. Ich habe gerade über die neue *Coyote-Hills*-Webseite getweetet, und alle sind total begeistert. Diese Kurzbiografie von *The Body* ist der Hammer! Er mag Oreo-Milchshakes! Süß, oder? Und sein Lieblingssport ist Basketball. Seine Lieblingsfarbe ist schwarz – darauf steh ich. Und er ist tatsächlich in Arizona aufgewachsen! Kein Wunder, dass er so braungebrannt ist.«

Ich will nicht, dass Rachel den *echten* Jake Elliott kennenlernt. Sie kann *The Body* behalten und mit ihm glücklich werden. Aber Jake …

»Und wie findest du meine Infoseite?« Ich selbst habe es

noch nicht gesehen, weil ich nicht wusste, dass die Seite schon online ist. »Wir haben sie selbst geschrieben. War ich zu albern?«

»Warte, ich lese sie.« Es vergehen etwa zwanzig Sekunden. Sie wird vollkommen ehrlich sein, wie immer. »Deine Lieblingsgerichte sind Sushi und Trüffelrisotto? Das klingt irgendwie …«

»*Wie bitte?* Ich … ich hatte doch Pizza und Popcorn geschrieben!«

»Hier steht nichts von Pizza. Oder Popcorn.« Während Rachel weiterliest, versuche ich ebenfalls, die Seite zu öffnen, doch auf meinem Handy wird sie nicht richtig angezeigt und ich finde auch die Schauspielerporträts nicht. »Hat jemand dein Profil gehackt oder was? Hier steht auch, dass du Golfspielen lernen willst, aber du hasst doch Golf.«

Golf? Am liebsten hätte ich wutentbrannt losgekreischt, aber dann würde Mrs Elliott sicher denken, dass ich in ihrer Garage umgebracht werde. »Ich muss Schluss machen!«, sage ich zu Rachel und beende das Gespräch, bevor sie etwas erwidern kann. Dann rufe ich meine Mutter an. Ganz offensichtlich hat sie ein paar Korrekturen vorgenommen, bevor sie meine »eigenen Worte« an die Produktionsfirma geschickt hat.

»Im Ernst, Mom«, sage ich in der Sekunde, in der sie den Hörer abhebt. »*Trüffelrisotto?* Was ist denn falsch an Pizza? Ich komme rüber wie eine eingebildete Schnepfe!«

Ich wollte ruhig klingen. Ich *bin* ruhig.

»Reg dich ab«, fährt sie mich an. »Du magst doch Risotto. Das bestellst du jedes Mal, wenn es auf der Karte steht.«

»Oh, ich verstehe. Pizza ist nicht fein genug für mich – im

Gegensatz zu Sushi oder Golf. Was *dein* Lieblingssport ist, nicht meiner. Ganz zu schweigen davon, dass die Leute, die sich die *Coyote-Hills*-Webseite ansehen, eher in meinem Alter sind als in deinem, und vermutlich nicht einmal wissen, was Trüffelrisotto ist. Du hast meine Antworten verändert, Mom. Du hast mich in *dich* verwandelt!«

Die Seitentür wird geöffnet und Jake wirft einen Blick in die Garage. *Mist.* Hat er das alles gehört? Er starrt in die Dunkelheit – nur die Innenbeleuchtung meines Autos spendet etwas Licht. Ich decke die Sprechmuschel meines Telefons ab, öffne die Wagentür und sage: »Holst du bitte deinen Laptop her?«

Mom ist mitten im Satz, als ich mir das Handy wieder ans Ohr halte. »... habe nicht alles geändert. Tennis ist immer noch dein Lieblingssport. Ich habe nur bei der Frage, welche neue Fertigkeit du gern von einem Profi lernen würdest, Golf eingesetzt, weil du geschrieben hast –«

»Schlangenbeschwörung. Ja, ich weiß. Das sollte lustig sein.«

»Das war es aber nicht«, erwidert Mom. »Wir versuchen hier, dein Image zu verändern. Weg vom jungen Mädchen, das von einer Katastrophenbeziehung in die nächste schlittert, zu einer ernst zu nehmenden Schauspielerin. Es wird Zeit, dass du dich benimmst wie eine Erwachsene.«

»Nur zu gern!«, fauche ich. »Wenn ich mich benehmen soll, wie andere Mädchen in meinem Alter, dann gibt es *massenhaft* verrückte Dinge, die ich ausprobieren kann. Und tschüss!«

Ich lege auf. Sie ruft sofort wieder an. Soll sie doch auf die Mailbox sprechen.

Jake streckt den Kopf in die Garage und ich winke ihn zu mir. Er setzt sich mit seinem Laptop auf den Beifahrersitz. Wir sitzen so dicht beieinander, dass ich am frischen Weichspülerduft erkennen kann, dass er sich umgezogen hat. Ich muss mich wirklich beherrschen, mich nicht an ihn zu kuscheln.

»Wolltest du nur den Laptop oder auch mich?«, fragt er. »Mein nächstes Spiel ist erst in einer Stunde.«

»Gut. Bleib da«, antworte ich. »Ich glaube, ich will … nein, ich *muss* meine Mom feuern. Jedenfalls als meine Managerin. Aber ich weiß nicht wie. Oder wann. Oder irgendwas.«

Und die Klatschpresse benutzt mein Liebesleben als persönlichen Geldautomaten.

Und meine *beste Freundin* vergisst, mir den einzigen Gefallen zu tun, um den ich sie seit Jahren gebeten habe.

Es kommt mir vor, als wäre Jake der einzige Mensch auf der Welt, der mich behandelt wie ein ganz normales Mädchen aus Fleisch und Blut – und nicht wie eine Person aus dem Fernsehen.

Ich schiebe meine Hand zu ihm und wir haken unsere kleinen Finger ineinander. Nur die kleinen Finger.

Da ist nichts dabei. Oder?

Er starrt auf unsere Hände. »Okay«, sagt er schließlich. »Was ist los?«

Ich würde ihn gern bitten, die *Coyote-Hills*-Webseite zu öffnen, weil ich sehen will, was meine Mom sonst noch geändert hat, aber dafür müsste er meine Hand loslassen. Also erzähle ich ihm stattdessen von unserem Streit. In weniger als einer Minute haben Jakes Hände meine ganz umschlossen, und die Diskussion mit meiner Mom ist plötzlich nur noch witzig.

»Sie versucht schon ewig, mich zum Golfen zu bekehren«, sage ich, »was total unsinnig ist, weil ich nicht das geringste

Talent habe! Als wir das letzte Mal in ihrem Country Club waren, habe ich mehr Bäume getroffen als Gras.«

»Dann brauchst du auf keinen Fall einen Profitrainer. Ich golfe schon mein ganzes Leben und treffe fast nie einen Baum. Das viele Gras zu treffen, ist viel einfacher.«

Dafür will ich ihn hauen, aber da wir uns immer noch an den Händen halten, verfehle ich mein Ziel und treffe stattdessen den Laptop. »Autsch!«

Jake lacht und nimmt meine Hand. Doch einen Sekundenbruchteil bevor seine Lippen meine Haut an der schmerzenden Stelle berühren, hält er inne. »Ach ja«, sagt er und lässt unsere Hände auf sein Knie sinken. »Das sollte ich nicht tun. Ich vergesse es nur manchmal.«

»Ich auch.« *Habe ich das gerade laut gesagt?*

Jake sieht mich mit großen Augen an. »Ehrlich? Du willst, dass ich dich küsse?«

Ja, stundenlang. Ich träume schon seit ein paar Wochen davon, ihn zu küssen, auch wenn ich wirklich versuche, mir diesen Gedanken aus dem Kopf zu schlagen. Es geht einfach nicht.

»Wirst du etwa rot?«, fragt er, denn meine Reaktion bleibt ihm nicht verborgen.

Meine Wangen glühen. »Ich bin in letzter Zeit ziemlich oft rot geworden. Weil du mich immer so ansiehst … wie jetzt.«

»Weil ich dich küssen will«, sagt er. »Ja, ich muss zugeben, das ist ein paar Mal passiert. Und es ist bestimmt gut, dass wir darüber reden.«

Ich habe das Gefühl, als würde mein ganzer Körper kribbeln. Womöglich schwebe ich sogar über meinem Sitz.

»Ganz meine Meinung, aber …« Ich hole tief Luft. »Also …

wenn wir das *jetzt* machen würden, würde ich es vielleicht hinterher bereuen. Und dann würden wir uns beide schlecht fühlen. Deswegen sollten wir … es lieber lassen.«

»Uns zu küssen? Was aus irgendeinem Grund keine gute Idee ist?«

»Aus *mehreren* Gründen«, verbessere ich ihn. »Wie zum Beispiel, dass ich noch nicht bereit bin für einen neuen Freund.«

»Und du willst nicht noch einmal mit jemandem gehen, mit dem du arbeitest.«

Bilde ich mir das ein oder ist es plötzlich 300 Grad heißer im Auto geworden? »Und meine beste Freundin ist in dich verknallt.«

»Die, die mich noch nie getroffen hat?«, fragt Jake.

»Genau die. Dazu kommt dann noch das kleine Problem, dass alle denken, ich wäre mit Brett zusammen, nicht mit dir – was natürlich nicht stimmt, weil ich mit keinem von euch zusammen bin.« Die Tatsache, dass ich immer noch seine Hand halte und in meinem Bauch eine ganze Armee Schmetterlinge herumflattert, ignoriere ich einfach. »Vor allem aber nicht mit Brett.«

Jake zögert, doch dann sagt er etwas, das die Spannung löst. »Ich frage mich, wie die Dinge wohl liegen würden, wenn wir beide zusammen gesehen worden wären, als wir tanzen waren. Dann würde sich der ganze Klatsch um uns drehen.« Er lacht kurz auf und fügt hinzu: »Und wir müssten uns nicht in der Garage meiner Mutter verstecken, um uns zu unterhalten.«

Während ich mir vorstelle, wie es sein könnte, lehne ich mich an Jakes Schulter … das wollte ich schon lange tun … und ein paar Sekunden sind wohl in Ordnung. Leider wird genau in diesem Moment die Seitentür der Garage geöffnet und Mrs Elliott späht durch das Fenster in mein Auto. Sie sieht uns natürlich und schließt hastig die Tür. Verlegen rücke ich von Jake ab. »Oh Mann … Verdammt schlechtes Timing.«

Jake zieht mich wieder an sich. »Mach dir wegen meiner Mom keine Sorgen.«

»Du hast ihr doch gesagt, dass wir nur Freunde sind, oder?«

Er schüttelt den Kopf. »Sie kann es nicht leiden, wenn ich sie anlüge.«

Seine grünen Augen blicken auf mich herab und ich sehe zu ihm auf. »Jake …«, ist alles, was ich herausbringe.

»Hey, ich kann mit dem ganzen anderen Kram leben«, sagt er, »aber wir beide sollten ehrlich zueinander sein. Du musst doch auch merken, dass aus dieser Sache etwas werden könnte.«

»Natürlich.« Es fällt mir nur schwer, meinen Gefühlen zu vertrauen. Sie sagen mir, dass es mit Jake nicht die übliche Achterbahn der Gefühle wäre, die immer dieselbe Strecke fährt: glücklich, super glücklich, nicht mehr ganz so glücklich, Streit, noch mehr Streit, viele Tränen, Schluss. Aber mit Jake … ich will nicht, dass irgendwann Schluss ist. »Aber wohin uns diese Sache auch führt, ich möchte es langsam angehen lassen«, sage ich ihm. »Sozusagen im Schneckentempo.«

»Alles klar. Das ist in Ordnung für mich, versprochen.« Jake fährt mir mit der freien Hand durch die Haare und ich muss mich zwingen, nicht voller Verzückung die Augen zu schließen. »Sobald wir mit deiner Liste an Argumenten, die gegen eine Beziehung sprechen, durch sind, müssen wir uns noch mit *meinen* Gründen beschäftigen, warum ich kein Date mit dir will.«

Ich rücke von ihm ab und meine Schmetterlinge sterben einen qualvollen Tod. »Nicht dass ich jetzt total geschockt und tief getroffen wäre, aber welche Gründe wären das?«

Jake zuckt mit den Schultern. »Sie sind eigentlich ganz einfach. Erstens, du verwirrst mich. Zweitens, du frustrierst mich. Und drittens …« Er lächelt und hält meine Hand ein bisschen fester. »Manchmal wünschte ich, ich wäre dir nie begegnet.«

Ich lache. »Ist das alles?«

»Das reicht doch.«

Nachdem Jake zu seinem nächsten Spiel aufgebrochen ist, dauert es geschlagene zehn Minuten, bis sich meine Knie nicht mehr anfühlen wie Gummi. Die Frau vom Pflegedienst ist längst wieder weg, aber um die Begegnung mit Mrs Elliott möglichst lange hinauszuzögern – ich fühle mich, als hätte sie mich bei irgendetwas Illegalem in ihrer Garage erwischt –, betrachte ich die Familienfotos im Flur. Die meisten zeigen Jake und seine Schwester Amber in verschiedenen Altersstufen. Jake war schon immer echt süß. Auf einem Bild hat er eine Zahnlücke, und ich muss sofort an meine siebenjährigen Brüder denken, die genauso frech grinsen.

Eine Frage können mir die Fotos jedoch nicht beantworten: Wo ist Jakes Vater? Wenn wir über unsere Familien gesprochen haben, hat Jake ihn mit keinem Wort erwähnt. Dasselbe gilt für Mrs Elliott. Allerdings ist das auffälligste Gesprächsthema, das wir heute Morgen krampfhaft vermieden haben, ihr Sohn. Das geht jetzt wohl nicht mehr.

Als ich ins Wohnzimmer zurückkehre, schaut Mrs Elliott von ihrem Quilt auf. Vermutlich trennt sie gerade wieder auf, was ich falsch zusammengenäht habe. Wenn er fertig ist, will sie den Quilt dem Reha-Center spenden, in dem sie nach ihrem Schlaganfall behandelt wurde. »Ich, äh …« *Würde gern sofort im Erdboden versinken.* »Ich würde gern erklären, was Sie gerade gesehen haben.«

»Ich wurde angewiesen, nicht über euch beide zu sprechen.« Sie tut so, als würde sie über ihren Lippen einen Reißverschluss zuziehen.

Ich lächle und entspanne mich ein wenig. »Jake sagt, dass es mir nicht peinlich sein muss, aber ich kann nicht anders. Erst muss ich ein paar Dinge erklären.«

Mrs Elliott bedeutet mir, mich neben ihren Rollstuhl zu setzen. »Dann mach das, aber dir muss wirklich nichts peinlich sein. Ich weiß, dass ihr nur Freunde seid … jedenfalls meistens.«

»Das trifft den Nagel auf den Kopf«, bestätige ich und lasse mich auf die Couch fallen. »Ich habe eine Million Gründe, wieso gerade jetzt nicht mehr daraus werden darf. Nur leider scheine ich nicht genug Verstand zu besitzen, um mich von Jake fernzuhalten.«

»Sei nicht so streng mit dir«, sagt Mrs Elliott. »Er hatte schon immer diese Wirkung auf Mädchen. Das Witzige ist nur, dass du die Erste bist, die dieselbe Wirkung auf ihn hat. Und ich muss sagen, dass er wirklich total durcheinander ist. Es ist schön, ihn auch mal so zu erleben.«

In mir geht ein Feuerwerk los. Eigentlich sollte ich mich schuldig fühlen, weil Jake wegen mir neben der Spur ist, aber stattdessen könnte ich ausflippen vor Freude. Und jetzt ziehe ich auch noch seine supernette Mom in die ganze Sache hinein.

»Das Problem ist«, versuche ich zu erklären, »dass ich vielleicht nie wieder zur Vernunft komme. Ich möchte nur nicht, dass Sie womöglich denken, dass ich nur mit ihm spiele.«

»Natürlich nicht. Niemand kann wissen, was die Zukunft bringt. Das macht das Leben doch erst interessant.« Wir unterhalten uns noch eine Weile länger und nähen dabei, bis Mrs Elliott zu gähnen beginnt. »Ich glaube, ich sollte ein Nickerchen machen.«

»Kein Problem.« Ich hoffe, sie bekommt keinen Herzanfall, wenn sie wieder aufwacht und sieht, was ich in der Zwischenzeit aus ihrem Quilt gemacht habe.

»Du könntest dir Jakes Spiel ansehen«, schlägt sie vor.

Prompt steche ich mir mit der Nadel in den Daumen. »Das klingt verlockend, aber …« Ich drücke mit dem Zeigefinger fest drauf, damit es nicht blutet. »Ich will ihn nicht in Verlegenheit bringen.«

»Oh, ich bin sicher, dass er sich etwas einfallen lässt, falls dich jemand erkennt«, versichert sie mir. »Und du darfst gern mir die ganze Schuld zuschieben, wenn du eine Ausrede brauchst.«

Das ist wieder einer der Momente, in denen ich einfach Nein sagen sollte, oder?

»Das Turnier ist nur ein paar Blocks die Straße runter«, fügt Mrs Elliott hinzu und legt bei ihrem Rollstuhl den Rückwärtsgang ein. »Du kannst zu Fuß hingehen. Ich gebe dir eine Karte mit.«

In dem riesigen Stadtpark gibt es sechs Basketballplätze. Getarnt mit einem weißen Schlapphut und einer übergroßen Sonnenbrille gehe ich an den Tribünen vorbei und suche nach dem Feld, auf dem Jake spielt. Endlich entdecke ich ihn. Er sitzt mit ein paar anderen Typen auf einer Bank. Offenbar ist das Turnier nicht mehr im Zeitplan und sein Spiel hat noch nicht angefangen. Glück für mich.

Ich lasse den Blick über die Tribüne schweifen. Weiter unten sind noch vereinzelte Sitze frei, aber ich gehe ganz nach oben, wo am meisten Platz ist. Kurz darauf fragen zwei Jungs und ein Mädchen, ob sie sich neben mich setzen können. Ich nehme meine Handtasche auf den Schoß, rutsche zur Seite und bin jetzt nur noch eine weitere Zuschauerin in der Menge.

»Ihr solltet euch wieder einkriegen«, sagt das Mädchen. Sie hat eine süße Kurzhaarfrisur und trägt ein T-Shirt mit Aufdruck der Universität von Arizona. Ich frage mich, was für Vitamine die Kids in Phoenix wohl nehmen, weil hier *jeder* echt toll aussieht – vor allem einer der Jungs, der sie begleitet. Er hat dunkelblonde Haare und braune Augen. Moment mal … irgendwie kommt er mir bekannt vor. »Ich bin sicher, dass ihr *beide* die Chance bekommt, mit ihr auszugehen.«

»Aber eines ist ja wohl klar, Mark, ich küsse sie *zuerst*«, sagt der Dunkelblonde.

Das bringt ihm einen kräftigen Knuff von seinem Freund ein, einem weißblonden, sportlichen Typen. »Ich will nichts haben, was du übrig lässt!«

»Wieso nicht? Das hat dich doch bisher auch nicht gestört.«

Ich beobachte die drei am seitlichen Rand meiner Sonnenbrille vorbei und nehme einen Schluck aus meiner Wasserflasche.

»Ihr seid echt abartig!«, wirft ihnen das Mädchen vor. »Außerdem hat Emma Taylor schon viel heißere Jungs geküsst.«

Ich verschlucke mich und huste, als wäre meine Lunge explodiert.

Das Mädchen dreht sich erschrocken zu mir um. »Alles in Ordnung?«

»Alles gut.« Ich muss noch mal husten. »Ehrlich.« Ich nehme noch einen Schluck. »Danke.«

Der Klub! Jakes Freunde! Da habe ich diese Jungs schon einmal gesehen.

Mist. Verdammter Doppelmist. Ich muss hier weg. Nach einem letzten Huster kann ich wieder atmen, aber mir ist die Tasche vom Schoß gefallen und alles, was darin war, liegt jetzt zwischen vier Paar Füßen verstreut.

Als Erstes schnappe ich mir mein Portemonnaie – im Klarsichtfach an der Außenseite steckt mein Führerschein – und stopfe dann die *Coyote-Hills*-Textseiten hastig in die Tasche zurück. Plötzlich höre ich mein Handy klingeln und ich drehe mich danach suchend um. Doch da sagt das Mädchen bereits sehr langsam und irgendwie entgeistert: »Woher kennst du Jake Elliott?«

Erst da merke ich, dass sie mein immer noch klingelndes Telefon in der Hand hält und dass Devin und Mark ebenfalls auf das Display starren. Und weil dort in großen, nicht zu übersehenden Buchstaben steht, dass JAKE ELLIOTT anruft, hat sich jede mögliche Ausrede erledigt. »Oh, ist er das? Wir, äh … arbeiten zusammen.«

Das Klingeln hört auf.

Die drei sehen sich an, dann wandern ihre Blicke zurück zu mir. »Ist nicht wahr!«, schnauft das Mädchen. »Ich habe dich überhaupt nicht erkannt!«

Ich ziehe mir den Hut tiefer ins Gesicht. »Das war der Sinn der Sache.«

»Fuck«, sagt Mark und fährt sich über seine Stoppelhaare. »Du hast doch nicht gehört, was wir gerade gesagt haben? Weil das … vielleicht ein bisschen blöd klang.«

»Nur ein bisschen«, bestätige ich und kann mir ein Grinsen nicht verkneifen. »Also, wer von euch Jungs küsst mich jetzt zuerst? Ich bin ein bisschen durcheinander gekommen, als es darum ging, wer wem was *übrig* lässt.«

Devin hebt verlegen die Hand. »Ähm, hi, ich bin Devin. Ich sollte eigentlich nächsten Monat ein Date mit dir haben, aber jetzt kann ich nur hoffen, dass du keinen Auftragskiller auf Kurzwahl hast.«

Ich lache. »Nee, den rufe ich nur an, *nachdem* mich ein Kerl an seinen besten Freund weitergereicht hat.«

»Entschuldige, das war nur blödes Gerede unter Männern«, beteuert Devin. Er steht auf und schiebt Sophie zur Seite, damit er neben mir sitzen kann. »Woran Sophie hier längst gewöhnt ist.«

»Die es aber immer noch abartig findet«, informiert mich Sophie. »Aber keine Sorge. Devin ist ganz okay. Natürlich nicht so cool wie Jake, was *er* dir garantiert schon gesagt hat. Und auch nicht so sportlich wie Mark. Aber Devin kriegt die besten Noten, falls du auf Streber stehst …«

Jake ruft wieder an. Devin hört auf, Sophie empört anzustarren, und betrachtet stattdessen mein Handy, das sie noch immer in der Hand hält. »Darf ich rangehen?«, fragt er. Da es nicht verrückter werden kann, nicke ich, und Sophie gibt ihm mein Telefon. Devin verstellt seine Stimme, um wie ein Mädchen zu klingen – vermutlich wie ich. »Hey, Jakey-Hase. Oh mein Gott, du rätst nie, wen ich gerade getroffen habe. Devin ist ja so ein cooler Typ! Und seine Muskeln sind viel größer als deine. Ich massiere ihm gerade die Schultern.«

Am anderen Ende herrscht einen Moment verwirrtes Schweigen, dann kann ich Jake lachen hören. »*Was?* Woher hast du Emmas Handy?«

»Alter, sie ist mir hierher gefolgt. Sie ist der totale Stalker.«

Ich nehme ihm das Telefon weg. »Sie saßen direkt neben mir«, berichte ich Jake in der Hoffnung, diese peinliche Situation irgendwie zu retten. »Was witzig ist, weil ich nur zum Spiel gekommen bin, weil du versprochen hast, mir Devin vorzustellen, falls ich es zeitlich schaffe.« Devin grinst und greift um Sophie herum, um Mark einen triumphierenden Knuff zu versetzen. »Du weißt schon, weil wir bei der Premiere dieses Doppeldate haben«, sage ich zu Devin, allerdings dicht genug am Telefon, dass Jake es auch hört und bei meiner kleinen Scharade mitspielen kann. »Und ich war ohnehin gerade in Phoenix, um Jakes Mom wegen der Wohltätigkeitssache auszufragen, die ich ins Leben rufen will.«

»Ach ja?«, sagt Jake. »Oh, ich muss los. Mein Spiel fängt an. Glaub nichts von dem, was sie dir erzählen – es sei denn, es lässt mich gut aussehen.«

Das Gespräch ist kaum beendet, da wird Devin auch schon von Mark aus dem Weg geschubst, und Sophie nutzt die Gelegenheit, um sich an beiden vorbeizudrängen und wieder neben mich zu setzen. »Devin kriegt einen ganzen Tag mit dir«, sagt sie, »und deshalb wollen Mark und ich dich wenigstens eine halbe Stunde lang kennenlernen.«

»Klar, kein Problem.« Verschwörerisch flüsternd füge ich hinzu: »So interessant bin ich aber nicht. Immer wenn ich etwas Geistreiches sage, hat jemand anders den Text für mich geschrieben.«

Mark und Sophie lachen, und Devin, der mich nicht gehört hat, will wissen, was so witzig ist, aber sie sagen es ihm nicht.

Jakes Spiel fängt an und es ist schwierig, ihm – möglichst unauffällig – zuzusehen und dabei gleichzeitig mit Sophie und Mark zu reden. Die Zeit vergeht wie im Flug, zumal das Spiel nur bis einundzwanzig Punkte geht. Einer von Jakes Teamkollegen wirft den entscheidenden Korb, und Sophie und ich jubeln. Devin und Mark fluchen.

»Sie sind nur sauer, weil sie heute Morgen beide Spiele verloren haben und aus dem Turnier ausgeschieden sind«, informiert mich Sophie. »Und jetzt müssen sie Jake einen Milchshake ausgeben.« Sie pikst Mark in die Rippen. »Weil er *kein* Loser ist.«

»Nur um das klarzustellen«, sagt Mark, als wir die Tribüne verlassen, »Sophie flirtet nicht wirklich mit mir – sie ist meine Cousine. Mit Devin ist sie schon mal gegangen. Und Jake bricht alle Herzen in hundert Kilometern Umkreis, deswegen kommt er für sie nicht infrage.« *Oh.* Ist das eine Warnung, die ich beherzigen sollte? »Sophie macht es einfach Spaß, uns zu ärgern.«

»Und ob«, bestätigt sie. »Und ich erinnere Devin gern daran, dass unsere tolle Romanze mit fünfzehn die beste Woche seines Lebens war.«

»*Du* hast mich abserviert, schon vergessen?«, beschwert sich Devin. »Musst du immer wieder davon anfangen?«

»Klar, wieso nicht? Einer muss doch dafür sorgen, dass ihr Jungs schön auf dem Teppich bleibt.«

»Aha«, sage ich, plötzlich abgelenkt. Um die Mannschaften auseinanderhalten zu können, hat Jakes Team ohne T-Shirts gespielt, und Jake ist jetzt nur noch ein paar Meter von mir entfernt. Ohne Shirt. Ich habe ihn schon ein paar Mal mit freiem Oberkörper gesehen, aber da hatte er sich nicht gerade im sanften Licht der Nachmittagssonne eine Flasche Wasser über die braun gebrannte Brust gekippt.

Heilige Scheiße. Ich schwitze mehr als Jake.

»Zieh dein T-Shirt wieder an, du Angeber«, sagt Devin.

Jake verpasst ihm eine Kopfnuss. »Wie war deine Massage?«

Devin sieht mich mit gespielter Verliebtheit an. »Umwerfend.«

»Warum hast du uns nicht gesagt, dass sie kommen würde?«, fragt Sophie. »Eine kleine Vorwarnung wäre nett gewesen.«

»Eigentlich ist es nicht seine Schuld«, sage ich, als mir Jake einen Hilfe suchenden Blick zuwirft. »Er wusste, dass ich dieses Wochenende nach Phoenix kommen und seine Mom befragen wollte, aber ich war nicht sicher, wie viel Zeit ich heute haben würde.«

»Nicht so schnell«, bremst Devin meinen Eifer. »Wir haben hier eine Regel: Jake hat genug Glück für jeden von uns, und immer wenn etwas passiert, kriegt er die Schuld.«

Mark nickt. »Jake ist der Einzige von uns Jungs, der nicht schon mal von dir geschwärmt hätte. Und dann vor ein paar Monaten haben wir alle bei Devin im Pool abgehangen, und da erzählt uns Jake ganz nebenbei: ›Hey, ich mach da so ein Schauspiel-Ding, und ihr ratet nie, mit wem ich zusammenarbeite.‹

Auf jeden Fall können wir den Typen jetzt nicht mehr wirklich leiden.«

»Das konnten wir doch noch nie«, mischt sich Devin grinsend ein.

»He, Jungs, nehmt es nicht so schwer«, sagt Jake. »Seid froh, dass ihr nicht jeden Tag mit dieser Diva verbringen müsst.« Ich stemme die Hände in die Hüften, doch er fährt fort. »Ich meine, eine Minute geht es um eine misslungene Pediküre« – ich versuche vergeblich, meine frisch lackierten Zehennägel zu verstecken, und muss gestehen, dass ich in dieser Hinsicht wirklich ein bisschen zwanghaft bin – »und im nächsten Augenblick zickt sie rum, weil der Salat nicht knackig genug ist.«

»Das ist Kimmi!« Ich schwinge meine Handtasche, doch er springt aus dem Weg.

»Tatsächlich? Ich verwechsle euch beide immer«, sagt Jake und jetzt ahmt er Brett nach. »Aber bevor du mich mit deinem Augenbrauenpinsel abstichst – Mark und Devin schulden mir einen Milchshake und sie werden dir auch einen spendieren. Willst du mitkommen?«

Wieso nicht? Der peinlichste Teil – entdeckt zu werden – ist vorbei.

Und ich mag seine Freunde.

JAKE

Das Burger-Restaurant ist ziemlich leer, aber wir setzen uns trotzdem ganz hinten in die Ecke, weit weg von den Fenstern, damit Emma möglichst nicht erkannt wird. Ich schiebe zwei kleine Tische zusammen, während Devin Pommes und Milchshakes bestellt – Oreo für mich und Banane für Emma. Wir sitzen uns gegenüber.

Diesen Laden gibt es schon ewig und er sieht noch fast genauso aus wie in meiner Kindheit. Der schwarz-weiß karierte Bodenbelag ist immer noch derselbe, was auch für die roten Kunststoffbezüge der Sitze und die dicken Chromleisten an den Tischkanten gilt.

Der einzige Unterschied ist, dass es die lange Bar nicht mehr gibt, die früher vor der Küche stand. Ich erinnere mich gut daran, wie ich irgendwann im ersten Highschooljahr hier etwas essen wollte und vollkommen entgeistert war, weil die Besitzer die Theke herausgerissen hatten. Mein Dad und ich haben unzählige Male auf den hohen Barhockern mit den drehbaren Sitzen gesessen, meistens nach einem meiner Spiele in der Kinderliga. Es war unser gemeinsames Ding, hierherzukommen. Damals hatte ich das Gefühl, als hätte jemand meine schönsten Kindheitserinnerungen mitsamt der Theke auf den Müll geworfen. Aber mittlerweile bin ich froh, dass sie weg ist.

Ich wünschte nur, dass die Erinnerung an meinen Dad auch verschwinden würde.

Meine Freunde heben den Geräuschpegel im Restaurant deutlich an. Sie übertönen sich gegenseitig, weil jeder Emma etwas fragen und erfahren will, wie Promis wirklich leben. Sophie redet mehr als die anderen, was ganz normal ist. »Wäschst du deine Klamotten tatsächlich selbst?«

»Abgesehen von den Sachen, die in die Reinigung müssen«, antwortet Emma.

Mark will wissen, ob wir welche von diesen riesigen Wohnwagen haben, und ich antworte: »Emma hat eine sechsunddreißig Quadratmeter große Garderobe, aber ich habe nur ein drei mal drei Meter kleines Kabuff gekriegt.« Das weiß ich so genau, weil Kimmi nachgemessen hat. »Unser Produzent hat uns immer gern in der Nähe, damit er denjenigen, der gerade dran ist, höchstpersönlich ans Set zerren kann.«

»Ich habe ein paar Quadratmeter mehr, weil weibliche Darsteller meistens größere Kleiderständer haben«, erklärt Emma. »Das ist alles.«

»Aber meine Klamotten sind größer. Und ich habe größere Füße, die Platz zum Herumlaufen brauchen.«

»Wohl wahr«, bestätigt Emma. »Aber da das Studio mitten in einer endlosen Wüste liegt, kannst du rumlaufen bis zum Abwinken.«

Ich halte es kaum aus, hier einfach so rumzusitzen. In Moms Garage hat sich zwischen Emma und mir etwas verändert, und ich kann es nicht erwarten, wieder mit ihr allein zu sein. *Schneckentempo* ist zwar langsam, aber eindeutig besser, als vor einem Stoppschild parken zu müssen.

»Hast du deine eigenen Leute, die dich stylen?«, will Sophie jetzt wissen.

Ich glaube, Emma empfindet dasselbe wie ich, denn sie sieht mir etwas zu lange in die Augen, bevor sie Sophie antwortet.

»Manche Schauspieler haben so etwas in ihrem Vertrag. Aber bei jedem Projekt, an dem ich bisher mitgewirkt habe, gab es immer ein tolles Team von Haarstylisten und Maskenbildnern für die gesamte Crew.«

»Um Jake kameratauglich zu machen, braucht man bestimmt eine ganze Armee«, stichelt Devin. »Eimerweise Bräunungsspray und Kanister mit Haargel … Ich wette, das Studio hat einen eigenen Lagerraum für das ganze Zeug.«

Ich gähne demonstrativ, als würden mich Devins Witze total kaltlassen. Und dann schnappe ich mir den Keks von seinem Oreo-Shake und werfe ihn mir in den Mund. Er flucht und schlägt nach mir.

»Du kannst später Jake verhauen«, sagt Sophie zu Devin. »Jetzt will ich lieber von Emma wissen, ob Brett Crawford gut küssen kann.«

Falsche Frage vor dem falschen Typen.

Wenn es nicht im Skript gestanden hätte, würde ich nicht wissen, ob sich Brett und Emma geküsst haben oder nicht – ich musste bei keiner dieser Szenen am Set sein. Und wenn ich es verhindern kann, werde ich mir auch im Fernsehen nicht ansehen, wie die beiden sich küssen.

Emma tippt unter dem Tisch meinen Fuß an. Sie hat also gemerkt, wie ich auf meinem Stuhl hin und her rutsche. »Meinst du seine Küsse vor der Kamera oder die anderen?«, fragt sie Sophie. »Auch wenn die Zeitungen was anderes behaupten, habe ich nur Erfahrung mit einer Sorte, und ich würde zu viel verraten, wenn ich dir sage, mit welcher.«

»Ist mir egal«, erwidert Sophie. »Ich will nur wissen, ob er so gut ist, wie er aussieht.«

Emma zögert, aber dann erklärt sie Sophie, was sie mir auch einmal gesagt hat – dass Filmküsse ganz anders sind, weil so viele Leute zusehen und das Ganze auf die Sekunde durchgeplant ist. »Wie Brett im richtigen Leben küsst? Na ja, es gibt bestimmt viele Mädchen, die das beantworten können«, fügt sie hinzu. »Ehrlich gesagt ist er ziemlich nervig und kann keine Sekunde stillsitzen. Aber am Set habe ich mir keine Gedanken über seine Kuss-Qualitäten gemacht. Wenn er es verbockt hätte, hätte McGregor schon was gesagt. ›Schnitt! Du sabberst ihr aufs Kinn!‹, oder irgend so etwas in der Art. Und dann hätten wir alles noch mal machen müssen.«

»Und noch mal und noch mal, bis es perfekt ist, stimmt's?«, fragt Sophie und Emma nickt. »Das ist irgendwie komisch«, fährt Sophie fort. »Stell dir mal vor, wenn Brett im wahren Leben dein Freund wäre, du aber bei den Dreharbeiten einen anderen – zum Beispiel Jake – küssen musst, während er zusieht. Das wäre doch total unangenehm! Er wäre bestimmt super eifersüchtig.«

Dicht dran, Sophie. Du musst es nur umdrehen.

»Sophie hat für heute genug geredet«, mische ich mich ein, bevor sie sich noch in dieses Thema verbeißt. »Die anderen wollen auch mal was sagen, und wenn du weiter über Brett redest, kriegen Mark und Devin noch Minderwertigkeitskomplexe.«

»Oh, sorry, Jungs!«, sagt Sophie. »Ihr dürft jetzt flirten.«

Die nächste halbe Stunde quetscht Mark weiter Emma aus, aber Devin ist plötzlich nicht mehr bei der Sache. Er konzentriert sich mehr auf *mich*, obwohl ich eigentlich nur zuhöre, was die anderen sagen. Und dann schickt er mir eine Nachricht aufs Handy, obwohl ich kaum zehn Zentimeter von ihm entfernt sitze.

Erwischt! Wie lange läuft das schon mit euch?

Da läuft nichts zwischen uns.

Du hast sie noch nicht nach einem Date gefragt? Feigling.

Ich hab gefragt. Sie hat abgelehnt. Technische Probleme.

Mark ist immer noch total fasziniert von Emma, aber Sophie bemerkt unsere halb unter dem Tisch verborgenen Handys und holt ihr eigenes heraus. Sie startet einen Gruppenchat für uns drei.

Sophie
OMG, Jake! Du bist in Emma verliebt!

Devin
Auch schon gemerkt, Sophie? Ich wusste es schon, als du davon angefangen hast, wie sie Brett küsst. Jake hat herumgezappelt wie ein Fisch auf dem Trockenen.

Ich
Der Stuhl ist total unbequem.

Sophie
Jake, es tut mir ECHT leid, dass ich damit angefangen habe. Mir ist dein Dackelblick erst vor ein paar Minuten aufgefallen, als sie Mark von ihrer Wohltätigkeitssache erzählt hat. Du musst versprechen, dass ich dein Trauzeuge oder so was sein darf. Ich trag auch einen Anzug. Und ich will auch eure Nanny sein, denn ihr werdet die süßesten Babys aller Zeiten bekommen.

Ich hätte beinahe losgeprustet, aber Emma und Mark unterhalten sich gerade über seine Ringermannschaft, und ich will nicht, dass sie denken, ich würde mich darüber lustig machen. Ich merke aber, dass sich auch Devin kaum noch beherrschen kann. Außerdem sollte ich mich wohl lieber aus diesem Chat ausklinken, bevor ich zu viel verrate.

Devin
Sophie, die beiden hatten noch nicht mal ein Date. Jake sagt, sie will nicht. Kaufst du ihm das ab?

Sophie
Nein! LOL! Jake, hast du ihr deine Muckis gezeigt? Oder sie angelächelt, damit sie sehen kann, wie abartig perfekt deine Zähne sind?

Devin
Ja, Mann! Erwähn aber nicht deine Batman-Boxershorts. Nicht cool. Überhaupt nicht cool.

Sophie
Echt jetzt, Jake? Batman? Superman ist doch viel heißer.

Devin
Stimmt. Zumal du eh schon Arschbacken aus Stahl hast.

Damit ist es um Sophie geschehen. Mark dreht sich zu ihr um und nimmt ihr das Handy weg. »Wehe, das ist nicht witzig.« Ein paar Sekunden lang sagt er nichts und scrollt durch die Nachrichten. Ich halte den Atem an. Der Inhalt dürfte ihn kaum überraschen. Ich frage mich nur, was er zu Emma sagen wird. »Was zum … Wieso redet ihr eigentlich nie über *meine* Arschbacken aus Stahl?«

Alle lachen, sogar Emma, obwohl sie keine Ahnung hat, worum es geht. Als Emma gerade nicht hinsieht, dreht Mark sich zu mir um und zeigt mir den Mittelfinger, aber ich weiß, dass er es nicht ernst meint. Trotz all unserer Sticheleien und fiesen Sprüche sind meine Freunde und ich unzertrennlich. Ich hätte wissen müssen, dass Devin und Mark cool bleiben würden. Warum glaubt Emma, dass Rachel nicht auch damit klarkommen würde?

»Okay, ich hab wohl irgendwas nicht mitgekriegt«, sagt Emma.

Mark will ihr eine Erklärung ins Ohr flüstern, aber er lacht so sehr, dass daraus nichts wird. »Jake trägt Batman-Boxershorts.«

»Oh«, haucht Emma und wendet sich so hastig von mir ab, als würde ich tatsächlich nur in Unterwäsche neben ihr sitzen. »Das ist ... verrückt. Ich hätte bei Jake eher auf Iron Man getippt.«

»Ich hatte für Superman gestimmt«, sagt Sophie.

Kurz darauf diskutieren wir darüber, welcher Superheld jeder von uns gern wäre.

Irgendwann stößt Devin mich an und sagt: »Ich muss dir was zeigen, das ich im Auto habe.« Ich folge ihm nach draußen. Sofort verpasst er mir einen Boxhieb. »Wieso hast du mir dieses Date mit Emma klargemacht?«

»Glaubst du etwa, das wollte ich?«, frage ich. »Ich könnte damit leben, wenn du sauer wärst, weil nichts daraus wird, aber Emmas beste Freundin steht auf mich, und deshalb hat mich Emma gebeten, mit ihr zur Premiere zu gehen. Und dann kam sie auf die noch dämlichere Idee, dass wir ein Doppeldate daraus machen könnten, weil ich ihr bereits erzählt hatte, dass du sie gern kennenlernen würdest. Und jetzt darfst du ... ich weiß nicht, mir eine reinhauen. Ich hoffe aber, dass du trotzdem bei der Premiere dabei bist, sonst wird der Tag eine echte Qual.«

»Klar, kein Problem. Und was ist jetzt mit Emma? Liebt sie dich oder nicht?«

»Ich weiß es ehrlich gesagt nicht«, sage ich, denn es kann wohl nicht schaden, ihm zu gestehen, wie *ich* mich fühle. »Sie hat unzählige Gründe, kein Date mit mir zu wollen – darunter auch dieses *Bremma*-Ding, das die Medien erfunden haben – aber nichts davon ergibt für mich Sinn.«

»Dann ist sie also unter all dem Hollywood-Glamour ein ganz normales Mädchen. Und seit wann ergibt das, was Mädchen tun, einen Sinn?«

Da ist was dran.

Devin und ich kehren ins Restaurant zurück, und Emma bittet meine Freunde, ihren Besuch in Phoenix geheim zu halten. Sie gesteht ihnen geradeheraus, dass es an dieser angeblichen Beziehung zu Brett liegt und dass die ganze Story verdammt schmutzig werden könnte, wenn herauskäme, dass sie ihre Zeit mit *mir* verbringt, obwohl sie eigentlich nur am Aufbau ihrer Wohltätigkeitsorganisation arbeitet.

Meine Freunde versprechen, den Mund zu halten. Bei Devin und Mark dürfte das kein Problem sein, aber bei Sophie bin ich mir nicht so sicher.

»Ich werde Sophie bestechen müssen«, sage ich zu Emma, als wir wieder im Auto sitzen.

Ich rufe sie an. »Hey, Sophie, ich habe ganz vergessen dir zu sagen, dass ich noch ein paar Extrakarten für die Premiere und die anschließende Party habe – da werden Unmengen Stars kommen. Wenn du mir dabei hilfst, unsere idiotischen Freunde daran zu hindern, dass sie irgendjemandem von Emma erzählen, darfst du entscheiden, wer die Tickets kriegen soll. Eins ist natürlich für dich. Was sagst du?«

Sophies lautes Gekreische bringt fast mein Trommelfell zum Platzen.

Um acht sind wir wieder im Haus meiner Mutter, und während ich dusche, arbeiten die beiden noch eine Weile am Quilt. Ich komme mit einer kurzen Sporthose und einem T-Shirt ins Wohnzimmer zurück, und obwohl ich mit den nassen Haaren kaum vorzeigbar bin, fängt Emma an zu strahlen, als sie mich sieht. So hat sie mich noch nie angesehen. Ich vermute aber, dass ich denselben Ausdruck im Gesicht habe, wenn sie mich dabei erwischt, wie ich sie betrachte.

Ich weiß nicht wie, aber es hat sich eindeutig etwas verändert.

»Läuft heute Abend nicht *Star Trek* im Fernsehen?«, frage ich Mom. Sie liebt die Wiederholungen der alten Serien, das muss ich ausnutzen. Ich werfe einen Blick auf meine Uhr. »Ja, der Countdown läuft schon.«

»Jake«, sagt Mom, »ein Raumschiff ist keine Rakete.«

»Stimmt«, bestätigt Emma. »Das ist eine Beleidigung der modernen Technologie.«

»Sag nicht, dass du auf diesen Trekkie-Kram stehst«, kontere ich, will damit aber eigentlich nur meine Mom ärgern. Schließlich weiß sie, dass ich auch schon die eine oder andere Folge gesehen habe.

Emma antwortet darauf mit dem Vulkanischen Gruß.

»Du warst es doch, der ein ganzes Jahr lang nichts anderes tragen wollte als einen Raumanzug«, erinnert mich Mom. Sie sieht wieder Emma an. »Einmal ist er mit dem Anzug von Tür zu Tür gegangen und hat den Nachbarn gesagt, dass ich eine Kindertagesstätte eröffnet hätte – was natürlich *nicht* der Fall war – und dass ich für einen Dollar den ganzen Tag auf ihre Kinder aufpassen würde.«

»Ich hatte halt schon mit fünf ein Händchen fürs Geschäftliche«, sage ich. »Außerdem wollte ich neue Freunde finden.«

»Völlig verständlich«, antwortet Emma.

»Also gut, Jake«, sagt Mom. »Vergiss nicht, dass da ein Hotelzimmer auf dich wartet. Du gehst spätestens um Mitternacht.«

»Halb zwei«, widerspreche ich.

Mom runzelt die Stirn. »Mein Haus, meine Regeln.«

Dieses Spielchen haben wir schon oft gespielt. »Wie wäre es mit ein Uhr?«

»Keine Sorge, Mrs Elliott«, sagt Emma. »Ich werde schon viel früher einschlafen. Jake hilft mir nur noch dabei, meine Kurse für das nächste Semester auszuwählen, und wenn dann noch Zeit ist, sehen wir uns vielleicht ein paar YouTube-Videos an, auf denen er über den Laufsteg stolziert.«

»Äh … wohl kaum«, sage ich. Hat sie sich solche Videos schon angeschaut?

»Das wird bestimmt lustig«, bemerkt Mom und rollt auf ihr Schlafzimmer zu. »Falls ihr mich braucht, ich habe ein Date mit Captain Kirk. Dieser verdammte Traktorstrahl fällt immer wieder aus.«

Als sie die Tür hinter sich geschlossen hat, sagt Emma: »Ich steh auf den Traktorstrahl. Damit kann man alles irgendwo hinbeamen. So zum Beispiel!« Sie greift meine Hand und zieht mich zu sich auf die Couch. »Echt cool, oder?«

Und wie. »Nimmst du deinen Filmzauber eigentlich immer mit, wohin du auch gehst?«

»Ja, immer.« Sie greift nach meinem Laptop, der auf einem Beistelltisch liegt, und dabei rutscht ihr das übergroße Shirt von der Schulter. Das artet wirklich in Folter aus. »Was wollen wir zuerst machen? Studium oder Laufsteg?« Sie tippt schon meinen Namen bei YouTube ein.

Ich schnappe mir den Laptop und frage: »Hast du dir schon

neue Kurse überlegt?« Ich nehme mittlerweile selbst an dreien teil: Finanzbuchhaltung, Ökonomie und Wirtschaftsmanagement. Ich lerne, wann immer ich Zeit habe, und da ich mindestens acht Stunden pro Woche im Flugzeug sitze und von Arizona zu meinen verbleibenden Modeljobs fliege, schaffe ich während der Flüge eine Menge.

Das Leben ist echt super. Vor allem heute.

»Ich habe beschlossen, Psychologie zu studieren«, sagt Emma. »Das ist wissenschaftlich genug für meinen Dad. Meine Mom dagegen … Sie will, dass ich Geschichte und Politik belege, damit ich mir genug *Allgemeinbildung* aneigne, um eine gepflegte Konversation zu führen.«

»Aber du willst lieber über Zwangsstörungen und Depressionen reden?«, frage ich.

»Allerdings!«, erwidert Emma. »Ich finde Psychologie total interessant. Ich will wissen, wieso Menschen tun, was sie tun, warum sie sich vor bestimmten Dingen fürchten und wie sie den ganzen Mist verkraften, der ihnen im Leben passiert.« Sie holt tief Luft. »Ich meine, die Technik der Schauspielerei beherrsche ich zwar, aber richtig gute Schauspieler können bis ins Herz ihrer Charaktere vordringen und eine Verbindung zu ihnen herstellen. Sie erkennen, wieso sich jemand hinsetzt und heult, statt sich seinem Problem zu stellen. Und akademisch gesehen ist die Psychologie der beste Weg, dorthin zu kommen.«

»Dann ist es perfekt für dich.« Ich finde es toll, wenn sich Emma für etwas so begeistert. Ihre großen blauen Augen strahlen jetzt heller als die Lampe hinter ihr, und ihr Filmlächeln ist nicht mit dem zu vergleichen, was ihr echtes Lächeln gerade mit mir macht.

Wir verbringen die nächste halbe Stunde damit, Kurse herauszusuchen, die Emma im nächsten Semester belegen kann, und dann will sie die Videos von der Fashion Week letztes Jahr in New York ansehen, die irgendwer ins Netz gestellt hat. Leider bin ich in einigen auch zu sehen. »Nur unter einer Bedingung«, sage ich. »Du kannst dir die Laufstegvideos ansehen, wenn ich deinen Namen googeln und alle fünfundvierzig Millionen Einträge lesen darf. Einverstanden?«

»Fünfundvierzig *Millionen*? Nie im Leben.«

Sie hat offenbar eine ganze Weile nicht mehr nachgesehen. »Soll ich es dir zeigen?«

»Äh … lieber nicht«, antwortet sie. »Wieso hast du mich gegoogelt?«

»Wieso hast du mich auf YouTube gesucht?«

»Weil du dich weigerst, mir zu zeigen, wie du auf dem Catwalk läufst.« Sie hat mehrmals versucht, mich auf unserer Laufstrecke dazu zu überreden. »Aber ich habe es inzwischen selbst ganz gut drauf. Guck mal!«

Ich habe nichts dagegen, dass sie versucht, meinen Gang nachzumachen. Sie schreitet auf und ab, mit ihren süßen nackten Füßen und der ausgebeulten – und trotzdem total scharfen – Jogginghose. Ich gebe ihr Anweisungen: »Deine Arme schwingen zu hoch. Langsamer. Geh rückwärts. Diagonal. Und jetzt lauf auf den Händen.«

Emma verdreht die Augen und fängt an, mit einem Sofakissen auf mich einzuschlagen. Ich spiele mit, gebe ihr aber die Chance aufzuhören, falls ihr unsere Nähe unangenehm ist. Schließlich nehme ich ihr das Kissen weg. Ich muss sie etwas fragen.

»Von welchem Zeitrahmen sprechen wir eigentlich?«, will ich wissen. »Drei oder vielleicht vier Jahre? Bis wir uns gemeinsam in der Öffentlichkeit sehen lassen können?«

Sie lässt sich in die Sofakissen sinken. »Ich würde dir nie zumuten, so lange zu warten. Aber ich mache in meinen Beziehungen einen Fehler nach dem anderen und will nicht, dass *du* der nächste wirst.«

Wie nett. »Ich will auf keinen Fall ein Fehler sein.«

»Zumindest lernen wir uns auf diese Weise richtig kennen«, sagt sie. »Wenn die Dinge anders liegen würden, würden wir ganz bestimmt nicht so viel *reden.*«

Ich lache. »Das stimmt wohl.«

Sie wird schnell wieder ernst. »Außerdem muss ich erst mit Rachel sprechen, bevor sich zwischen uns etwas ändert. Ich will es ihr aber nicht vor der Premiere sagen, weil sie sich schon so darauf freut, herzukommen. Und ich würde mich weniger schuldig fühlen, wenn ich es ihr persönlich erklären kann, damit sie es … hoffentlich versteht.«

Wieso sollte Emma sich wegen irgendetwas, das wir getan haben, *schuldig* fühlen?

»Dann nehme ich an, dass die Regeln, die wir im Auto aufgestellt haben, bis dahin in Kraft bleiben?«, frage ich, und es trifft mich hart, als sie nickt. »Okay. Damit kann ich leben. Aber bei manchen Dingen« – ich schiebe meine Hand über die Couch und greife nach ihren Fingern – »kann ich einfach nicht anders.«

Emma

Als ich am nächsten Morgen frisch geduscht und angezogen in der Küche erscheine, steht Jake bereits am Herd und verbrennt Pfannkuchen. Offenbar hat er es im Hotel nicht lange ausgehalten, denn er trägt noch dieselben Sportsachen wie am Abend zuvor, und seine Haare sehen aus, als wäre er in einen Wirbelsturm geraten. Das Verrückte daran ist, dass er noch nie so unwiderstehlich ausgesehen hat.

Er schaut von der Pfanne auf und merkt, wie ich ihn mit den Augen verschlinge. »Hallo. Hast du Hunger?«

»Und wie!«

»Das ist super, weil – ups!« Hastig versucht Jake, den Pfannkuchen zu retten. »Wieso ist der so verbrannt?«

»Der war schon verbrannt, als ich reingekommen bin«, sage ich. »Und das ist eine ganze Minute her.«

»Ehrlich? Aber diese Ladung ist perfekt.« Er hebt einen Teller hoch, auf dem sich schöne runde Pfannkuchen stapeln. Ich vermute allerdings, dass Jake zu viel Mehl in den Teig gegeben hat, denn die Pfannkuchen sehen ziemlich massiv aus. Entweder das, oder er hat versehentlich ein Rezept für einen Kuchenteig erwischt. »Ich schätze, ich habe gerade … an dich gedacht. Es ist also nicht *meine* Schuld, dass sie schwarz geworden sind.«

»Natürlich nicht, es liegt nur an mir«, spotte ich. Seine Augen sind wirklich unglaublich – jadegrün heute Morgen. Die Farbe wirkt jedes Mal anders.

»Jake!«, ruft Mrs Elliott aus ihrem Schlafzimmer. »Gehst du mal ans Telefon?«

Ohne hinzusehen, greift Jake um mich herum zum Küchenanschluss. Doch kaum hat er das Gespräch angenommen, wird er leichenblass. Er wendet sich wortlos ab, geht hinaus auf die Terrasse und schiebt die Glastür hinter sich zu. Um mich zu beschäftigen, fange ich an, die Küche aufzuräumen, aber meine Gedanken überschlagen sich, weil ich seine Reaktion nicht verstehen kann.

Mrs Elliott kommt herein und fragt: »Der Anruf war für Jake?«

»Ja«, antworte ich und versuche, gelassen zu klingen. »Er ist auf der Terrasse.«

Auch Mrs Elliott wird blass und rollt zum Tresen, um sich die Nummer des Anrufers anzusehen. »Dem ziehe ich bei lebendigem Leib die Haut ab!«, faucht sie, und mir schlägt das Herz bis zum Hals. »Nicht Jake. Seinem Vater«, fügt sie erklärend hinzu. »Er ruft jedes Wochenende an und will Jake sprechen. Aber er macht alles nur schlimmer. Und er hat schon genug Unheil angerichtet, deshalb habe ich ihm gesagt, dass er uns eine Weile in Ruhe lassen soll.«

Sein Dad. Das Gesprächsthema, das Jake stets vermeidet.

Auf der anderen Seite der Glastür hat Jake das Telefon sinken lassen und eine Hand auf den Türgriff gelegt. »Vielleicht sollten Sie allein mit ihm reden«, sage ich. »Ich mache mich inzwischen fertig.«

Ich verlasse die Küche, bevor Mrs Elliott etwas sagen kann.

Etwa zwanzig Minuten später klopft Jake an die Tür von Ambers Zimmer, in dem ich die Nacht verbracht habe. »Frühstück ist fertig«, sagt er und hört sich ganz normal an. Jetzt wabert der Duft von Speck und Eiern durchs Haus, und als ich in die Küche zurückkehre, sitzt Mrs Elliott bereits am Tisch und Jake rückt meinen Stuhl zurecht.

Er lächelt, hat aber immer noch diesen leeren Blick.

»Du sagtest gestern, dass du Sophie magst?«, fragt mich Mrs Elliott.

Während wir über Jakes Freunde plaudern, sieht er immer wieder auf den Teller seiner Mutter, doch ich weiß nicht wieso. Sie hat noch nicht mit den Pfannkuchen angefangen, aber mit den Rühreiern und dem Speck kommt sie gut zurecht.

Ich schaue genauer hin, als sie schließlich versucht, die Pfannkuchen mit dem Rand ihrer Gabel zu zerteilen – was unmöglich ist, weil die Dinger hart wie Frisbees sind –, und sie dann mit dem Messer schneiden muss, wie ich es auch mache. Aber ihr Pfannkuchenstapel rutscht immer wieder weg und so muss sie das Messer zur Seite legen und wieder zur Gabel greifen. Durch dieses Hin und Her dauert es eine ganze Weile, bis sie endlich ein mundgerechtes Stück herausgeschnitten hat.

Jake legt sein eigenes Besteck hin, und erst da begreife ich, was los ist: Seine Mom kann nicht mit Messer und Gabel essen, weil sie nur eine Hand benutzen kann. Das scheint sie aber längst nicht so zu stören wie Jake. Er will nach ihrem Teller greifen und ihr helfen, doch Mrs Elliott funkelt ihn nur an und sagt: »Danke, Jacob, aber ich kann sehr gut allein essen.«

Jake macht ein betroffenes Gesicht und wischt sich den Mund mit einer Serviette ab. »Ich … bin gleich wieder da.«

Ich sehe hilflos zu, wie er zum zweiten Mal an diesem Morgen durch die Terrassentür verschwindet.

»Sein Tag hat nicht gut angefangen«, bemerkt Mrs Elliott.

»Soll ich zu ihm gehen?«

Sie zögert. »Wenn du willst. Aber nimm es nicht persönlich, wenn er gereizt reagiert.«

Draußen starrt Jake Löcher in die warme Morgenluft. »He, ihr habt eine Hollywoodschaukel«, stelle ich fest, wage aber nicht, mich neben ihn zu setzen. Ich muss wieder an gestern denken, als er mir in der Garage angeboten hat, meine Privatsphäre zu respektieren. »Du kannst mit mir reden«, sage ich, »oder ich gehe wieder rein. Beides ist okay für mich.«

Jake rückt zur Seite, um mir Platz zu machen. »Wir brauchen eine verdammte Kettensäge für die Pfannkuchen«, sagt er. »Wieso habe ich nicht einfach Omeletts gemacht oder Haferbrei? Das hätte meine Mom locker mit einer Hand essen können.« Er fährt sich mit den Fingern durch die Haare. »Man sollte meinen, dass ich mich nach einem ganzen Jahr daran gewöhnt hätte. Aber ich habe sogar die Gabel auf ihre gelähmte Seite gelegt. Ist das zu fassen?«

Ich überlege mir meine Antwort sorgfältig. »Ich bin sicher, dass deine Mom es viel wichtiger findet, dass du dich in die Küche gestellt hast, um ihr Frühstück zu machen. Ich wette, das machst du immer, wenn du hier bist.«

Ein Lächeln lässt Jakes Mundwinkel zucken, aber er sagt nichts. Er nimmt einfach nur meine Hand und streichelt sie mit den Fingern. Seine Anspannung ist deutlich zu spüren. Doch von Sekunde zu Sekunde werden seine Berührungen sanfter, und es tut mir fast weh, dass ich ihn nicht an mich ziehen und küssen kann, bis all seine Sorgen verflogen sind.

Er räuspert sich. »Ich bezweifle, dass es jemals leichter wird, meine Mom so zu sehen. Früher war sie immer diejenige, die anderen zu Hilfe kam, egal, worum es ging. Aber jetzt ist niemand für *sie* da. Ihre Freunde führen ihr eigenes Leben, und die Person, die ihr am meisten schuldet – mein Dad –, hat gerade einmal ein paar billige Blumen und eine blöde Karte geschickt. Ich hasse ihn aus vielen Gründen, aber vor allem dafür.« Jake schaut weg und klopft sich das Mehl von den Shorts. »Das war er am Telefon.«

Ich nicke. »Was wollte er?«

»Keine Ahnung. Wahrscheinlich hat er mal wieder kein Geld zum Spielen und will auf einfache Weise an den Jackpot kommen – über mich.« Jake lässt meine Hand los und stützt die Ellbogen auf die Knie. Er schweigt eine Weile, doch dann spricht er weiter. »Jetzt kann man es sich kaum vorstellen, aber mein Dad war mal richtig toll. Als ich noch klein war, kam er immer zu meinen Spielen. Wir haben im Garten eine Festung gebaut, Eidechsen gefangen – all diese Dinge, die als Kind Spaß machen, weißt du? Und dann hat alles … einfach aufgehört. Nicht gerade über Nacht, aber er war am Wochenende immer öfter in Vegas und dann blieb er einfach drei oder vier Tage dort. Er verlor seinen Job und den nächsten ebenfalls. Irgendwann kam er dann wochenlang nicht mehr nach Hause. Und Vegas ist nur fünf Stunden von hier.«

Das alles schnürt mir die Kehle zu und ich traue meiner Stimme nicht genug, um etwas zu sagen.

Es wundert mich nicht, dass auch Jakes Stimme viel rauer klingt als sonst. »Wir haben gelegentlich telefoniert und er hat immer gesagt, dass er bald nach Hause kommt. Einen ganzen Sommer lang bin ich kaum aus dem Haus gegangen – nicht einmal in den Park auf der anderen Straßenseite –, weil ich Angst hatte, dass mein Dad heimkommen würde, während ich draußen war, und dass ich ihn verpassen würde, wenn er wieder wegging. Das habe ich durchgezogen, bis ich ungefähr zwölf war. So lange habe ich gebraucht, um zu kapieren, dass er mich belogen hat. Und das schon jahrelang.«

Jake verstummt wieder, und deshalb sage ich: »Das muss auch für deine Mom eine schlimme Zeit gewesen sein. Vor allem, weil sie zusehen musste, wie du leidest.«

»Ja, das stimmt. Amber war genauso mit den Nerven am Ende wie ich, aber meine Mom hat getan, was sie musste, und sich einen Job gesucht. Zum Glück konnte sie zu Hause arbeiten und war deshalb immer für uns da, wenn wir von der Schule kamen. Und dann hat mein Dad eine Hypothek auf unser Haus aufgenommen, ohne es meiner Mom zu sagen, und wir hätten es beinahe verloren, weil er inzwischen *gar nichts* mehr bezahlt hat. Er machte es für sie immer schlimmer und schließlich haben sie sich scheiden lassen.«

»Und jetzt?«, frage ich.

»Er taucht gelegentlich mal auf, aber eher selten«, sagt Jake. »Vor ein paar Jahren, nachdem meine Fotos in Zeitschriften zu sehen waren, rief er mich an und hat mir vorgeheult, dass er seinen Job verloren hätte, aus der Wohnung geflogen wäre und all solchen Mist. Aus irgendeinem blöden Grund habe ich es ihm geglaubt. Ich habe meiner Mom nichts gesagt und ihm geschickt, was er haben wollte: Fünftausend Dollar, fast alles, was ich in den ersten Monaten in meinem Modeljob verdient hatte. Aber meine Mom hat es ziemlich schnell rausgefunden und ein wenig nachgeforscht. Wie sich herausgestellt hat, ging es meinem Dad blendend. Das Casino hatte ihm ein hübsches kleines Zimmer im Hotel gegeben unter der Bedingung, dass er sein

Geld regelmäßig am Spieltisch ausgab. Er brauchte das Extrageld von mir nur für irgendein Spiel mit hohen Einsätzen.« Jake sieht mich an. Er wirkt total deprimiert. »Du wärst auf so eine Abzocke bestimmt nicht reingefallen.«

Oh, doch, mir ist etwas ganz Ähnliches passiert. »Als ich fünfzehn war, rief meine Tante Ivy aus Fayetteville an und erzählte mir, dass ihre Tochter nachts keine Luft bekommt und an den Nebenhöhlen operiert werden muss, ihre Versicherung die Kosten dafür aber nicht übernimmt. Meine Tante hat erst mir erklärt, was Sache war, und dann nach meiner Mom verlangt. Während die beiden miteinander gesprochen haben, musste ich die ganze Zeit weinen, weil ich dachte, dass eine meiner Lieblingscousinen sterben würde. Meine Mom war deswegen ganz komisch, aber ich habe sie angefleht, nicht so selbstsüchtig zu sein, bis sie schließlich nachgegeben und meiner Tante gesagt hat, dass ich ihnen helfen würde. Sie hat ihnen dann das Geld geschickt.«

»Lass mich raten, deine Cousine ist nicht operiert worden?«, fragt Jake.

»Doch, das wurde sie«, erwidere ich. »Sie bekam eine tadellose – und vollkommen unnötige – Nasenkorrektur und wurde zur Miss Fayetteville gewählt.«

Jake verblüfft mich mit Gelächter. »Wie hat deine Tante das erklärt?«

Ich zucke mit den Schultern. »Als wir meine Cousine nach der Operation besucht haben und ich sie gefragt habe, ob sie jetzt besser Luft bekommt, hatte sie keine Ahnung, was Sache war. Sie wusste nicht einmal, was Nebenhöhlen sind.« Meine Mom reibt mir diese Aktion heute noch jedes Mal unter die

Nase, wenn sie mir beweisen will, dass sie *alles* besser weiß. »Als meine Eltern meine Tante zur Rede gestellt haben, sagte sie so etwas wie: ›Emma ist reich und berühmt, und meine Tochter soll das auch haben. Ihr seid es der Familie schuldig, euch um uns zu kümmern.‹ Totaler Schwachsinn! Natürlich hätte ich ohne zu zögern eine lebensrettende Operation bezahlt, aber ich schuldete meiner Cousine nun wirklich keine neue *Nase.*«

Seitdem haben unsere Familien kein Wort mehr gewechselt.

»Es ist schon mies genug, von *irgendwem* ausgenutzt zu werden, aber noch viel schlimmer, wenn es die eigene Familie ist«, stellt Jake fest. »Und immer wenn mein Dad anruft und auf diese gespielt fröhliche Art sagt: ›Hallo, Jake! Was machst du so, mein Junge?‹, würde ich am liebsten antworten: ›Echt witzig, dass du fragst, weil ich nämlich alles mache, was *du* eigentlich machen müsstest, und dafür hasse ich dich.‹« Jake ballt seine Hände zu Fäusten. »Ich weiß, dass das gemein ist, aber mein Dad ist nicht dumm – er hat sogar ein abgeschlossenes Studium. Aber er hat sich dieses Leben ausgesucht und uns mit runtergezogen. Und so was werde ich nicht noch einmal zulassen.« Jakes Fäuste lockern sich, und ich nehme seine Hand. »Andererseits bin ich es auch leid, ihn zu hassen. Ihm aus dem Weg zu gehen. So zu tun, als gäbe es ihn nicht. Ich muss darüber hinwegkommen, was er mir angetan hat. Ihm vielleicht sogar vergeben. Aber wie?«

Ich weiß nicht genau, ob er einen Ratschlag von mir erwartet oder sich nur Luft machen will. Ich versuche es trotzdem und sage: »Ich kann gut verstehen, wieso du nicht mal an deinen Dad denken willst, aber ich vermute, dass du nicht so hin- und hergerissen wärst, wenn du ihn wirklich hassen würdest. Und ihn aus deinem Leben zu verbannen, scheint auch nicht zu funktionieren, stimmt's? Vielleicht solltest du versuchen, mit ihm zu reden – ein paar Minuten lang ein normales Gespräch mit ihm führen. Aber eines darfst du nicht vergessen, Jake. Wenn es darum geht, dein Vertrauen zurückzugewinnen, muss das von ihm ausgehen.«

»Das stimmt. Vielleicht sollte ich es versuchen. Das Problem ist nur, dass ich Probleme damit habe, überhaupt *irgendjemandem* zu vertrauen«, stößt er hervor und scheint es sofort zu bereuen. »Ich … Also …« Er zupft an einem losen Faden an seinen Shorts herum. »Ich reagiere irgendwie reflexartig, wenn ich das Gefühl habe, dass jemand zu gut ist, um wahr zu sein. Dann kommen mir sofort Zweifel. Ich glaube einfach nicht, dass *irgendetwas* Gutes von Dauer sein kann. Und meistens stimmt das auch.«

Jake wirft mir einen kurzen Blick zu, was den Eindruck vermittelt, als würde auch ich in diese Kategorie fallen, aber das muss ich klarstellen. »Wenigstens brauchst du dir wegen *mir* keine Sorgen zu machen«, sage ich, »weil ich ganz bestimmt nicht zu gut bin, um wahr zu sein. Ich glaube, ich habe keinen Zweifel daran gelassen, was für eine lästige Nervensäge ich bin.«

Er lacht und legt den Arm um mich. Jetzt wirkt er viel entspannter. »Emma Taylor, du bist *wirklich* eine Nervensäge. Aber damit wirst du mich so schnell nicht los.«

Ich kuschle mich an ihn, und wir passen so perfekt zusammen, als wären wir füreinander gemacht worden. »Das will ich hoffen«, erwidere ich.

Ich habe immer gedacht, wenn ich jemals so etwas empfinden würde wie das hier, würde ich mich fragen, ob es echt ist – echt genug, um von Dauer zu sein. Aber jetzt wird mir klar, dass es in meinem Kopf gar kein »Ob« mehr gibt.

Ich bin wohl gerade dabei, mich Hals über Kopf in ihn zu verlieben.

Ich gehe am Dienstag wieder zur Arbeit, und nach dem Labor Day ist es der gefürchtete Tag, an dem die Klatschmagazine erscheinen und mir sagen, was in meinem Leben vor sich geht. Sie liegen natürlich wie üblich vollkommen falsch – und spekulieren wild drauflos, wieso ich nicht mit Brett am Lake Tahoe war –, aber mir ist das ausnahmsweise total egal. Sollen sie sich doch zusammenlügen, was sie wollen, solange sie Jake nicht hineinziehen.

Der einzige Nachteil ist, dass sie Brett schlechtmachen, indem sie behaupten, er wäre mir untreu, und ich mir deswegen die Augen ausweinen und ihn anflehen würde, zu mir zurückzukommen.

Am Mittwoch, dem ersten Tag nach dem langen Wochenende, an dem auch Brett wieder im Studio ist, wedelt er in der Mittagspause mit einem Haufen Zeitschriften vor meiner Nase herum. »Toll, ich bin mal wieder als Playboy auf den Titelseiten! Dabei habe ich das gar nicht verdient!«

»Das ist ja ganz neu«, erwidere ich. Erst dann fällt mir auf, dass er wirklich bedrückt wirkt. Ich nehme ihm die Zeitschriften weg und werfe sie in den nächsten Mülleimer. »Brett, die sind genauso dämlich wie immer. Wieso regst du dich plötzlich darüber auf?«

Er lässt sich auf seinen Stuhl fallen und fährt sich mit den Fingern durch die Haare, erst in die eine Richtung, dann in die andere. Er springt wieder auf. »Du weißt doch genau, wie sehr ich mich *bemühe*«, sagt er und legt die Hände auf meine Schultern – inzwischen so etwas wie sein Markenzeichen. Könnte schlimmer sein. »Ich benehme mich. Sogar richtig gut. Ich langweile mich hier in Tucson zu Tode, spiele aber trotzdem den Musterschüler, den McGregor sehen will. Aber das ist denen egal.«

»Irgendwann werden sie es begreifen«, antworte ich, obwohl ich es stark bezweifle. »Außerdem hast du mir selbst gesagt, dass du dich ändern willst, also machst du das nicht für McGregor und bestimmt nicht für diese Klatschblätter. Du machst es für dich, um glücklicher zu sein.«

Brett nickt und drückt kurz meine Arme.

Erst da bemerke ich, dass Jake wieder aufgetaucht ist. Er hat die Pause genutzt, um in der Garderobe seinen Text zu lernen, doch jetzt bedient er sich am Büfett. Ich denke nicht, dass er uns *beobachtet*, aber er schaut sich doch unauffällig um, und so befreie ich mich aus Bretts Griff und kehre zu meinem eigenen Mittagessen zurück.

Während wir am darauffolgenden Dienstag darauf warten, dass ein Problem mit dem Schulbücherei-Set behoben wird, wedelt Brett mit einer druckfrischen Ausgabe von *Promi News* vor meiner Nase herum. »Rate mal, wer diese Woche der Bösewicht ist?«

Ich nehme ihm das Magazin ab, das er schon an einem bestimmten Artikel aufgeschlagen hat: SCHLÄGT EMMA TAY-

LOR JETZT ZURÜCK? »Was zum …«, murmele ich, aber Brett deutet wortlos auf den Artikel.

Leg dich nicht mit Emma Taylor an – diese Warnung geht in Hollywood-Dating-Kreisen um. Eine Quelle, die Taylors Ex-Freund Troy Dawson nahesteht, berichtet, dass Dawson alle Orte meidet, an denen Taylor auftauchen könnte. »Troy würde mich dafür umbringen, dass ich das laut ausspreche, aber es wirkt, als hätte er plötzlich Angst vor ihr«, verriet uns der Freund.

Und jetzt scheint es, als würde die junge Schauspielerin ihre Einschüchterungstaktik auch bei Brett Crawford, ihrem aktuellen Verflossenen, einsetzen. Die beiden hatten ein romantisches Wochenende am Lake Tahoe geplant, doch als der Verdacht aufkam, Crawford würde sie betrügen, sagte sie den Ausflug kurzfristig ab. »Emma ist im Angriffsmodus«, berichtet ein Insider. »Brett will sie zurückgewinnen, aber sie wirft ihm entweder Beleidigungen an den Kopf oder ignoriert ihn. Die Dreharbeiten zu ähneln mittlerweile einem Kriegsschauplatz.«

Das ist natürlich Pech für den Produzenten Steve McGregor, aber unsere Quellen im Studio versichern uns, dass uns das Drama hinter den Kulissen eine emotionsgeladene Fernsehserie garantiert.

Informationen aus Crawfords Lager zufolge besteht zwischen den beiden immer noch eine enge Beziehung, doch Taylors PR-Berater verweigern jeden Kommentar zu ihrem ungewöhnlichen Verhalten. Eines ist jedoch kristallklar: Die süße kleine Emma Taylor ist erwachsen geworden.

Ich muss gestehen, dass mir der Teil mit Troy gefällt – es ist nicht mein Fehler, dass er so leicht zu durchschauen ist. Der Rest des Artikels ist natürlich Schwachsinn, und deshalb knülle ich das Magazin zusammen und werfe es Brett zurück. Es prallt von seiner Brust ab und landet auf dem Boden.

»Was stimmt bloß nicht mit diesen Leuten?«, frage ich. »Wieso stand da letzte Woche, dass ich mich nach deiner Liebe verzehre, während sie diese Woche behaupten, dass ich mich in eine Schwarze Witwe verwandelt habe?«

Kimmi geht neben uns auf und ab, während sie telefoniert und uns gleichzeitig zu belauschen scheint.

Ich bin froh, dass Jake nicht da ist und nicht sieht, wie sehr mich dieser Artikel ärgert, denn in der letzten Zeit war es mir eigentlich egal, was die Zeitungen über mich verbreitet haben. Eigentlich ist es schwierig, mir die Laune zu verderben, denn ich fühle mich schon eine ganze Weile so flatterig, als hätte ich nicht nur einfach Schmetterlinge im Bauch, sondern wäre selbst einer.

Brett hebt die Zeitschrift auf, streicht sie auf dem Schoß glatt und überfliegt den Artikel. »Die stellen mich hin wie einen Warmduscher, der Angst hat, dass ein kaum fünfzig Kilo schweres Mädel … ja, *was* macht? Etwas Gemeines zu mir sagt?«

»Sie wiegt mehr«, mischt sich Kimmi ein. »Ich habe nachgesehen.«

»Verzieh dich!«, faucht Brett. Er springt von seinem Stuhl auf, entreißt Kimmi das Handy und beendet ihren Anruf. Bestimmt nur, um sie zu ärgern, aber leider kann sie uns jetzt noch müheloser belauschen.

»Oh, sieh mal, Kimmi! Eine Cola Light!«, sage ich, aber sie

ignoriert mich und verpasst Brett einen Schlag gegen die Schläfe. Er jammert sofort los und reibt sich die Stelle, was mich zum Lachen bringt. »Ich habe keine Ahnung, wie die darauf kommen, dass es hier am Set wie auf einem Kriegsschauplatz zugeht. Wir vertragen uns doch alle *super.*«

»Genau! Ganz meine Rede«, bestätigt Brett, der meinen Sarkasmus nicht mitgekriegt hat. »Wir sind Freunde, richtig? Also musst du am Wochenende mit zu dieser Charity-Auktion kommen. Ich werde auch nicht neben dir sitzen. Wir werden uns nur gelegentlich ein bisschen unterhalten und ein bisschen Spaß haben – ohne Anfassen, das verspreche ich. Und wir werden unzählige Freunde dabeihaben. Und dann ist endlich Schluss mit den Gerüchten, dass du eine hormongesteuerte Diva bist, die mich hasst, weil ich mich jedem Mädchen in Sichtweite an den Hals werfe – was ich seit meinem Umzug nach Tucson kein einziges Mal getan habe. Du wirst am Abend vor der Auktion ohnehin in L. A. sein.«

Wir machen jetzt offiziell Werbung für die Serie. Brett muss meinen Kalender studiert haben. Er macht noch ein paar Minuten so weiter, und ich erkenne, dass er recht hat. Wir sollten dabei gesehen werden, wie wir uns ganz normal unterhalten. Also stimme ich zu und lade noch ein paar meiner Freunde ein. Jake kann nicht kommen, weil er wieder in New York ist, aber Kimmi will zur Auktion kommen, was Brett wundert.

Sie hat Payton beim Labor-Day-Ausflug auf spektakuläre Weise abserviert – es hatte etwas mit einer Gruppe Mädchen zu tun, die ebenfalls mit ihrem Boot über den Lake Tahoe schipperten und von denen eines in Paytons Bett landete. Brett zufolge vermeidet Kimmi jetzt jede Begegnung mit Payton.

Wider Erwarten kommt Kimmi doch nicht zur Auktion, die erstaunlicherweise wirklich Spaß macht und mir viele Denkanstöße für meine eigenen Pläne gibt. Ich spende ein paar signierte Filmskripts für die Auktion und Brett trennt sich von zehn alten Jeans mit seinem Autogramm auf der hinteren Hosentasche. Wir hoffen, auch die Klatschpresse in die Irre führen zu können, indem wir uns gemeinsam zeigen und viel zusammen lachen. Irgendwann taucht sogar Troy auf, geht aber nur an uns vorbei und nickt uns kurz zu.

Ich erwidere den Gruß und fühle mich trotz seiner Anwesenheit so selbstsicher wie nie zuvor.

Am Ende des Tages bin ich froh, dass ich hingegangen bin. Und das Beste daran? Die folgenden Artikel in der Presse widersprechen einander so sehr, dass die Leute anfangen, alles infrage zu stellen, was die Schmierfinken seit *Bremma* geschrieben haben. Yeah!

Aber meine Mom … Es ist nicht zu fassen. Sie fragt mich ständig aus, wie es mit den Jungs steht, und nach dem Wochenende in L. A. drängt sie mir ein Gespräch auf, das ich nie führen wollte. »Ja, Mom, Troy war bei der Versteigerung«, bestätige ich. »Und das war kein Problem.«

Langes Schweigen am anderen Ende. »Das mag schon sein, aber diese Story, dass du auf deine Ex-Freunde losgehst, geht mir nicht aus dem Kopf.«

Das muss ich mir nun schon zum dritten Mal anhören.

»Dein Dad und ich haben darüber gesprochen, wie das damals nach den Dreharbeiten zu *The First Family* gelaufen ist. Du bist so schnell aus Los Angeles verschwunden, warst ganz verstört. Du hast dir sogar eine neue Handynummer besorgt.

Und jetzt fragen wir uns ... ob du vielleicht aus irgendeinem Grund Angst vor Troy hattest – und nicht umgekehrt, wie der Artikel angedeutet hat.« Ich sage nichts dazu und frage mich nur, wie sie sich das alles zusammenreimen konnte. »Emma, bitte sei ehrlich. Ich mache mir wirklich Sorgen. Und dein Dad vermutet das Schlimmste und ist kurz davor, Hackfleisch aus Troy zu machen.«

»Was? *Dad?* Nein ... nein, warte. Troy hat nur ...« Mein Herz hämmert wie verrückt.

»Ich brauche ein paar Antworten«, drängt Mom. »Und zwar jetzt.«

»Er hat mich gestalkt, okay?«, stoße ich hervor. »Nachdem wir uns getrennt hatten. Es fing mit Telefonterror an, und einmal hat er mich mit dem Auto verfolgt. Und dann –« Dad würde ausrasten, wenn er das mit dem Autofenster erfahren würde. Unter seinem schicken Anzug steckt immer noch ein Junge vom Land, und bei uns im Süden ist Selbstjustiz noch weit verbreitet. »Und nach der Prügelei im *Club 99* habe ich Troy gedroht, der Presse alles zu verraten, was er sich geleistet hat, wenn er mich nicht in Ruhe lässt.«

Ich glaube, auch in meinen Adern fließt etwas von dem knallharten Südstaatenblut.

Ich warte darauf, dass meine Mutter mir vorwirft, wie ungeschickt ich dieses Problem gelöst habe, aber sie schweigt so lange, dass ich mich bereits frage, ob die Telefonverbindung vielleicht abgebrochen ist. »Wieso hast du mir das nicht gesagt?«, fragt sie schließlich, und es ist kaum mehr als ein Flüstern. »Ich hätte dir geholfen. Irgendwie.«

»Weil du und Dad ... Weil ihr recht hattet, was ihn anging«, antworte ich. Von Anfang an hatten meine Eltern gesagt, dass sie bei Troy kein gutes Gefühl hatten, aber mir schmeichelten seine netten Worte und seine tollen Geschenke. Außerdem gefiel es mir, wie sein Selbstbewusstsein meinen Mangel daran ausglich. Und wer hört schon auf seine Eltern? »Ich kam mir blöd vor, verstehst du? Außerdem wollte ich nicht, dass du die Polizei einschaltest. Es tut mir leid, aber auf den Medienzirkus, den das nach sich gezogen hätte, konnte ich gut verzichten.«

»Und stattdessen setzt du *dein Leben* aufs Spiel?«, wirft mir Mom vor. Das Telefonat dauert noch eine weitere Stunde, in der sie mir klarmacht, dass ich naiv und unverantwortlich gehandelt habe, dass ich niemals »das Gesetz in die eigene Hand nehmen« darf und so weiter. Vor allem aber, dass ich nie wieder etwas vor meiner Mutter verheimlichen soll. Weil sie mein Leben ja so viel besser im Griff hat als ich.

Allerdings scheint sie mir diesen Vortrag ausnahmsweise zu halten, weil sie sich Sorgen um *mich* macht und nicht nur um meine Karriere. Zumindest dieser Teil der Unterhaltung ist halbwegs nett.

Nachdem das Thema erschöpfend behandelt wurde, fragt Mom plötzlich, ob Rachel das alles weiß, und ich verneine. »Gut. Sorg dafür, dass es so bleibt«, verlangt Mom. »Gerüchten zufolge ist Trina vor ein paar Wochen von *Promi News* kontaktiert worden. Sie bestreitet natürlich, dass sie ihnen etwas gesagt hat, aber dass sie plötzlich von deiner Schwärmerei für Brett wussten – und den Desktopbildern der letzten zehn Jahre –, ist schon verdächtig. Wer außer Rachel und Trina hätte ihnen das verraten können?«

Diese Frage habe ich mir auch schon gestellt. Rachel schien

genauso verblüfft wie ich, als diese Info nach dem Labor-Day-Wochenende in einem der *Promi-News*-Artikel als Online-Extra erschien. Aber Trina wusste, wie besessen ich von Brett gewesen war, schließlich kennt sie mich schon ewig. Brett wusste es ebenfalls, allerdings hatte ich ihm nie von der Fotosammlung auf meinem Desktop erzählt. Die einzige Auswirkung, die diese Enthüllung auf mich hatte, war ein starker Drang, Jake die Wahrheit zu sagen.

Es war nicht einfach und ziemlich peinlich, aber er hatte zum Glück keine große Sache daraus gemacht.

»Mom«, sage ich. »Ich wette, ich habe das im Laufe der Jahre vielen Freundinnen erzählt. Mädchen reden nun einmal darüber, in wen sie verknallt sind, ohne groß nachzudenken, wer es weitertratschen könnte.«

Sie seufzt. »*Du* kannst es dir aber nicht erlauben, irgendetwas weiterzugeben, ohne vorher nachzudenken«, ermahnt sie mich. »Da draußen gibt es zu viele Leute, die dir für Geld und fünf Minuten Ruhm in den Rücken fallen.«

»Und was schlägst du vor? Soll ich jede Person, die ich treffe, danach beurteilen, ob sie vielleicht ein Verräter sein könnte?«, frage ich. »Dann hätte ich bald gar keine Freunde mehr.«

Das beendet unsere Unterhaltung, denn darauf weiß nicht einmal sie eine Antwort. Aber ich frage mich noch Tage später, ob Trina mich an *Promi News* verkauft hat. Das kann ich mir gut vorstellen.

Aber Rachel? Nie im Leben. Ich bin die Einzige, die unsere Freundschaft verrät.

Oder nicht?

JAKE

Brett nervt mich total. Ich weiß nicht, ob er es mit Absicht macht oder nicht, aber auf jeden Fall regt der Typ mich auf.

Als Emma endlich ihre jahrelange Schwärmerei für Brett zugegeben hat, habe ich gelacht und so getan, als wäre das witzig – zumindest solange sie dabei war. Und wenn sie nicht ständig mit ihm nach Kalifornien fliegen würde, wäre das alles ja auch kein Problem für mich. Brett erzählt danach immer Storys, die nicht wirklich zu Emmas Version des Ausflugs passen.

Sie weiß allerdings nicht, dass es Brett war, der mir zuerst von ihrer sogenannten »Besessenheit« berichtet hat, die von *Promi News* aufgedeckt wurde.

»Siehst du, Alter, ich hab's dir doch gesagt!« Brett hatte mir den Onlineartikel auf seinem Handy gezeigt. Ich hatte in meiner Garderobe gesessen und für einen Test in Wirtschaftsmanagement gelernt, und wurde das Gefühl nicht los, dass er mich extra aufgespürt hatte, um mir den Artikel unter die Nase zu halten. »Weißt du noch, wie wir im *El Loro Feliz* essen waren und ich genau wusste, dass Emma in mich verknallt war? An dem Tag, an dem wir beim Motocross waren, hat sie es zugegeben, aber ich musste ihr versprechen, es niemandem zu sagen. Aber da es jetzt jeder weiß, kann ich sie damit ärgern.«

Ich nahm immer noch an, dass es sich dabei um den üblichen Haufen Schwachsinn handelte, nahm aber trotzdem sein Telefon in die Hand und überflog den Artikel. An einigen Stellen lachte ich sogar, damit Brett zufrieden war. »War das nicht derselbe Reporter, der dich erst vor einer Woche als eine Art

Perversen hingestellt und behauptet hat, dass Emma nicht mit dir an den See fahren wollte, weil du sie betrogen hattest?«

»Ja, okay, der Artikel war eine einzige Lüge«, bemerkt Brett und nimmt sein Handy wieder an sich. »Aber in L. A. ist Emma ganz anders. Ich bin kurz davor, meine Regel Nummer eins zu brechen – nie etwas mit Schauspielkolleginnen anzufangen – und es einfach zu riskieren. Wieso eigentlich nicht?«

Wäre dieses »Wieso eigentlich nicht« mehr als eine rhetorische Frage gewesen, hätte ich ein paar Antworten für ihn gehabt. Natürlich nur, wenn ich über das reden könnte, was zwischen Emma und mir läuft.

Aber da wir nicht offiziell zusammen sind, kann ich ihr kaum vorwerfen, dass sie mit Brett ebenso flirtet wie mit mir. War nicht sogar ich derjenige, der ihr gesagt hatte, dass es ganz normal war, sich alle Optionen offen zu halten? Andererseits … Hatten Emma und ich nicht bereits festgestellt, dass wir mehr als Freunde sind? Dass wir einander wirklich mögen?

Bestimmt übertreibt Brett nur. Da bin ich sicher.

Genauso sicher weiß ich aber auch, dass aus Emma und mir nie etwas wird, wenn ich nichts unternehme, und zwar sofort. Diese Einsicht kommt mir an einem Abend in New York, und bevor ich es mir anders überlegen kann, rufe ich sie an. »Ich bin gerade mit meinem letzten total peinlichen Modeljob fertig«, erzähle ich ihr. »Die haben mir so viel Styling-Gel in die Haare geschmiert, dass man damit die Brooklyn Bridge stützen könnte. Und jetzt rate mal, wie ich das feiern will.«

»Du fährst nach Disneyland?«, fragt sie.

»Knapp daneben. Ich will ein Date.«

Emma lacht. »Wow. Das ist … gewagt.«

»Mit *dir*«, verdeutliche ich. »Ein richtige Verabredung, die wir auch so bezeichnen. Diesen Freitag, am Abend vor dem Presserummel. Aber keine Sorge, deine Regeln gelten auch weiterhin. Ich werde mich benehmen.«

Die Premiere ist schon in einer Woche, und Emma jetzt zu küssen, würde alles verderben. Ich verstehe zwar nicht, wieso ihr Rachels Gefühle so wichtig sind, aber ich versuche es zu respektieren. Also … zumindest, dass ich sie nicht küssen darf.

»Oh«, sagt sie und dann herrscht Schweigen. Ich warte auf ihre Entscheidung. Klar, es ist dumm, sie dazu zu bringen, dass sie es tatsächlich als *Date* bezeichnet, zumal wir ja schon seit Monaten miteinander ausgehen, aber es wird allmählich Zeit, dass sie es sich eingesteht. »Was hast du dir denn vorgestellt?«

Yeah! Es könnte wirklich klappen. »Ich wollte dich abholen, an deiner Haustür – nicht der Hintertür –, und dann mit dir irgendwo hinfahren, statt nur wie sonst zum Fluss zu laufen.«

»Hmmm. Mal sehen«, sagt sie. Ich hatte mehr Begeisterung erwartet. Wieso ist bei ihr immer alles so mühsam? Wieso kann sie nicht spontan sein? »Deine Idee ist leider mit einem Problem verbunden, denn meine Mom glaubt, dass Rachels Mutter neuerdings Informationen an *Promi News* verkauft. Wenn wir zusammen gesehen werden, bevor ich Rachel von uns erzählt habe, werde ich dafür einen hohen Preis zahlen. Und das –«

»Das willst du nicht riskieren«, sage ich. »Das ist der Teil, den ich nicht verstehe.«

»Jake, es ist nicht so, dass ich nicht will«, beteuert Emma hastig. »Ich habe nur Angst, dass –« Sie holt tief Luft. »Okay, du hast recht. Ich stelle mich wirklich an. Diesen Freitag?«

Das betrachte ich als ein Ja. »Diesen Freitag. Ich hole dich um acht ab.«

Jetzt haben wir endlich eine ganz offizielle Verabredung. Das ist ein Fortschritt. Aber am nächsten Morgen, auf dem Rückflug nach Tucson, ärgert es mich ein bisschen, dass ich sie dazu überreden musste. Oder vielmehr, dass ich ihre Schuldgefühle ausgenutzt habe. Mein verletztes Ego und dieses ganze Gefühlschaos verleiten mich auf dem Flug dazu, einer jungen Dame zu nahe zu kommen – Miss Texas.

Am nächsten Tag weiß ich, dass es ein Fehler war. Und als sich Emma am Abend dann noch für »ihre Paranoia« entschuldigt, habe ich endgültig ein schlechtes Gewissen.

Endlich ist Freitag – der Tag unseres Dates. Ich bin total unkonzentriert und bin sicher, dass alles vorbei ist. Wir drehen draußen auf einem Highschool-Footballfeld, und obwohl wir schon Oktober haben, ist es noch immer so heiß, als würde Feuer vom Himmel regnen. Wir hocken in einem Produktionszelt und ich versuche mich mit einer Riesenladung Eiscreme abzukühlen.

»Was ist heute mit dir los?«, fragt Kimmi Emma, die genauso geistesabwesend wirkt.

»Oh, äh … morgen ist doch diese Pressegala. Und die Premiere ist schon in einer Woche. Vor solchen Sachen bin ich immer nervös.«

Oder weil sie eine Verabredung mit jemandem hat, mit dem sie sich nicht blicken lassen darf?

Emma hat die Füße auf ein kleines Tischchen gelegt. Sie trägt ein hautenges Tanktop und schwarze Shorts und rollt sich eine kalte Wasserflasche über den Nacken. Sie sieht einfach umwerfend aus und ich bekomme allmählich den Eindruck, dass Selbstbeherrschung total überschätzt wird.

»Wieso?«, fragt Kimmi und wirft ihren noch immer fast vollen Eisbecher in den Müll. »Du hast doch den Rohschnitt der ersten Folge gesehen. Und der war gut. Sogar hervorragend.«

»Aber man kann nie vorhersehen, was die Zuschauer sagen«, schaltet sich Brett ein. »Bist du nervös, Jake?«

Ich drehe hastig den Kopf von Emma weg und weiß genau, dass er mich dabei erwischt hat, wie ich sie angestarrt habe. »Eigentlich nicht, bis ich letzte Nacht diesen verrückten Traum hatte«, sage ich, was die einzige Lüge ist, die mir auf die Schnelle einfällt.

»Interessant«, sagt Brett. »Los, Alter, erzähl.«

Emma setzt sich aufrecht hin. »Cool, ein Traum! Den können wir analysieren.«

Ich wische mir den Mund mit einer Serviette ab und sage: »Ist irgendwie peinlich, aber hat schon mal einer von euch geträumt, dass er vergessen hat, sich anzuziehen? Man läuft dann aber trotzdem den ganzen Tag herum, während einen die Leute anglotzen?«

Alle nicken verständnisvoll, sogar Kimmi. »Wenn ich dann aufwache«, berichtet sie, »suche ich immer nach einer Erklärung, wieso ich mich den ganzen Tag auslachen lasse, ohne auch nur auf die Idee zu kommen, mir etwas anzuziehen.«

Brett sieht sie voller Staunen an. »Wow, du träumst? Ich dachte, so was tun nur Menschen.«

Sie tut das einzig Richtige – sie zeigt ihm den Mittelfinger.

Ich sehe mich nach den Crewmitgliedern um, die mit uns im Zelt sitzen, und senke die Stimme. »Aber dieser Traum war anders. Ich kam ins Studio – *ohne Klamotten*, wie erwähnt –, aber alle haben so getan, als sollte ich die Szene so spielen, obwohl die anderen natürlich angezogen waren. Und als ich dann protestiert habe, hat McGregor nur gesagt: ›Finde dich damit ab. Das ist dein Job. Wir brauchen das für die Einschaltquoten.‹ Und dann wurde die Folge gesendet und ich war im Fernsehen, splitterfasernackt. Die Zensurbehörde ist total ausgerastet und hat der Produktionsfirma eine Millionenstrafe aufgebrummt – und dann wurde die Serie abgesetzt und alle haben mir die Schuld gegeben.«

Die drei lachen, aber ich kann den Traum einfach nicht witzig finden.

»Ich weiß genau, was dein Traum bedeutet«, verkündet Brett. »Du hast Angst, dass die Leute dich so sehen, wie du wirklich bist, dass schon bald all deine Makel ans Licht kommen. Und genau das wird passieren. Ich meine, ich habe ein paar Fehler gemacht, die von der Klatschpresse total aufgeblasen wurden, und kurz darauf habe ich kaum noch Aufträge bekommen. Es ist beinahe, als würden alle denken, dass ich nicht mehr schauspielern kann, nur weil ich nicht schnell genug erwachsen geworden bin.« Brett schüttelt den Kopf und sieht zu McGregor hinüber, der mit dem Aufnahmeleiter eine der nächsten Szenen bespricht. »Das macht mich nervös. Ich will nicht, dass es bei der Premiere heißt, dass McGregors ›riskante Besetzung‹ wirklich so schlecht war, wie sie erwartet haben.«

Das hat der Stimmung einen solchen Dämpfer versetzt, dass wir alle nicht wissen, was wir sagen sollen. Brett steht auf und sieht einen nach dem anderen an. »Ist irgendjemand gestorben?«, fragt er. »Und wieso dauert das so lange? Wir werden hier noch gebraten.« Er verlässt das Zelt und geht zu McGregor hinüber.

»Äh … wie konnte mein Traum bei Brett so viele Emotionen wecken?«, frage ich.

»Emotionen? Brett? So was kennt der doch gar nicht«, verkündet Kimmi mit einem Auflachen. »Genau das will er doch: Aufmerksamkeit. Egal ob positive oder negative. In diesem Geschäft gibt es nun mal keine Privatsphäre. Das war mir schon bewusst, als ich mit der Schauspielerei anfing, und er hätte es auch wissen müssen.«

Emma runzelt die Stirn. »Er war vier. Ich bezweifle, dass er sich in dem Alter schon Gedanken um die Paparazzi gemacht hat.«

Zurzeit wird Kimmi von den Klatschblättern in Stücke gerissen, deshalb wundert es mich, dass sie bei dem Thema so ruhig bleibt. Seit Payton sich am Lake Tahoe mit einer anderen vergnügt hat, gehen Gerüchte um, dass Kimmi einen Wutanfall gehabt und sich an andere Kerle rangemacht haben soll, um es Payton heimzuzahlen. Im Grunde bekommt Kimmi jetzt die ganze Aufmerksamkeit eines echten Stars, nur leider auf die schlechteste Weise.

»Dabei fällt mir ein, Emma«, sagt sie, »ich brauche etwas, das ich morgen auf der Pressegala anziehen kann. Wollen wir nach der Arbeit zusammen shoppen gehen?«

Mein schockiertes Gesicht und meine plötzliche Hektik sind vermutlich nicht zu übersehen. Emma und ich haben unser »richtiges Date« erst abends um acht, und dem Drehplan zufolge sind wir heute um vier Uhr fertig, was ihr genug Zeit zum Einkaufen lässt. Aber Miss Texas hat erwähnt, dass sie Kimmi kennt. Oder vielleicht hat sie auch gesagt, dass sie schon von Kimmi *gehört* hat? Ich habe nicht richtig zugehört, was ich jetzt bereue. Sollte ich Emma zur Seite nehmen und es ihr erklären, bevor sie es von Kimmi erfährt?

Aber vielleicht ist es nicht schlecht, wenn sie auch einmal ein Gerücht über *mich* hört.

Kimmi und Emma sprechen ihre Einkaufspläne ab, dann werden wir wieder ans Set gerufen. Wir nehmen unsere Positionen auf dem Spielfeld ein, wo bereits Komparsen warten, die unsere Mitschüler darstellen sollen. Aber bevor wir die Szene überhaupt proben können, verlässt McGregor seinen Monitor und kommt auf uns zu. »Wir brauchen etwas mehr«, sagt er. »Jake, zieh dein Shirt aus. Das gibt etwas mehr Pep.«

Jeder auf dem Set sieht sich zu mir um, auch Emma. Ich reagiere viel langsamer. Ich bin nicht begeistert und liefere mir mit McGregor einen Wettbewerb im Anstarren.

Schließlich nicke ich widerwillig und ziehe mein Shirt aus.

McGregor scheint ganz zufrieden und geht wieder, doch dann dreht er sich noch einmal um. »Wenn ich es mir recht überlege«, sagt er, »diese Folge läuft im November – du weißt, wie wichtig die Einschaltquoten zu dieser Jahreszeit sind. Also kannst du diese Szene eigentlich auch *ohne Klamotten* spielen!«

Alle fangen an zu lachen und Brett rast davon wie eine Kanonenkugel – ganz offensichtlich hat er McGregor von meinem Traum erzählt. Ich brülle eine Drohung nach der anderen, jage hinter Brett her und bringe ihn auf dem Rasen zu Fall. McGregor lacht am lautesten. »Kostüme, Maske, Haare! Los!«

Emma

Kimmi und ich treffen uns im *La Encantada*, einem Einkaufszentrum mit schicken Läden und kleinen Boutiquen. Wie in Tucson üblich sind die Gebäude in Erdtönen gehaltene Klötze, allerdings aufgepeppt mit bogenförmig überdachten Gängen. Das Einkaufszentrum liegt am Fuß der Catalina-Hügel, nicht weit von meinem Haus entfernt.

In den Läden würden meine Sonnenbrille und der große Schlapphut unnötiges Aufsehen erregen. Deswegen benutze ich heute Plan B für meine Tarnung: Eine Baseballkappe, aus der hinten ein Pferdeschwanz heraushängt und dazu eine kleine Brille, ähnlich einer Lesebrille mit leicht getönten eckigen Gläsern. Unterwegs habe ich außerdem das gesamte Make-up entfernt. Ungeschminkt erkennen mich die Leute gewöhnlich nicht, und wenn ich etwas kaufe, bezahle ich immer bar, damit sie meinen Namen nicht sehen.

Die überdachten Gänge führen von einem Geschäft zum nächsten, und Kimmi und ich gehen in fast jedes. Wir posieren mit Handtaschen vor den Spiegeln und testen dann, wer von uns besser auf den höchsten Absätzen laufen kann. Ich bin ziemlich sicher, dass Kimmi bestreiten würde, meine Freundin zu sein, aber im Moment fühlt es sich so an, als wäre sie es.

Sie fragt sogar nach meiner Meinung, was sie zur Pressegala tragen soll. Das allein ist schon verrückt genug, aber als wir dann in einer von diesen Girlie-Boutiquen sind, überrascht mich Kimmi wirklich, als sie ein hellrosa Babydoll-Kleid vom Ständer nimmt. »Hat das genug von *Amerikas Liebling*?«

»Ich finde es toll!«, sage ich. »Es wirkt schüchtern und unschuldig, vermittelt aber gleichzeitig eine gewisse Flirtbereitschaft.« Das Kleid gefällt mir so gut, dass ich es auf jeden Fall nehme, wenn sie es nicht will. Der Rock ist ein wenig ausgestellt und endet knapp über dem Knie – was deutlich länger ist als Kimmis sonstige Outfits. Das Oberteil ist mit hauchdünner Spitze eingefasst. Kimmi hat schon Dutzende Kleider und Röcke in die engere Wahl gezogen, aber alles, was sie anprobiert hat, passte nicht zu ihr. »Versteh mich nicht falsch«, füge ich hinzu, »aber warum willst du unbedingt so …«

»Unschuldig aussehen? Artig? Ganz anders als erwartet?«

»Ich dachte eher an bescheiden«, sage ich. Kimmi verdreht die Augen, und endlich kapiere ich es und fange an zu lachen. »Deswegen wolltest du, dass ich mitkomme, stimmt's? Du brauchst meinen unschuldigen und artigen Rat.«

Kimmi hängt sich das Kleid über den Arm und steuert die Umkleidekabine an. »Nur um das klarzustellen«, sagt sie, »ich brauche von niemandem Modetipps.« Sie betritt eine der Kabinen und schließt die Tür. »Es ist nur so, dass mich die Medien als ›wutschnaubende Ex‹ hingestellt haben und ich ein paar Millionen Meinungen über mich ändern muss. Und zwar schnell.«

»Oh.«

»Tahoe war ein echter Witz«, sagt sie. »Klar, ich habe ein bisschen zu heftig mit ein paar Jungs geflirtet und war vielleicht etwas zu laut, als ich Payton die Meinung gesagt habe, aber wenigstens habe ich mich nicht unter einem Tisch versteckt wie jemand, den ich kenne, und mir die Augen ausgeheult. Wen stört es schon, dass er sich irgendwelche Mädels anlacht, um sich zu amüsieren?«

Ein Teil von mir möchte ihr versichern, dass ich nur zu gut weiß, wie es sich anfühlt, so abserviert zu werden, aber ich kann mir nicht recht vorstellen, ein ernsthaftes Gespräch mit Kimmi zu führen. Trotzdem erlaube ich mir etwas Mitgefühl. Vor dieser Einkaufstour haben ihre Augen das letzte Mal so geleuchtet, als sie mit Payton zusammen war. Sie hat ihn sehr gerngehabt.

»Wundert dich das?«, fährt Kimmi fort. »Dass ich normalerweise keine durchgedrehte, rachsüchtige, blutsaugende Bestie bin?«

Diese Beleidigungen stammen nicht aus der Klatschpresse. »Kein bisschen«, versichere ich durch die Tür der Umkleidekabine. »Ich staune nur, dass du dich mir anvertraust. Dass du überhaupt mit mir redest.«

Kimmi öffnet die Tür und sieht in dem rosa Kleid noch viel besser aus, als ich erwartet hätte. »Wie meinst du das? Wir reden doch ständig miteinander.«

»Nein, wir quatschen nur über belangloses Zeug. Und du wirfst mir Dinge an den Kopf. Zum Beispiel, wie jämmerlich ich bin.«

Sie geht um mich herum und wirft sich vor dem bodentiefen Spiegel in Pose, als befände sie sich auf dem roten Teppich. »Aber sieh dir mal an, wie sehr ich dir geholfen habe. Noch vor ein paar Monaten wärst du niemals so energisch geworden.«

»Vielleicht nicht, aber wenn du die Wahrheit wissen willst, hatte ich nie Angst vor dir.« Wir unterhalten uns ganz sachlich, kein bisschen schnippisch oder defensiv. Wir könnten ebenso gut über die Vorzüge verschiedener Designerjeans sprechen. »Das Kleid steht dir übrigens super.«

»Ich weiß«, sagt Kimmi und haucht ihrem Spiegelbild ein Küsschen entgegen. »Aber du *solltest* Angst vor mir haben. Willst du wissen, wie viele Reporter mich schon nach deinen Geheimnissen ausgefragt haben? Und ich weiß ein richtig schönes, das ich so verdrehen kann, dass du genau so dastehst, wie ich dich haben will.«

Es ist klar, dass sie herausgefunden hat, dass Jake und ich viel Zeit miteinander verbringen, aber das werde ich garantiert nicht zugeben. »Die Klatschpresse erzählt dauernd Lügen über mich. Da spielt eine mehr keine Rolle.«

»Aber das wäre keine Lüge und würde dich deswegen umso härter treffen.« Kimmi dreht sich um, weil sie sich auch von hinten betrachten will. »Echt heiß, oder? Jetzt brauche ich nur noch die totalen Killer-Absätze.« Sie kehrt in die Kabine zurück. »Was tragen denn artige Mädchen an den Füßen?«

»Was immer wir wollen«, antworte ich. »Bei den Schuhen hört die Artigkeit auf.«

Kimmi späht um die Tür herum und lächelt mich an. Es ist ein richtiges, echtes Lächeln. »Guter Spruch, Barbie. Merkst du schon, wie ich auf dich abfärbe?« Ihre großen braunen Augen verschwinden wieder hinter der Kabinentür. »Und du schuldest mir was, weil ich euer kleines Geheimnis für mich behalten habe. Ich will wissen, wie ich auf der Pressegala süß und fröhlich und ganz reizend rüberkomme. Außerdem musst du mir sagen, wie ich die Presse davon überzeuge, dass diese Tahoe-Storys nur ein gemeiner Angriff auf meinen makellosen Charakter waren.« Ich lache nur, und so fügt sie hinzu: »Ah, verstehe. Du willst erst hören, was ich über *dich* weiß.«

Ich sehe mich unauffällig im Laden um, ob jemand in Hörweite ist. »Okay, ich schlucke deinen Köder«, flüstere ich. »Wieso hast du den Tratsch, den du angeblich kennst, nicht verbreitet?«

Kimmi öffnet die Tür und winkt mich zu sich in die Kabine. Sie trägt nur einen Rock und einen BH, aber viel mehr hat sie sonst auch nicht an. »Abgesehen davon, dass McGregor mich feuern würde«, sagt sie, »fällt es schwer, dich zu hassen, was total nervt. Ohne das ständige ›Hi, Kimmi! Wie war dein Wochenende?‹ oder das ewige Geschleime ›Oh, deine Ohrringe sind totaaaaaal toll!‹ hätte ich längst allen erzählt, dass du mit Jake zusammen bist. Und zwar schon seit Monaten.«

Ich bemühe mich, keine Miene zu verziehen.

Sie zieht ihr Shirt wieder an. »Brett hat auch schon einen Verdacht. Und wenn es sogar ein Idiot wie er merkt, weiß es bald jeder. Ich dachte nur, du wolltest gern auf den neuesten Stand gebracht werden.«

Innerlich fluche ich leise vor mich hin.

»Dieses Ding zwischen dir und Jake zieht Kreise«, sagt sie. »Du weißt schon Bescheid über Miss Texas, oder? Weil sie nämlich dafür gesorgt hat, dass alle Mädels in ihrer Studentenverbindung von der Verabredung mit ihm wissen. Und Tri Delta hat im ganzen Land fast zweihunderttausend Mitglieder. Ich nehme nicht an, dass sie freiwillig die Klappe darüber hält.«

Sofort habe ich Jake in Begleitung einer umwerfenden Blondine in knappen Shorts vor Augen. Bäh. »Ich bin sicher, dass jedes Mädchen, das mit Jake ausgegangen ist, damit angibt«, sage ich, obwohl meine Stimme ziemlich zittrig klingt. »Bei ihren Verbindungsschwestern und allen, die sie sonst kennt.«

Einen Moment lang herrscht Schweigen. »Deine Naivität ist

wirklich nicht zu überbieten«, stellt Kimmi fest, doch dann verkneift sie sich den herablassenden Tonfall. »Jake ist nicht *in der Vergangenheit* mit ihr ausgegangen. Er hat sie letzte Woche auf dem Rückflug von New York getroffen und sie haben sich für diesen Montag in Texas verabredet.«

Ich lande auf dem Stuhl, der zum Glück direkt hinter mir steht.

»Hast du es heute nicht mitbekommen?«, fragt Kimmi. »Wie Jake sich vergewissert hat, dass er Montag nicht arbeiten muss?«

Jake hat heute tatsächlich gleich zwei Mal auf den Drehplan gesehen, aber er kann sich doch unmöglich mit einer anderen verabreden, nicht so kurz vor unserem ersten echten Date.

»Kimmi, Jake und ich sind nicht … zusammen. Okay? Er kann Dates mit so vielen Mädchen haben, wie er will.«

Sie mustert mich wortlos. Wahrscheinlich ist an meinen knallroten Wangen zu erkennen, dass es die Wahrheit ist, und auch, wie weh es tut. Jake und ich sind wirklich kein Paar – jedenfalls nicht offiziell. Wir haben auch nie darüber gesprochen, einander treu zu sein, und … vielleicht geht er schon die ganze Zeit mit anderen Mädchen aus. Woher sollte ich das wissen? Wir haben fast nie gleichzeitig einen drehfreien Tag, und die Wochenenden verbringt er in New York, wo er von lauter Models umgeben ist. Wunderschönen, aufreizenden Models.

Und anscheinend auch Schönheitsköniginnen.

»Ob ihr nun zusammen seid oder nicht, dass du ihn magst, ist nicht zu übersehen«, stellt Kimmi fest. »Und sobald du den Raum betrittst, folgt dir sein Blick, und deswegen kapiere ich diese Miss-Texas-Sache nicht. Die meisten Jungs sind gemeine

Schweine, die einen betrügen, wann immer sich die Gelegenheit bietet. Aber Jake schien anders zu sein.« Sie zuckt mit den Schultern. »War wohl nichts.«

Mit dem letzten Hauch Luft in meiner Lunge frage ich: »Woher weißt du von … ihr?«

Kimmi schwingt sich die Handtasche über die Schulter und schlüpft in ihre Schuhe. »Ich war selbst bei Tri Delta und habe noch immer massenhaft Freundinnen in der Verbindung. Und wenn eine Schwester mit einem Promi ausgeht, verbreitet sich diese Neuigkeit wie ein Lauffeuer.«

»Verstehe.« Moment mal. Ich bin schon einmal auf eine solche Story hereingefallen. Ich werde kein Gerücht über Jake glauben, ohne vorher mit ihm zu sprechen. Er hat mir immer die Gelegenheit gegeben, ihm meine Version der Gerüchte zu erzählen.

Aber was, wenn es kein Gerücht ist? Was, wenn es wahr ist und Jake wirklich ein Date mit einer anderen hat, und sie so mag, dass er extra nach Texas fliegt, um sie zu sehen? Technisch betrachtet würde er mich nicht einmal betrügen, nachdem ich ihm so unmissverständlich gesagt habe, dass die Sache zwischen uns vorläufig nicht weitergehen darf. Und hat er nicht sogar mal erwähnt, dass man niemanden hintergehen kann, mit dem man nicht zusammen ist?

Während Kimmi ihr Kleid bezahlt, bleibe ich in der Kabine und versuche, logisch zu denken. Fühle ich mich betrogen – ja, nein … vielleicht? Wahrscheinlich ist es eher Eifersucht. Auch wenn ich für eine echte Beziehung noch nicht bereit bin, will ich doch auch nicht, dass eine andere Jake kriegt. Und ich kenne ihn gut genug, um zu wissen, dass Miss Texas oder irgendein anderes Mädchen, für das er sich interessiert, den Aufwand wert sein muss. Im Grunde bedeutet das nur eines: ich habe Konkurrenz.

Was soll ich jetzt nur tun?

JAKE

Emmas aufgesetztes Lächeln kann nur eines bedeuten: Kimmi hat ihr von Miss Texas erzählt. Ich hätte einfach Nein sagen sollen, als diese PR-Frau bei Liz angerufen und gefragt hat, ob ich »das entzückende Mädchen«, das ich im Flugzeug getroffen habe, zu einem Staatsbankett beim Gouverneur von Texas begleiten würde. Aber die Anfrage kam, nachdem Emma auf meine Bitte um ein richtiges Date reagiert hatte, als würde sie mir einen Gefallen tun. Also sagte ich zu Liz: »Klar, warum nicht? Ist doch nur ein Essen.«

Stolz ist idiotisch. Genau wie der Versuch, Emma so eifersüchtig zu machen, dass sie den nächsten Schritt wagt. Und jetzt habe ich ein schlechtes Gewissen und würde ihr am liebsten alles beichten.

Ich komme zehn Minuten zu spät zu unserem Date. Und anders als abgemacht, klopfe ich an ihre Hintertür, statt sie an der Haustür abzuholen, und wir gehen dann zu Fuß über den Joggingpfad zu meiner Wohnung. Emma wirkt abwesend – nicht wütend, nur irgendwie … kühl.

Als wir um mein Wohnhaus herumgehen, zieht sie mich plötzlich am Arm zurück und zeigt auf den Parkplatz.

»Ja, ich weiß«, sage ich. »Das ist Bretts Truck. Ich habe ihn mir geliehen.«

»Wozu?«

»Das wirst du schon sehen«, antworte ich und führe sie zur Beifahrertür.

Nachdem ich ebenfalls eingestiegen bin, sagt Emma: »Nur

zu deiner Information: Kimmi hat das mit uns herausgefunden und sie glaubt, dass Brett auch schon etwas ahnt.«

Ich starte den Wagen. »Und was hast du dazu gesagt?«

Einen Moment lang herrscht Schweigen zwischen uns. »Ich habe es nicht abgestritten. Soll sie doch glauben, was sie will.«

Emma wartet auf eine Reaktion von mir, und als ich rückwärts aus der Parklücke fahre, fügt sie hinzu: »Nur aus Neugier, welche Ausrede hast du dir einfallen lassen, um Bretts Truck zu kriegen?«

»Ich habe behauptet, ich müsste ein paar neue Möbel transportieren«, sage ich. Eigentlich hatte ich nicht vor, ihn mir zu borgen, aber als ich sah, dass Brett damit zur Arbeit gefahren war, hatte ich eine Idee, wie ich unser Date noch besser machen könnte, und ihn deshalb gefragt, ob wir heute die Autos tauschen können. »Er hat nicht weiter nachgefragt.«

Irgendwie hatte ich gehofft, dass er es tun würde.

Emma nickt. »Was Brett angeht, muss Kimmi auf dem Holzweg sein. Wenn er von uns wüsste, würde er damit herausplatzen und uns darauf ansprechen. Schließlich gibt es in seinem Kopf keinen einzigen Gedanken, den er nicht sofort der ganzen Welt mitteilt.«

Sei bloß nicht zu besitzergreifend. Bleib ganz cool.

»Vielleicht wartet er noch ab, wie ernst es uns ist«, sage ich. »Um herauszufinden, ob wir wirklich zusammen sind oder nur flirten.« Ich werfe Emma einen kurzen Seitenblick zu. »Er ist übrigens nicht der Einzige, der sich diese Frage stellt. Und damit meine ich nicht Kimmi.«

Emma fährt mit den Fingerspitzen über meinen Arm. »Ich habe noch nicht mal *angefangen*, mit dir zu flirten.«

Okay, jetzt lächle ich. »Vielleicht solltest du es versuchen. Nur damit wir wissen, ob es uns gefällt.«

Je weiter wir uns von der Stadt entfernen, desto entspannter wird es. Und da Emma Miss Texas nicht erwähnt, werde ich unser Date bestimmt nicht damit ruinieren, dass ich meine Unreife eingestehe. Aber ich muss ihr noch vor dem Bankett am Montag beichten, dass ich versucht habe, sie eifersüchtig zu machen.

Es dauert eine halbe Stunde, auf den Mount Lemmon zu fahren und einen Grillplatz zu finden, von dem aus man einen perfekten Blick auf den Himmel hat. Ich hole ein Bündel Feuerholz und den ganzen anderen Kram von der Ladefläche des Trucks, und dann sitzen wir auf einem Baumstamm am Lagerfeuer und rösten Marshmallows.

»Ich war immer mit meinem Dad beim Camping«, erzählt Emma und pustet hastig die Flammen auf ihrem Marshmallow aus, bevor er zu Asche verbrennt. »Als Kind habe ich es geliebt.«

»Tut mir leid, wenn ich dir falsche Hoffnungen gemacht habe«, sage ich. »Aber ein Zelt habe ich nicht mitgebracht.«

Mit ihrem Zwergen-Turnschuh versetzt Emma meinem Riesen-Wanderstiefel einen Tritt. »Und was ist dann auf dem Truck unter der Plane? Ein UFO? Atomraketen?«

Ich schnappe mir den Marshmallow von ihrem Stock und werfe ihn mir in den Mund, bevor sie etwas dagegen tun kann. »Du schaust zu viel Fernsehen.«

»Ich *bin* in zu viel Fernsehen. Deswegen macht meine Fantasie jetzt Überstunden.«

»Das glaube ich gern.« Ich lege den Arm um sie, beuge mich

zu ihr runter und hauche ihr einen Kuss aufs Haar. Sofort erstarre ich und kann nicht fassen, was ich gerade getan habe, ohne vorher darüber nachzudenken. Emma sitzt genauso reglos da wie ich. »Wir … wir sollten schnell das Feuer ausmachen«, sage ich und stehe auf. »Heute Abend gibt es einen Meteoritenschauer und wir sitzen in der ersten Reihe.«

Emma bleibt auf dem Baumstamm sitzen und sieht zu mir auf. Das Licht von tausend Sternen funkelt in ihren Augen. »*Deswegen* hocken wir mitten im Nirgendwo?«, fragt sie. »Ich dachte, wir verstecken uns bloß vor den Reportern, die für die Pressegala in die Stadt gekommen sind.«

»Das auch.« Mit einem Fuß schiebe ich Sand ins Feuer und bin plötzlich ein bisschen nervös. »Je weiter oben wir sind, desto besser können wir den Meteoritenschauer sehen. Und Arizona ist einer der besten Orte der Welt, um einen zu beobachten.«

Ich schaue von der Glut auf und bin total erleichtert, sie lächeln zu sehen. »Wie praktisch«, bemerkt sie und streckt mir die Hand entgegen, damit ich ihr beim Aufstehen helfe.

Ich ziehe die Plane von der Ladefläche des Trucks, und der riesige weiche Sitzsack aus meiner Wohnung kommt zum Vorschein. In dem Moment, in dem ich heute bei der Arbeit Bretts Truck sah, war die Vorstellung von Emma und mir, wie wir in meinem Cabrio sitzen und den Meteoriten zusehen, wie weggeblasen, und ich wusste sofort, wie wir einander viel näher sein konnten.

Emma lacht und schüttelt den Kopf. »Jake Elliot, wenn du denkst, was ich glaube, dass du es denkst, dann könntest du eine Enttäuschung erleben.«

Ich helfe Emma auf die Ladefläche und klettere hinterher. »Sagtest du ›könntest‹?«

»Die Regeln gelten immer noch«, sagt sie und schubst mich in den Sitzsack. Ich versinke im weichen Schaumstoff und ziehe sie zu mir herunter. Sie lacht. »Hattest du nicht zwei von diesen Dingern?«

»Kann mich nicht erinnern. Habe ich zwei?«

Ich lege den Arm um ihren Rücken und Emma lässt den Kopf auf meine Schulter sinken. Minutenlang sehen wir Lichtstreifen über den Himmel huschen und in der Dunkelheit verschwinden. Meteoritenschauer sind in Arizona keine Seltenheit, aber ich habe mir schon lange nicht mehr die Zeit genommen, mir einen anzusehen. Der Himmel ist perfekt klar, die Luft frisch und es ist mindestens zehn Grad kühler als in der Stadt.

Ich versuche, mich auf die kühle Brise zu konzentrieren – und nicht auf die Hitze, die ich tatsächlich verspüre.

Die Regeln, die Regeln, ermahne ich mich, aber Emma trägt nicht gerade zu meiner Selbstbeherrschung bei, denn sie dreht sich zu mir und streicht mit einer Hand über meine Brust. »Dein Herz schlägt so heftig, als würde da drin ein Boxkampf stattfinden«, stellt sie fest.

»Äh … das kommt hin«, ist alles, was mir dazu einfällt.

Je länger wir hier liegen, fast reglos, desto unruhiger werde ich. Ich könnte schwören, dass ich in der Stille des Abends auch ihr Herz rasen höre, und würde zu gern wissen, was sie denkt.

Sie fährt hoch. »Mist. Ich habe vergessen, Rachel anzurufen.«

Was? Sie hat an *Rachel* gedacht?

Ich will keine große Sache daraus machen und verschränke

die Hände hinter dem Kopf, während Emma ihr Handy aus der Hosentasche holt und sie anruft.

»Hey, tut mir leid, dass ich dir auf die Mailbox sprechen muss«, sagt sie. »Ich weiß, dass du bald zur Arbeit musst, aber ich wollte dir unbedingt erzählen, dass unser Castingdirektor dich als Statistin haben will! Die Szene wird am Montag nach der Premiere gedreht. Ich weiß, dass du da eigentlich abreisen wolltest, aber das umzubuchen ist sicher kein Problem. Ist das nicht klasse? Bis bald!«

Emma legt das Telefon zur Seite und macht es sich wieder gemütlich. Jetzt liegt sie lang ausgestreckt auf dem Rücken und nur noch unsere Arme berühren sich. »Wo waren wir?«, fragt sie. »Ach ja, Sternschnuppen. Guck mal! Da war wieder eine!«

Ich räuspere mich. »Äh … noch mal zum Mitschreiben: Wieso verkuppeln wir Rachel nicht mit Devin?«

Emma stützt sich auf einen Ellbogen und sieht viel ernster aus, als ich erwartet hätte. »Weil es nicht Devin ist, mit dem sie ihre Wände tapeziert hat«, antwortet sie. »Aber ich werde Rachel von uns erzählen, bevor sie nächste Woche wieder nach Hause fährt, versprochen.«

Ich nicke. Was soll ich sonst tun?

»Gib einfach mir die Schuld, okay?« Ich riskiere es, ihr über die Wange zu streichen, mit den Fingern über ihre weiche Haut zu fahren und durch ihre Haare. »Sag Rachel, dass ich mich in dich verliebt habe, obwohl du nach Kräften versucht hast, mich abzuwehren. Dass ich mir nicht vorstellen kann, jemals wieder mit einer anderen zusammen zu sein, nie im Leben.« Ich muss Luft holen. »Und dass mir jedes Mal der Atem stockt, wenn ich nur an dich denke.«

Einen Moment lang sieht mich Emma nur an, und ihr schüchternes Lächeln passt nicht zu ihrem eindringlichen Blick. Dann legt sie beide Hände auf meine Brust und kommt näher. *Viel näher.*

»Halt still«, sagt sie. »Ich muss etwas loswerden.«

Ihr Mund berührt meinen Hals und eine Million Volt rasen durch meinen Körper. Ihre Lippen wandern zu meinem Schlüsselbein und hoch zum Ohr, und überall dazwischen entfacht sie ein Feuer. Doch als ich es nicht länger aushalte und sie küssen will, dreht sie den Kopf weg.

»Sieh dir die Sterne an«, flüstert sie.

»Die Sterne sind mir grad ziemlich schnuppe.«

Sie lacht, macht aber trotzdem weiter, jetzt ganz langsam und gezielt, und es treibt mich in den Wahnsinn. Es fühlt sich an wie ein verdammtes Inferno, und ich kann unmöglich –

»Okay, ich sollte lieber aufhören«, sagt Emma und rückt von mir ab.

Was? »Wir haben doch gar nicht –«

»Ich weiß.« Emma sieht mir in die Augen und findet in meinem Blick vermutlich nur Verwirrung. »Aber das dürfen wir noch nicht, schon vergessen?«

»Und was war das gerade?«

»Oh … also …« Sie verbirgt das Gesicht hinter ihren Händen. »Wie ich schon sagte, ich wollte das nur einfach mal loswerden.«

»Wow. Dabei helfe ich immer wieder gern.« Ich setze mich auf. »Auch wenn du mich für verrückt hältst, ich denke, dass sich zwischen uns etwas geändert hat und du mich eigentlich küssen wolltest.«

»Das stimmt. Aber ich hätte zu große Schuldgefühle, solange ich Rachel nichts gesagt habe, und –«

»Und *was*? Musst du ihre Erlaubnis einholen?« Ich explodiere. »Wieso ist dir das Glück von allen anderen wichtiger als dein eigenes? Oder meins? Du behandelst mich wie ein Schoßhündchen. *Sitz, Jake. Bleib, Jake.* Aber bei *Mach Männchen* hört für mich der Spaß auf.«

Sie ist schockiert. »Aber du hast doch gesagt, dass es okay für dich ist«, sagt sie.

»Bis zu einem gewissen Punkt, Emma, aber das ist doch verrückt! Mit dieser Nummer gerade hast du dein eigenes Schneckentempo aufgegeben, und mir fällt es nicht gerade leicht, mitten auf der Autobahn eine Vollbremsung hinzulegen.«

»Dann solltest du dich vielleicht an Miss Texas halten«, wirft mir Emma an den Kopf. »Hast du auf eine Landkarte gesehen und dir gesagt: ›Hmm, in Texas ist alles so groß, vielleicht sollte ich dort anfangen?‹«

»Wieso sollte ich mich nicht verabreden?«, fauche ich. »Mittlerweile bin ich froh über jede, die sich bereit erklärt, mit mir auszugehen.«

Emma packt mein Shirt mit einer Hand und dann auch noch mit der anderen. »Also gut, ich gehe mit dir aus«, sagt sie. »Fühlst du dich jetzt besser?«

»Nein!«, beginne ich, doch dann sehe ich ihre Tränen und der Rest meiner Erwiderung bleibt mir im Hals stecken.

Emmas Griff lockert sich und sie lässt die Hände sinken. »Was soll ich denn noch tun, Jake?«, fragt sie. »Ich breche jede Regel, die ich für mich selbst aufgestellt habe, und weiß genau, dass es mehr wehtun wird, als jemals zuvor, wenn es irgendwann endet. Dann werde ich nicht nur monatelang von den Klatschblättern gefoltert. Jedes Mal wenn ich dich dann in den nächsten Jahren bei der Arbeit treffe, kommt der ganze Schmerz wieder hoch.« Sie rutscht zur Heckklappe, springt vom Truck und geht ein paar Schritte weg. »Und wenn du jetzt immer noch nicht verstehen kannst, wieso ich es langsam angehen will, hast du bei Miss Texas vielleicht mehr Glück. Auf ihrer Webseite steht, dass sie sich den Weltfrieden wünscht.«

»Ich will sie doch gar nicht.« Das kommt so leise heraus, dass Emma, die mit den Tränen kämpft, es vermutlich gar nicht gehört hat.

Sie erreicht die Beifahrertür, doch bevor sie sie öffnen kann, hält sie inne und bleibt einfach reglos stehen.

Ich bedaure längst, was ich gesagt habe, wage aber nicht, ihr das einzugestehen. Also lehne ich mich nur zur Seite und lege eine Hand auf die Kante der Ladefläche. Dann warte ich.

Es vergeht fast eine Minute, bis Emma mir einen ersten zaghaften Blick zuwirft. Es ist eindeutig, dass sie mir etwas Wichtiges sagen will, aber was?

Ist das ein Anfang oder das Ende?

Emma

Was war das gerade? Wir streiten uns doch nicht. Niemals. Aber es scheint fast so, als hätten wir eine Weggabelung erreicht und müssten uns entscheiden, ob wir nach links oder nach rechts gehen, aber wohin führen die Wege? Hoffentlich schlage ich den richtigen ein. Am liebsten hätte ich ein paar Straßenschilder – *Drei Kilometer zum Glück* oder *Depression und Trauer hier entlang.*

Jake ist sitzen geblieben, aber seine Hand liegt auf der Kante der Ladefläche. Ich greife danach. »Ich kann nicht glauben, was ich gerade gesagt habe. Das alles. Es tut mir so –«

»Entschuldige dich nicht«, sagt er und umklammert meine Hand, als würde er in einen Abgrund stürzen, wenn er sie losließe. »Ich habe es verdient. Diese ganze Texas-Sache ist von meiner Agentin gekommen und ich habe zugesagt, weil –«

»Lass uns nicht über darüber reden«, unterbreche ich ihn, obwohl ich froh bin über diesen Ansatz einer Erklärung. »Nicht jetzt. Es geht um *uns.*«

»Stimmt«, sagt Jake. »Dann kann ich ja gestehen, dass ich heute Abend mit einer Abfuhr gerechnet habe, weil ich wusste, dass du noch nicht bereit für das hier warst. Und trotzdem habe ich dich in diesen finsteren Wald geschleppt. Dich auf die Ladefläche meines Trucks gezerrt … Das war fies von mir. Bitte entschuldige.«

Wie kommt er nur auf die Idee, das alles wäre *seine* Schuld? Ich bin es doch, die ständig neue Regeln aufstellt und sie dann nach Lust und Laune bricht.

»Eigentlich ist das nicht *dein* Truck«, sage ich, »und das hier ist nun wirklich kein Wald.«

Ich stelle mir uns beide in einem richtigen Wald vor, umgeben von Bäumen, die dreißig Meter hoch aufragen. Ich kann die Tannennadeln und die feuchte Walderde beinahe riechen. In diesem anderen Universum sind wir älter, und all diese Frustrationen und Unsicherheiten liegen längst hinter uns. Wir haben eine gemeinsame Zukunft, das spüre ich.

Es muss uns nur gelingen, den Raum zwischen *Hier* und *Dort* zu überwinden.

»Trotzdem«, sagt Jake. »Ich habe versprochen, mich zu benehmen und Geduld zu haben, während du dir darüber klar wirst, was du willst. Und ich habe total versagt.«

»Aber dass ich immer versuche, alle anderen glücklich zu machen, hast du gut erkannt«, gebe ich zu. Ich bin so erzogen worden. Es war wie eine Gehirnwäsche, die mich zwingt, um jeden Preis die Kritiker zu beeindrucken, meine Fans zu unterhalten, meiner Mutter zu gehorchen und den Reportern zuzulächeln. Auch wenn sie Lügen über mich verbreiten. Vor allem dann. »Aber das Verrückte daran ist, dass du der Einzige bist, der wirklich daran interessiert ist, *mich* glücklich zu sehen.«

Er springt wortlos über die Bordwand der Ladefläche und landet neben mir. Am liebsten würde ich in seine Arme sinken und ihn dafür um Verzeihung bitten, dass ich so anstrengend bin.

Und noch für etwas anderes, das genauso peinlich ist.

»Ich ... habe dich überrumpelt«, sage ich. »Das tut mir leid.«

Jake lacht, verschränkt die Arme und lehnt sich an den Truck. »Ich fühle mich tatsächlich überrumpelt, aber bilde dir nicht ein, dass du das nicht noch mal tun darfst, irgendwann. Du weißt schon, wann immer dir danach ist.«

Nur daran zu denken, bringt mein Gesicht zum Glühen und plötzlich kann ich es nicht ertragen, dass er mich nicht berührt. Was noch vor einer Stunde ganz normal war – miteinander zu reden, wie es Freunde tun, ohne Körperkontakt –, fühlt sich jetzt ganz falsch an.

»Was hast du erwartet, nachdem du mir gesagt hast, dass dir jedes Mal der Atem stockt?«, frage ich, denn genau das hatten seine Worte auch bei mir bewirkt.

»Also, wenn ich ehrlich bin … Ja, ich hatte gehofft, dass genau das passieren würde, allerdings mit etwas mehr Action von meiner Seite.« Jetzt greift Jake endlich nach meinen Hüften und zieht mich an sich. Ein Glück. Ich hatte schon befürchtet, diesen großen Schritt selbst machen zu müssen. Schon wieder. »Aber es ist die Wahrheit«, versichert er mir. »Und was ich *danach* gesagt habe –«

»Du hattest auch dazu jedes Recht«, sage ich und will ihm noch näher sein, will seine Wärme spüren. »Und ich hätte nicht so ausflippen sollen. Ich glaube, ich bin mit einem Satz über die Heckklappe gesprungen.«

Jake nickt. »Das war ziemlich beeindruckend. Ich habe sofort erkannt, dass du früher mal beim Ballett warst.«

Wie schafft er das nur? Mich zum Lachen zu bringen, obwohl mir zum Weinen zumute ist. Mich dazu zu bringen, dass ich all meine Ängste und Zweifel in den Sternenhimmel werfen und hoffen will, dass das zwischen uns hält. Mir die Hoffnung zu geben, dass es etwas Besseres gibt als das, was ich bisher hatte.

Sind nicht viele Paare jahrzehntelang glücklich miteinander? *Ein Leben lang?*

Mein Puls rast schon wieder und ich atme viel zu schnell. Ich bin nervös und habe auch ein bisschen Angst, aber ich streiche trotzdem mit den Händen über seine Arme, fahre mit den Fingern über seinen Nacken und durch seine Haare. Jetzt gibt es kein Zurück mehr – ich ziehe Jake Rachel vor, hole mir nicht erst die Erlaubnis meiner Mutter ein, und es ist mir auch egal, was der Rest der Welt davon hält.

Es ist eine Entscheidung, die ich ganz allein treffe.

»Eigentlich hätte ich etwas anderes sagen sollen«, stelle ich fest. »Und zwar, dass ich alles tun werde, damit das zwischen uns funktioniert. Also gib mich bitte noch nicht auf.«

Er kommt näher. »Dazu kann ich nur eins sagen –« Seine Lippen streifen über meine Wange und ich schließe die Augen. »Ich könnte dich niemals aufgeben, selbst wenn du es von mir verlangen würdest.«

»Das ist gut, weil …« Ich bekomme kaum noch einen vernünftigen Satz zustande und warte darauf, dass er mich ansieht. »Weil ich mir nicht vorstellen kann, auch nur noch eine einzige Minute meines Lebens ohne dich zu verbringen.«

Im Mondlicht erkenne ich nur den Anflug eines Lächelns, bevor seine Lippen meine finden und es um mich geschehen ist. Ich verliere mich ganz in diesem Moment. Meine Finger vergraben sich in seinem Haar, voller Leidenschaft, während sich der Rest von mir danach sehnt, dass alles ganz langsam geht und dieser perfekte erste Kuss niemals endet.

Erst nach mehreren Minuten zieht Jake sich zurück, aber ich will nicht aufhören und ziehe ihn noch enger an mich. Er lächelt an meinen Lippen und sagt: »Ich fürchte, ich habe ganz vergessen, dass ich dich nicht küssen darf.«

Ich stehle mir noch einen Kuss. »Was für ein Pech aber auch.«

Danach reden wir eigentlich gar nicht mehr miteinander.

JAKE

Ich bringe Emma um drei Uhr nachts nach Hause, was eine reife Leistung ist, wenn man bedenkt, dass wir nach dem ersten Kuss kaum noch ein Wort gewechselt haben.

Dummerweise ist Brett der erste Mensch, den ich am nächsten Morgen sehe. Er hatte vergessen, dass sein Truck heute in die Werkstatt muss, und klopft deswegen schon um halb neun an meine Tür. Um neun ertrage ich es kaum noch, von Emma getrennt zu sein. Aber wie früh ist *zu* früh, um bei jemandem auf der Matte zu stehen?

Ich beschließe, sie anzurufen. Allerdings gibt es ein Problem – es ist nicht Emma, die sich meldet. Es ist Brett, und er lacht mich aus. »Hallo, Jake.«

Ich sage nichts, weil ich keine Ahnung habe, was los ist. Es war witzig, als sich Devin an Emmas Handy gemeldet hat, aber was macht *Brett* bei ihr? Ich habe sie doch erst vor ein paar Stunden zu Hause abgesetzt.

»Wolltest du jemand anders sprechen?«, fragt er.

Endlich löse ich mich aus meiner Erstarrung, begreife, was los ist, und erfinde hastig eine Ausrede. »Emma hat gestern am Set ihr Handy verloren«, sage ich. »Aber einer der Produktionsassistenten hat es gefunden, als sie schon gegangen war, und ich habe angeboten, es ihr zu bringen. Es muss mir aus der Tasche gefallen sein, als ich meine Möbel abgeladen habe … anscheinend in deinem Truck.«

»Stimmt. Es lag auf der Ladefläche«, bestätigt Brett, aber ich kann seinem Tonfall nicht entnehmen, ob er mir die Geschichte abkauft oder nicht. »Ich habe das Klingeln gehört, als ich dem Werkstattmeister gerade sagen wollte, was gemacht werden muss.«

»Super«, antworte ich, immer noch angespannt. »Emma würde mich umbringen, wenn ich es verloren hätte.«

Das Gespräch mit Brett ist kaum beendet, als ich auch schon über den Joggingpfad zu Emmas Haus rase. Wenn Brett herumschnüffelt – was ich ihm durchaus zutraue –, wird ihm Emmas Handy alles verraten, was er wissen will. Unsere Textnachrichten sind unmissverständlich.

Emma kommt in einem Jogginganzug an die Terrassentür und sieht mit den langen nassen Haaren, die ihr bis auf den Rücken reichen, unfassbar sexy aus. »Vermisst du mich jetzt schon?«, fragt sie. »Ich wollte gerade zu dir kommen und fragen, ob du mein Handy gefunden hast. Ich glaube, ich habe es im Truck gelassen.«

Ich trete in ihre Küche und schließe die Tür hinter mir. Emma fällt mir sofort in die Arme. Als sie zu mir aufblickt, küsse ich sie einmal und dann noch ein zweites Mal, weil ich befürchte, dass wir gleich ein Problem haben werden. »Ja, es war im Truck«, bestätige ich. »Du hast es dort hingelegt, nachdem du bei Rachel angerufen hast.«

Emma überlegt kurz. »Ach ja. Ich wollte dir auch noch erklären, warum mir gestern ausgerechnet in dem Moment eingefallen ist, dass ich Rachel zurückrufen muss«, sagt sie und lässt nicht zu, dass ich sie unterbreche, weil es im Moment wirklich wichtigere Dinge gibt. »Ich wünschte, ich hätte ihr schon von uns erzählt, denn dann könnte ich dich stundenlang küssen, ohne ein schlechtes Gewissen zu haben.«

Ich lächle leicht verwirrt. »Das verschieben wir auf später, okay? Aber jetzt solltest du dein Handy sperren lassen, denn Brett hat es.«

Sie braucht einen Augenblick, um das zu begreifen. »*Was?* Im Ernst?«

Ich berichte von meinem Telefonat mit Brett und dass es dunkel war, als ich die Sachen vom Truck geräumt und dabei ihr Handy übersehen habe. Ich rechne damit, dass sie total ausflippt, aber sie sieht kaum beunruhigt aus. »Oh Mann. Mit dem Handy als Beweisstück gibt es nicht viel Auslegungsspielraum«, bemerkt sie. »Aber mach dir keine Sorgen. Ich hab einen Entsperrcode. Außerdem war deine Ausrede perfekt.«

Perfekt bestimmt nicht.

Aber hoffentlich wenigstens glaubhaft.

Ich ziehe einen Barhocker heran und setze mich. Emma bleibt stehen und ausnahmsweise sind unsere Augen fast auf gleicher Höhe. »Vielleicht überrascht dich das«, sage ich, »aber ich fände es nicht schlecht, wenn wir unsere Beziehung noch ein bisschen länger geheim halten. Irgendwie macht es mehr Spaß, wenn es keiner weiß.«

»Finde ich auch«, bestätigt Emma. »Und genau jetzt gehörst du nur mir. Ich will dich nicht mit dem Rest der Welt teilen oder unzählige Fragen beantworten, wie, wo und wann ich mich in dich verliebt habe.« Sie küsst mich, und dann wandern ihre Lippen über meine Wange bis zum Ohr und sie flüstert: »Weil ich dich jede Minute mehr liebe.«

Von dem Moment an bin ich zu keinem vernünftigen Gedanken mehr fähig.

Ich bleibe bis zur letzten Sekunde bei Emma. Dann sprinte ich nach Hause, dusche schnell und ziehe mich um, und mache mich auf den Weg zu McGregors Ranch, wo die Pressegala stattfindet. Wir Schauspieler sollen spätestens um fünfzehn Uhr da sein. Ich fühle mich großartig – ich könnte eine Ziegelmauer einrennen, wenn es nötig wäre – und auf der Autofahrt wird mir bewusst, dass dies der perfekte Augenblick für ein Telefonat ist, das ich schon ewig vor mir herschiebe.

Aber jetzt gebe ich mir einen Ruck. Ich rufe meinen Dad über die Freisprecheinrichtung an und wir unterhalten uns ein paar Minuten lang – über meine Kurse, die Arbeit und wie es Mom geht. Es läuft gar nicht so schlecht.

Als ich es hinter mir habe, bin ich erleichtert und versuche, mich auf die Fragen vorzubereiten, die mir die Reporter vielleicht stellen werden. Die Produktionsfirma hat uns eine Liste mit potentiellen Themen gegeben, aber man kann nie wissen, was den Typen einfällt. Gut möglich, dass sie bereits von meinem bevorstehenden »Date« mit Miss Texas erfahren haben.

Ich habe Emma vorhin alles erzählt – wie ich letztes Wochenende zufällig im Flugzeug neben ihr saß. Dass wir uns unterhalten haben, ich aber kein bisschen Interesse an ihr hatte und sie schon gar nicht nach ihrer Nummer gefragt habe. Und doch hat ihre Agentin am nächsten Tag meine angerufen, und weil ich Emma eifersüchtig machen wollte, hatte ich eingewilligt. »Aber ich werde absagen«, hatte ich Emma versichert. »Es war dämlich und unreif von mir und es tut mir leid.«

»Es ist zu spät, um abzusagen«, erwiderte Emma. »Außerdem vertraue ich dir, Jake, obwohl ich geglaubt habe, nie wieder einem Jungen trauen zu können. Jedenfalls nicht so.«

Das war das Netteste, was sie jemals zu mir gesagt hat.

Immer noch auf Wolke sieben fahre ich auf McGregors riesige Ranch. Sie ist bestimmt etliche Hektar groß, es gibt mehrere Stallgebäude und eine Reitanlage mit allem, was dazugehört. Jeder Felsen, Kaktus und Blumenkübel befindet sich genau am richtigen Fleck. Ich stelle mir vor, wie sein Stallpersonal mit Walkie-Talkies an der Hüfte und einem Drehplan in der Hosentasche die Pferdeboxen ausmistet.

Das Ranchhaus passt zu McGregor. Der Eingangsbereich ist mindestens so groß wie die Lobby eines Luxushotels. Die hintere Wand besteht komplett aus Glas, der Boden aus breiten Dielen, und die Kuppeldecke rundet das Ganze ab. Auf der anderen Seite der Glaswand befindet sich eine geflieste Terrasse mit einem riesigen Barbecue-Grill, runden Tischen und orangefarbenen Sonnenschirmen. Die übergroßen dunklen Ledermöbel verleihen der Einrichtung etwas Rustikales. In McGregors Adern fließt zwar das Blut der schottischen Highlands, aber in seinem Herzen ist er ein Cowboy.

Überall herrscht geschäftiges Treiben – die Presseleute und das Filmteam laufen herum, unterhalten sich oder bauen irgendetwas auf. Ich habe kaum eine Minute in McGregors trautem Heim verbracht, als unser Gastgeber bereits angesegelt kommt wie eine Fledermaus. »Hallo, mein Junge«, sagt er. »Auf ein Wort, bitte. Hier entlang.«

Er hastet in seinem üblichen Affentempo in einen der beiden Flügel seines Hauses. Wir erreichen etwas, das vermutlich sein Büro ist, doch vor der Tür stehen mehrere Reporter und Kameraleute. McGregor stöhnt und zieht sein Funkgerät heraus. »Schicken Sie Miss Taylor stattdessen in die Bibliothek«, sagt er in das Gerät, und ich fühle mich, als hätte man mir mitten in die Brust geschossen. Natürlich bemerkt McGregor meine Reaktion und hebt eine Braue, während er auf eine Antwort wartet. »In die Bibliothek können wir auch nicht?«, fragt er ins Funkgerät. »Na schön. Zeigen Sie ihr den Weg in die Küche.«

Wir gehen einen langen Flur hinunter und kommen an einem schicken Raum nach dem anderen vorbei, die alle voller Leute sind. Emma wartet bereits in der Küche auf uns. Ihr Unterkiefer klappt herunter, als sie mich hinter McGregor entdeckt, und ich bestätige ihren Verdacht mit einem knappen Nicken.

McGregor winkt sie heran und wir gehen weiter, zur Hintertür hinaus und in das gläserne Poolhaus. Drinnen ist es warm und es riecht nach Chlor. McGregor zeigt auf eine weitere Tür. »Hier rein, bitte.«

Es stellt sich heraus, dass es ein Badezimmer ist – sehr groß und offenbar auch zum Umkleiden genutzt – aber eindeutig ein Bad. Wenigstens einer von uns sollte darüber lachen, aber uns ist nicht nach Lachen zumute. McGregor schließt die Tür und mustert uns auf seine übliche durchdringende Art. »Also, so früh habe ich nicht damit gerechnet«, sagt er. »Aber wisst ihr noch, ich habe es kommen sehen, stimmt's?«

Sein Blick fällt auf Emma, die hastig einen Schritt von mir wegtritt, was sie natürlich verrät. »Ich weiß nicht, was Sie gehört haben, aber wir sind nur –«

»Gute Freunde, richtig?«, sagt McGregor. »Du vergisst, meine Liebe, dass ich aus gutem Grund einer der besten Produzenten im Showbusiness bin. Wir haben über hundert erfahrene Schauspieler für die Rolle des Justin in Betracht gezogen, aber keiner davon konnte dir das Wasser reichen, bis ich auf diesen jungen Mann gestoßen bin.« Er zeigt auf mich, und ich glotze ihn an wie ein Idiot. »Schon bevor ihr euch begegnet seid, wusste ich, dass es auf dem Bildschirm zwischen euch knistern würde. Und je mehr ich über euch persönlich erfuhr, desto wahrscheinlicher wurde es, dass die Chemie auch ihren Weg in euer Privatleben finden würde. Aber das war eine Eventualität, mit der ich leben musste.«

»Aha … ach so«, ist alles, was Emma herausbringt.

»Mich überrascht nur das Timing«, sagt McGregor. »Ich habe erwartet, dass es noch eine Weile dauern würde, bis ich damit konfrontiert werde – wenn man deine letzten Dating-Reinfälle bedenkt. Aber Jake ist nicht mit den Deppen zu vergleichen, mit denen du dich bisher abgegeben hast, und deshalb denke ich nicht, dass du einen Grund zur Sorge hast.«

»Äh, danke«, murmele ich, weil auch mir keine geistreiche Bemerkung einfällt.

»Aber ich will, dass ihr euch etwas hinter die Ohren schreibt.« Jetzt klingt McGregor nicht mehr nett. »An meinem Set gestatte ich ein Drama nur vor laufender Kamera. Und ich erwarte, dass es mit Brett keine Probleme gibt – vor allem nicht heute –, deswegen habe ich dieses Notfalltreffen einberufen.«

In einem Badezimmer?

Emma schüttelt den Kopf. »Ich hatte nie wirklich etwas mit Brett.«

McGregor seufzt. »Wenn es um Herzensangelegenheiten geht, sehen die Dinge für den einen manchmal echter aus als für den anderen«, sagt er. Wieso haben alle außer Emma gemerkt, dass Brett Gefühle für sie entwickelt hat? »Und Mr Crawford hatte heute eine interessante Geschichte auf Lager. Ihr müsst wissen, dass er schon eine Stunde früher gekommen ist, um etwas Zeit mit den wichtigsten Pressevertretern zu verbringen. Zufällig war ich anwesend, als in seiner Tasche ein Handy klingelte – deins, Emma, wie er allen verkündete. Ein paar Minuten später nahm er mich zur Seite und erzählte mir, unter welch ›urkomischen‹ Umständen er das Telefon auf der Ladefläche seines Trucks gefunden hat.«

Das war leicht zu durchschauen: Brett hatte ihm nur davon erzählt, damit McGregor meine Lügengeschichte, wie es dorthin gekommen war, entweder bestätigte oder widerlegte.

»Natürlich habe ich sofort erkannt, dass deine Story reine Fiktion war«, sagt McGregor. »Wenn an meinem Set ein PA ein verlorenes Handy findet, kann er sich von seinem Job verabschieden, wenn er es irgendwo anders abgibt als im Produktionsbüro. Und dabei spielt es keine Rolle, wessen Telefon es ist. Aber um des lieben Friedens willen habe ich Brett nicht auf deine Lüge hingewiesen, was bedeutet, dass ich jetzt auch drinstecke. Und deshalb erwarte ich, dass ihr beide jetzt wenigstens mir gegenüber ehrlich seid.«

Emma und ich tauschen einen Blick. Sie überrascht mich, indem sie einen Schritt näher an mich herantritt und meine Hand nimmt. »Ja, Sie haben recht«, sagt sie. »Aber wir wollten uns erst selbst über alles klar werden, bevor alle anderen ihren Senf dazugeben. Und vor allem finde ich nicht, dass ich der Presse eine Erklärung schulde. Immerhin ist es deren Problem, wenn sie mir eine Beziehung zu jemand anderem andichten.«

McGregor verschränkt die Arme und lächelt. »Das stimmt

allerdings. Ich kann nur hoffen, dass du genauso stark bist, wenn der Sturm losbricht, was garantiert passieren wird. Und es hilft kein bisschen, dass wir in unserer Serie eine Wendung geplant haben, die der Realität ziemlich nahe kommt. Vielleicht hat Jake dir schon von der Szene erzählt, die wir gestern gedreht haben, als du bereits gegangen warst?«

Emma sieht mich fragend an. »Nein, hat er nicht.«

Aus gutem Grund. »Es war nur eine Andeutung«, versichere ich ihr. »Mehr nicht.«

»Eine Andeutung wovon?« Emmas Augen werden immer größer und sie sieht McGregor an. »Eine Dreiecksbeziehung? Nein … Nicht jetzt. *Bitte.* Davon stand nichts im Skript!«

McGregor tippt sich gegen die Schläfe. »Das stimmt, aber in *diesem* Skript steht es schon seit mehr als einem Jahr. Justin und Eden sind als Liebespaar der Serie vorgesehen – die kurze Romanze mit Bryce dient nur dem Spannungsbogen. Vor uns liegen Jahre, in denen wir unsere Zuschauer mit den Höhen und Tiefen junger Liebe unterhalten werden. Gestern hatte ich dann den Geistesblitz, das Ganze mit ein paar Nahaufnahmen schon einmal anzudeuten. Nur ein leichtes Lächeln auf Jakes Gesicht, wenn du auf dem Sportplatz an ihm vorbeigehst. Wir brauchten nur ein paar Aufnahmen, und wenn es erst in die richtigen Szenen reingeschnitten ist, wird es perfekt sein.«

Emma zeigt, was sie davon hält, indem sie den Toilettendeckel runterklappt und sich erst einmal hinsetzt.

»Dieser Handlungsstrang wird erst gegen Ende der ersten Staffel Fahrt aufnehmen«, sagt McGregor, »aber was wäre ein Teenie-Drama ohne eine herzzerreißende Dreiecksgeschichte?« Darauf haben wir beide keine Antwort, und er öffnet die Tür.

»Bleibt hier, bis ich euch sage, dass die Luft rein ist. Ich erwarte, dass ihr nacheinander rauskommt.«

Als McGregor draußen ist, sagt Emma: »Er irrt sich, was Brett angeht. Aber wenn erst bekannt wird, was wirklich Sache ist, wird das eine mittlere Katastrophe. Alle werden denken, dass McGregor diese Dreiecksgeschichte aus unserem wirklichen Leben übernommen hat.« Sie holt tief Luft. »Warum hast du mir nicht von diesen zusätzlichen Aufnahmen erzählt?«

»Weil ich dachte, dass du überreagieren würdest«, antworte ich und hoffe, sie mit einem Lächeln besänftigen zu können. »Ich habe nur nicht erwartet, dass es in einem Badezimmer passieren würde.«

»Überreagieren? Ich?« Emma steht auf, hakt die Finger in meine Gürtelschlaufen und zieht mich an sich. Meine Knie werden ganz weich, denn sie stellt sich auf die Zehenspitzen und küsst mich, bevor ich so weit bin. Am liebsten würde ich die Tür abschließen und diese Pressegala einfach vergessen.

»Seid ihr fertig mit der Knutscherei?«, fragt McGregor, der zwar angeklopft, die Tür aber schon eine halbe Sekunde später einen Spaltbreit geöffnet hat. Er wirft einen Blick auf Emmas entsetztes Gesicht und kichert. »War nur ein Witz, Leute. Du zuerst, Jake. Geh jetzt.«

Emma

Heute ist nicht der beste Tag, um in der Öffentlichkeit aufzutreten, vor allem, weil jede meiner Bemerkungen landesweit übertragen wird. Ich bin viel zu aufgeregt und kann mich auf nichts konzentrieren außer auf Jake. Ungefähr alle dreißig Sekunden muss ich mir wieder ins Gedächtnis rufen, dass ich an einem langen Banketttisch sitze, umgeben von ein paar Dutzend Kameras und Reportern mit Mikrofonen.

Wir sitzen alle an einer Tischseite, von links nach rechts McGregor, Brett, ich, Jake und Kimmi. Unsere Stühle stehen fast einen halben Meter auseinander – wenn ich den Arm ausstrecken würde, könnte ich Jake berühren, aber der Abstand ist zu groß, um es unauffällig zu tun. Aus diesem Grund kann ich mir den einen oder anderen Seufzer nicht verkneifen, muss aber auch lachen, weil Jake nicht aufhört zu grinsen.

Bestimmt glauben alle, dass wir wegen der Premiere von *Coyote Hills* furchtbar aufgeregt sind.

Eine Reporterin ergreift das Wort. »Sagen Sie, Mr Elliott, haben Sie eigentlich eine Freundin?«

»Das kommt darauf an«, antwortet er. »Haben Sie denn heute Abend schon etwas vor?«

Die Reporterin, die mindestens fünfzig ist, wird knallrot, und alle lachen und klatschen Beifall. Kimmi knurrt sogar wie eine Wildkatze in ihr Mikro.

Mit dieser Miss-Texas-Sache hat sie mich gestern kalt erwischt, aber ich habe ihr trotzdem ein paar Tipps für den Umgang mit den Medien gegeben. Darunter auch einige, nach denen sie nicht gefragt hat, wie zum Beispiel: »Wenn du dir in Hollywood einen Namen machen willst, darfst du auf keinen Fall zu diesen Starlets gehören, die krampfhaft versuchen, berühmt zu werden. Du musst dein Talent für dich sprechen lassen. Und wenn es geht, Kimmi, versuch nicht länger eine solche Diva zu sein. Das nervt und erschwert uns anderen die Arbeit.«

»Aha«, war alles, was sie dazu sagte. Aber auch wenn sie so tat, als wäre von mir nichts Nützliches gekommen, befolgt sie doch jeden meiner Ratschläge und präsentiert sich als nette, zugängliche und allgemein sehr angenehme Person. Die Reporter wirken verblüfft und glauben jetzt hoffentlich – wie von Kimmi beabsichtigt –, dass die Klatschpresse ihr Unrecht getan hat.

Als ich nach meiner Beziehung zu Brett gefragt werde, spreche ich selbstbewusst ins Mikro. »Wir waren nie mehr als nur gute Freunde«, sage ich. »Ein paar Fotografen haben Schnappschüsse von uns gemacht, auf denen wir beide lachen oder herumalbern, und daraus eine Liebesgeschichte abgeleitet. Vermutlich sehen die Menschen nur, was sie sehen *wollen*, egal, was man ihnen zeigt. Das ist schon ziemlich witzig!«

Natürlich finde ich diese Lügengeschichten über mich kein bisschen lustig, lächle aber dennoch und werfe einen Blick zu Brett, der ein Gesicht macht, als hätte ich ihn vor einen Bus geschubst.

Er schnappt sich das Mikro, obwohl ihm keiner eine Frage gestellt hat. »Ich brauche dringend ein bisschen Trost, Leute! Man hat mich gerade auf einer Pressegala abserviert!«

Das bringt ihm die Lacher und das gespielte Mitleid ein, auf die er mit dieser Bemerkung abgezielt hat, und damit ist alles wieder okay. Wir sind wirklich gute Freunde, und deshalb tut es mir besonders leid, ihm die Wahrheit vorzuenthalten. Bevor dieser Presserummel losging, hat Brett mir mein Handy zurückgegeben und sich so bekloppt verhalten wie immer. Wenn er wirklich ahnen würde, dass Jake und ich zusammen sind, wäre das doch der perfekte Augenblick für ihn gewesen, um es anzusprechen. Was hätte er davon, wenn er – zum ersten Mal in seinem Leben – nicht sagt, was in seinem Kopf herumging?

Auf der Pressegala haben wir viel Zeit verloren, aber Jake und ich holen alles nach. Auch am Sonntag, bis er seinen Flug nach Texas antreten muss. Er kommt am späten Montagabend zurück, und bis Donnerstag, dem Tag der Premiere, verbringen wir jede freie Minute miteinander.

Und das reicht nicht mal annähernd.

Das alles ist eigentlich etwas, das jedes Mädchen *unbedingt* seiner besten Freundin erzählen muss, aber als Rachel am Donnerstagmorgen ankommt, bin ich zum Schweigen verdammt. Wir treffen uns am Gepäckband. Sie kommt sofort und ohne ein Wort der Begrüßung zur Sache: »Hast du die Fotos von *The Body* mit Miss Texas gesehen? Er hat die ganze Zeit gelächelt oder gelacht.«

Ist mir aufgefallen. Was hätte er denn sonst auch tun sollen? Finster in die Kamera starren? »Jake lächelt viel. Das wirst du merken«, sage ich und drücke sie ganz fest.

Mit dem weißen Shirt, der hellblauen Jeans und den Lederstiefeln mit den hohen Absätzen sieht Rachel echt super aus. »Miss Texas hat die Bilder ins Internet gestellt, als wären sie ein

Paar oder so«, sagt sie und befreit sich aus meiner Umarmung. »Was, wenn er sie *mag*, Emma? Dann ist mein Leben vorbei.«

Miss Texas ist nicht diejenige, die dein Glück bedroht.

Wir holen Rachels Gepäck, und ich versuche, sie zu beruhigen, doch es ist hoffnungslos. »Wollen wir shoppen gehen und ihn für eine Weile vergessen?«, frage ich schließlich, weil ich wirklich kein Wort mehr über Jake hören will. Und so fahren wir direkt vom Flughafen ins *La Encantada*, wo ich Rachel mit meiner Kreditkarte ablenke. Natürlich ist mir klar, dass ich versuche, ihre Freundschaft, ihre Vergebung und ihr Schweigen zu erkaufen, und ich komme mir deswegen ziemlich schäbig vor. Aber habe ich das nicht schon die letzten sechs Jahre getan? Immer versucht, sie für das zu entschädigen, was ich habe und sie nicht? Werde ich jemals genug getan haben?

Ich weiß es nicht. Aber heute Abend möchte ich, dass sich Rachel fühlt wie der Star, der sie eigentlich sein sollte.

Ich habe Donna und Madelyn angeheuert, damit sie uns für die Premiere aufstylen, und bevor sie kommen, müssen wir noch duschen. Das bedeutet, dass Rachel und mir nur ein paar Stunden fürs Mittagessen und Einkaufen bleiben. Auf der Fahrt zu meinem Haus besteht unsere Unterhaltung schon wieder zu 99 Prozent aus nerviger Schwärmerei für *The Body*. »Sieht er in echt genauso aus wie auf den Fotos?«, fragt Rachel. »Oder älter, jünger, dünner, oder was?«

Am liebsten würde ich ihr an den Kopf werfen, dass *The Body* einen richtigen Namen hat, aber dass sie ihren eigenen Spitznamen für Jake verwendet, macht die ganze Sache für mich weniger bedrohlich. »In Echt, auf Papier oder aus Plastik«, antworte ich, »eigentlich sieht er immer gleich gut aus.«

»Ohhh! Wäre Plastik nicht super?«, kreischt Rachel. »Ich wette, wenn er einen erfolgreichen Kinofilm dreht, machen sie eine Actionfigur von ihm. Dann kann ich in meinem Zimmer ein Regal mit süßen kleinen *The-Body*-Figuren füllen.«

Ehrlich gesagt, hätte ich auch nichts gegen einen Mini-Jake einzuwenden.

»Ich habe so viel mit ihm gemeinsam«, plappert Rachel weiter. »Wir sind beide Schauspieler, haben im Dezember Geburtstag, haben beide grüne Augen und unsere Eltern sind geschieden. Sind wir füreinander geschaffen, oder was?«

Rachel weiß das von Jakes Eltern nur, weil ein Reporter, der ihn auf der Gala interviewt hat, vorher gründlich herumgeschnüffelt und Jake gefragt hat, ob es stimmt, dass seine Eltern geschieden sind, was dann natürlich zu einem riesigen Artikel aufgebauscht wurde. Die Frage war eigentlich nicht boshaft, aber mal ehrlich, wen interessiert das? Das war Jakes erste Erfahrung damit, wie sein Privatleben an die Öffentlichkeit gezerrt wird. Ich hätte ihn am liebsten davor beschützt, denn ich weiß aus Erfahrung, dass es noch schlimmer wird, sobald er bekannter ist.

»Ich denke, die Scheidung ist nichts, was du beim ersten Date erwähnen solltest«, ermahne ich Rachel und hoffe, dass dieses Thema damit von der Liste ihrer Fragen für Jake gestrichen ist. »Vielleicht solltest du dich auf seine Lieblingsfilme beschränken oder die Kurse, die er an der Uni belegt.«

»Filme gehen ja noch … Aber ich soll ihn mit Unizeugs nerven? Ist das dein Ernst?« Bei ihr hört es sich an, als wäre das der dämlichste Vorschlag aller Zeiten. »Pass auf! Du hast gerade ein Stoppschild überfahren.«

»Ehrlich?« Ich werfe einen Blick zurück. Das Schild stand an der Einmündung von Sabino Haven und ich schätze, ich wollte möglichst schnell an Jakes Wohnanlage vorbeifahren. »Ach, keine Sorge. Das ist außer Betrieb.«

»Seit du hierhergezogen bist, ist *alles* außer Betrieb«, sagt Rachel, die meinen Witz nicht kapiert hat. »Ich habe das Gefühl, als würden wir nicht mehr miteinander reden – du rufst mich kaum noch an. Das macht mich traurig, verstehst du? Ich habe dich wirklich vermisst.«

Es ist wahr, dass ich sie immer seltener angerufen habe, vor allem in den letzten paar Wochen. Aber je mehr ich mit ihr spreche, desto mehr Lügen muss ich ihr erzählen, und das hasse ich. »Ich habe dich auch vermisst.«

Kurz nachdem uns der Wachmann meiner Wohnanlage durchgewinkt hat, klingelt Rachels Handy. Sie meldet sich, hört ein paar Sekunden zu und kreischt los: »Ich bin drin! *Stars in Their Eyes!* Ich bin drin!«

Ich kreische ebenfalls. Sie den Leuten zu präsentieren, die für das Casting zuständig sind, war alles, was Rachel gebraucht hat, um in die Reality-Show zu kommen. Die Teilnehmer werden von bekannten Schauspielern und Trainern betreut. Rachel hat jetzt die Chance auf Filmcastings, Agenten werden sie entdecken … Das ist riesig.

Ich fahre rechts ran, um alles mitzukriegen und mich mit Rachel zu freuen. Sie erfährt gerade alle Einzelheiten und gibt sie gleich an mich weiter. Ich komme mir ein bisschen egoistisch vor, weil meine Begeisterung nicht ohne Hintergedanken ist: Jetzt hat Rachel an diesem Wochenende noch etwas anderes außer Jake, an das sie denken kann, und außerdem kann ich endlich aufhören, den Vermittler zwischen ihr und Hollywood zu spielen. Was aber nur von Bedeutung ist, falls unsere Freundschaft die Jake-Sache übersteht.

Das werde ich schon bald erfahren.

Während wir unterwegs waren, hat mein Dad ein paar Textnachrichten hinterlassen, und als Rachel unter der Dusche steht, nutze ich die Gelegenheit, nach draußen zu gehen und ihn anzurufen. Er berichtet, dass er mit Mom in seinem Büro auf dem Campus ist – die Jungs haben Fußballtraining – und dass die beiden mir für heute Abend Glück wünschen.

Seit meine Eltern wissen, was ich mit Troy erlebt habe, hat mein Dad das Gefühl, dass er mehr an meinem Leben teilhaben muss. »Ich wünschte, ich könnte dabei sein«, sagt er. »Du weißt ja, wie sehr ich diese Hollywood-Typen liebe.«

Er hat mehr solcher Veranstaltungen verpasst als mitgemacht, aber Mom kommt fast immer. Diesmal habe ich ihr jedoch gesagt, dass sie sich lieber um meine Brüder kümmern soll, die ab morgen bei einem Fußballturnier mitmachen. Außerdem würde es die Dinge noch mehr komplizieren, wenn sie auch noch käme.

Dad gibt das Telefon an sie weiter und ich berichte ihr von Rachels Durchbruch. »Wurde auch Zeit, dass sie etwas Eigenes gefunden hat«, stellt Mom fest. »Sie hat schon viel zu lange durch dich gelebt.«

Wir sprechen noch ein paar Minuten über Rachel und erst dann wird mir bewusst, dass ich den Joggingpfad hinuntergewandert bin bis zu Jakes Wohnung. Ich hole tief Luft und schließe vor dem roten Glühen der Nachmittagssonne die

Augen. »Mom, kannst du das Telefon auf laut stellen?«, bitte ich sie. »Ich möchte einen Moment lang mit euch beiden sprechen.«

»Oh je. Was ist passiert?«, fragt sie und ich ringe noch mit mir. Soll ich es ihnen sagen? »Also gut, wir hören zu.«

»Okay«, sage ich, immer noch unsicher. »Bisher weiß es noch keiner ... Also, ich bin mit jemandem zusammen, und zwar schon fast seit ich hergezogen bin. Und es ist nicht Brett.«

Dads Seufzer klingt erleichtert. »Gut für dich.«

»Wer ist es dann, Emma?«, fragt Mom.

Ich erhasche einen Blick auf ein großes weißes Ei, das Jake gestern Abend vor die Veranda gelegt hat, weil er wissen wollte, ob eine Schlange unter einem Stein hervorgekrochen kommen und es fressen würde. Ich hatte auf Ja getippt und deswegen darauf bestanden, dass wir das Experiment bei ihm machen und nicht bei mir.

Manchmal ist er echt verrückt. Das liebe ich an ihm.

»Jake«, berichte ich meinen Eltern. »Das ist der, dessen Mutter mich zu meiner Wohltätigkeitsorganisation inspiriert hat.« Zumindest das weiß meine Mutter über Jake, allerdings hatte ich angedeutet, dass ich Mrs Elliott nur zufällig kennengelernt hatte, als sie vorbeikam, um Jake bei der Arbeit zu besuchen. »Ich hatte eine Menge Gründe, unsere Beziehung geheim zu halten, aber ich wollte, dass ihr es erfahrt, bevor –«

»Ist das der mit den vielen Fragen zum College?«, unterbricht mich Dad.

Sein hoffnungsvoller Tonfall bringt mich zum Lachen. »Ja, das ist er.«

»Dann hast du auf jeden Fall *meinen* Segen«, verkündet

Dad. »Wieso sagst du nichts, Judy? Du hast doch bereits festgestellt, dass der Knabe sehr gut aussieht.«

Nervös warte ich auf das Urteil meiner Mutter. »Wie er aussieht, hat damit nichts zu tun«, sagt sie. »Es geht hier um etwas ganz anderes, Bob, und das kannst du sicher nicht verstehen.«

»Meine Güte, ich habe einen Doktortitel. Ich denke, ich kann durchaus –«

»Die Medien werden vollkommen ausflippen, und *Rachel* rechnet fest damit, diesen Jungen zu heiraten«, sagt Mom. »Das ist schlimm, Emma. Hast du dir nicht überlegt, wie Trina darauf reagieren wird? Sie könnte ein Vermögen machen, wenn sie eine Story wie diese an *Promi News* verkauft.«

»Wen interessiert das?«, sagt Dad. »Trina ist ein verrücktes Huhn. Als ich sie das letzte Mal gesehen habe, trug sie ein mit Strasssteinen besetztes Unterhemd. Und Stiefel mit demselben Glitzerkram.«

Die nächsten Minuten höre ich zu, wie Mom meinem Vater alle Probleme auflistet, die ich mal wieder verursacht habe. Dann erzählt mein Dad ihr etwas darüber, dass Jake sehr höflich war und sich ziemlich klug angehört hat, als sie vor einiger Zeit miteinander telefoniert haben, und Mom sagt, dass sie jetzt losfahren und die Jungs vom Fußball abholen muss. »Danke für deinen Anruf!«

Ich muss lachen, weil es so klingt, als hätte sie ganz vergessen, dass ich noch am Telefon bin.

Wenigstens ist Dad auf meiner Seite, was mich hoffen lässt, dass er auch für etwas anderes Verständnis haben wird. Nachdem meine Mom die Bürotür hinter sich geschlossen hat, sage ich: »Hey, Dad, ich brauche deinen Rat.«

Ich stelle mir vor, wie er die Ohren spitzt. Er schaltet den Lautsprecher ab. »Klar. Worum geht es?«

»Also, ich … ich brauche einen neuen Manager.«

Schweigen. »Um deine Mutter zu ersetzen?«

»Nein. Um meinen *Manager* zu ersetzen«, sage ich. »Mom und ich reden fast nur noch über geschäftliche Dinge miteinander – du hast doch gehört, wie sie gerade reagiert hat. Meine Beziehung zu Jake ist etwas *Persönliches*, und er ist genau der Typ, den sich jede Mutter für ihre Tochter wünscht, aber für Mom ist er einfach nur eine PR-Katastrophe. Und so was passiert fast täglich.«

»Verstehe. Ich habe die Spannungen zwischen euch natürlich bemerkt und denke schon eine Weile darüber nach«, antwortet Dad. »Ich bin nur nicht sicher, ob du dich in deine Mutter hineinversetzen kannst. Oder in mich. Wir haben dir erlaubt, dich in einer sehr erwachsenen Welt zu bewegen, als du erst zwölf warst. Von Anfang an hatten wir das Gefühl, dich vor allen möglichen Dingen schützen zu müssen, und dafür war deine Mom am besten geeignet. Zugegeben, sie hat ihren Job etwas zu ernst genommen. Aber für uns bist du immer noch unser kleines Mädchen, Emma. Wir waren nicht dabei, als du zu der jungen Frau herangewachsen bist, die wir nur gelegentlich zu sehen bekommen. Deine Mutter will alles kontrollieren, um sich wenigstens den kleinen Rest deiner Kindheit zu bewahren, der uns geblieben ist.«

Will er mir damit sagen, dass ich sie als meine Managerin behalten soll? »Aber –«

»*Aber*«, unterbricht mich Dad, »du hast recht. Es wird Zeit für sie, dich gehen zu lassen. Dir zu gestatten, dass du deine

Karriere und dein Leben in die eigenen Hände nimmst. Ich werde mit ihr darüber reden.«

Ich weiß nicht, ob das eine gute Idee ist. »Danke. Aber sollte ich das nicht lieber tun? Ich glaube, ich wollte nur ... deine Unterstützung?«

»Die hast du. Übrigens mag ich Jake.«

»Er wird sich freuen, das zu hören!« Wir verabschieden uns und ich kehre nach Hause zurück.

Rachel sitzt im Bademantel am Küchentisch. Sie blättert in einem Ringbuch und strahlt mich an.

»Ich habe eine Überraschung für dich«, sagt sie und hält das Ringbuch hoch, damit ich den Einband betrachten kann. Dort ist ein Foto des orangefarbenen Sonnenuntergangs von dem Tag zu sehen, an dem sie mir beim Einzug geholfen hat, und in verschnörkelter Schrift steht darunter *Die Emma-Taylor-Hilfe.* »Ich weiß, dass du noch keinen offiziellen Namen dafür hast, deswegen habe ich das hingeschrieben. Sieh es dir an!«

Ich schlage das dicke Ringbuch auf und darin befinden sich mindestens fünfzig Seiten voller Material zu Veranstaltungen, die besonders viele Spenden eingebracht haben. »Das ist *großartig*!«, stelle ich begeistert fest. »Dafür hast du doch bestimmt ewig gebraucht!«

Rachel zuckt mit den Schultern. »Drei oder vier Tage. Ich wollte es ordentlich machen, nachdem ich es so lange vor mir hergeschoben habe. Es sind einige richtig gute Ideen dabei.«

»Da bin ich sicher! Danke, danke, danke!« Ich lege das Ringbuch weg und drücke sie so fest, dass sie fürchten muss, von mir zerquetscht zu werden.

Während Donna und Madelyn uns für die Premiere zurechtmachen, erzählen wir ihnen, wie viel Spaß wir als Kinder hatten und wie wir einmal den Bürgersteig vor Rachels Haus in den Walk of Fame verwandelt haben. Dazu haben wir mit silberner Sprühfarbe ungefähr dreißig Sterne auf den Beton gesprayt und mit einem dicken schwarzen Filzstift auf jeden einzelnen unsere Namen geschrieben.

Es hat Wochen gedauert, den Fußweg wieder sauber zu schrubben.

Nachdem Frisuren und Make-up sitzen, ziehen wir unsere Kleider an. Rachels goldblonde Haare sind lang und lockig, was perfekt zu dem dunkelblauen Chiffonkleid passt. Ich bin froh, dass sie sich für dieses Kleid entschieden hat. Ich habe es zu einer Silvestergala getragen und mich darin gefühlt wie eine Prinzessin. Heute stellt sich dieses Gefühl jedoch nicht ein. In dem hautengen dunkelroten Valentino-Kleid komme ich mir plötzlich ganz erwachsen vor.

Abgesehen von dem kniehohen Schlitz an der Vorderseite schmiegt sich das Kleid an jede Rundung meines Körpers. Am Rücken ist es frei bis zur Taille und wird nur durch ein paar zarte Schnüre zusammengehalten. Die Vorderseite verdeckt zum Glück etwas mehr, aber durch die hochgesteckten Haare sind meine Schultern nackt. Normalerweise zeige ich nicht gern so viel Haut, aber erstaunlicherweise finde ich mich trotzdem sehr hübsch.

Rachel hat die ganze Zeit Fotos von uns gemacht und den ganzen Tag über getwittert, und jetzt ist #CoyoteHills total angesagt. Einen Moment lang flippe ich jedoch fast aus, als Rachel ein Foto von mir in meinem Kleid postet und sofort dieser Tweet an uns beide auftaucht:

Kimmi Weston @SooooToll
Wie aufregend, trage dasselbe Kleid wie meine #BF @Emma TayAllDay (@VerrücktNachHollywood – sie ist kurz ausgeflippt, stimmt's? LOL)

Ich lache und sage zu Rachel: »Wer hätte das gedacht? Kimmi hat tatsächlich Sinn für Humor!«

Rachel, die vor meinem großen Spiegel steht, wirbelt herum, Panik in den Augen. »Das ist toll, aber jetzt musst du dich konzentrieren. Ich habe nur eine Chance, einen guten ersten Eindruck zu machen, und ich sehe furchtbar aus.«

»Spinnst du?«, sage ich. »Du siehst fantastisch aus. Außerdem bist du der geborene Star, Rachel, also genieß einfach den Abend. Mach dich nicht verrückt.«

In ihren Augenwinkeln sammeln sich Tränen, aber sie nickt. »Ich bin nur so nervös.«

Ich habe mir geschworen, dieses Wochenende keine Schuldgefühle zu haben, aber genau jetzt drohen sie mich zu überwältigen. Was hätte ich anders machen können? Vom ersten Tag an ehrlich zu ihr sein? Nach dem Motto: »Hey, Rachel, du stehst doch auf diesen Jake, oder? Du hast recht, er ist super. Kann ich ihn haben?«

Rachel ist wieder ganz aufgeregt, als die Limousine vorfährt, die uns zum Event-Center von Sonora bringen wird, doch als wir dann am roten Teppich halten, krallt sie mir ihre Nägel in den Arm. »Emma! Er steht direkt vor deiner Tür! Ich kann nicht ...« Sie fängt an zu hyperventilieren und hat gerade noch genug Luft, um dem Fahrer zu sagen: »Türen verriegeln!« Sofort klicken die Schlösser.

Aber Jake weiß natürlich, dass wir es sind – unsere Limousine sollte als Letzte vorfahren –, und er versucht, meine Tür zu öffnen. Ich nehme Rachels Hand. »Du wirst viel Spaß haben«, sage ich so beruhigend wie möglich. »Jake ist ein ganz normaler Typ.« Ihr Gesicht ist so weiß wie die Zähne, die sie jetzt fest zusammenbeißt. Ich überlege fieberhaft, wie ich meine Behauptung untermauern und gleichzeitig ihre Panikattacke beenden kann. »Manchmal ist er sogar echt widerlich. Erst letzte Woche hat er Brett zu einem Rülpswettbewerb herausgefordert und das ganze Alphabet gerülpst.«

Rachel zuckt zurück, als hätte sie eine schleimige Schnecke verschluckt. »Igitt!«

Ja, das hat funktioniert. Aber wenn sie Jake in seinem Armani-Anzug sieht, wird sie garantiert wieder aufhören zu atmen. Ich selbst muss mich zum Weiteratmen zwingen.

Ich drücke Rachel aufmunternd die Hand. »Er wird nicht viel Zeit zum Reden haben, aber nimm das bitte nicht persönlich. Auf dem roten Teppich muss man sich zeigen. Also sag Hallo zu ihm und dann komm zu mir.«

Ich entriegle meine Tür und Jake öffnet sie. Wir sind umgeben von Fans, Reportern und Fotografen, die den roten Teppich säumen – es ist ein wahres Blitzlichtgewitter. Aber als ich aussteige, wandert sein Blick über mein Kleid und er flüstert: »Eine neue, noch fiesere Art, mich zu quälen?«

Mein Mund lächelt ganz von selbst. »Hilfst du bitte auch Rachel beim Aussteigen?«

Er nickt nur.

Ich würde gern zusehen, wie er Rachel zum ersten Mal begegnet, aber eine *StarTV*-Reporterin – die ich nicht ausstehen kann – kommt auf mich zu und ich muss mein Öffentlichkeitsgesicht aufsetzen. »Oh, hi«, sage ich und hauche ein Küsschen in die Luft, weil sie mich umarmt, als wären wir beste Freundinnen. »Wie schön, Sie zu sehen.«

Ihr *StarTV*-Kameramann ist auch jemand, dem ich nicht über den Weg traue. Er ist bekannt dafür, dass er Dinge filmt, die keiner sehen sollte, und wird nur deshalb nicht als aufdringlicher Paparazzo betrachtet, weil er für einen respektablen Sender arbeitet.

Rachel taucht ein paar Minuten später bei mir auf, und ich stelle sie als meine beste Freundin vor und außerdem als jemanden, auf den man bei der kommenden Staffel von *Stars in Their Eyes* achten sollte. Nach einer Weile erhascht sie einen weiteren Blick auf Jake, der immer noch auf dem roten Teppich steht. »Du hast gesagt, dass *The Body* in Echt genauso aussieht wie auf den Fotos, aber das stimmt nicht«, flüstert sie mir zu. »Ich meine, sind Hemd und Jackett wirklich nötig?«

Wir lachen gemeinsam. *Vergib mir, Rachel. Bitte.*

Über den roten Teppich zu schreiten ist immer wieder ein Erlebnis. An die Arbeit am Set bin ich gewöhnt, aber dieser Teil wird wohl nie zur Normalität werden.

Ich mache das nun schon seit sechs Jahren und kann immer noch nicht fassen, dass *mir* das alles passiert.

Hinter den roten Samtkordeln drängen sich Hunderte Menschen, die wild kreischen, winken und Gegenstände oder auch nur ihre Arme hinhalten, um ein Autogramm zu bekommen. Andere lächeln nur und freuen sich, dabei sein zu dürfen – genau wie ich.

Die erste Folge zu sehen, ist einfach unglaublich. Wie üblich kommt es mir fast wie ein Wunder vor, dass aus all diesen kleinen Szenen, die wir in keiner vernünftigen Reihenfolge gedreht haben, nicht nur eine zusammenhängende Story, sondern auch richtig gute Unterhaltung geworden ist, die die Zuschauer in ihren Bann zieht. Jake sieht auf der großen Leinwand so unglaublich toll aus, dass ich mich frage, ob er vielleicht vom Olymp herabgestiegen ist, um diese Rolle zu spielen. Und seine Schauspielerei ist genauso gut wie die aller anderen. Die Witze kommen auf den Punkt, und bei den ernsteren Szenen wünschte ich mir, neben ihm zu sitzen, denn dann könnte ich ihm ins Ohr flüstern, wie großartig er ist.

Ich hoffe, dass ich mich davonschleichen und Mark, Devin und Sophie begrüßen kann, und vor allem Jakes Mutter. Ich will sie fragen, ob sich die Leute in ihrem Rehazentrum über den Quilt gefreut haben, den sie spenden wollte.

Als wir zur Premierenparty in den Ballsaal gehen, fragt Rachel: »Wieso sitzt Jakes Mutter im Rollstuhl? Weißt du, was ihr passiert ist?«

Während ich noch überlege, was ich sagen soll, entdeckt Sophie uns, kommt angerannt und wirft sich mir an den Hals. Sie hat einen solchen Schwung drauf, dass ich auf meinen hohen Absätzen beinahe umkippe. »Ich habe eine Überraschung für dich!«, sagt sie. »Devin, Mark und ich wollen deine ersten freiwilligen Helfer sein! Wir haben sogar schon überlegt, auf dem Unigelände Werbung zu machen – ich wette, wir bringen einen Haufen Studenten dazu, sich ebenfalls anzumelden. Was sagst du dazu?«

Ich trete einen Schritt zurück und sehe sie fassungslos an. »Im Ernst? Das ist super. Vielen Dank!«

»Kein Problem«, sagt sie. »Wir können es kaum erwarten und fangen diese Woche auch schon an, bei Jakes Mom. Wir haben sowieso öfters Dinge für sie erledigt, wenn Jake uns darum gebeten hat. Aber wir wollen das jetzt besser organisieren. Mark wird zum Beispiel mittwochs die Mülltonne rausstellen und Devin holt sie abends wieder rein. Und die beiden werden sich auch um ihren Garten kümmern. Ich werde jeden Dienstagnachmittag mit ihr quilten.«

Ich bin so überwältigt, dass meine Kehle wie zugeschnürt ist und ich kein Wort herausbringe. Also lächle ich nur, nicke und drücke Sophie. Aber dann setzt mein Verstand wieder ein, ich nehme wahr, dass Rachel neben mir steht und mich ganz merkwürdig ansieht.

»Du bist also eine von Jakes Freundinnen?«, fragt sie jetzt Sophie. »Und er hat dir von Emmas Plänen erzählt?«

Sophie will etwas dazu sagen, doch stattdessen sieht sie mich mit großen Augen an. Ich kann die Frage, die ihr im Kopf herumgeht, förmlich hören: *Wieso weiß* deine beste Freundin *nicht, dass du mit uns in Phoenix rumgehangen hast?* Doch dann dämmert es ihr – Rachel ist Jakes Date für morgen.

»Äh, ja«, antwortet Sophie. »Allerdings. Ich glaube, das ganze Team macht bereits mit. Alle wollen helfen, so gut sie können.«

»Natürlich wollen sie das. Alle wollen immer Emma helfen.« Aus irgendeinem Grund klingt das gerade nicht nach einem Kompliment. »Aber ich wusste nicht, dass Jake –«

»Das ist meine beste Freundin Rachel«, falle ich ihr mit dem Taktgefühl eines Nilpferds ins Wort. »Sie hat einen ganzen Ordner voller Ideen für Spendensammelaktionen mitgebracht.

Und sie wird bei der nächsten Staffel von *Stars in Their Eyes* mitmachen!«

Das ist der perfekte Themawechsel und die nächste Viertelstunde unterhalten sich Rachel und Sophie angeregt, während ich nur dabeistehe, lächle und den Atem anhalte.

Die Band spielt auf der anderen Seite des Ballsaals, deshalb halten sich dort die meisten Gäste auf. Auch Kimmi, die von ihren Freunden umringt ist, doch Mitglieder ihrer Familie habe ich nicht entdecken können. Sie wirkt aber trotzdem glücklich und hat vor ein paar Tagen sogar richtig gestrahlt, als das Material von der Pressegala veröffentlicht wurde, denn darin kamen Worte wie »charmant« und »bezaubernd« vor.

Jake ist nicht weit von mir entfernt, und am liebsten würde ich einfach zu ihm rennen. Ich will mit ihm tanzen, und auch wenn es vielleicht kitschig klingt, würde ich zu gern seine Hand nehmen und nicht wieder loslassen.

Sophie stupst meinen Arm an. »Du *musst* mich Brett vorstellen!«, sagt sie. »Er kommt auf uns zu! Und … Wow! Das ist Payton Wilson! Und das ist …« Als Brett und sein Gefolge näher kommen – ein paar von seinen Freunden haben einen schlechteren Ruf als alle Typen, mit denen wir in L. A. rumgehangen haben –, wechseln sich Sophie und Rachel damit ab, total fasziniert ihre Namen aufzusagen.

Dass sich die beiden kaum kennen, spielt anscheinend keine Rolle mehr, denn Rachel und Sophie fassen sich an den Händen und verstecken sich kichernd hinter mir wie kleine Mädchen, die für Zuckerwatte anstehen. Beinahe hätte ich Rachel gefragt, ob sie Jake schon vergessen hat, aber daran erinnere ich sie lieber nicht.

»Seid gewarnt – die sind *hackedicht*«, sagt Brett, der ein paar Schritte vor seinen Kumpels bei uns eintrifft. Im Saal ist es gerade hell genug, um zu erkennen, dass seine Freunde offensichtlich schon ihre eigene Party gefeiert haben. Mir ist aufgefallen, dass bei der Premiere rund um Brett etwa ein Dutzend Sitzplätze frei geblieben sind. Offenbar haben es die von ihm eingeladenen Freunde nicht für nötig gehalten, hier aufzutauchen. Immerhin sind seine Eltern gekommen – er hat sie uns auf dem roten Teppich vorgestellt –, aber sie sind gleich nach der Vorführung wieder gegangen, um ihren Flug nach Rom nicht zu verpassen. Und dann haben seine Freunde doch noch beschlossen, zu erscheinen.

Es dauert eine Ewigkeit, alle vorzustellen, zumal die Jungs betrunken und die Mädchen total hingerissen sind. Am liebsten würde ich der ganzen Bande ein paar Eimer Eiswasser über den Kopf kippen. Mal abgesehen davon, dass die Jungs nur noch lallen – riechen Rachel und Sophie denn nicht den Alkohol, der ihnen aus jeder Pore dringt?

Schließlich fragt Rachel, wieso Bretts Freunde die Premiere verpasst haben. »Happy Hour im Crazy Pete!«, antwortet Payton, und sowohl Rachel als auch Sophie sind total gefesselt von allem, was er von sich gibt. Hollywoods schärfster Junggeselle kann zwar kaum noch aufrecht stehen, aber hey, sie sprechen mit ihm! »Hier in Tucson gibt's ein paar echt heiße Girls! Und nachdem *wir* aufgetaucht sind, haben sie alle ihre Freundinnen angerufen. Und dann ging die Post richtig ab!«

»Sie haben versucht, sie alle mitzubringen«, berichtet mir Brett. »Aber stell dir vor, keine von ihnen stand auf der Gästeliste. Diese Typen aber schon«, fügt er mit einem Kopfnicken in ihre Richtung hinzu. Der Zustand seiner Freunde scheint ihn wirklich in Verlegenheit zu bringen. Vielleicht ärgert er sich aber auch nur, dass er die *richtige* Party verpasst hat.

Ich lache. »Ich frage mich, wer sie wohl eingeladen hat.«

Sie haben Glück, dass nur die Fotografen des Studios anwesend sind, was verhindern soll, dass peinliche Schnappschüsse in der Presse auftauchen. Ich vermute, dass sich die meisten von ihnen öfter so benehmen, doch Payton so zu sehen, erstaunt mich. Er hat auf mich eigentlich immer recht vernünftig gewirkt.

Bretts Freunde tanzen wie von der Tarantel gestochen und bedrängen uns immer mehr. Einige von ihnen grapschen mir an den Hintern, und schon nach zehn Minuten möchte ich nur noch unter die Dusche. Rachel amüsiert sich prima und verschwendet immer noch keinen Gedanken an Jake. Nachdem Sophie eine Weile mit Brett getanzt hat, ist Rachel an der Reihe. Ich stehe nur ein, zwei Meter entfernt und versuche, Sophie vor ein paar von den ekligen Typen abzuschirmen, die sehr unangenehm werden können, wenn sie nicht aufpasst.

Rachel dreht sich von Brett weg und ruft mir zu: »Kein Wunder, dass du in ihn verliebt bist! Er ist sooo süß!«

»Rachel!«, sage ich laut und sehr grob, aber sie war noch lauter.

Brett steht von mir aus gesehen hinter Rachel, und ich verrenke mir den Hals, weil ich sehen will, ob er sie gehört hat, aber da er sein Gesicht von mir abgewandt hat, kann ich seine Reaktion nicht erkennen. »Was hast du denn?«, faucht Rachel mich an.

»Ich bin *nicht* in Brett verliebt!«, zische ich.

»Reg dich ab«, sagt sie. »War doch nur ein Witz.«

Mein Mund steht offen, aber es kommt kein Wort heraus. Plötzlich taucht Bretts Gesicht zwischen uns auf. »Was ist denn mit Jake los? Er kam angerauscht, hat sich Sophie geschnappt und ist mit ihr verschwunden.«

Hat Jake gehört, was Rachel gesagt hat? Ich habe ihn gar nicht bemerkt.

Rachel fährt herum und kreischt: »Emma, er tanzt mit Sophie!« Sie dreht sich wieder weg. »Und ich war auch noch *nett* zu ihr! Was für ein Miststück!«

»Autsch!«, sagt Brett. »Du musst die Freundin sein, die Emma für Jake mitgebracht hat.«

»Siehst du hier noch andere Freundinnen?«, frage ich.

Brett zuckt mit den Schultern. »Nö. Lass uns tanzen.«

»Ich kann nicht«, sage ich und packe Rachels Hand, bevor sie davonstürmen kann. »Jake ist nicht in Sophie verliebt. Sie sind einfach nur Freunde.«

»Aber er hat *sie* zum Tanzen aufgefordert, obwohl ich genau hier stand!«, jammert sie.

Plötzlich fängt Brett an zu fluchen und sagt: »Payton ist so dicht, dass er schon wieder Kimmi anmacht.« Er läuft hinter Payton her, der Kimmi verfolgt, doch sie weist ihn mit einer energischen Handbewegung ab und verlässt den Ballsaal.

Ich möchte nur noch schreien, bis ich in Ohnmacht falle. Wieso habe ich das Gefühl, Babysitter für eine Horde Kleinkinder zu sein?

Rachel und ich bleiben, wo wir sind, und während sie ein beleidigtes Gesicht zieht und ich innerlich stöhne, lachen und tanzen alle anderen ausgelassen um uns herum.

Nach Jake tanzt Devin mit Sophie, und Jake kehrt zu seiner Mom zurück. Er schaut aber ständig zu uns herüber, und ich habe den Verdacht, dass er gern woanders wäre – beim Zahnarzt oder so. Doch dann kommt er auf uns zu und Rachel fängt wieder an, nach Luft zu schnappen.

Jake wirft mir einen kurzen Blick zu und lächelt erst dann Rachel an und fordert sie zum Tanzen auf. Ich wende mich ab, weil ich die beiden nicht zusammen sehen will, obwohl ich natürlich weiß, dass Jake viel lieber mit mir tanzen würde. Diese ganze Sache ist eine echte Qual, und jetzt bin ich es, die beleidigt ist.

Hier bin ich – Emma Taylor, Filmstar – und ich bin auf meiner eigenen Premiere ganz allein. Ich versinke in Selbstmitleid und es ist kein Fotograf in Sicht – Pech gehabt.

Ich fächle mir Luft zu, als hätte ich getanzt, lache mit allen anderen und steuere unauffällig das Foyer an. Brett betritt den Ballsaal genau in dem Moment, in dem ich ihn verlasse. Er dreht sich zu mir um. »Hammerparty, nicht wahr?«, fragt er. Normalerweise ist Sarkasmus nicht sein Ding.

»Sie ist ganz okay«, antworte ich. Im Eingangsbereich halten sich nur wenige Besucher auf, deshalb muss ich mich nicht verstellen und steuere schnurstracks das Ende des Büfetts an, wo sich Gebäck und Kuchen auftürmen.

»Gib's zu, Taylor. Du bist genauso genervt wie ich«, sagt Brett, der mir gefolgt ist. »Aber wenigstens riechen deine Freunde nicht wie eine ganze Brauerei.«

Ich lache höflich und lade mir etwa dreitausend Kalorien auf einen kleinen Plastikteller. Das Eis im Punsch ist geschmolzen und hat ihn verwässert, deshalb halte ich mich an den Wasserspender. Brett wartet geduldig, bis ich das Ding fast leer getrunken habe. »Du musst dir unbedingt diesen tollen Raum ansehen, den ich entdeckt habe – es ist ein überdachter Innenhof, in dem riesige Obstbäume stehen. Das ist total irre.«

Die Band spielt immer noch den Schmusesong, zu dem Jake und Rachel tanzen, und so zucke ich mit den Schultern und wir durchqueren das Foyer. Ich, mein Gebäck und mein vermeintlicher Ex-Freund.

Der Innenhof ist ganz in Weiß gehalten und so hell, dass meine Augen einen Moment brauchen, um sich daran zu gewöhnen. Die Decke und drei der Wände bestehen fast vollständig aus Glas. Vor den Fenstern ist es schon ziemlich dunkel – man kann gerade noch den Umriss von etwas ausmachen, das vermutlich eine Hecke ist –, doch bei Tageslicht würde man wahrscheinlich den roten Teppich sehen, über den wir hereingekommen sind.

»Sieh dir das an«, sagt Brett und zeigt auf die riesigen Zitronen-, Orangen- und Limettenbäume, die in diesem lichtdurchfluteten Raum stehen und deren farbenfrohe Früchte im grünen Laub leuchten. Der Zitrusduft ist wirklich betörend. Und es ist hier drinnen sehr still, was unglaublich beruhigend wirkt.

Brett hatte recht, dies ist der perfekte Zufluchtsort.

Er ignoriert ein Schild mit der Aufschrift BITTE NICHT BERÜHREN und umfasst mit einer Hand eine Orange. Ich lache und das Geräusch hallt durch den Innenhof. »Ich wette, die haben das Schild nur für dich aufgestellt.«

Er nimmt die Hand weg, als koste es ihn seine ganze Willenskraft. »Ich war noch nie gut darin, Regeln zu befolgen. Bis vor Kurzem jedenfalls.« Brett sieht mich an und vor dem weißen Hintergrund des Raums leuchten seine Augen besonders blau. »Seit wir uns begegnet sind, habe ich mich sehr verändert, findest du nicht?«

Aufs Ganze gesehen ist er tatsächlich etwas ruhiger geworden. »Du hast heute Abend jedes Mädchen mit ihrem richtigen Namen angesprochen. Ich finde, darauf kannst du mit Recht stolz sein.«

Ich beiße von einem Cookie ab und warte auf seine Erwiderung, aber Brett lässt den Kopf hängen und schiebt mit dem Schuh ein abgefallenes Blatt zur Seite. Vielleicht meint er es ernst.

»Emma ... Meine Freunde, wie sie sich aufgeführt haben, so dämlich ... so war ich auch mal«, sagt er und starrt immer noch auf den Boden. So ernsthaft kenne ich ihn gar nicht und gehe verblüfft einen Schritt auf ihn zu. »Ich habe immer im Mittelpunkt gestanden und ausgelassener gefeiert als alle anderen«, fährt er fort. »Du hast keine Ahnung, wie schlimm es schließlich wurde ... Das musst du auch nicht wissen. Aber ich habe es satt, ich will das nicht mehr. Und meine Freunde übertreiben es immer mehr – sie lassen sich auf Dinge ein, die nicht einmal ich ausprobiert hätte. *Gefährliche* Dinge.«

Er hebt den Kopf, und es läuft mir eiskalt über den Rücken, als ich die Tränen in seinen Augen sehe. Er macht sich wirklich Sorgen um sie, wie es sich für einen guten Freund gehört. Ich habe ihn noch nie so betroffen erlebt. »Brett, du hast in letzter Zeit einen Haufen guter Entscheidungen getroffen, also solltest du vielleicht –«

Er unterbricht mich. »Payton ist für mich wie ein Bruder, weißt du? Und Kimmi bringt seine schlechtesten Eigenschaften zum Vorschein. Er muss erwachsen werden, wie ich es gerade versuche. Er braucht jemanden … wie dich.«

Ich hebe die Hand. »Äh, nein. Mich auf keinen Fall.«

Endlich lächelt Brett. »Nein, so habe ich das nicht gemeint. Payton muss nur jemanden finden, der so ist wie du, damit er einen Grund hat, sich zu ändern. Weil … ich schätze, das weißt du inzwischen … weil du das für *mich* getan hast. Ich bin verrückt nach dir.«

Ich warte darauf, dass er lacht, aber nachdem ich ein paar Sekunden lang sein zögerliches Lächeln angestarrt habe, wende ich den Blick ab, geschockt und verlegen, weil ich nicht auf Jake gehört habe – oder auf McGregor oder sonst wen. Ich schaue wieder zu Brett auf und will mich für die falschen Signale entschuldigen, die ich offenbar aussende, doch plötzlich sind seine Lippen auf meinen und ich kann nicht mehr sprechen, kann mich nicht bewegen.

Meine Arme sinken herab und mir fällt der Teller aus der Hand. »Brett … *Hör auf!*«

Um ihm zu entkommen, hocke ich mich auf den Boden, um meine Cookies aufzusammeln.

Brett bückt sich ebenfalls und ergreift meine Hand. »Oh, Mann«, sagt er. »Ich hätte nicht gedacht, dass du so ausflippst. Wir küssen uns doch ständig.«

Ich ziehe die Hand weg. »Aber nur vor der Kamera, und da ist es nicht echt.«

»Es hat sich aber echt *angefühlt*«, widerspricht er in dem verzweifelten Bemühen, mir seine Gefühle zu erläutern. »Und ich hab doch eben gehört, wie deine Freundin gesagt hat, dass du … dass du in mich verliebt bist.«

Der grelle Raum dreht sich um uns. »Aber das bin ich nicht. Und du hast mir von Anfang an gesagt, dass du dich nicht mit mir verabreden willst.«

»Ja, ich weiß, dass es so angefangen hat«, sagt er. »Aber je mehr Zeit ich mit dir verbracht habe, desto mehr mochte ich dich. Aber so wie ich bisher war, würdest du mich niemals lieben, das war mir klar.«

»Brett, ich … Es tut mir leid.« Ich kann nicht weitersprechen und verlasse das Atrium. Ich wünschte, meine Beine wären so schnell wie mein rasender Puls.

JAKE

Emma sah bei der Premiere wirklich umwerfend aus. Aber kaum waren wir bei der After-Show-Party, wirkte ihr Lächeln irgendwie gezwungen. Hat Rachel doch noch einen Weg gefunden, Emmas Schuldgefühle neu anzufachen?

Sophie schafft es nicht, sich Bretts widerwärtige Kumpels vom Leib zu halten, und deshalb muss ich den großen Bruder spielen und sie vor ihnen in Sicherheit bringen. Und während ich mit Sophie tanze, starrt mich Rachel pausenlos an – ihre Schultern beben, als würde sie gleich anfangen zu heulen. Also spiele ich den Gentleman und fordere Rachel zum Tanzen auf. Doch statt eines dankbaren Lächelns zeigt mir Emma die kalte Schulter und verlässt fluchtartig den Saal.

Von diesem Moment an geht es nur noch bergab. Mir war die tödlich nervöse Rachel aus der Limousine wesentlich sympathischer als die Quasselstrippe, als die sie sich jetzt entpuppt. Und ein Tanz reicht ihr natürlich nicht. Sie schwatzt mir noch einen auf. Als sie einen dritten verlangt, behaupte ich, dass meine Mom müde ist und wir jetzt gehen müssen. Auf dem Weg nach draußen sehe ich Emma ins Damenklo verschwinden, doch sie bemerkt mich nicht.

Brett verfolgt sie, bis sie die Tür hinter sich zuschlägt, und als er an mir vorbeikommt, frage ich ihn: »Was ist denn mit Emma los?«

Er bleibt kurz stehen. Sein Gesicht ist rot. »Du kennst doch die Weiber. Ich kann ihr nicht genug von dem geben, was sie will, und deswegen heult sie sich jetzt auf dem Klo die Augen aus.«

Was soll denn *das* bedeuten?

Da Rachel bei Emma übernachtet, wage ich nicht, sie anzurufen oder ihr eine Nachricht zu schicken, und verbringe eine lange schlaflose Nacht mit dem Versuch, mir einen Reim auf die ganze Sache zu machen.

Als Devin und ich die Mädchen am nächsten Morgen abholen, hat Rachel schon den ganzen Tag mit dem Besuch des Old Tucson Studios verplant, das berühmt für seine Westernfilme ist. In Rachels offensichtlich einstudierten Worten klingt das so: »Das verschafft uns die Gelegenheit, in die legendären Fußstapfen von Jimmy Stewart und Ingrid Bergman zu treten.«

Ich würde lieber in den legendären Stiefeln von Harrison Ford oder Bruce Willis herumlaufen, aber was soll's.

Emma hat seit unserer ersten Begegnung am Morgen ihre Sonnenbrille aufgesetzt und nimmt sie auch während der einstündigen Fahrt nicht ab. Außerdem ist sie sehr schweigsam und sagt nur etwas, wenn sie jemand direkt anspricht, was bedeutet, dass ich ganz allein mit Rachel klarkommen muss.

Vor dem Eingang zum Studio holt Rachel ihr Handy raus und sagt: »So, Leute, ich werde den ganzen Tag live twittern, also lasst uns hier ein Foto machen!«

»Das kannst du vergessen«, fahre ich sie grob an, bevor ich mich bremsen kann. Hektisch suche ich nach einer höflichen Erklärung. »Tut mir leid, aber ich fühle mich mit diesen ganzen sozialen Netzwerken nicht wohl. Und ich habe diese Woche schon so oft in irgendwelche Kameras gelächelt. Können wir nicht einfach … einen entspannten Tag verbringen?«

Rachel lacht, doch plötzlich merkt sie, dass es mein Ernst ist.

»Oh, nein, ehrlich? Aber ich habe meinen Followern – es sind inzwischen ungefähr zehntausend – versprochen, dass ich ihnen jedes kleinste Detail berichte …«

Sie zuckt mit den Schultern, und ich habe das Gefühl, als wäre eine Abrissbirne in meiner Magengrube gelandet. Ich will nicht, dass dieser Tag eine Enttäuschung für sie wird. Hilfe suchend drehe ich mich zu Emma um, aber sie ist zur Kasse gegangen, um unsere Eintrittskarten zu holen.

»Jake ist nur bescheiden«, bemerkt Devin, und ich werfe ihm einen finsteren Blick zu, denn jetzt ist nicht der richtige Augenblick für blöde Witze. »Du weißt, dass meine Schwester seine Agentin ist, nicht wahr? Also, sie stellt sich *wirklich* an, was Jakes Gesicht betrifft. Du weißt schon, nach dem Motto, je öfter man es sieht, desto weniger ist es wert. Auf jeden Fall muss er sehr aufpassen, weil sie sonst echt sauer wird.«

»Ohhh«, sagt Rachel. »Alles klar. Das kann ich verstehen. Dann mache ich eben Fotos von allem *außer* Jake. Was ziemlich … schade ist.« Sie sieht mich bittend an. »Kann ich denn ein paar Fotos von dir machen, wenn ich verspreche, sie nicht zu posten?«

Ich will bereits zustimmen, obwohl ich sicher bin, dass sie die Fotos später verbrennen wird, aber Devin runzelt die Stirn und sagt: »Das *würde* wohl gehen, aber nur mit dem schriftlichen Einverständnis meiner Schwester, die zurzeit nicht im Büro ist. Soweit ich weiß, ist sie gerade in Mailand.«

»Ja, Mailand«, bestätige ich, denn das ist das einzige Fünkchen Wahrheit in seiner Geschichte. Wie hatte ich nur vergessen können, dass mein bester Kumpel der Großmeister der Notlüge ist? Aber Rachel kauft ihm alles ab, und als die zweistündige Studiotour beginnt, ist sie wieder glücklich. Sie fotografiert wie wahnsinnig, und ihre Finger sind ständig damit beschäftigt, *jedes kleinste Detail* zu twittern.

Die Führung hätte mir sogar Spaß gemacht, aber nicht zu wissen, was mit Emma los ist, verdirbt mir die Freude. Auch Devin merkt, dass etwas nicht stimmt, und als wir vor dem Mittagessen kurz unter uns sind, sagt er: »Du hast Emma doch gesagt, dass ich über euch beide Bescheid weiß, oder? Sie redet kaum mit mir, als wollte sie klarstellen, dass sie nicht an mir interessiert ist.«

»Ja, sie weiß, dass du eingeweiht bist«, bestätige ich. »Daran kann es nicht liegen. Ich muss sie unbedingt allein sprechen.«

Mehr kann ich nicht sagen, denn Emma und Rachel kommen mit ihrem Essen. Auf der anderen Seite des Studiogeländes findet gerade eine Show-Schießerei statt, und deshalb ist der Restaurantbereich ziemlich leer. Unser Tisch ist winzig, nur etwa halb so groß wie ein normaler Picknicktisch, und er steht hinter einem Grill-Imbiss, an dem wir uns mit Spareribs und Pommes eingedeckt haben.

Das Wetter ist heute sehr angenehm, nicht zu heiß, und der Tisch steht im Schatten der Bäume – aber Emma nimmt ihre Sonnenbrille trotzdem nicht ab. Vielleicht will sie mich beobachten, ohne dass Rachel etwas merkt? Ich setze meine eigene Sonnenbrille auf, damit ich dasselbe bei ihr machen kann.

Devin und ich verschlingen Grillrippchen und Pommes in weniger als fünf Minuten und müssen dann stillsitzen und zusehen, wie die Mädchen an ihrem Essen herumpicken. »Ich weiß, wer Jimmy Stewart ist, aber wer ist diese Bergman-Tante?«, frage ich, um eine Unterhaltung in Gang zu bringen.

Rachel glotzt mich an, als wäre mir plötzlich ein drittes Auge gewachsen.

Zehn Minuten später weiß ich alles über Ingrid Bergman, und Rachel beendet ihren Vortrag: »Wer sie in *Casablanca* nicht gesehen hat, sollte erschossen werden.«

Devin hustet, und ich hätte beinahe gesagt: »*Casa*-was?«, aber ich fürchte, dass mich Rachel dann zwingt, den Film heute Abend mit ihr anzuschauen, eingekuschelt auf der Couch mit einer Packung Taschentücher in Griffweite.

Rachels nächster Einfall ist noch idiotischer. »Wie wär's mit einem kleinen Filmquiz?«, fragt sie. »Jake, wer hat 1973 den Oscar als beste Schauspielerin gekriegt?« Ich starre sie nur an. »Ach, komm schon! Liza Minnelli. Aber das ist einfacher: Wer war im selben Jahr der Gewinner in der Kategorie Bester Film?«

Ist das ihr Ernst? »Tut mir leid«, sage ich. »Aber du musst mir schon Fragen für Dummies stellen.«

Emma lacht, was mich aus meiner Langeweile reißt. »Vielleicht dann das hier«, sagt sie. »Welcher berühmte Film spielt in einem Themenpark mit Dinosauriern?«

»*Jurassic Park!*«, rufen Devin und ich gleichzeitig.

»Richtig«, bestätigt Emma. »Welche Dinosaurierart hat den Rechtsanwalt gefressen?«

»T-Rex!« Wieder antworten wir gleichzeitig und geben uns einen High Five, als wären wir absolut genial.

Emma wirkt jetzt wieder munterer und will noch etwas sagen, als mich plötzlich jemand tritt. Ich zucke zusammen und Emma sieht mich erstaunt an.

»Oh, verdammt!«, stößt Rachel aus, denn offenbar war sie

es, die meinem Knöchel den Todesstoß versetzt hat. Jetzt fummelt sie hektisch an mir herum. »Das tut mir so leid. Wie konnte ich *dich* treten?«

Emma und ich richten uns hastig auf. Ich wollte ihr nahe sein und hatte meine Füße unter dem Tisch heimlich zu ihr rübergestreckt, deshalb waren unsere Füße verknotet wie Brezeln, als Rachel *sie* treten wollte und nicht mich. »Kein Problem«, versichere ich ihr. »Ich habe nur gerade … meine Beine ausgestreckt.«

»Ahh, wie süß«, sagt sie und sieht mich an, als wäre ich ein neugeborenes Kätzchen. »Ich wollte dir gerade erzählen, dass ich bestimmt mehr Abenteuerfilme sehen würde, wenn ich kleine Brüder hätte, so wie Emma. Aber mein Schauspiellehrer will, dass ich *ernsthafte* Filme anschaue, von denen ich etwas lernen kann. Du weißt schon, für meine Zukunft.«

»*Jurassic Park* hat aber einen ernsthaften Haufen Kohle eingebracht«, sagt Devin. »Zählt das etwa nicht?«

»Doch, schon, wenn man sich nur für so was interessiert«, antwortet Rachel. »Aber mir ist gerade etwas total Lustiges eingefallen. In der vierten Klasse war Emma unsterblich in einen Jungen verliebt, der von Dinosauriern besessen war. Ich musste mir mit ihr den ganzen Tag lang Dinosaurierfilme ansehen, damit sie ihn mit prähistorischen Ausdrücken beeindrucken konnte. Sie hat sich sogar Notizen gemacht.«

Emma verbirgt lachend das Gesicht in den Händen und ich muss einfach mitlachen.

Ich werde sie erst in ein paar Tagen wiedersehen und kann mir etwas Besseres vorstellen, als ihr nur an diesem Tisch gegenüberzusitzen. Devin hat meine Mom zur Premiere hergefahren, aber ich bringe sie heute Abend nach Phoenix zurück und übernachte dort, bis Rachel wieder weg ist. Dann bleiben uns nur noch fünf Arbeitstage. Danach haben wir zwei Wochen Ferien, die Emma zu Hause in Arkansas verbringen will.

»Emmas Eltern wären gestorben, wenn sie gewusst hätten, dass sie diesen Jungen mochte, weil er ständig Ärger gemacht hat.« Da muss ich noch mehr lachen und stelle mir vor, wie Emma in ihrem Zimmer alles über Dinosaurier lernt, um einen kleinen Punk zu beeindrucken. »Aber sie hatte schon immer eine Vorliebe für böse Jungs – das ist die wilde Seite an ihr, wegen der McGregor sie angeheuert hat. Allerdings glaubt McGregor, dass diese Seite tief verborgen ist, obwohl sie sich direkt unter der Oberfläche befindet.«

»Kann schon sein«, sagt Emma und zwingt sich zum Lachen. »Diese ›Zweite-Natur‹-Castingmethode ist Schwachsinn.«

»Du hast mir erst vor ein paar Monaten gesagt, dass du diese Theorie genial findest«, widerspricht Rachel. »Dass sie erklärt, wieso du ständig hinter Jungs her bist, von denen du dich besser fernhalten solltest.«

Da ich einer von den Jungs bin, von denen Emma sich fernhalten wollte, interessiert es mich, wie sich dieses Gespräch entwickelt. Was mich betrifft, hat McGregor recht gehabt. Manchmal wünsche ich mir wirklich, ich könnte auf das Teufelchen auf meiner Schulter hören und mich um niemanden kümmern als um mich selbst.

Und gelegentlich mache ich das sogar.

»Ich bin nicht hinter bösen Jungs her«, beteuert Emma. »Wirklich nicht«, fügt sie hinzu und sieht mich an. Aber dann scheint ihr wieder einzufallen, wer heute ihr Date ist, und sie dreht sich zu Devin um. »Ich finde gewöhnlich erst heraus, dass sie eine dunkle Seite haben, *nachdem* ich mit ihnen ausgegangen bin. Also, spuck es aus, Devin. Gibt es etwas Gefährliches, das ich über dich wissen sollte?«

Devin wirft mir einen Blick zu. »Jake und ich haben aus Versehen mal eine Wiese in Brand gesetzt, als uns eine Flasche mit einer Rakete umgekippt ist. Ist das gefährlich genug für dich?«

Ich habe Emma diese Story schon erzählt, aber sie grinst trotzdem und will etwas dazu sagen, als Rachel ihr zuvorkommt. »Sorry, Devin, aber *aus Versehen* zählt nicht. Damit Emma dich auch nur ansieht, brauchst du mindestens ein Schild auf deiner Brust, das vor Risiken und Nebenwirkungen warnt. Ich meine, hör dir mal die Liste an …« Rachel zählt ein paar von Emmas Vor-Hollywood-Freunden auf, gefolgt von den beiden Idioten, mit denen sie vor Troy zusammen war. Dann sagt sie: »Troy war auch ein Aufreißer, und jetzt ist es Brett – jedenfalls irgendwie. Emma steht schon *ewig* auf ihn, tut aber so, als wäre sie schwer zu kriegen. Sie kann die Jungs echt zappeln lassen, wenn sie will.«

In diesen letzten Sätzen ist einiges, das ich erst einmal verdauen muss, und ich bin nicht der Einzige, dem die Worte fehlen. Emma ist fassungslos. »Rachel, kommst du bitte mal mit?«, sagt sie schließlich und rutscht von der Bank.

»Wieso? Zehn-Einhundert?«

»Zehn-was?«, fragt Devin.

Rachel kichert. »Das sagt man am Set, wenn man aufs Klo muss.«

Sie wirft schon den ganzen Tag mit solchen Filmausdrücken um sich, und ich habe kaum die Hälfte davon verstanden – wie soll Devin es dann können? »Sorry, Dev«, sage ich und taste meine Hosentaschen ab. »Ich habe mein *Filmstar-Taschenwörterbuch* nicht dabei, sonst hätte ich es dir leihen können.«

»Ich fürchte, auch damit würde ich nicht kapieren, was hier los ist«, erwidert er.

Emma ignoriert unsere Seitenhiebe und versucht es noch bei einmal Rachel. »Ich brauche mehr Ketchup, und es sieht so aus, als ginge es dir genauso.«

»Für mich nicht, danke«, sagt Rachel. Emma steht wortlos auf und verlässt den Tisch.

Ich kippe mir den Rest meines Getränks in den Hals. »Oh, mein Wasser ist alle. Rachel, leistest du Devin Gesellschaft?« Ich bin schon weg, bevor sie etwas sagen kann.

Devin macht seine Sache super. »Ja, erzähl mir doch noch mehr über *Stars in Their Eyes.*«

Ich entdecke Emma im Imbiss, wo sie in eine Plastikschale mit kleinen Ketchup-Tütchen starrt, als könnte sie sich nicht entscheiden, welches sie nehmen soll. Abgesehen von einer Frau, die mit dem Rücken zu uns steht und den Grillrost scheuert, ist niemand da. Als Emma mich entdeckt, sieht sie sich hektisch um. »Was machst du hier?«

Ich stelle mich neben sie und fülle meinen Becher am Wasserspender. »Devin hat Rachel gerade nach ihrer Show gefragt. Das verschafft uns etwas Zeit.«

»Sie ist nicht immer so gemein. Sie ist nur nervös, deshalb sagt sie solche Sachen.«

»Vergiss, was Rachel sagt«, erwidere ich und versuche, meinen eigenen Rat zu befolgen.

»Du hattest von Anfang an recht, was dieses Doppeldate betrifft«, gesteht Emma. »Es war eine total blöde Idee. Ich will nicht wieder da rausgehen.«

Ich stelle meinen Becher ab und drehe sie zu mir, damit die Frau am Grill sie nicht sehen kann. Dann nehme ich meine Sonnenbrille ab, als Hinweis für Emma, dasselbe zu tun, und warte, bis sie verstanden hat, was ich will. Sie nimmt die Brille ab und schaut sofort weg, aber nicht schnell genug. Ich kann deutlich sehen, wie rot ihre Augen sind. Anscheinend hat sie letzte Nacht auch keinen Schlaf bekommen.

»Was ist auf der Premiere passiert?«, frage ich. »Ich dachte, es würde dir etwas Druck nehmen, wenn ich mit Rachel tanze, aber –«

»Jake, es geht nicht nur um sie.« Sie schluckt. »Ich kann das nicht länger. Ich werde Rachel heute Abend alles sagen, und danach wird sie vermutlich abreisen. Und dann muss ich mit dir reden. Kann ich morgen zu dir nach Phoenix kommen?«

»Morgen?« Ich sehe mich um, bevor ich ihr einen schnellen Kuss aufdrücke. »Das ist ein Ja.«

Wir kehren nacheinander an den Tisch zurück.

Auf der Rückfahrt durch den Sabino Canyon bekommt Rachel einen Anruf, an dem sie uns Satz für Satz teilhaben lässt: Ihre Mom fliegt am Morgen nach L. A., um eine Wohnung für sie beide zu suchen. Sie hat ihr Haus bereits zum Verkauf angeboten. Rachel muss ihre Statistenrolle bei *Coyote Hills* absagen und schon morgen statt erst am Dienstag abreisen, weil sie für *Stars in Their Eyes* noch so viel zu tun hat.

Emma ist über diese Neuigkeit bestimmt genauso froh wie ich, aber es bedeutet auch, dass sie jetzt unter Zugzwang steht – sie muss es Rachel heute sagen.

Als wir in Emmas Wohngegend einbiegen, fängt Rachel an, darüber zu reden, wann wir »das nächste Mal« miteinander ausgehen – sicher nicht –, und Devin und Emma verabschieden sich vor ihrem Haus. Devin lässt den Motor laufen und geht um den Wagen herum, um ihr die Tür zu öffnen. Ich will dasselbe tun, aber Rachel hält mich auf. »Bleib noch einen Moment, okay?«

Nachdem Emma ausgestiegen ist, schließt Devin die Beifahrertür, und ich bin auf dem Rücksitz gefangen – mit einem Stalker. Es hilft auch nicht, dass die tiefstehende Sonne das Innere von Devins Wagen in ein gruseliges Orange taucht. Ich habe die Hand auf dem Türgriff und lasse ihn nicht los.

Rachel seufzt. »Ich werde jetzt also nach L. A. ziehen. Bist du oft dort?«

»Nein. Nicht wirklich.« Ich will nicht unhöflich sein, aber das muss jetzt enden.

»Oh … ach so«, sagt sie. »Dann muss ich eben öfter *hierher*kommen.«

Dieses Mädchen versteht den Wink mit dem Zaunpfahl echt nicht.

Endlich weiß ich, was ich sagen muss. »Rachel, es tut mir leid, wenn dein Tag heute nicht so toll war, wie du es dir erhofft hast. Es ist nur so … nun, ich habe mich in eine andere verliebt.«

Ihre Augen werden immer größer. »Oh … okay. Ich habe Emma gefragt, ob du eine Freundin hast, und sie sagte, du hättest keine. Sonst hätte ich nie … ich meine … Sie hätte es mir sagen sollen. Das ist alles.«

»Gib Emma nicht die Schuld, okay?«, bitte ich sie. »Sie

wollte, dass dieses Wochenende perfekt für dich wird. Sie kann nichts dafür, dass ich ihre Pläne verdorben habe.«

Rachel atmet hörbar ein und sagt: »Ich komme mir so blöd vor.«

»Das musst du nicht«, versichere ich ihr. »Ich hoffe nur, dass du jetzt weißt, dass ich nicht derselbe bin, den du in diesen ganzen Werbeanzeigen gesehen hast. Das ewige Lächeln und das herablassende Grinsen sind nur aufgesetzt. Ich habe das Modeln nie gemocht und werde auch nicht lange schauspielern. Ich studiere jetzt, damit ich in die Wirtschaft gehen kann. Aber Emma sagt, dass du eine tolle Schauspielerin bist, daher bin ich sicher, dass du in Hollywood groß rauskommst. Dafür wünsche ich dir viel Glück.«

Rachel holt noch einmal zittrig Luft, nickt mir zu und steigt aus dem Auto. Natürlich hätte ich ebenfalls aussteigen können, aber wozu?

Ich habe mich bereits verabschiedet.

Emma

Rachel rauscht auf der Veranda an mir vorbei, und obwohl ich hoffe, dass Jake nichts zu ihr gesagt hat, frage ich mich doch, ob es vielleicht nicht sogar besser wäre. Sie hat so etwas schon öfter getan – mich schlecht gemacht, um selber besser dazustehen – aber so gemein wie heute war sie schon lange nicht mehr.

Ich bin seit gestern Abend wie gelähmt, und das liegt nicht nur an Rachel. Ich konnte nicht schlafen und habe darüber nachgedacht, wie das mit Brett passieren konnte und was ich jetzt machen soll.

Kaum haben wir das Haus betreten, stürmt Rachel sofort nach oben. Ich nutze die Chance, zu Devins Auto zurückzulaufen, wo Jake mir berichtet, was er zu ihr gesagt hat. Er hat eine gute Grundlage für die Wahrheit gelegt, auf der ich hoffentlich aufbauen kann. Rachel wird viel mehr über Jakes Freundin erfahren, als sie je wissen wollte.

Von meinem Wohnzimmer aus kann ich Rachel oben schluchzen hören. Auf Zehenspitzen schleiche ich in mein Schlafzimmer und ziehe meinen Schlafanzug an – ich werde auch diese Nacht auf der Couch verbringen – und sitze dann mindestens eine halbe Stunde vor der Badezimmertür und warte. Endlich kommt Rachel heraus. Sie hat eine Rolle Toilettenpapier dabei und wischt sich die Tränen ab. »Dein Klopapier ist alle.«

»Okay«, antworte ich. »Tut mir leid.«

Rachel lehnt sich mir gegenüber an die Wand und rutscht daran herunter, bis sie auf dem Boden sitzt. »Da du dich gerade entschuldigst, kannst du mir auch gleich erklären, wieso du zugelassen hast, dass ich heute wie die letzte Idiotin dagestanden habe«, sagt sie. Mein Unterkiefer klappt herunter und sie verdreht die Augen. »Reden wir nicht über den riesen Knaller, den Jake gerade gebracht hat, sondern fangen mit etwas Einfachem an: Wusstest du, dass er nicht mehr modelt und auch nicht länger schauspielern will? Er will in die Wirtschaft, Emma. *Wirtschaft*. Es wäre toll gewesen, wenn du mich über diese kleinen Details informiert hättest.«

Ich zwinge mich zur Ruhe. »Ich habe dir doch gesagt, dass du ihn nach seinen Kursen fragen sollst, schon vergessen?«

Rachel donnert die Toilettenpapierrolle auf den Boden. »Aber doch nur als beiläufige Bemerkung! Du hast auch gesagt, dass ich mit ihm über die Filmindustrie sprechen soll – und *Überraschung*! Jake kann einen Oscargewinner nicht von Oskar aus der Mülltonne unterscheiden!«

»Rachel, ich habe nur gesagt, dass du ihn nach seinen Lieblingsfilmen fragen könntest und nicht, dass du ihn mit jahrzehntealten Preisverleihungen nerven sollst.« Dass ich ihr nicht die Wahrheit über uns erzählt habe, nehme ich gern auf mich, aber dass sie diese Besserwisser-Nummer abgezogen hat, war ihre eigene Blödheit. »Selbst ich hätte diesen ganzen Kram nicht gewusst.«

»Du solltest das aber wissen!«, wirft sie mir an den Kopf, springt auf und steuert mein Schlafzimmer an. »Wenn du das Schauspielern wirklich ernst nehmen würdest, solltest du die Branche genauso studieren wie ich.«

Die sieben Filme und zwei Fernsehserien, in denen ich mitgespielt habe, zählen offenbar nicht.

Ich stehe auf und folge ihr. »Filmfakten auswendig zu lernen und Klatschzeitschriften zu lesen, kann man wohl kaum als *Studium* der Filmbranche bezeichnen«, sage ich, denn allmählich habe ich es satt, nett zu ihr zu sein. »Und nichts von dem, was du in deinen Schauspielkursen gelernt hast, kann dich vorbereiten auf die –«

»Was? Harte Arbeit?« Rachel hievt ihren knallpinken Koffer auf mein Bett. »Versuch doch mal, für den Mindestlohn den Fußboden von Giovannis Pizzeria zu wischen! Ich brauche vermutlich ein ganzes Jahr, um das zu verdienen, was sie dir an einem Tag dafür bezahlen, dass du auf deinem Stuhl hockst und eine Flasche Wasser trinkst!«

Ich schnappe mir Rachels zweiten Koffer und klappe ihn auf. Je schneller sie packt, desto besser. »Ja, klar«, sage ich. »Weil es ja so einfach ist! All diese geistlosen Dinge, die ich sage und tue, wenn ich … Wie hast du es genannt? *Schauspielere?* Nun, das alles fällt mir einfach ein. Denn da ich ja nichts tue, als Wasser zu trinken, bleibt mir natürlich keine Zeit mehr, meinen Text zu lernen.«

Rachel reißt ihre Klamotten von den Kleiderbügeln. »Glaubst du wirklich, das rechtfertigt das ganze Geld und die Aufmerksamkeit, die du bekommst? Heute sollte ich meine große Chance bei Jake haben, aber du musstest pausenlos reden! Du drängst dich ja immer ins Rampenlicht. Die berühmte Emma Taylor muss schließlich beweisen, wie süß und klug sie ist!«

Mir liegen alle Beleidigungen auf der Zunge, die ich bisher nie ausgesprochen habe. »Du hast einen echt verdrehten Sinn für die Realität«, werfe ich ihr an den Kopf. »Dein Geschwätz über *Casablanca* und darüber, welcher Film neunzehnhundertirgendwann welchen Preis gewonnen hat, hat die Jungs zu Tode gelangweilt. Ich habe versucht, dir den Hintern zu retten.« Ich hätte damit auch noch weitermachen können. John Wayne und Clint Eastwood haben beide in den Old Tucson Studios Filme gedreht, aber Rachel hat wirklich geglaubt, dass Jake mit *Ingrid Bergman* vollgelabert werden will? Im Ernst?

»Du hast gar nichts gerettet! Du hast mir meine Überleitung zum nächsten Thema versaut!« Ihr Gesicht ist jetzt so dicht vor meinem, dass ich die Hitze spüren kann, die davon ausgeht. »Der Preis für den besten Film ging 1973 an *Der Pate*. Welcher Kerl will denn nicht über diesen Film sprechen?«

»Also …« Ich bin sprachlos – mein Mund bewegt sich, mein Gehirn läuft auf Hochtouren, aber ich bringe keinen Mucks heraus. Hatte ich ihr kleines Filmquiz wirklich zu früh abgewürgt? Bin ich tatsächlich eine solche Rampensau? Mein Herz pumpt kochend heißes Blut durch meine Adern, während ich versuche, mir die Unterhaltung am Picknicktisch wieder ins Gedächtnis zu rufen. Nein … Das Einzige, was ich mir heute gewünscht habe, war, dass die Zeit möglichst schnell vergeht.

Wenn ich selbstsüchtig gewesen wäre, hätte ich den Ausflug abgesagt und mir die Zeit genommen, Jake zu erzählen, was im Atrium passiert ist. Unsere paar Minuten in diesem Imbiss waren definitiv nicht der richtige Zeitpunkt, um zu sagen: »Ach, übrigens hat Brett mich geküsst.«

Rachel klappt den Koffer zu. »Ich habe nicht nur so dahingeplappert«, sagt sie. »Ich habe versucht, Jake näherzukommen, und dafür hätte ich sogar über die Mafia gesprochen. Aber wie üblich drehte sich die Unterhaltung mal wieder nur um dich.«

»*Du* warst es doch, die von dem Dinosaurier-Filmmarathon angefangen hat«, erwidere ich, »obwohl du genau wusstest, dass mir das peinlich ist. Und mich nur ein bisschen aufzuziehen, hat dir nicht gereicht. Du musstest auch noch diesen Schwachsinn erzählen, dass ich auf ›böse Jungs‹ stehe. Das war gemein, Rachel, und es hat wehgetan.«

»Und mir wolltest du nicht wehtun? Indem du mir alles Wichtige über Jake verschwiegen hast?«

»Glaub mir, ich habe es dir verschwiegen, um dir *nicht* weh zu tun«, sage ich, aber meine Stimme wird immer dünner. Ich falte ein Shirt, eines, das ich ihr geschenkt habe, und versuche, mich zu beruhigen.

Rachel reißt mir das Shirt aus der Hand. »Ich brauche dein Mitleid nicht. Ich habe es satt, in deinem Schatten zu leben und um Krümel zu betteln. Ich will nicht länger nur ›Emma Taylors Freundin‹ sein, ich will …«

Sie redet immer weiter, und ich erkenne, dass ich um eine Freundschaft gekämpft habe, aus der längst etwas geworden ist, das uns beiden nicht guttut. Und das schon lange bevor ich Jake kennengelernt habe.

»Rachel, ich wollte nie, dass du in meinem Schatten stehst. Ich wollte, dass wir das alles *zusammen* erleben«, sage ich. Sie wütet einfach weiter, aber das ist mir egal, ich muss mir endlich von der Seele reden, was ich ihr schon lange sagen wollte. »Wenn ich alles, was ich habe, verdoppeln könnte, würde ich es dir geben. Genau genommen habe ich das auch immer versucht. Ich habe dir Vorsprechen vermittelt. Ich habe dich zu jeder Premiere und jeder Party mitgenommen, zu der du kommen konntest. Und ich habe mich so schuldig gefühlt, weil ich noch etwas bekommen habe, das du wolltest, dass ich es beinahe aufgegeben hätte.«

Was wäre es nur für ein Fehler gewesen, Jake deswegen zu verlieren.

Endlich hört sie mir zu. »Ist mir doch egal. Es fing alles mit der Rolle in *Mountain Home* an, die *mir* zugestanden hätte, und das weißt du genau«, sagt sie. »Wenn ich am Tag des Vorsprechens nicht krank gewesen wäre, hätte ich dich mühelos rauskicken können.«

Am liebsten würde ich ihr ins Gesicht schreien: »Das war vor sechs Jahren! Komm endlich darüber hinweg!« Doch stattdessen betrachte ich das gerahmte Foto meiner besten Freundin, die von der Wand herablächelt, und sehe dann wieder das Mädchen an, das vor mir steht.

»Du lebst das Leben, das eigentlich meins sein sollte«, sagt sie, aber ich bin bereits auf dem Weg nach draußen, denn ich muss unbedingt mit Jake sprechen. »Und du genießt es, mir das immer wieder unter die Nase zu reiben!«

Sie knallt die Zimmertür hinter mir zu, und ich bleibe wutschnaubend auf dem Flur stehen. Ich habe so einiges, das ich ihr unter die Nase reiben könnte. Aber wenn dies ohnehin das Ende ist – wieso nicht? Soll ich jetzt die Tür wieder öffnen und ihr erzählen, wie Jake und ich uns küssen, bis wir keine Luft mehr kriegen, und dass er mich will und nicht sie?

Aber es ist Rachel, die die Tür aufreißt. »Und was diese *Bombe* angeht, von dem er mir im Auto erzählt hat – du hast mich auch angelogen, was Jakes Freundin betrifft, obwohl ich dich mindestens dreitausend Mal gefragt habe, ob er eine hat.«

Ich verziehe keine Miene. »Ja.«

»Ja *was*? Gibst du zu, dass du mich angelogen hast?«

»Mindestens dreitausend Mal«, antworte ich.

Rachel schnauft empört und runzelt die Stirn. »Wie lange sind sie schon zusammen?«

»Offiziell seit letzten Freitag«, antworte ich und spüre die Bedeutung dieses Moments. »Inoffiziell seit dem Labor Day.«

»Seit … *Was?*«, fragt sie und ich kann die kleinen Rädchen in ihrem Kopf arbeiten sehen. »Wieso … hast du mir das nicht gesagt?«

Ich muss wieder an diese letzten Wochen denken – all das Warten, die vielen Versuche, mich gegen das zu wehren, was ich mir so sehr gewünscht habe, und wie ich Jake das Gefühl vermittelt habe, dass er ganz unten auf meiner Prioritätenliste steht. »Ehrlich, Rachel, ich kann es mir selbst nicht erklären, also werde ich erst recht nicht versuchen, mich vor dir zu rechtfertigen.«

»Von mir aus! Ich werde dir sowieso nie verzeihen!«, brüllt Rachel. »Sag mir einfach, wer sie ist.«

Ich gehe in Richtung Treppe. »Das spielt keine Rolle mehr.«

JAKE

»Wer immer den Begriff *Drama Queen* erfunden hat, muss Rachel begegnet sein«, stellt Devin fest, nachdem wir die Mädchen abgesetzt haben. Er hat bei mir übernachtet, und auch meine Mom ist noch da. »Was hat sie für eine Macke?«

»Showbusiness«, antworte ich.

Meine Mom war den Tag über allein und hat vermutlich jede Ecke meiner Wohnung inspiziert, um sicherzugehen, dass ich nicht in einem Schweinestall lebe. Ich hatte vor ein paar Tagen extra eine Putzfrau kommen lassen, aber das werde ich natürlich nie zugeben. Was den Haushalt angeht, bin ich eine Niete – ich kann gerade mal Wäsche waschen.

Ich hatte Mom mit jedem *Star Trek*-Film versorgt, der jemals gedreht wurde, und beim Aufschließen der Tür rechne ich mit dem typischen Geräusch der Strahlenpistolen. Doch Devin und ich finden ein dämmriges, stilles Wohnzimmer vor, und auf meinen großen Flachbildschirm ist das Standbild einer Klatschreporterin zu sehen. Meine Mom sitzt genauso reglos da wie die Reporterin im Fernsehen und ich stürze zu ihr. »Alles in Ordnung?«

»Ja … Mir fehlt nichts …«

Ich beuge mich über sie, um ihr in die Augen sehen zu können. »Ist dir schwindelig? Tut dein Kopf weh?« Ich greife bereits nach meinem Handy, um den Notruf zu wählen.

»Nein, Jake. Es geht nicht um mich.« Sie deutet auf meinen Fernseher, und Devin und ich schauen wieder hin. »Ich habe Berichte über die Premiere gesehen und ich wollte es für dich aufnehmen … Ich weiß nicht, wie ich …« Sie wirft einen Blick auf Devin.

»Schon okay, er kann es hören.« Ich glaube, ich weiß, was jetzt kommt. Es ist typisch Mom, wegen so etwas auszuflippen. »Was haben sie gesagt? Dass ich ein lausiger Schauspieler bin?«

Mom berührt die Fernbedienung, die auf ihrem Bein liegt. »Sie haben dich in den höchsten Tönen gelobt, Jake, was wundervoll ist. Aber … Wie soll ich dir das nur sagen, ohne gleich das Schlimmste anzunehmen oder –«

Ich schnappe mir die Fernbedienung und lasse die *StarTV*-Nachrichten noch einmal von vorn laufen.

»Jake«, sagt Mom, »vielleicht sollte ich dir erst sagen, worum es geht. Vielleicht ist es nicht so, wie es aussieht, vor allem, wenn man bedenkt –«

Es ist zu spät. Die aufdringliche Blondine, die uns auf dem roten Teppich interviewt hat, serviert den Zuschauern ein neues Skandalhäppchen: »Die Gerüchte über eine *Bremma*-Versöhnung sind tatsächlich wahr, liebe Freunde. Bei der Premiere von *Coyote Hills* haben die beiden jungen Stars Brett Crawford und Emma Taylor ihren Erfolg in trauter Zweisamkeit gefeiert.«

Während die Reporterin weiterspricht, läuft eine Aufzeichnung. Sie zeigt Brett und Emma in einem weißen Raum mit Bäumen. Emma trägt ihr rotes Kleid und Brett seinen Anzug. Sie müssen die Party gemeinsam verlassen haben … als ich mit Rachel getanzt habe?

Das Video hat eine merkwürdige Qualität, als wären die Aufnahmen von draußen durchs Fenster gemacht worden. Die Stimme der Reporterin verwandelt sich in meinen Ohren zu einem bedeutungslosen Geplapper, denn jetzt stehen Brett und Emma direkt voreinander. Dann höre ich gar nichts mehr außer dem Rauschen meines Blutes … und sie küssen sich.

Ich muss wieder daran denken, wie Brett Emma durch die Halle nachgelaufen ist und wie er gesagt hat, dass er ihr nicht genug von dem geben konnte, was sie wollte. Dann war *das* also noch nicht genug für sie?

Die Reporterin kommentiert die Szene Bild für Bild. »Emma Taylor ist so überwältigt, dass sie sogar ihren Teller mit Keksen fallen lässt. Ist das nicht süß? Bretts berühmte Lippen haben offenbar immer noch dieselbe Wirkung, nicht wahr? Was haben die beiden wohl für die Drehpause geplant? Vielleicht noch ein paar Knabbereien?« Die Reporterin lacht, als ob das tatsächlich witzig wäre. »Was immer die beiden vorhaben, es wird bestimmt ein Leckerbissen! Wir halten Sie auf dem Laufenden! Und jetzt zu –«

Ich starre wie weggetreten auf den Bildschirm, bis Devin mir die Fernbedienung abnimmt. Der Fernseher wird schwarz, aber ich kann den Blick trotzdem nicht abwenden. Das einzige Licht im Zimmer kommt von einer kleinen Lampe. »Jake«, sagt Mom, »es gibt sicher eine Erklärung. Die beiden haben doch die ganze Zeit eine Publicity-Show abgezogen und vielleicht –«

Ich schüttele den Kopf. »Das war keine Show, das war echt.« Ich weiß nicht, was ich zuerst kaputtschlagen soll. »Bringen wir dich … einfach nach Hause, okay?«

»Devin, macht es dir etwas aus, mich nach Phoenix zurückzubringen, wenn du so weit bist?«, fragt Mom. »Ich bin der Meinung, dass Jake hierbleiben und diese Sache klären sollte.«

»Hör mal, Mom«, fauche ich, »Emma ist schon *ewig* verrückt nach Brett – du hast Rachel gehört, stimmt's, Devin? Sie hat es mir sogar selbst erzählt. Aber sie hatte für alles eine Erklärung: ein ungünstiger Kamerawinkel, ein sogenannter Insider, der behauptet, die beiden könnten die Finger nicht voneinander lassen. Wir wissen ja alle, dass solche Storys Aufsehen erregen, Zeitschriften verkaufen und die Leute faszinieren.«

Meine Mom und Devin versuchen, mich zu beruhigen, das Ganze irgendwie zu erklären, aber sie könnten genauso gut mit einem Stein sprechen. Ich helfe meiner Mom in Devins Auto und schleppe ihren Koffer und den Rollstuhl hinterher. Dann schnappe ich mir die Tasche, die ich bereits für Phoenix gepackt habe, und fahre los.

Keine Ahnung, wohin. Überall ist es besser als hier.

Emma

Schon beim ersten Klingeln bekomme ich nur die Voicemail, deshalb versuche ich noch ein paarmal, ihn zu erreichen, während ich zu seiner Wohnung gehe – im Schlafanzug, weil ich nicht an meine Klamotten komme, solange Rachel noch da ist –, aber sein Auto steht schon nicht mehr auf dem Parkplatz. Also kehre ich wieder um. Wahrscheinlich ist Jakes Akku einfach leer nach unserem langen Tag im Old Tucson Studio. Auf der Fahrt nach Phoenix wird er es schon irgendwann merken.

Ich versuche alle paar Minuten, ihn anzurufen, oder schreibe ihm eine Nachricht, bis ich schließlich auf der Couch einschlafe.

Am nächsten Morgen öffne ich die Augen, und das Erste, was ich sehe, sind Rachels knallpinke Koffer. Mein Festnetztelefon klingelt und ich setze mich hastig auf – die einzigen Leute, die diesen Anschluss nutzen, sind Jake und der Pförtner. Ich will schon aufspringen, doch Rachel nimmt den Anruf in der Küche entgegen. »Hier ist Emmas … *Gast*«, sagt sie. »Ja, ich habe ein Taxi bestellt. Bitte sagen Sie dem Fahrer, dass ich in ein paar Minuten draußen bin.«

Die nächsten dreißig Sekunden höre ich gar nichts. Dann ein Schniefen, und ich lasse mich wieder in die Kissen fallen. Ich will nicht schon wieder streiten. Wir müssen aufhören, uns ständig Gemeinheiten an den Kopf zu werfen.

Rachel kommt ins Wohnzimmer, und ihre Augen sind so rot und verschwollen wie meine am Tag zuvor. »*Du* bist es, stimmt's?«, fragt sie und schnieft noch einmal. Ihre Stimme ist rau, sie hat kapituliert. Der Streit ist vorbei. Alles ist vorbei. »*Du* bist Jakes Freundin.«

»Ja«, ist alles, was ich dazu sage. Es hat keinen Sinn, ihr zu sagen, dass wir uns erst vor einer Woche zum ersten Mal geküsst haben. Weil wir eigentlich schon viel länger zusammen sind.

Rachel setzt sich auf den Deckenhaufen, der sich auf meiner Couch stapelt. »Ich wusste, dass das passieren würde, Emma. Dass Jake sich in dich verliebt. So ist es doch immer. Aber ich dachte, wenn du mit Brett zusammen wärst, hätte ich wenigstens eine Chance, Jake zu beweisen, dass ich die perfekte Freundin für ihn bin. Aber du hast ständig gesagt, dass du Brett nicht mehr leiden kannst, und deshalb habe ich versucht, dich davon zu überzeugen, dass du ihn doch magst.«

Ich atme ganz flach, denn jetzt weint Rachel neben mir. Alles, was mir einfällt, ist furchtbar klischeehaft: *Ich wollte nicht, dass das passiert, ich habe dagegen angekämpft, ich wollte dich nicht verletzen.* Was nützen diese Worte jetzt noch? Endlich habe ich wieder die echte Rachel vor mir – das Mädchen, mit dem ich aufgewachsen bin, das von Ruhm und der großen Liebe geträumt hat. Zufällig hatten wir beide dieselben Träume und haben uns in denselben Jungen verliebt.

Und ich habe beides bekommen.

»Es geht nicht nur um Jake«, schluchzt Rachel. »Ich meine, klar, ich bin total sauer auf dich, weil du mich angelogen hast, aber da ist so viel mehr. Das weißt du alles nicht. Die Leute, die mir auf Twitter folgen … Denen geht es nicht um meine Fotos – sie wollen alles über *dich* erfahren. Die letzten sechs Jahre hatte ich immer das Gefühl, dass alle nur mit mir befreundet sein wollten, weil ich *dich* kenne. Ich kann gar nicht mehr zählen, wie viele Typen mit mir geflirtet haben, nur um dann irgendwann zu sagen: ›Kannst du mir ein Date mit Emma besorgen?‹ Ich hasse das. Es ist demütigend.«

»Ich wünschte, du müsstest das nicht durchmachen, Rachel«, sage ich und mein Ärger ist verflogen. »Das trifft doch bestimmt nicht auf *jeden* zu. Ich glaube, dieses Gespräch hätten wir bereits gestern führen sollen – oder schon vor langer Zeit.«

Rachel nickt. »Es tut mir leid, was ich gestern gesagt habe.«

»Mir auch«, versichere ich ihr und muss mich zum Weitersprechen zwingen. »Das Problem ist nur, dass etwas Wahres an dem ist, was wir beide gesagt haben, und was zwischen uns steht, ist nicht nur eine kleine Meinungsverschiedenheit, die leicht aus der Welt zu schaffen wäre.«

»Stimmt«, sagt sie. »Ich schätze, es wird eine Weile dauern, aber wenigstens haben wir uns ausgesprochen.«

Ich stehe auf und werfe einen Blick durch die Jalousie. Rachels Taxi ist da.

»Du wirst ein großer Star«, sage ich, obwohl meine Kehle wie zugeschnürt ist. Endlich finde ich den Mut, sie direkt anzusehen. Sie fummelt am Reißverschluss des Koffers herum. »Und ich werde *immer* dein größter Fan sein. Ich finde aber, dass wir … ein wenig Abstand voneinander brauchen.«

Jetzt sieht auch sie mir in die Augen.

Ich muss das hinter mich bringen. »Danke, dass du mich nicht dafür hasst, dass ich mit Jake zusammen bin«, murmele ich. »Aber aus offensichtlichen Gründen kann ich nicht mit dir über ihn reden. Und er ist nur die Spitze des Eisbergs, wenn es darum geht, wie schuldig ich mich fühle, weil ich so vieles habe, was du dir wünschst – was du verdienst.« Sie hört aufmerksam zu, und so mache ich weiter. »Mit dir wird die neue Staffel von *Stars in Their Eyes* die beste aller Zeiten. Aber realistisch betrachtet wird es eine Weile dauern …«

»Bis ich auch nur annähernd so berühmt bin wie du«, beendet sie meinen Satz.

Ich nicke, fange jetzt auch an zu weinen und füge hinzu: »Du brauchst etwas Freiraum, um dein eigenes Glück zu finden. Aber das klappt nur, wenn du *dein* Leben nicht länger mit *meinem* vergleichst.«

Rachel hängt sich den Riemen ihrer Reisetasche über die Schulter. »Ich schätze, wenn du nicht mit mir über deinen superheißen Freund reden kannst oder über deinen abgefahrenen Job oder über die tollen Hollywood-Partys, bist du ohnehin eine ziemlich langweilige Freundin.« Sie umarmt mich, und trotz unserer Tränen lachen wir beide. Es ist kein perfektes Ende, aber es fühlt sich richtig an. »Eine Sache macht mich neugierig«, sagt Rachel. »Was hält Jake von dieser Fake-Lovestory zwischen dir und Brett? Ich meine, ich weiß, dass es nur Werbung für die Serie war, aber …«

»Wir haben keine Lovestory – auch nicht zu Werbezwecken«, erwidere ich. »Wir wollten nie, dass die Leute uns irgendwas andichten – ganz im Gegenteil. Die Medien haben das alles aufgebauscht.«

Rachel rutscht die Tasche von der Schulter. »Und was war mit dem Kuss letzte Nacht?«

»Welcher Kuss?«, frage ich entgeistert.

»Du weißt schon. Mit Brett. Und den Cookies.«

Den Cookies? Mein ganzer Körper explodiert in winzige

Stückchen. »In diesem Innenhof?«, würge ich hervor. »Du hast … diesen Kuss … *gesehen?*«

Wenn sie uns beobachtet hat, kann Jake das ebenfalls getan haben. *Jeder* könnte uns gesehen haben!

»Oh mein Gott«, sagt Rachel. »Du wirst ausrasten. Du wirst –«

»Was, Rachel? Sag es mir. Bitte!«

»Ich konnte nicht schlafen«, sagt sie, »also habe ich mir die *StarTV*-Berichterstattung über die Premiere im Fernsehen angeschaut. Und die haben es gezeigt – wie du und Brett euch geküsst habt.«

»Warte, die … *was?*« Meine Finger krallen sich in meine Haare. »Wie? *Wer?*«

»Es war ein Video, Emma, nicht nur Fotos. Ich hatte mir da schon zusammengereimt, was zwischen dir und Jake läuft, und deshalb hat es mich etwas erstaunt. Aber dann dachte ich, dass du mit Brett nur eine Show abziehst und –«

»Aber ich habe den Kuss nicht erwidert! War das nicht zu sehen?« Ich reiße die Decken von der Couch und finde mein Handy. Jake hat immer noch nicht auf meine Anrufe und Nachrichten der letzten Nacht reagiert.

»Nein«, sagt Rachel. »Es hat ausgesehen, als wärst du voll bei der Sache.«

»Heilige Scheiße!« Wieder wähle ich Jakes Nummer, lande auch diesmal sofort auf der Voicemail und sprinte in die Küche, um meine Handtasche zu holen. »Wie ist das überhaupt möglich? Hat jemand die Aufnahmen verkauft?«

Rachel folgt mir. »Jake weiß nicht, dass Brett dich geküsst hat? Oh Mann. Das ist nicht gut.«

Ich drücke sie noch einmal. »Fahr nach L. A., amüsier dich, und lass uns in ein paar Wochen mal eine E-Mail schreiben.«

»Da ist noch etwas«, sagt Rachel, als wir uns trennen. »Ich war es, die *Promi News* erzählt hat, wie lange du schon in Brett verknallt warst. Sie haben meine Posts auf Twitter gesehen und mich angeschrieben, ob ich vielleicht eine Story für sie hätte, die sonst keiner hat. Und sie haben mir dafür *fünfhundert* Dollar gegeben, Emma. Du weißt, wie dringend ich das Geld gebraucht habe. Also sag bitte deiner Mom, dass sie aufhören soll, meiner Mutter die Schuld zu geben. Das belastet sie sehr.«

Ich starre Rachel nur an, und in meinen Augen brennen die Tränen. Ich nicke. »Danke, dass du es mir gesagt hast.«

Meine Flipflops stehen an der Haustür. Ich schlüpfe hinein und renne nach draußen. Auf dem Weg schnappe ich mir noch einen von Rachels Koffern. Ich lasse ihn am Straßenrand stehen, wo sich der Taxifahrer darum kümmern kann. Er wirft mir einen fragenden Blick zu: *Pyjama, Flipflops und eine Gucci-Handtasche?*

Auf dem Weg vom Sabino Canyon zum anderen Ende der Stadt bekomme ich den ersten Strafzettel meines Lebens für zu schnelles Fahren, und einen zweiten auf der Schnellstraße von Tucson nach Phoenix. Beide Polizisten beteuern, wie toll sie es finden, mich zu treffen, aber vom Haken lassen sie mich nicht. *Hallo?* Merken die nicht, dass ich ohnehin schon einen miesen Tag habe? Ich sehe aus, als hätten mich Zombies aus dem Bett gezerrt.

So viel zum Thema Sonderbehandlung für Promis.

Ich rufe Jake immer wieder an und versuche es auch bei seiner Mom, aber ohne Erfolg. Ich hinterlasse ihm eine Unmenge

Nachrichten – anfangs nur kurze mit der Bitte, mich anzurufen. Aber dann spreche ich ihm die ganze Geschichte aufs Band, erkläre ihm, wie ich mit Brett in diesem verdammten Innenhof gelandet bin, was dort passiert ist, und dass ich es ihm bisher nicht sagen konnte, weil Rachel bei mir war. Und dass ich ihn deswegen in diesem Imbiss gefragt habe, ob ich nach Phoenix kommen könnte, um ihm alles zu sagen. Aber es kommt nichts zurück. Kein einziges Wort von ihm.

Ich hatte mein Handy gestern während unseres Doppeldates abgeschaltet, und als ich es nach meinem Streit mit Rachel wieder aktiviert hatte, war meine Voicemail voll. Gestern Abend war ich nicht in der Stimmung, alle Nachrichten abzuhören, aber jetzt spiele ich sie alle ab. Natürlich kann keine dieser Nachrichten von Jake sein – das Timing passt nicht –, aber ich checke es trotzdem. Wie sich herausstellt, sind ein paar von meiner Mom, eine von meiner PR-Frau und einige von Freunden, die mir zur Premiere gratulieren. Die letzte Nachricht ist von McGregor. Sie lautet kurz und knapp: »Wir müssen reden.«

Von den Nachrichten meiner Mutter höre ich mir jeweils nur die ersten Sekunden an, die fast alle gleich lauten: »Wo steckst du? Kannst du das *bitte* erklären?«

Die Nachricht meiner PR-Frau fängt wie üblich an: »Möchtest du einen Kommentar abgeben zu …« An dieser Stelle fügt sie gewöhnlich meine aktuelle Dummheit ein.

Der Gedanke, dass Jake den Kuss bereits gesehen haben könnte, brennt wie Säure unter meiner Haut. Ich hätte mir vor der Abfahrt die Aufnahmen von der Premiere ansehen sollen, dann wüsste ich jetzt zumindest, wieso es – Rachel zufolge – so ausgesehen haben soll, als hätte ich Bretts Kuss erwidert.

Um halb elf komme ich in Phoenix an. Mrs Elliott müsste inzwischen wach sein und ans Telefon gehen. Stimmt etwas nicht mit *ihr*? Warum habe ich daran nicht viel früher gedacht?

Vor ein paar Tagen hat Jake von meinem Handy aus Devin angerufen. Ich scrolle durch meine Anrufliste und finde seine Nummer. »Devin, hier ist Emma«, melde ich mich. »Ich kann Jake nirgendwo finden.«

Ein paar Sekunden lang sagt er gar nichts. Dann: »Ich weiß, dass er nicht in Phoenix ist. Und ich bezweifle, dass er gefunden werden will. Ich war bei ihm, als er diesen Kuss gesehen hat.«

Ich halte am Straßenrand, fange sofort wieder an zu schluchzen und kann nicht weiterfahren. »Aber ich habe Bretts Kuss nicht erwidert«, sage ich. »Ich schwöre es. Das ging alles von ihm aus.«

Devin seufzt. »Hör mal, ich sollte mich nicht einmischen, aber wenn du meine Meinung hören willst – für mich sah es ziemlich einvernehmlich aus. Und wenn du kein Double in diesen Hof geschickt hast, hat Jake jetzt wohl endgültig genug von diesem Theater zwischen dir und Brett.«

»Das verstehe ich ja, aber –« Ich kann nicht weitersprechen. Devin hat recht, mir sind die Entschuldigungen ausgegangen. »Tu mir den Gefallen und sag Jake, dass er mich anrufen soll. Oder sich wenigstens meine Nachrichten anhören.«

Wir verabschieden uns, ich schicke Jake eine weitere Nachricht, und dann kehre ich wieder nach Tucson zurück … um zu warten.

Auf der langen Rückfahrt klingelt mein Handy, und ich melde mich sofort. Es ist jedoch nur meine Mom, die mir sagen will, wie enttäuscht sie von mir ist. Auch Dad ist nicht glücklich, zumal ich ihnen erst vor zwei Tagen erzählt habe, dass ich mit Jake zusammen bin und nicht mit Brett. Ich erkläre ihr alles, was gestern passiert ist, aber meine Mom sagt nur: »Meine Güte, Emma. Wir sprechen hier von Beziehungen, nicht von einer Gehirnoperation. Das kann doch nicht so schwer sein.«

»Hältst du das wirklich für *normale* Beziehungen?«, frage ich. »Die meisten Mädchen müssen sich nur vor ihren Eltern rechtfertigen, aber für mich ist das gerade mal der Anfang. Von mir wird erwartet, dass ich meinem PR-Büro, dem Produzenten und ein paar Millionen Fremden jeden meiner Fehler eingestehe, zumal all diese Leute sofort wissen, wenn mich ein Junge auch nur anruft. Und auf keinen Fall darf ich es wagen, mit irgendeinem Kerl Händchen zu halten, weil dann sofort alle davon ausgehen, dass wir bereits die Hochzeit planen. Hört sich das *normal* für dich an?«

Meine Mutter zögert. »Emma, ich kann verstehen, wie sehr dich das belastet, aber genau deswegen ermahne ich dich immer wieder, vernünftige Entscheidungen zu treffen. Du musst schließlich auch an deine Karriere denken.«

Ich lasse diese Worte zwischen uns stehen, bevor ich antworte, damit das, was ich jetzt sagen werde, so ernst klingt, wie ich es meine. »Es tut mir leid, Mom, aber ich muss dich feuern. Du scheinst nie zu wissen, wann ich eine Mutter brauche und keinen Manager.«

Ich verbringe den Rest dieses Samstages damit, jede Stunde nachzusehen, ob Jake in seine Wohnung zurückgekehrt ist. Am

Sonntag lege ich die Strecke zu seinem Haus fast genauso oft zurück. Am Montag – an dem ich zum Glück frei habe – gehe ich nirgendwo mehr hin.

Es ist vorbei. Ich weiß, dass es vorbei ist.

In meinem Haus herrscht das Chaos. Überall leere Wasserflaschen, schmutzige Cornflakes-Schalen und Taschentücher. Ich habe ein paar Packungen gefunden, die Rachel übersehen hat, und verbrauche die Hälfte davon vor dem Fernseher. Ich habe mir jetzt schon mehrmals angeschaut, wie Brett mich küsst, aber schon beim ersten Mal erkannt, dass die Aufnahme in Zeitlupe abläuft und der drei Sekunden dauernde Kuss plötzlich wirkt wie ein fünfstündiger Knutschmarathon. Und dann dieses dämliche Geschwätz über meinen Teller mit den Keksen – als hätte mir Brett mit seinem Kuss jede Kraft geraubt. Was für ein Witz!

Der *StarTV*-Kameramann muss sich in der Hecke draußen vor den Fenstern versteckt haben. Das ist die einzige Erklärung dafür, dass die Aufnahme nicht zeigt, wie ich mich aus Bretts Griff befreie – wir verschwanden aus dem Blickwinkel der Kamera, als der Teller fiel. *StarTV* hätte eine viel bessere Story bekommen, wenn sie die Wahrheit veröffentlicht hätten. Aber an die Wahrheit kommt man nicht so leicht, und wildes Herumraten tut niemandem weh, wozu braucht man dann überhaupt die Wahrheit?

Je mehr Zeit vergeht, desto wütender macht es mich, dass Jake mir so wenig vertraut. Aber wenn er jetzt vor meiner Tür auftauchen würde, würde ich mich ihm wohl trotzdem an den Hals werfen. Genau das ist der Grund, aus dem ich jetzt vor Schreck vom Sofa falle, weil tatsächlich jemand die Stille meines Wohnzimmers mit einem lauten Klopfen durchbricht. Ich spähe durch die Jalousie ins grelle Sonnenlicht und bin überzeugt, dass das, was vor meiner Tür steht, eine Fata Morgana sein muss. »Das ist nicht wahr!«

Ich wirble herum und fange an, die Unordnung unter der Couch verschwinden zu lassen. Das Klopfen wiederholt sich, gefolgt von: »Schatz, wir können dich da drinnen herumrennen sehen.«

Es hat keinen Sinn. Ich kann nicht duschen, Staub saugen *und* den Berg Geschirr abwaschen, bevor meine Familie die Tür aufbricht. Also öffne ich sie lieber gleich.

»Überraschung!«, ruft Levi und quetscht mich halb tot. Siebenjährige haben keine Arme, sie haben Hummerscheren. Logan stimmt in das Geschrei ein und stürzt sich ebenfalls auf mich. Und nun springen die beiden ausgelassen um mich herum. Ich bin so verblüfft, dass ich kein Wort herausbringe.

Mein Dad kommt ins Haus, die Arme voller Einkaufstüten. »Das reicht, Jungs. Vergesst nicht, was wir abgemacht haben.«

»Ach ja«, sagt Logan. Seine kastanienbraunen Haare sind vom Spielen in der Sommersonne ausgeblichen, aber seine braunen Augen funkeln so frech wie immer. Levi sieht fast genauso aus, hat aber mehr Sommersprossen. »Du bist traurig und deshalb sollen wir uns *benehmen*. Das nervt total!«

»Logan! Pass auf, was du sagst«, mahnt Mom. Auch sie ist mit Lebensmitteltüten beladen und schubst die Haustür mit dem Hintern zu. »Hallo, Emma. Wir … dein Dad und ich … nun, da sind wir.«

In meiner Kehle steckt plötzlich ein Kloß von der Größe eines Tennisballs. Keine Strafpredigt von meiner Mutter? »Ja, danke. Dass ihr gekommen seid. Aber … wieso?«, frage ich, und meine Eltern zucken gleichzeitig mit den Schultern, was irgendwie merkwürdig ist. Ich sehe meine Brüder an. »Wie war euer Turnier?«

»Wir haben gewonnen!«, verkündet Logan, und ich belohne beide mit einem High Five.

»Aber nur das erste Spiel«, fügt Levi hinzu. »Alle anderen haben wir verloren.« Er reißt die Türen meines Entertainment-Centers auf. »Wieso hast du keine Xbox?«

Ich kann es kaum fassen, aber ich muss lachen. »Seit wann spielt ihr Videospiele?«

»Seit Dad uns ganz viele gekauft hat!«, ruft Logan und springt auf meine Couch, natürlich ohne vorher die Schuhe auszuziehen. Er weicht meiner Mutter aus, die hastig ihre Einkäufe abstellt, um ihn am Rumhopsen zu hindern. Er hüpft von der Couch und landet unsanft auf dem Boden. »Er spielt sogar manchmal mit uns.«

»Nur das Angelspiel«, sagt Dad und schnappt sich Logan, bevor Mom ihn erwischt.

Mom grummelt vor sich hin und verschwindet in der Küche.

»Ich habe keine Zeit mehr, um mit ihnen zum Campen zu fahren«, fährt Dad fort. »Und das ist das Beste, was ich als Ersatz anbieten kann.«

Das ist natürlich eine lahme Ausrede, aber ich denke, eine virtuelle Beziehung zu seinen Söhnen ist besser als gar keine.

Ich lächle, was meine trockenen Lippen reißen lässt. »In dem Fall habe ich etwas Besseres als Videospiele. Hinter dem Haus fließt ein Fluss, der zurzeit so flach ist, dass man die Fische mit den bloßen Händen fangen kann.«

»Heute geht *niemand* für sein Abendessen fischen«, ruft Mom aus der Küche, was zweistimmiges Gemaule auslöst. »Ich koche uns etwas Leckeres.«

»Jake ist wohl ein Outdoor-Typ«, bemerkt Dad halblaut und hat natürlich recht. Ich wäre nie auf die Idee gekommen, mit den Händen Fische zu fangen. Jake hat mich überredet, es zu versuchen, als wir ausnahmsweise beide einen freien Tag hatten. Uns schien nie jemand beim Rumalbern am Fluss zu bemerken.

Ich schlinge die Arme um mich und versuche, diese Erinnerung zu verdrängen.

»Dad!«, sagt Levi. »Mom hat uns doch verboten, über Jungs zu sprechen!«

Ich finde es lustig, dass sie Verhaltensregeln aufgestellt haben. »Jake war bei den Pfadfindern«, informiere ich meinen Dad, denn er war in seiner Jugend auch bei dieser Truppe. »Und ja, es tut mir leid, dass ich endlich einen vernünftigen Freund gefunden und ihn dann wieder vertrieben habe.«

Dad macht ein Gesicht, als hätte ich ihm einen Schlag in den Magen verpasst.

Er bringt die restlichen Einkäufe in die Küche. Die Zwillinge laufen ihm hinterher, aber Mom versperrt ihnen den Weg zur Hintertür. Dad erzählt mir von ihrem Flug hierher, wie er am Gepäckband hinter den Jungs herjagen musste, und dass sie in einem Laden in der Nähe Lebensmittel eingekauft haben.

Mom warnt die Zwillinge gerade, wie gefährlich Flüsse sind, auch wenn sie noch so flach sein mögen.

»Keine Sorge, Mom«, sage ich. »In Tucson ist man im Wasser sicherer aufgehoben als sonst wo. An Land gibt es Klapperschlangen, Skorpione, Taranteln, Gila-Krustenechsen, Kojoten, Pumas und Bären. Sogar den einen oder anderen Jaguar.« Das alles habe ich im örtlichen Zoo erfahren, den ich garantiert *nie wieder* besuche. »Ach ja, und Pekaris.«

»Was ist das denn?«, fragen Logan und Levi, die mich mit großen Augen ansehen.

»Das sind riesige haarige Schweine mit rasiermesserscharfen Zähnen.«

»Wow!«, staunt Levi. Logan ist bereits zur Hintertür hinausgeschlüpft.

Mom stemmt eine Hand in die Hüfte. »Hättest du ihnen nicht lieber von den Eidechsen erzählen können? Jetzt werden sie den ganzen Tag nach Schlangen und Taranteln suchen.« Levi rennt hinter Logan her.

»Jemand sollte sie im Auge behalten«, sage ich und scheuche meinen Dad nach draußen. Es fühlt sich toll an, wieder lächeln zu können – ich habe so viele Fans und berühmte Freunde, aber es ist meine *Familie*, die für mich da ist, wenn ich sie am dringendsten brauche. »Ich bin froh, dass ihr da seid«, sage ich zu meiner Mom. »Überrascht, aber froh.«

Erst jetzt fällt mir wieder ein, was ich bei unserem letzten Gespräch zu ihr gesagt habe.

Sie holt Hähnchen und Kartoffeln aus der Einkaufstüte. »Du bist zwei Tage nicht ans Telefon gegangen.« Sie hält inne und schaut in meine Richtung. »Emma, wir haben uns Sorgen gemacht. Wir wussten nicht, was uns hier erwarten würde.«

Ich haste an die Spüle, in der sich schmutziges Geschirr stapelt. »Normalerweise sieht es hier nicht so aus«, sage ich und hoffe, damit vom eigentlichen Problem abzulenken. »Und ich lauf sonst auch anders rum. Es wäre wohl nicht schlecht, wenn ich unter die Dusche springe, oder?«

»Das habe ich nicht gemeint«, sagt sie und ihre Stimme klingt bedrückt. Sie schiebt die Einkäufe zur Seite und kommt auf meine Seite des Küchentresens. »Wenn du mir verzeihen kannst, dass ich in der Vergangenheit nicht für dich da war, würde ich gern … ab jetzt für dich da sein.«

Ich nicke fassungslos. »Tut mir leid, dass ihr euch Sorgen gemacht habt. Ich habe von niemandem Anrufe entgegengenommen. Und der einzige Mensch, mit dem ich unbedingt reden will, ruft nicht an.« Ich kann die Tränen nicht länger zurückhalten. »Mom, ich muss schon in ein paar Tagen wieder mit Jake arbeiten. Und mit Brett. Wie soll ich das machen?«

An diesem Wochenende ist die Zeit stehen geblieben, und ich will nicht, dass sie wieder weiterläuft.

»Wir haben in den letzten paar Monaten so viele sinnlose Diskussionen geführt, dass ich nicht einmal gemerkt habe, wie glücklich du warst«, gibt Mom zu. »Deinem Dad ist es jedoch aufgefallen, wenn ihr miteinander telefoniert habt. Und wenn Jake etwas damit zu tun hatte, kann ich gut verstehen, wieso du jetzt so traurig bist.«

Ich versuche, meine Zweifel zu verdrängen. Versteht meine Mom *wirklich*, wie es mir geht?

»Ich hatte zum ersten Mal das Gefühl, dass jemand hinter die Rollen gesehen hat, die ich spiele, sowohl vor als auch hinter der Kamera«, erzähle ich ihr. »Ich war überzeugt, dass es Jake nichts ausmacht, dass ich nicht so perfekt bin, wie es alle von mir erwarten.«

»Emma«, sagt meine Mom, immer noch sehr ernst, »dafür,

dass du dich praktisch allein großgezogen hast, bist du erstaunlich gut geraten. Wie viele Mädchen deines Alters würden ihr Vermögen dafür ausgeben, eine Hilfsorganisation für Behinderte zu gründen? Oder die Träume einer Freundin über das eigene Glück stellen?«

Ich weiß nicht, was ich sagen soll.

»Trina hat mir erzählt, was mit Jake war«, fährt Mom fort. »Sie ist furchtbar wütend und überlegt schon, ob sie der Presse mitteilen soll, wie du ihre Tochter hintergangen hast.«

Mir verknotet sich der Magen. »Was hast du zu ihr gesagt?«

Mom setzt eine boshafte Miene auf, die ich bei ihr noch nie gesehen habe. »Ich habe Trina daran erinnert, dass der Einfluss, der Rachel in dieses Casting gebracht hat, auch in die entgegengesetzte Richtung wirken kann.«

»Das hast du nicht!«

»Und ob«, versichert sie mir todernst. »Und ich drohe ihr noch Schlimmeres an, wenn sie es wagt, der Presse auch nur deinen zweiten Vornamen zu stecken.«

»Was stimmt denn nicht mit meinem zweiten Vornamen?« Mir gefällt er.

»Nichts«, sagt Mom, »wenn man davon absieht, dass du nach deiner Tante benannt wurdest, die uns später dazu gebracht hat, ihrer Tochter eine neue Nase zu spendieren.«

Mein Lachen wird von einem Schluckauf unterbrochen. »Ach ja.«

»Was die Rückkehr zur Arbeit betrifft, hätte ich einen Vorschlag, falls ich immer noch deine Managerin bin.«

Ich zögere nur eine Sekunde. »Ich bin dir wirklich dankbar für alles, was du für mich getan hast, Mom, ehrlich. Aber –«

»Es funktioniert nicht mehr«, beendet sie meinen Satz, und ich nicke. »Ich bin zu demselben Schluss gekommen. Es fällt mir nur schwer … dich in die Hände eines anderen zu geben. Aber ob du es glaubst oder nicht, ich habe bereits Pläne für mein *eigenes* Leben – zum Beispiel deine Brüder aufzuziehen. Vielleicht gehe ich mit deinem Dad ein bisschen auf Reisen. Ich hoffe aber, dass wir beide trotzdem … noch Zeit miteinander verbringen.«

»Ja, natürlich«, antworte ich und eine Welle der Erleichterung durchströmt mich. »Ich hatte mich sogar schon gefragt, ob du vielleicht … bei meinem Hilfsprojekt mitmachen würdest? Ich brauche einen richtig guten Organisator, der sich um die Details kümmert.«

Eigentlich wäre sie die perfekte *Direktorin*, aber das muss sich noch entwickeln. Und wenn ich sie einspanne, kann sie immer noch an meinem Leben teilhaben, ohne jeden meiner Schritte zu überwachen.

»Klar, ich helfe gern«, sagt sie. Dann schweigen wir beide und lächeln uns nur an. Irgendwie verlegen. Doch schließlich sagt sie: »Als deine Mutter habe ich eine Meinung zu Jake.«

»Okay«, sage ich. Der Kloß sitzt schon wieder in meinem Hals.

»Einfach ausgedrückt, können selbst die nettesten Männer totale Idioten sein«, klärt Mom mich auf. »Wenn du dir also sicher bist, dass du nichts getan hast, was er als Betrug ansehen kann, dann ist das sein Problem und nicht deins. Und wenn er all diese Tränen wert ist, wird er das begreifen und von selbst zu dir zurückkommen.«

Ein Vertrauensproblem. Hat Jake mir nicht erzählt, dass es

ihm schwerfällt, jemandem zu vertrauen? Liegt es nur daran? Oder hat er, wie von Devin angedeutet, mittlerweile zu viele Entschuldigungen von mir gehört?

»Was meinst du, soll ich versuchen mit Jake zu reden, bevor die Dreharbeiten wieder anfangen?«, frage ich meine Mom. Sie muss wissen, wie verrückt es am Set zugehen kann, wenn ich zu lange warte. »Ich habe ihm schon unzählige Nachrichten hinterlassen und seinen besten Freund gebeten, ihm zu sagen, was passiert ist, aber –«

Mein Dad öffnet die Hintertür und streckt den Kopf in die Küche. »Emma, hast du einen Eimer?«, fragt er. »Wir brauchen auch einen Gartenschlauch. Und ein paar Handtücher.«

Mom und ich gehen um den Küchentresen herum, um einen besseren Blick auf ihn zu haben. Er ist bis zum Bauch vollkommen durchweicht. »Ich will die Jungs gar nicht sehen«, bemerkt meine Mom mit einer Hand vor dem Mund.

Ich werfe einen Blick nach draußen, denn ich kann meine Neugier nicht zähmen. Logan und Levi sind mit Schlamm bedeckt – von den Zehenspitzen bis zu den Haaren – und verfolgen einen zappelnden Fisch über den Joggingpfad.

JAKE

Ich bin wie betäubt und will alles vergessen.

Seit Freitagabend lebe ich in einem Hotel und werde dort bleiben, solange es sein muss. Dass ich wegziehe, steht außer Frage, aber der Job ist ein echtes Problem. Ich kann so weit vom Sabino Canyon weglaufen, wie ich will, aber Emma zu sehen – sie auf Befehl küssen zu müssen, was für die kommenden Folgen geplant ist, wie ich bereits weiß –, das schaffe ich auf keinen Fall, ohne den Verstand zu verlieren.

Sie hatte von Anfang an recht. Wir hätten diese Freundschafts-Grenze nie überschreiten dürfen, und deshalb nehme ich das als Grundlage für die E-Mail, die ich ihr an dem Tag schicke, bevor wir wieder zur Arbeit müssen:

> Bitte glaub nicht, dass du mir eine Erklärung schuldest. Ich war derjenige, der dich zu etwas gedrängt hat, zu dem du noch nicht bereit warst, was du mir auch immer wieder gesagt hast. Erinnern wir uns also an die guten Zeiten und beenden das Ganze. Es lohnt sich nicht, darüber zu streiten.

Es hat mich einen ganzen Tag gekostet, diesen kleinen Absatz zu schreiben. Es ist nicht die eleganteste Lösung, aber ich habe keine Zeit, es zu klären wie ein Mann. Ich muss noch mindestens einmal mit ihr zusammenarbeiten, bevor unser Urlaub beginnt, aber wann das sein wird, erfahre ich erst Montagabend, als ich meinen Drehplan bekomme.

Dienstag und Mittwoch sind ein paar Szenen für mich allein

geplant. Donnerstag drehe ich nur mit Kimmi. Und Freitag ist es dann so weit: Der Plan sieht vor, dass Emma und ich eine Szene im Chemielabor drehen. Dem Skript zufolge fangen unsere Charaktere an, heftig miteinander zu flirten – hier imitiert die Kunst das Leben auf grausame Weise.

Ich werde diesen Freitag nur überstehen, wenn ich meine Gefühle vollständig ausschalte. Aber als ich Emma im Studio sitzen sehe, trennt sich mein Herz von meinem Kopf und macht seine eigenen Pläne. Sie ist nicht sie selbst. Das Strahlen in ihren Augen ist erloschen, und sie wirkt nur noch wie eine leblose Hülle. Es fällt mir schwer, sie nicht anzustarren, und deshalb steuere ich das Büfett an.

Zwei Crewmitglieder sitzen bereits am Tisch und bemerken mich nicht. Sie unterhalten sich über Emma und dass sie schon die ganze Woche neben sich steht. McGregor erwischt mich beim Lauschen und sagt: »Du siehst aus, als wärst du von einem Bulldozer überfahren worden.«

»Mir geht's gut«, fauche ich, aber er weiß natürlich, dass das nicht stimmt.

Ein paar Minuten später, während McGregor erklärt, wie er sich die Szene vorstellt, stehen Emma und ich uns direkt gegenüber, aber ansehen können wir uns nicht. Ich hatte ihr die E-Mail geschickt, damit wir nicht im Studio anfangen zu streiten, aber wieso *versucht* sie nicht einmal, alles zu erklären? Ich vermute, dass sie es bereits in einer der vielen Nachrichten getan hat, die sie mir geschickt hat, aber ich war so sauer, dass ich sofort alle gelöscht habe.

Die Probe beginnt, und gleich als Erstes korrigiert der Assistent für das tägliche Skript meinen Eröffnungssatz. »Jake, das ist aus dem Originalskript. Hast du keine Kopie der überarbeiteten Szene bekommen?«

»Äh …«

Tyler, der erste Direktionsassistent, mischt sich jetzt ein. »Sie wurde gestern Nachmittag per Expresskurier zugestellt«, sagt er und fährt sich mit den Fingern durch die Haare. »Wir haben dich im Studio vermisst.«

Ich starre auf meine Füße, doch mein Blick wandert hinüber zu denen von Emma. »Tut mir leid, ich war eine Zeit lang nicht bei mir zu Hause«, sage ich, und erst da wird mir klar, dass ich den aktuellen Text und den Tagesdrehplan in meiner Garderobe vergessen habe.

Tyler geht zum wutschnaubenden McGregor, murmelt etwas und spricht dann in sein Funkgerät. »Wir brauchen den Text der umgeschriebenen Laborszene für Mr Elliott.«

»Kommt sofort«, lautet die Antwort. Im Hintergrund hört man einen PA fluchen. Wahrscheinlich steht sein Job auf dem Spiel, weil er sich nicht vergewissert hat, dass ich mir die Änderungen angesehen habe. Normalerweise braucht das niemand zu überwachen.

»Text kommt«, ertönt es aus einem Funkgerät in meiner Nähe.

Ein PA kommt angerannt und drückt mir die winzigen Seiten in die Hand. Ich überfliege die Zeilen. »Moment mal, das ist ja vollkommen anders.« In der Szene ist immer noch viel freundschaftliche Konversation enthalten, aber nichts mehr von der eindeutigen Flirterei aus dem Originalskript. Ist die Dreiecksbeziehung vorläufig auf Eis gelegt worden? Oder ganz gestrichen?

»Zurück auf Eins!«, brüllt McGregor.

Emma hat sich ein paar Schritte entfernt und spielt an einem Stückchen Isolierband herum. Wir nehmen wieder unsere Positionen hinter dem Labortisch ein. »Bringen wir es einfach hinter uns«, sage ich zu ihr.

»Das sagtest du bereits, indem du in einer *E-Mail* Schluss mit mir gemacht hast«, erwidert sie. »Aber ich steh total auf den Satz: ›Erinnern wir uns an die guten Zeiten!‹ Woher hast du den – aus deinem Highschooljahrbuch?«

»Ruhe bitte, Probe beginnt«, sagt Tyler, und am Set wird es still.

»Ich meinte die Szene«, flüstere ich und werfe beinahe eine Reihe Messbecher um. Der ganze Tisch ist voll mit diesen Glasbechern und anderem zerbrechlichen Kram, und alles ist mit neonfarbenem Glibber gefüllt. Es ist eindeutig kein guter Tag, um an diesem Set zu drehen.

McGregor lässt uns nicht aus den Augen. »Und Action.«

Ich lese meine erste Zeile vor und stolpere durch den Text, als wäre es eine Fremdsprache. Emma hustet ihre Worte. Tyler funkelt uns erbost an.

»Konzentriert euch«, verlangt McGregor. »Noch mal von vorn.«

»Du bist *das Letzte*«, zischt Emma, was allerdings nicht ihr Text ist – sie meint mich damit. Kaum eine Sekunde später verpatzt sie ihren Einsatz und sieht den Assistenten fragend an. »Entschuldigung, was war mein Text?«

Er antwortet: »›Vergiss *mein* Date, wie war *deins*?‹«

Emma zögert kurz, dann nickt sie und wir proben die Szene erneut. Und noch mal … und noch mal. Schließlich hört Mc-

Gregor auf, hektisch herumzuwandern. »Versuchen wir es mit der Standkamera.«

Tyler hebt die Brauen. »Es dauert zwanzig Minuten, sie aufzubauen.«

»Macht es einfach«, ordnet McGregor an. »Wir drehen diese Szene Satz für Satz, wenn es nicht anders geht.«

Eine dritte Kamera zu verwenden, ist nicht ungewöhnlich, doch meistens wird sie schon vorher aufgestellt, und wir nutzen diese sogenannte Steadicam nur, wenn eine Szene schnell abgedreht werden muss. Und ich würde sagen, dass das heute der Fall ist, denn später ist noch die andere Hälfte der Laborszene mit Brett und Kimmi geplant.

Der Beleuchter bringt seine Mitarbeiter in Schwung. Auch PAs rennen durchs Studio, angetrieben von Kommandos aus ihren Walkie Talkies. »Ihr beide kommt mit«, knurrt McGregor Emma und mir zu. Wir gehorchen, doch Emma knetet jetzt noch hektischer auf dem Isolierband herum. Ich könnte auch etwas zum Herumspielen brauchen. Zum Beispiel eine Stange Dynamit.

McGregor führt uns zu Emmas Garderobe, öffnet die Tür und streckt den Arm aus. »Nach euch«, sagt er. Emma geht zuerst hinein und ich folge ihr, doch McGregor bleibt auf dem Flur stehen. »Ihr habt genau achtzehn Minuten, um euer Problem zu klären, oder eure Charaktere werden von einer sehr hohen Klippe in den Tod stürzen. Ist das klar?« Er schließt die Tür.

Wir verbringen mindestens drei unserer achtzehn Minuten mit eisernem Schweigen. Emma spielt mit ihrem Klebeband herum und ich trete geistesabwesend gegen das Metallbein ihres Stuhls. Schließlich sieht sie mir direkt ins Gesicht und sagt: »Das ist doch absurd, Jake. Hör auf so zu tun, als hättest du einen Schalter umgelegt und deine Gefühle ausgeknipst.«

»Ich schätze, so was passiert, wenn man betrogen wird. Oder was meinst du?« Emma starrt mich an, als wüsste sie nicht, wovon ich rede, und deshalb füge ich hinzu: »Ach, verstehe – ich überreagiere. Bist du *sicher*, dass es nicht zu einem Kuss gekommen ist? Es sah nämlich sehr danach aus.«

»Hast du dir meine Nachrichten nicht angehört?«, fragt sie. »Ich habe *alles* erklärt.«

Ich verschränke die Arme. »Lass mich raten, ihr habt für eine der kommenden Szenen geprobt?«

»Wir haben uns nur unterhalten und dann hat er mich überrumpelt!«

»Das ist doch Unsinn. Ich habe dich schon vor *Monaten* gewarnt, dass Brett in dich verknallt ist – und McGregor hat dir dasselbe gesagt. Und weißt du, was noch interessanter ist? Brett erzählt mir schon seit Monaten, wie sehr du ihn magst und dass du ihn praktisch um eine Beziehung *angebettelt* hast.«

»Was?«, stößt sie hervor. »Das kann er unmöglich geglaubt haben.«

»Es gibt etwas bei dir, was ich nicht unterscheiden kann«, fahre ich fort, »nämlich, wann du schauspielerst und wann nicht. Dazwischen scheint bei dir nur eine hauchfeine Grenze zu liegen.«

Emma drängt sich an mir vorbei. »Wie blöd von mir, dass ich geglaubt habe, du wärst der Einzige, der den Unterschied erkennt.«

Sie stürmt hinaus und knallt die schwere Tür hinter sich zu.

Mein Herz schlägt so heftig, dass es sich anfühlt, als würden meine Rippen brechen. Ich bleibe noch weitere zehn Minuten in Emmas Garderobe sitzen und versuche, nichts anzusehen, das ihr gehört. Schließlich kommt McGregor, um mich abzuholen.

»Das hat ja super geklappt«, sagt er. »Emma überschwemmt die Damentoilette mit ihren Tränen, und wenn ich mir dein Gesicht ansehe, sollten unsere Requisiteure wohl lieber die explosiven Stoffe wegschließen.«

»Witzig, dass Sie das sagen«, bemerke ich. »Ich habe gerade an Dynamit gedacht.«

McGregors Gesicht verzerrt sich zu einer Maske der Wut. »Darüber macht man keine Witze!«, brüllt er mich an, dabei war er derjenige, der damit angefangen hat. Zumindest dachte ich, dass es ein Witz sein sollte. »Es arbeiten über hundert Leute an dieser Serie, von denen die meisten Familien zu versorgen haben, und jetzt hängt alles an eurem kindischen Liebeskummer!« Er atmet schwer, bis er schließlich den Kopf hängen lässt. »Entschuldige. Aber ich kann es nicht leiden, wenn es in meinem Studio drunter und drüber geht.«

Vielleicht sollte lieber *ich* mit den Typen sprechen, die für die Spezialeffekte zuständig sind.

Ich bin vor Emma wieder am Set und muss feststellen, dass Brett dort herumlungert, obwohl er erst in ein paar Stunden gebraucht wird. Ich habe ihn in dieser Woche zwar schon gesehen, aber heute will ich das erste Mal mit ihm reden. Und ich habe ihm *einiges* zu sagen.

Meine Absicht ist offenbar leicht zu durchschauen, denn McGregor versperrt mir den Weg. »Jake, ich habe dich angeheuert in der Hoffnung, dass du die dringend nötige Reife in diese Gruppe bringst. Enttäusch mich nicht.«

Ich schüttele die Anspannung aus meinen Armen. »Seit wann ist Richtig oder Falsch in diesem Geschäft von Bedeutung?«, frage ich. »Wie Emma mir gerade gesagt hat, kann ich sowieso nicht mehr dazwischen unterscheiden.«

»Willkommen in Hollywood.« McGregor dreht sich um und wirft Brett einen finsteren Blick zu. »Das hier ist ein geschlossenes Set. Wenn du nicht in dieser Szene bist oder ein Funkgerät an der Hüfte trägst, verschwinde!«

Emma

Dass heute nur eine von diesen Chemikalienflaschen zu Bruch gegangen ist, grenzt an ein Wunder. Jake und ich haben es kaum hingekriegt, die Hälfte der Laborszene zu drehen – was über zwei Stunden gedauert hat –, als Brett und Kimmi am Set erschienen und wir uns noch weitere zwei Stunden mit ihnen abquälen mussten.

Selbst an guten Tagen können die beiden nicht vor derselben Kamera arbeiten, ohne dass ein SWAT-Team aus Mitarbeitern dafür sorgt, dass sie sich nicht gegenseitig umbringen. Und jetzt, wo ich mit Jake zerstritten bin, Jake nicht mehr mit Brett redet und Brett mir gegenüber total missgelaunt ist, sieht McGregor aus, als würde er die ganze Produktion lieber abbrechen, als sich mit uns befassen zu müssen.

Vielleicht wäre das sogar besser. Wir sind erst bei Folge sechs – für die erste Staffel sind sechzehn geplant. Wir alle haben Verträge für weitere drei Jahre unterschrieben … Das sind zweiundachtzig weitere Folgen, die noch gedreht werden müssen, mit acht bis zehn Arbeitstagen pro Folge. Das bedeutet, dass wir noch mindestens *siebentausend* Stunden miteinander verbringen müssen.

Ich will hier raus.

Als ich den Vertrag unterschrieben habe, war ich noch nicht volljährig, also könnte ich auf jugendliche Verwirrtheit plädieren, mein Zeug packen und verschwinden. Mit allem anderen müssten sich meine Anwälte herumärgern. Ich würde lieber gehen, meine Karriere beenden und mein ganzes Geld in einem Rechtsstreit mit dem Studio verlieren, als jeden Morgen aufzuwachen und mir einzureden, dass ich den Typen hasse, von dem ich die ganze Nacht geträumt habe. Und dann muss ich auch noch vor der Kamera mit ihm flirten.

Das kann ich nicht.

»Letzte Maske!« Der Befehl ist so laut, dass ich Kopfweh bekomme.

Kimmi ist nicht weit weg und beschwert sich über ihre Turnschuhe. »In den Dingern sehen meine Knöchel fett aus.«

»Vergiss nicht, dass die Kamera zehn Pfund draufpackt«, stichelt Brett. »Auch auf die Knöchel.«

Ich hätte Brett gern gesagt, dass er aufhören soll, Kimmi zu nerven, aber seit der Premiere haben wir kaum miteinander geredet. Jemand, der uns »nahesteht«, hat die Presse darüber informiert, dass wir uns letzten Samstag »nach San Diego davongeschlichen« hätten. Am liebsten würde ich bei den Klatschmagazinen anrufen und ihnen ein paar Fragen über unsere erfundene Reise stellen: *Haben wir in einem gemütlichen Restaurant gegessen? Haben wir uns ein Haus mit einem weißen Gartenzaun gekauft? Oder doch eine Villa am Strand, damit ich in den Wellen herumplantschen kann, während Brett surft?*

Habe ich als Teil der interessierten Öffentlichkeit kein Recht, all diese Dinge zu erfahren?

»Noch einmal volle Konzentration!«, ruft Tyler. »Erstes Team, zurück auf Eins! Und dann können wir uns auf zwei Wochen Urlaub freuen!«

Wir nehmen wieder unsere Plätze hinter den nebeneinanderstehenden Labortischen ein. Eine ganze Statistenklasse ist gerade gegangen. McGregor erklärt, dass es bei dieser Aufnahme nur um uns geht. Die Kamera steht dicht neben Jake und wird unsere beiden Tische von der Seite zeigen. Aus diesem Winkel soll eine kurze Unterhaltung zwischen Brett und mir eingefangen werden, bei der er meine Frage über das Experiment beantwortet.

Den ganzen Tag über habe ich Jake neben mir gespürt, wurde von seiner vertrauten Stimme gequält. Und rechts von mir, nur ein paar Schritte entfernt, steht jetzt auch noch der Typ, der irgendwie zwischen uns geraten ist. Aber wie?

Die üblichen Ansagen kommen, und McGregor sitzt hinter seinem Monitor. »Und Action!«

»Du *weißt*, dass alles echt war«, flüstere ich Jake zu, während Brett seinen ersten Satz sagt. Er ist der Einzige, der ein Mikro hat. »Tief in deinem Innern weißt du das, Jake.«

»Emma …«, höre ich ihn sagen, doch jetzt hat sich sein Tonfall verändert. Er ist sanfter. Und traurig.

Wahrscheinlich bilde ich mir das nur ein.

»Schnitt!«, sagt McGregor. »Du hast deinen Einsatz verpasst, Emma. Noch mal von vorn.« Ich versuche mich zu konzentrieren, aber in meinem Kopf läuft eine Endlosschleife, die mich alles immer wieder durchdenken lässt. »Und Action!«

Brett sieht von seinem Tisch auf. »Was hast du gesagt, Eden?«

Ich drehe den Kopf, diesmal genau aufs Stichwort. »Was ist der nächste Schritt?«, wäre mein Satz, aber den brauche ich bei dieser Einstellung nicht zu sagen. Die Kamera soll nur einfangen, wie meine Haare von einer Schulter zur anderen schwingen – Eden ist im Moment kaum mehr als ein Requisit. Eine schweigende Verführerin.

Aber was bin *ich*?

Kurze Zeit später ruft McGregor wieder »Schnitt!«

»Zurück auf Eins!«

Wir wollen die Szene wiederholen, als einer der Tonassistenten ruft: »Wir fangen Hintergrundgeräusche ein!« Jeder am Set erstarrt und lauscht. Das entfernte Dröhnen von Militärjets ist nicht zu überhören.

McGregor kriegt einen Wutanfall. »Ich habe mein Studio extra mitten in diese verdammte Wüste gebaut und ...« Er flucht und befiehlt uns, genau dort zu bleiben, wo wir sind. Dann verlässt er das Set, um wer weiß was zu tun – vielleicht im Pentagon anzurufen?

Mir schlägt das Herz bis zum Hals und in meinen Augen brennen Tränen. Ich sehe Brett an, denn ich kann unmöglich noch länger schweigen. »Wusstest du es?«, frage ich. »Hast du mich geküsst, obwohl du *wusstest*, dass ich Jake mag?«

Die Crew läuft herum und unterhält sich lautstark, aber ich kann Jake trotzdem neben mir atmen hören. Brett schaut mit einem geschockten und verletzten Gesichtsausdruck zu mir herüber, und zum ersten Mal wird mir klar, dass er mir etwas vorspielt. »Du magst *Jake*?«, fragt er.

»Also, bitte!«, mischt sich Kimmi ein. »Natürlich hat er es gewusst. Das habe ich dir schon vor einer Ewigkeit gesagt. Außerdem wusste er, dass draußen vor dem Innenhof eine Kamera war.«

»Ach was«, höhnt Brett. »Du lügst doch schon wieder.«

Jake regt sich hinter mir, aber ich konzentriere mich nur auf Brett.

Kimmi lässt sich nicht einschüchtern. »Brett ist mir und

Payton bei dieser Party in den Innenhof gefolgt, und die beiden haben angefangen zu streiten, weil Brett nicht will, dass wir wieder zusammenkommen – dabei ist Payton so was von gestorben für mich. Dann hat Brett einen Blick durchs Fenster geworfen und gesagt: ›Reg dich ab, Alter, in der Hecke sitzt jemand mit einer Kamera.‹ Und dann sind wir alle gegangen.«

Der Teil, dass Brett den beiden nachgelaufen ist, stimmt auf jeden Fall. Und wenn Brett Jake absichtlich vorgelogen hat, dass ich auf ihn stehe … dann ergibt alles einen Sinn.

Brett lacht. »Denk doch mal nach, Emma. Kimmi würde alles sagen, um mich schlecht dastehen zu lassen.«

»Du hast mich in die Falle gelockt«, erwidere ich. »Du bist in den Ballsaal gekommen, um mich zu suchen, als wir uns zufällig am Ausgang begegnet sind. Dann hast du mich in den Innenhof gelockt, um mich zu küssen, weil du *wusstest*, dass alles gefilmt werden würde.«

»Ach, komm schon! Wieso sollte ich –«

Ich ramme meine Hände gegen Bretts Brust. »Ich kann dir sagen, wieso!« Am Set herrscht Totenstille und alle starren mich an, aber ich kann mich jetzt nicht beherrschen. »Selbst wenn ich dich nach diesem Kuss weggestoßen hätte, könntest du vor den Medien deine Rolle weiterspielen und behaupten, ich hätte dir das Herz gebrochen! Und eigentlich ist es auch egal, dass ich dich durchschaut habe, stimmt's? Schließlich kannst du *immer noch* sagen, ich hätte dich mit Jake betrogen. Also gewinnst du, egal, wie man es dreht oder wendet!«

Brett hebt die Hände. »Das … das ist nicht wahr.«

»Du hast der Presse doch dauernd etwas zugespielt! Das fing schon beim Motocrossrennen an.«

Kimmi weicht ein wenig zurück. »Ehrlich gesagt, war ich das.«

»Siehst du, genau wie wir vermutet haben«, sagt Brett. »Wie kannst du dann –«

»Das spielt keine Rolle«, unterbreche ich ihn. »Diese ganzen Reisen nach L. A. hatten *nichts* mit Werbung für die Serie zu tun. Die Publicity war allein für *dich.*«

An Bretts Hals tritt eine Vene dunkelrot hervor und zeigt seine Wut. »Du bist ja verrückt.«

»Ja, vermutlich«, fauche ich, »weil ich auf jede Lüge und jede Tränendrüsennummer von dir hereingefallen bin. Gratuliere, das war super gespielt!«

»Echt jetzt?«, kontert Brett. »Du willst über *Lügen* sprechen? Wo waren du und Jake denn am Labor Day? Als du eigentlich mit *mir* am Lake Tahoe sein solltest? Oder dieser Schwachsinn, euch gegenseitig mit den besten Freunden zu verkuppeln? Das war eine Glanzleistung!«

Jakes Stimme ist jetzt direkt neben meinem Ohr. »Lass sie in Ruhe, Brett.«

»Weißt du, Jake, ich dachte immer, wir wären Freunde.« Brett geht einen Schritt auf ihn zu, und jemand ruft nach dem Sicherheitsdienst. »Aber hältst du mich wirklich für so dämlich zu glauben, dass du Emmas Handy auf der Ladefläche meines Trucks *verloren* hast? Natürlich bezweifle ich nicht, dass dort tatsächlich irgendein … *Möbelstück* gestanden hat.«

»Ich meine es ernst«, warnt Jake. »Hör auf.«

»Bitte, Jake«, sage ich. »Halt dich raus.«

»Nein«, widerspricht er und legt mir seinen starken Arm um den Rücken. Mir stockt der Atem. »Das ändert alles.«

Ich befreie mich von ihm. »Ist es das, was du wolltest? *Beweise?*«

»Emma, es tut mir leid. Ich –«

»Hinterlass deine Entschuldigung auf meiner Voicemail, okay?«, falle ich Jake ins Wort und gehe rückwärts vom Set. »Wenn ich bessere Laune habe, höre ich sie mir vielleicht an.« Ich zucke mit den Schultern. »Vielleicht auch nicht.« Mein Blick wandert von Jake zu Brett. »Warum tut ihr beide mir nicht einen Riesengefallen und schlagt euch gegenseitig zusammen? Ich werde mir garantiert keinen Fingernagel an einem eurer Dickschädel abbrechen.«

Ich drehe mich um und will gehen, als ich hinter mir ein Klatschen höre und einen Blick über die Schulter werfe. Brett reibt sich die Wange und verflucht Kimmi. Sie schüttelt ihre Hand und sagt: »Für einen guten Zweck riskiere ich gern meine Nägel.«

Meine einzig wahre Freundin hier am Set scheint Kimmi zu sein. Wer hätte das gedacht.

Ich hole meine Handtasche aus der Garderobe und sprinte durch den Flur in Richtung Parkplatz, obwohl ich genau weiß, dass McGregor mich vielleicht nicht zurückkommen lässt. Aber wozu sollte ich zurückkommen wollen?

Ich habe fast den Ausgang erreicht, als ich auf dem Flur jemanden rennen höre. »Emma! Warte!«

JAKE

Wenn McGregor nicht ausgerechnet in diesem Moment mit dem Sicherheitsdienst hereingestürmt wäre und eine Erklärung verlangt hätte, hätte ich Emma wohl noch eingeholt.

Ich bleibe nicht, um seinen Wutausbruch zu erleben, aber ich höre durch das halbe Studio, wie McGregor Brett anbrüllt. Endlich erreiche ich den Flur, an dem unsere Garderoben liegen. Emma ist schon am Ausgang zum Parkplatz. Ich flehe sie an, zu warten, aber sie nimmt mich erst wahr, als sie nur noch ein paar Schritte von ihrem Auto entfernt ist. »Bitte, Jake … nicht«, sagt sie. »Lass mich gehen.«

»Ich habe Mist gebaut, okay? Es tut mir wirklich leid.«

»Willst du wissen, was ich letzte Woche getan habe?«, fragt Emma, die gerade die Fahrerseite erreicht, doch ich springe vor die Wagentür. »Ich habe meine Mom gefeuert, meiner besten Freundin gesagt, dass sie sich gefälligst ein eigenes Leben anschaffen soll, habe mich unfassbar schuldig gefühlt wegen eines Kusses, für den ich nichts konnte, und mir die Augen ausgeheult, während ich *gebetet* habe, dass du mich anrufst. Was für eine Verschwendung einer so schönen, sonnigen Woche in Tucson!«

»Emma …« Ich will nach ihren Händen greifen, aber sie weicht einen Schritt zurück, dann noch einen – als hätte sie Angst vor mir. Plötzlich wird mir klar, wie sehr diese Situation der ähnelt, die sie letztes Jahr mit Troy erlebt hat, und deshalb stecke ich meine Hände in die Taschen und halte Abstand. »Ich habe das Schlimmste vermutet, weil Brett mir all diese Lügen aufgetischt hat«, sage ich. »Und du hast mir nichts über diesen Kuss erzählt, da dachte ich, dass du … dass du es so gewollt hast. Dass du dich für ihn entschieden hast.«

»Das ist doch irre, Jake«, erwidert sie. »Und wann hätte ich dir sagen sollen, was Brett getan hat? Vielleicht mal eben so am Telefon? Ich sagte doch, dass ich mir dir reden will, schon vergessen? Ich habe nur nicht damit gerechnet, dass *StarTV* mitmischen würde, bevor ich es dir sagen konnte.«

»Das weiß ich jetzt. Ich hätte mir deine Nachrichten anhören sollen.« Die untergehende Sonne hinter ihr erinnert mich an unsere erste Unterhaltung auf diesem Parkplatz. … an dem Tag, an dem alles anfing. Es darf jetzt nicht enden. »Hör mal, mir wurde heute einiges klar«, sage ich. »Ich habe erkannt, dass ich wohl falschlag, und wollte dich fragen, ob wir nach der Arbeit reden können.«

»Du hättest mir schon viel früher glauben müssen«, entgegnet Emma und kommt wieder näher, allerdings nur, um ihre Autotür zu öffnen. »Ich kann die Presse nicht daran hindern, meine Fehler in der ganzen Welt zu verbreiten, und deshalb wirst du immer einen Grund haben, mir zu misstrauen, ganz egal, was ich tue.« Sie setzt sich ins Auto und legt den Sicherheitsgurt an. »Es wird nie funktionieren, Jake. Keine Chance.«

Ich halte die Tür am oberen Rahmen fest, damit sie sie nicht zuschlagen kann, und jetzt verstehe ich auch, wieso Troy so verzweifelt war, dass er die Faust durch ihre Scheibe geschlagen hat, nur um sie daran zu hindern, dass sie aus seinem Leben fährt. Aber ich bin nicht wie Troy. Und ja, ich habe mir in der vergangenen Woche um niemanden Gedanken gemacht außer um mich, aber ich bin auch nicht wie meine Figur Justin, denn *der* würde Emma ganz sicher zwingen, ihn anzuhören. Und ich bin besser als er.

Emma ruckt einmal kurz an der Tür und schaut bittend zu mir auf.

Ich trete zurück und sehe ihr hinterher, als sie davonfährt.

Das alles war am Freitagabend passiert. Am Samstagmorgen, dem ersten Tag unseres zweiwöchigen Urlaubs, hatten die Online-Klatschseiten die Story schon verbreitet, und die geschockten Fans flippten fast aus. Sie alle schlugen sich auf Bretts oder meine Seite: *Bremma* vs. *Jemma*.

Am Samstagnachmittag wurden wir dann zum Highlight des Tages auf *StarTV*, wo ich zum Bösewicht erklärt wurde: »Brett Crawford wirft seinem Schauspielkollegen Jake Elliott vor, seinen Truck ausgeliehen zu haben, um sich mit Emma Taylor zu vergnügen, die erst letztes Wochenende dabei beobachtet wurde, wie sie Crawford küsste. Was für ein Skandal!«

Es ist unmöglich festzustellen, wer die Explosion am Set weitergegeben hat. Das Ganze wurde so gedreht, dass es möglichst schlüpfrig klingt, und es fehlen nur die Einzelheiten, die wirklich wichtig sind – dass Bretts Hinterhältigkeit seine Schauspielkunst bei Weitem übertrifft und dass Emma und ich irgendwann in der vergangenen Woche Schluss miteinander gemacht haben.

Zumindest glaube ich das.

Liz hat mir eine Woche gegeben, um eine PR-Firma zu finden, andernfalls hat sie gedroht, alle Anrufe an mein Handy weiterzuleiten. Also muss ich jetzt Unsummen dafür ausgeben, dass jemand nur diese zwei Worte sagt: Kein Kommentar. Ich wüsste auch ein paar ziemlich kurze Sätze, die ich der Presse gern sagen würde. Und zwar kostenlos.

Ich verbringe die Ferien in Phoenix, und als meine Mutter am Mittwoch Lebensmittel braucht, mache ich den Fehler zu glauben, dass ich immer noch ein unbekannter Niemand bin, und gehe einkaufen. Aber ich habe kaum ihre Wohnanlage verlassen, als ich auch schon von einer ganzen Flotte von Autos mit heruntergelassenen Fenstern und klickenden Kameras verfolgt werde.

Ich flüchte in den Laden, aber das Pack lässt sich nicht abschütteln. Die Angestellten tun nichts, um sie aufzuhalten – ich weiß gar nicht, ob sie es könnten –, sondern genießen den Trubel wie alle anderen. Die Fotografen bombardieren mich mit Fragen: »Wie haben Sie Emma dazu gebracht, Brett zu betrügen?« Als ich nicht reagiere, werden sie richtig fies und versuchen, mich zu einer Reaktion zu provozieren – *irgendeiner* Reaktion. Und wenn das bedeutet, dass ich einen von ihnen in einen Stapel Suppendosen schubse, umso besser. Dann hätten sie super Fotos, eine hammermäßige Titelstory und ein noch besseres Gerichtsverfahren.

Diese Ratten haben nichts zu verlieren, und mir bleibt nichts anderes übrig, als sie zu ignorieren.

Was für eine Story wollen sie überhaupt aus einem Einkauf basteln? *Am Mittwochmorgen wurde Jake Elliott dabei beobachtet, wie er Milch und Butter gekauft hat, was die Gerüchte bestätigt, dass er und Emma Taylor in Phoenix untergetaucht sind, denn wie allgemein bekannt ist, mag sie Milchprodukte. Wir rechnen täglich damit, sie beim Kauf von Käse zu erwischen. Danach kommen sicher Obst und Gemüse an die Reihe.*

Jetzt ist Donnerstagabend – fast eine Woche, seit ich Emma das letzte Mal gesehen habe – und ich liege auf der Couch meiner Mom und zappe durch die Programme, während ich darauf warte, dass Devin kommt und wir uns das Spiel der Suns ansehen. Das war seine Idee. Er hat sich schon ohne Ende bei mir entschuldigt, dass er Emma nicht geglaubt und mir nichts von ihrem Anruf erzählt hat. Außerdem hat er unendlich viel Mitleid mit mir.

Und meine Mom … nicht die Bohne.

Sie kommt herein und stellt fest, dass ich nicht für einen Test lerne, wie ich es eigentlich vorhatte. Mein Ökonomie-Lehrbuch liegt zwar in Reichweite auf dem Boden, aber ich habe in den letzten Tagen schon dreihundert Seiten gelesen und kann mich an kein einziges Wort erinnern.

»Hilft es, den ganzen Tag auf der Couch zu liegen?«, fragt Mom.

»Nein«, antworte ich und gebe es auf, so zu tun, als ginge es mir *super.* »Ich kann nicht lernen. Ich kann nicht schlafen. Ich hasse es, im Haus bleiben zu müssen, aber rauszugehen gleicht einem Todesurteil. Möchtest du sonst noch etwas wissen?«

»Ja, eigentlich schon«, sagt sie und fährt mit ihrem Rollstuhl bis an die Couch. »Wann willst du mit Emma reden? Ich habe es satt, dich Trübsal blasen zu sehen.«

»Danke. Das ist genau der Spruch, den ich jetzt brauche.«

Mom schweigt einen Moment lang, dann seufzt sie. »Ich wusste, dass es Schwierigkeiten geben würde, als du dich in Emma verliebt hast. Ich hatte nur gehofft, dass es nicht so wehtun würde.«

»Das tut es aber.« Ich habe meiner Mom gerade so viel erzählt, dass sie mich nicht alle fünf Minuten nervt. »Aber ich habe es verbockt und jetzt will sie mich nicht mehr. Ende der Geschichte.«

»Und das ist okay für dich?«

Ich fahre hoch. »Nein, das ist *nicht* okay für mich!«

»Und was machst du dann noch hier? Du hast jahrelang von deinen großen Plänen gesprochen, aber erst seit du Emma kennengelernt hast, tust du auch etwas dafür, um sie in die Tat umzusetzen. Ich finde, ein Mädchen, das dich dazu bringt, das zu tun, was dich wirklich glücklich macht und Ruhm und Reichtum einfach aufzugeben, ist es wert, dass man um sie kämpft.«

Ich fahre mir durch meine total zerzausten Haare. »Ich will nicht mehr darüber reden. Es ist nur … Ach, ich weiß nicht. Es kam mir alles zu perfekt vor, und immer wenn ich dieses Gefühl habe, geht alles den Bach runter. Das ist jedes Mal so. Ich schätze, ich bin einfach vom Schiff gesprungen, als es so aussah, als würde es anfangen zu sinken. Das war blöd.«

Mom legt mir eine Hand aufs Knie. »Deine Schiffe sinken nicht immer. Ja, du hattest mal einen tollen Dad, der sich nach ein paar falschen Entscheidungen sehr verändert hat. Aber das war *seine* Schuld und nicht deine. Und es wird Zeit, dass ihr beide anfangt, auch mein Schicksal zu akzeptieren, dass ich jetzt in diesem Rollstuhl sitze. Mein Schlaganfall war einfach Pech, sonst nichts. Aber es belastet mich sehr, wie stark es dein Leben verändert hat. Zu erleben, wie du etwas machst, das *du* willst, war sehr heilsam – für uns beide.«

Sie hat noch nie zugelassen, dass ich einfach aufgebe. »Willst du damit sagen, dass ich aufhören soll zu schmollen?«

»Um ehrlich zu sein«, erwidert Mom, »ist dein Grinsen süß genug, um Anzüge zu verkaufen, aber mit deinem Sieben-Tage-Regenwetter-Gesicht könntest du gerade nicht mal ein paar Socken verhökern. Entschlossenheit würde dir allerdings ganz gut stehen.«

»Entschlossenheit«, wiederhole ich, denn dieses Wort geistert schon den ganzen Tag in meinem Kopf herum. »Klingt gut.«

Das wird mich mehr als einen Anruf kosten.

Emma

Ich liege nun schon über eine Stunde auf dem Fußboden meines Zimmers in Fayetteville – im Bademantel und mit einem Handtuch um den Kopf. Ich war bereits nach L. A. gezogen, als meine Eltern dieses Haus gekauft haben, und ohne meine Kuscheltiersammlung in der Ecke und die Filmposter an den Wänden würde sich dieses Zimmer genauso unpersönlich anfühlen wie mein strahlend weißes Schlafzimmer in Tucson.

Der einzige Unterschied ist die Titelmusik von *Star Wars*, die von unten heraufdröhnt. Zusammen mit all den Filmen hat mein Dad vor ein paar Tagen auch Lichtschwerter aus Plastik gekauft, und seitdem sind Levi und Logan Jedi-Ritter. Mom ist vermutlich begeistert, denn die beiden haben diese Woche ein paar Tage schulfrei, und mit ihrem neuen Spielzeug sind sie wenigstens beschäftigt.

Dad ist immer bei der Arbeit und deswegen keine große Hilfe. Und ich bin auch ziemlich nutzlos.

Heute Morgen bin ich länger im Bett geblieben als sonst und habe versucht, einen Traum wiederzubeleben – ich habe die Augen geschlossen und ihn einfach weitergesponnen. Jake war da, wie üblich, aber keiner von uns war Schauspieler, und wir waren total glücklich miteinander. Als ich aufwachte, war mein erster Gedanke: *Siehst du, du musst nur die Filmindustrie verlassen und alles wird besser.* Und damit war ich zufrieden. Doch dann kam mir noch ein Gedanke: *Du warst glücklich mit Jake. Trotz der Klatschmagazine.*

Aber werde ich jemals weniger empfindlich auf Paparazzi

und Reporter reagieren? Kann ich lernen, den Klatsch einfach zu ignorieren?

Coyote Hills auf diese Weise zu verlassen, würde wahrscheinlich meine Karriere beenden – ich würde über Nacht zu einem D-Promi. Es könnte die Dinge mit Jake vereinfachen, aber vielleicht will er mich nicht mehr, also kann ich ihn ebenso gut aus der Gleichung nehmen. Was will ich für mich persönlich?

Ich liege nach dem Duschen immer noch platt auf dem Rücken und starre an die Decke, als würde mir das unregelmäßige Muster der Deckenplatten glasklare Antworten liefern. Und so verrückt es sich anhört, es funktioniert.

Ich nehme mein Telefon und rufe McGregor an.

»Ich will nicht aussteigen«, sage ich sofort, als er sich meldet. Dies ist unser drittes Telefonat, seit ich vor einer Woche im vollen Kostüm vom Set gestürmt bin. Als wir das erste Mal miteinander gesprochen haben, habe ich mich für mein Verhalten entschuldigt und vorgeschlagen, dass er meinen Charakter bei einem missglückten Chemie-Experiment hopsgehen lässt, weil ich nicht zurückkommen würde.

Bei unserem zweiten Telefonat ein paar Tage später habe ich mich bereit erklärt, bis zum Ende der Staffel zu bleiben.

Aber jetzt sage ich ihm Folgendes: »Ich liebe die Schauspielerei. *So* sehr. Ich will sie nicht aufgeben, nur weil ein paar Blödmänner glauben, dass ihnen die Rechte an meiner Lebensgeschichte gehören.«

Ich hasse es, dass sie jederzeit in den letzten Winkel meiner Welt eindringen können, aber all ihre Lügen ändern nichts daran, wer ich bin. Und nicht *jeder* private Augenblick wird von Paparazzi verdorben.

Als Jake und ich uns das erste Mal geküsst haben, waren wir ganz allein auf diesem Grillplatz. Das hat niemand ruiniert, indem er eine Story daraus gestrickt hat. Und obwohl an dem Abend im *Club 99*, als ich den Mut fand, Troy die Meinung zu sagen, so viele Kameras da waren, hat keine davon eingefangen, wie ich meine Angst vor ihm überwunden habe.

Mein Leben, so öffentlich es auch sein mag, gehört immer noch mir.

»Ich dachte mir, dass du wieder zur Vernunft kommst«, sagt McGregor, und ich kann sein schiefes Grinsen beinahe sehen. »Ich hatte gehofft, dass Brett aus diesen Albernheiten herauswächst, aber manchmal – nur manchmal – scheint meine Casting-Theorie nicht zu funktionieren. Nicht jeder hat die verborgenen Qualitäten, die ich zu sehen glaube. Ich lasse Brett Zeit bis zum Ende der Staffel, um mein Vertrauen zurückzugewinnen, denn sonst wird es *sein* Charakter sein, der einen traurigen Unfalltod erleidet. Und in der Zwischenzeit habe ich ihm eine sehr intime Szene mit Kimmi angedroht, wenn er sich nicht benimmt. Hast du seit letzter Woche mit Jake gesprochen?«

Ich schlucke. »Noch nicht. Aber Jake und ich sind in erster Linie gute Freunde, also … wird es schon irgendwie gehen.« Seine Freundschaft ist das, was mir am meisten fehlt.

»Dann gehe ich davon aus, dass es keine Probleme mehr gibt«, erwidert McGregor.

Das ist nicht die einzige zweite Chance, auf die ich hoffe. Ich wollte zwar, dass Jake mich ungehindert vom Parkplatz des Studios fahren lässt, aber jetzt bringt es mich fast um, dass er mich einfach gehen ließ. Auf dem Grillplatz hat er gesagt, dass er mich niemals aufgeben würde, selbst wenn ich es von ihm verlangen würde, und das hatte ich ihm geglaubt.

Das tue ich immer noch.

Ich frage mich, ob er wohl schon mal einen dieser Liebesfilme gesehen hat, in denen die Hauptdarstellerin eine plötzliche Eingebung hat und dann zum Flughafen rast, um ihrem Angebeteten in letzter Sekunde ihre Liebe zu gestehen. Wenn ja, dann müsste Jake genau wissen, was ich jetzt tun werde – zu meinem Laptop sprinten und ein Ticket nach Phoenix kaufen.

Aber der nächste Flug geht erst morgen.

Morgen? Mist.

Hätte ich nicht den ganzen Tag in meinem Zimmer Trübsal geblasen und mir gewünscht, dass sich meine Probleme in Luft auflösen, könnte ich jetzt schon auf dem Weg nach Arizona sein. Jetzt bleibt mir nichts anderes übrig, als mit dem Dreiundzwanzig-Stunden-Countdown zu beginnen.

Als ich mein E-Mail-Postfach öffne, um die Flugdaten noch einmal zu überprüfen, sehe ich wie üblich nach, ob dort eine Nachricht von Jake ist. Nein. Aber es sind zwei andere Mails gekommen, die meine Aufmerksamkeit erregen – eine von Rachel, die andere von Kimmi. Außerdem sind da dieselben fünf E-Mails von Brett, die seit sechs Tagen – ungeöffnet – in meinem Postfach liegen. Inzwischen sind noch fünf neue dazugekommen. Die Betreffzeile ist immer dieselbe: LIES DAS, WENN DU ALLES WISSEN WILLST.

Alles? Was ich bisher weiß, reicht schon, um mir auszumalen, wie ich Brett mit einer Zange einen Zehennagel nach dem anderen ausreiße. Aber Kimmi hat mir noch nie geschrieben, deswegen öffne ich ihre Mail zuerst:

Wie man nicht erbärmlich ist, Lektion 305: Cleveren Mädchen tut man nur einmal weh. Betrachte das nicht als Kompliment, aber es sieht so aus, als hättest du endlich etwas gelernt – Brett ist ein Loser. Es war dumm von dir, etwas anderes anzunehmen. Aber Jake ist eher ein Wolf im Designeranzug, da kann ich es nachvollziehen. Lass dich aber bloß nicht von seinen Entschuldigungen einwickeln. Bist du bereit für meine Rache-Lektionen?

Deine beste *Freindin*
Kimmi

Unsere Beziehung ist echt verrückt. Aber nach ihrer perfekt platzierten Ohrfeige letzte Woche muss ich zugeben, dass es nicht schlecht ist, jemanden wie sie auf meiner Seite zu haben. Aber Rache-Lektionen? Bei dem Gedanken, mir von Kimmi Ratschläge zu holen, muss ich laut auflachen. Ich klicke auf den Antworten-Button und schreibe:

Wie man seine eigenen Entscheidungen trifft, Lektion 1: Danke, aber nein danke. (Aber ein super Schlag, ich schulde dir einen neuen Satz Fingernägel.)

Nachdem ich diese Botschaft abgeschickt habe, öffne ich Rachels E-Mail. Es ist das erste Mal, dass sie sich meldet, seit wir beschlossen haben, einander mehr Freiraum zu geben.

Also, ich HASSE Hollywood!!!! Nur ein Scherz! Ich LIEBE es!! Hier gibt es vier total heiße Typen, und ich werde diesen

Wettbewerb nicht verlassen, ohne mindestens einen davon um meinen Finger zu wickeln (auch wenn ich ihn dazu fesseln und knebeln muss). Es gibt hier lauter coole Leute, die mich pausenlos fragen, ob ich sie fotografiere, denn bekannterweise bin ich ein Supertalent. Und weißt du was? Ich bin nicht der einzige Freak, der jeden Oscargewinner aller Zeiten aufsagen kann! Aber ich werde dieses Ding gewinnen – kein Problem. Ich habe mein *Glücklich bis in alle Ewigkeit* gefunden!! Apropos, ich weiß, dass jede Erwähnung von *The Body* tabu ist, aber wenn es wirklich zu diesem Riesenkrach am Set gekommen ist (beachte, dass ich WENN sagte!), dann hoffe ich, dass mittlerweile wieder alles in Ordnung ist. Auf jeden Fall verspreche ich, dass ich nur E-Mails schicke bis ... wann auch immer.
XOXOXOXOXO

Ich muss unwillkürlich lächeln – gelegentlich eine Mail zu bekommen, wäre gar nicht schlecht. Ich schreibe zurück – und zwar hauptsächlich über *Stars in Their Eyes* und wie man einen Typen fesselt und knebelt, ohne ihm zu sehr wehzutun. Ich schreibe auch, dass ich noch nicht bereit bin, über Jake zu reden, aber vielleicht beim nächsten Mal. Nach dem Abschicken meiner Mail schaue ich wieder auf die Uhr. Noch zweiundzwanzig Stunden und fünfundvierzig Minuten, bis ich in Phoenix lande.

Ich brauche unbedingt eine neue Uhr. Auf dieser vergeht die Zeit einfach zu langsam.

Aus reiner Langeweile betrachte ich die zehn identischen E-Mails von Brett in meinem Postfach. Wenn ich nicht antworte, wird er nie aufhören, mich zuzuspammen, also öffne ich eine von ihnen.

Ich bezweifle, dass du dies jemals lesen wirst, aber hier ist die Wahrheit. Ja, ich wusste, dass zwischen dir und Jake etwas war. Ich dachte nur nicht, dass es so ernst war, wie es offensichtlich ist – ihr beide scheint seit der Premiere ziemlich durch den Wind zu sein. Es tut mir leid, dass es immer noch nicht wieder in Ordnung ist, aber ich mag dich wirklich, sehr sogar, und deshalb ist das auch für mich schlimm.
Das Problem ist, dass du in mir nicht nur den Wunsch geweckt hast, gut zu SEIN, du hast mich auch gut AUSSEHEN lassen. Die Leute haben wieder angefangen, einen anständigen Kerl in mir zu sehen. Und als ich die Kamera draußen vor dem Innenhof entdeckt habe, dachte ich, das wäre meine Chance, dir zu sagen, was ich empfinde und gleichzeitig alle glauben zu lassen, dass du mich liebst. Schließlich hatte deine Freundin gerade gesagt, dass es so war, und ich dachte wirklich, du würdest meinen Kuss erwidern. Ich weiß, dass es jetzt keine Rolle mehr spielt, aber ich habe es wirklich satt, ein Loser zu sein und mir immer wieder anhören zu müssen, ich wäre ein abgewrackter Kinderstar. Schauspielern ist das einzige, worin ich wirklich gut bin.
Ich hoffe, dass du mir eines Tages vergeben kannst – vielleicht in zwanzig Jahren, wenn ich fett und glatzköpfig bin und mit den anderen Ehemaligen aus Hollywood in irgendeinem Fastfoodladen Burger brate.

Ich denke ein paar Minuten nach und schreibe eine Antwort:

Du hast recht, Brett. Ich habe dich über etwas angelogen, was ich unbedingt geheim halten wollte, aber ich hätte dich niemals so hintergangen. Also ja, ich bin mit dem 20-Jahre-Plan einverstanden, den du erwähnt hast. Aber bis es so weit ist, sind wir beide als Schauspieler wohl gut genug, um so zu tun, als würden wir uns vertragen, vor allem bei der Arbeit. Das schulden wir McGregor.

P. S. Der Typ, der im *Club 99* Troy für mich in den Hintern getreten hat, scheint ganz anständig zu sein. Ich bezweifle, dass *er* in absehbarer Zeit irgendwo Burger braten wird.

Vor meinem Zimmer ist plötzlich Geschrei und Gejohle zu hören. Levi und Logan kommen hereingestürmt und werfen sich auf mich, bevor ich auch nur aufstehen kann. »Immer mit der Ruhe!« Ich schlinge meinen Bademantel ein bisschen enger um mich. »Wieso seid ihr denn so aufgeregt?«

Jetzt trifft auch Mom ein und schimpft mit den beiden, weil sie nicht angeklopft haben. »Dad hat gerade angerufen«, berichtet sie mir. »Er will heute Abend mit der Familie ausgehen – erst zum Essen und dann ins Kino. Er kommt um fünf nach Hause.«

Ich werfe den Jungs einen panischen Blick zu. »Oh, nein! Dann bleiben mir nur noch sechs Stunden, um meine Haare zu stylen!«

Ich beschließe, meiner Familie erst nach dem Film zu sagen, dass ich morgen früh abreise. Ich bin jetzt schon eine Woche zu

Hause, also werden sie es hoffentlich verstehen. Ich ziehe mich an, packe ein, was ich kann, arbeite ein paar Stunden an meinen Hausaufgaben und gehe dann nach unten, wo meine Brüder mit ihren Lichtschwertern aufeinander einprügeln. »Wir kämpfen gegen die Geier mit den fettigen Haaren«, verkündet Levi und bezieht sich damit auf den Namen, den ich der Horde Paparazzi verpasst habe, die vor der Gartenpforte meiner Eltern herumlungert. Sie sind nun schon seit sechs Tagen da, und soweit ich weiß, haben sie sich nur während des Gewitters verzogen, das gestern tobte. Heute mit der Familie auszugehen, wird der totale Stress – aber ich kann damit umgehen.

Levi späht durch den Wohnzimmervorhang. »Wieso wollen die so viele Fotos von dir haben? Gib ihnen doch einfach eins von denen.« Er zeigt auf unsere Familienfotos an der Wand.

Ich wuschle ihm durch die Haare. »Die wollen keine Fotos, auf denen ich lächle. Sie wollen welche, auf denen ich weine oder Grimassen schneide.«

»Das klingt witzig!« Logan stellt sich neben Levi ans Fenster und zieht den Vorhang weit genug zurück, dass man sein ganzes Gesicht sieht. Er streckt die Zunge heraus. Kurz darauf hängen wir alle drei an der Scheibe, lachen und machen Pupsgeräusche mit dem Mund.

Jake würde das gefallen.

»Lass uns mit Eiern nach ihnen werfen!«, sagt Levi.

»Super Idee!«, antworte ich nur halb im Scherz. Natürlich kommt genau in diesem Moment meine Mom ins Zimmer und ist empört, dass ich ein solches Verhalten unterstütze. Sie hat die Diele und das Esszimmer gesaugt, was ungewöhnlich ist, weil das normalerweise die Putzfrau macht.

»Warum räumt ihr stattdessen nicht lieber das Wohnzimmer auf?«, befiehlt Mom den Jungs und zeigt auf das Durcheinander aus leeren Chipstüten und auf dem Boden verstreutem Popcorn. Wir haben uns eigentlich ganz gut verstanden, seit ich hier bin – nicht perfekt, aber auf jeden Fall besser.

Ich helfe den beiden, das Wohnzimmer aufzuräumen, und staubsauge, während meine Mom die Küche putzt. Als sie zurückkommt, sitzen wir drei mit engelhaftem Lächeln auf der Couch.

Um mich seit meiner Abreise aus Tucson abzulenken, habe ich in den letzten Tagen einen Riesenberg Hausaufgaben gemacht und mehrere Bewerbungen für meine Hilfsorganisation durchgesehen, die mir Mrs Elliotts Therapeut geschickt hat. Arizona ist ein guter Startpunkt, weil ich dann einige der Teilnehmer besuchen und feststellen kann, ob alles so klappt, wie ich es mir vorstelle, oder ob noch etwas verbessert werden muss. Aber es ist schwierig zu entscheiden, welche Kandidaten zuerst Hilfe brauchen, und deshalb haben meine Mom und ich beschlossen, die Anfragen in Kategorien einzuteilen, entsprechend ihrer Dringlichkeit.

Außerdem arbeitet sie immer noch als meine Managerin, bis meine Agentin und ich einen neuen gefunden haben. In der vergangenen Woche habe ich mich um nichts gekümmert, aber jetzt ist wieder ein Hoffnungsschimmer zu erkennen.

Jetzt sitzen Mom und ich zusammen und lesen die Profile der Kandidaten. Sie reichen von zweijährigen Kleinkindern bis hin zu Erwachsenen um die Achtzig, die alle ihre Lebensumstände und Fähigkeiten verbessern könnten, wenn sie die Chance dazu bekämen. Mich interessiert besonders ein zwölfjähriges Mädchen, das bei einem Autounfall verletzt wurde. Von ihren inneren Verletzungen hat sie sich mittlerweile erholt, braucht aber weitere Therapien, um wieder gehen und sprechen zu lernen. Dieses Mädchen ist im selben Alter, in dem ich war, als meine Träume von einer Schauspielkarriere wahr wurden, und ich frage mich, was für Träume *sie* wohl hatte. Werden sie sich auch für sie erfüllen?

Irgendwie möchte ich dafür sorgen, dass sie das tun.

Ich denke, dass es zumindest etwas Gutes hat, dass mein Gesicht auf jedem Klatschmagazin war: Millionen Menschen wissen, wer ich bin, und das werde ich für meine Zwecke ausnutzen.

Während meine Brüder immer wieder aus dem Wohnzimmer hinaus- und hineinrennen, beantworten meine Mutter und ich ihre Fragen über meine Organisation. Jetzt haben sie händeweise Kleingeld geholt und schütten es mir in den Schoß. »Hier ist unser Geld«, sagt Levi. »Ist das genug?«

»Mehr als genug«, sage ich und erzähle ihnen von dem zwölfjährigen Mädchen, auf dessen Gesicht sie gerade ihre großzügige Spende geworfen haben. »Ihr könnt die Ersten sein, die ihr helfen.«

Wir arbeiten noch etwa eine Stunde an den Profilen, bis Mom kurz vor fünf die Hand vor den Mund schlägt. »Die Bettwäsche! Ich habe ganz vergessen …« Sie verstummt, als sie meinen fragenden Blick bemerkt, und verschwindet im Wäscheraum. Was ist nur los mit ihr?

Mein Dad wird jeden Augenblick nach Hause kommen, deshalb bringe ich die Bewerbungen in Moms Büro, mache mich frisch und werfe einen Blick nach draußen, wo ein weiteres wundervolles Gewitter auf die Paparazzi niedergeht. Sie haben sich alle in ihre Autos geflüchtet, ein paar fahren sogar schon weg. Ich schaue in den dunkelgrauen Himmel und wünsche mir Blitze – massenhaft Blitze. Meine Familie wird einen viel entspannteren Abend verbringen, wenn wir nicht von einem Dutzend Fremder verfolgt werden.

»Kannst du bitte dafür sorgen, dass die Jungs auf der Couch sitzen bleiben?«, fragt Mom, bevor sie nach oben geht. »Ich möchte vermeiden, dass sie das Haus gleich wieder verwüsten.«

Ich stelle ihnen den Fernseher an und hole mein Handy aus der Tasche. Was, wenn ich morgen in Phoenix ankomme und Jake nicht mit mir reden will? Sollte ich ihm nicht wenigstens einen Hinweis geben, dass ich über alles nachgedacht habe?

Ich tippe mehrere Textnachrichten und lösche sie gleich wieder – Sätze, die ich mir immer wieder zurechtgelegt habe, um sie zu sagen, wenn wir uns sehen –, aber es läuft stets auf dasselbe hinaus:

Du fehlst mir.

Ich nehme schließlich allen Mut zusammen und schicke diese Nachricht ab. Dann starre ich auf mein Handy und warte auf eine Antwort. Meine Brüder glauben, dass es ein Spiel ist, schalten den Fernseher aus und sind ganz leise. Mom genießt die Stille, aber ich ertrinke darin. Ein kleines *Pling!* würde mir jetzt das Leben retten, und … ich bekomme es. Auf dem Display meines Telefons ploppt eine Nachricht auf.

Du fehlst mir auch.

Fassungslos wispere ich: »Jake vermisst mich.«

Die Jungs haben genug mitbekommen, um zu wissen, dass Jake mein Freund ist – oder war –, und sie fangen an zu lachen und mich zu ärgern, während ich mir überlege, was ich zurückschreiben soll. Oder sollte ich ihn lieber anrufen?

Als mein Vater ein paar Minuten später durch die Garagentür in die Küche kommt, bin ich immer noch unschlüssig. Meine Brüder springen von der Couch. »Dad!«, brüllt Logan. »Emmas Freund *vermisst* sie!«

Das ist der Moment, in dem ich ein Lachen höre, das mir den Atem raubt. Ich schaue von meinem Handy auf und bin überzeugt, dass ich es mir nur eingebildet habe. »Wer bist *du*?«, fragt einer der Jungen.

Ich kann von der Couch aus nicht in die Küche sehen, aber wieder höre ich Jake, der sich jetzt meinen Brüdern vorstellt. Mein Herz beginnt zu rasen.

Mom streckt den Kopf ins Wohnzimmer und strahlt mich an, doch dann verschwindet sie wieder, um meine Brüder zu bändigen. Dad kommt herein. »Ich bekam heute Morgen einen Anruf von einem jungen Mann, der dachte, dass ich vielleicht weiß, wo du zu finden bist«, sagt er, und Jake taucht hinter ihm auf. »Deine Mom und ich gehen mit den Jungs essen und dann ins Kino. Wir sind um neun wieder da.« Er dreht sich zu Jake um. »Oder früher.«

Deutlicher geht's wohl nicht?!

Nur wenige Augenblicke später haben Jake und ich das Haus für uns. Ich stehe von der Couch auf, verschränke die Hände vor der Brust, dann hinter dem Rücken, dann wieder vorn. »Hi … äh, du bist … in Arkansas«, stammele ich.

»Stimmt.« Er sieht irgendwie zögerlich aus, als wüsste er nicht, was ich von seiner Aktion halte. »Und ich friere.«

Ich kann nicht anders, ich muss lachen, denn so nervös habe ich ihn noch nie erlebt. »Das liegt daran, dass es gerade gewittert. Und du trägst nur ein T-Shirt.«

»Ja, äh, ich habe nicht daran gedacht, eine Jacke mitzunehmen«, sagt er und reibt sich die nackten Arme. »Es war warm, als ich in Phoenix losgeflogen bin. Du weißt schon, wie immer.«

Jetzt sehen wir uns nur an.

»Reden wir wirklich übers Wetter?«, frage ich.

»Irgendwie schon.« Er kommt ein paar Schritte auf mich zu. »Ich habe mir eine Million Worte zurechtgelegt, die ich dir sagen wollte, sobald ich hier bin, aber ich hab sie alle vergessen, als ich dich gesehen habe.«

Wo sind meine eigenen wohlformulierten Sätze geblieben? Die ganze Woche über hatte ich das grässliche Gefühl, mich bei Jake entschuldigen zu müssen – wo ist das geblieben? Aber er ist sicher nicht hergekommen, um eine Entschuldigung zu hören, und deshalb schließe ich den noch bestehenden Abstand zwischen uns, nehme seine Hände und sage die drei Worte, die ich mir nicht vorher zurechtlegen musste: »Ich liebe dich.«

Jake schenkt mir ein Lächeln, das ich schon viel zu lange nicht mehr gesehen habe. »Ich liebe dich noch viel mehr«, sagt er, und dann küssen wir uns, bis diese Leere, die ich in mir gespürt hatte, verschwunden ist.

JAKE

Ich könnte Emma ohne Probleme die ganze Nacht lang küssen, aber wir müssen über vieles reden, bevor ihre Eltern zurückkommen. Ich löse mich nur widerwillig von ihren Lippen. »Äh, tut mir leid, das zu unterbrechen, aber ich wollte sagen –«

Sie lacht. »Ich finde, das hier sagt mehr als genug.«

»Glaub ja nicht, dass es mir keinen Spaß macht«, erkläre ich. »Aber ich muss unbedingt etwas loswerden.«

Emma sieht mich ungläubig an. »Du hast doch schon letzte Woche gesagt, dass es dir leidtut. Ich bin diejenige, die sich entschuldigen muss, weil ich diesen total psychotischen Ausraster hatte. Aber es war nicht nur wegen dir. Oder wegen Brett. Es ist einfach alles über mir zusammengebrochen, und du hast leider ein paar Trümmer abbekommen.«

Ich halte sie fest in den Armen, kann gar nicht genug davon bekommen, wie toll sich das anfühlt. »Hinter meinem dämlichen Verhalten steckt auch mehr, als ich zugeben wollte«, gestehe ich. »Ich war unglaublich eifersüchtig, und zwar schon seit wir uns das erste Mal begegnet sind. Aber ich wollte nicht, dass du mich für einen dieser besitzergreifenden Idioten hältst, und deshalb habe ich nie zugegeben, wie sehr ich es gehasst habe, wenn Brett der ganzen Welt erzählt hat, dass eure Liebe vorprogrammiert wäre. Und dazu kam noch, dass er dich am Set *geküsst* hat, immer und immer wieder.«

Emmas Finger wandern über meinen Rücken, und ein wohliges Kribbeln breitet sich in mir aus. Wie habe ich diese Hände vermisst. Ich habe alles an ihr vermisst.

»Ich hätte merken müssen, was du empfindest«, sagt sie. »Aber ich hatte zu viel damit zu tun, alle anderen glücklich zu machen, weißt du noch? Von jetzt an werde ich bestimmt nicht mehr von jedem automatisch nur das Beste annehmen – das habe ich Brett zu verdanken.«

»Nein, tu das nicht. Nur deinetwegen gebe ich meinem Dad noch eine Chance und wir reden wieder miteinander. Also bleib, wie du bist – du bist mein moralischer Kompass.« Ich lache. »Okay, vielleicht nicht immer. Manchmal bringst du mich auch in echte Schwierigkeiten.«

Emma boxt mir gegen die Brust. »Da wir gerade über Väter sprechen, wie bist du an *meinen* Dad gekommen?«

Ich berichte, wie ich an diesem Morgen in seinem Büro angerufen habe, um ihm zu sagen, dass ich am Flughafen von Phoenix wäre. Und weil ich mein Ticket erst am späten Abend gekauft hatte, konnte ich nicht früher fragen, ob ich Emma bei ihnen zu Hause besuchen dürfte. Ich dachte mir, dass es ihm lieber wäre, wenn ich ihn zuerst um Erlaubnis fragen würde. Außerdem kannte ich die Adresse nicht. Eigentlich wollte ich einen Wagen mieten und mir ein Hotelzimmer nehmen, aber Mr Taylor erzählte, dass zu viele Fotografen vor dem Haus herumlungerten und er mich an ihnen vorbeischmuggeln müsste – genau wie Devin mich heute Morgen an den Paparazzi bei meiner Mom zu Hause vorbeischleusen musste.

Und dann hatte mir Emmas Dad einfach das Gästezimmer angeboten.

»Ich dachte also, das wäre die berühmte Gastfreundschaft des Südens«, sage ich. »Aber als mich dein Dad am Flughafen abgeholt hat, war er ganz geschäftsmäßig. Nach zehn Minuten hat er gesagt, wenn ich dich jemals wieder zum Weinen bringe, kriege ich es mit ihm zu tun – wahrscheinlich geht er dann mit einem Baseballschläger auf mich los oder einer Mistgabel oder was auch immer ihr verrückten Hinterwäldler benutzt, um Leute anzufallen.«

Emma presst sich die Hände auf den Mund, um nicht laut loszulachen. »Meistens Mistgabeln.«

»Aber jetzt ist alles geklärt«, sage ich. »Ich habe ihm so ziemlich alles erzählt, was ich dir gerade gesagt habe – rasende Eifersucht und so –, und dann hat er mir auf den Rücken geklopft, weil ich so ehrlich war. Tatsache ist sogar«, und das ist echt riesig, »dass dein Dad mir dabei geholfen hat, die perfekte Karriere zu planen, wenn ich damit fertig bin, jemand anderen zu spielen.«

Emma sieht mich misstrauisch an. »Du willst doch nicht etwa auch Dekan werden?«

»Niemals«, erwidere ich lachend, »aber ich glaube, ich wäre ein ziemlich guter Agent.« Ich kann immer noch nicht fassen, dass ich nicht schon früher auf diese Idee gekommen bin. »Ich war immerhin Model und bin jetzt Schauspieler, und wenn mein Vertrag für *Coyote Hills* endet, habe ich massenhaft Erfahrungen auf dieser Seite der Branche gesammelt. Und bis dahin werde ich meinem Abschluss in BWL ein gutes Stück nähergekommen sein. Aber jetzt kommt der Hammer: Wenn ich wirklich etwas reißen will, muss ich auf die juristische Fakultät. Und da kam dein Dad ins Spiel. Er sagt, dass es weit verbreitet ist, sowohl Wirtschaft als auch Jura zu studieren. Und da hat es bei mir im Kopf endlich klick gemacht, und mir kam die Idee, dass ich Agent werden könnte!« Ich bin so aufgeregt, dass ich wahrscheinlich völlig durchgeknallt wirke. »Ich meine, denk doch mal nach – meine Agentin macht einen guten Job, aber sie hat die Persönlichkeit eines Eisbergs. Und wenn Liz trotzdem so erfolgreich sein kann, werde ich der *Oberknaller.*«

»Davon bin ich überzeugt.« Emma stellt sich auf die Zehenspitzen, um mich zu küssen. »Und der Gedanke, Jura zu studieren, macht dir gar keine Angst?«

»Ich kann es kaum erwarten.«

Wir reden noch eine Weile auf der Couch miteinander, bis meine Lippen ganz selbstverständlich wieder auf die von Emma treffen und ich alles um mich herum vergesse. Aber als ihre Brüder in der Küche herumschreien, braucht es nur den Bruchteil einer Sekunde, um mich in die Gegenwart zurückzuholen.

Ich springe so schnell von der Couch auf, dass Emma vom Sofa fällt.

Die Zwillinge kommen angerannt, während ich noch versuche, ihr aufzuhelfen – sie lacht so sehr, dass ich sie nicht zu fassen bekomme. Emmas Eltern bleiben wie angewurzelt in dem bogenförmigen Durchgang zwischen Wohnzimmer und Küche stehen. Ihre Mutter starrt uns mit großen Augen an, als würde sie versuchen, sich vorzustellen, wobei ihre Söhne uns gerade erwischt haben.

Es war nicht, wonach es aussieht, will ich ihr sagen. *Ich schwöre.*

Mr Taylor mustert mich – nicht Emma, nur mich und mein knallrotes Gesicht. Dann schüttelt er den Kopf, und ich hoffe verzweifelt, dass es ein amüsiertes Kopfschütteln ist. »Mir scheint, ihr habt eure Differenzen beigelegt.«

Emma lacht immer noch. »Oh Mann, war das witzig.«

»Das war es bestimmt«, sagt Mrs Taylor. Sie sieht ihre Söhne an. »Schlafanzüge, wenn ich bitten darf.«

Sie maulen zwar auf dem ganzen Weg, verschwinden aber schließlich nach oben.

Mr Taylor ist jetzt wieder ernst. »Das Gewitter hat die Fotografen vertrieben, aber die kommen wieder. Wollt ihr etwas unternehmen oder –«

»Wir wollen euch natürlich nicht drängen«, sagt Mrs Taylor. »Ihr müsst mit euren PR-Beratern einen vernünftigen Plan ausarbeiten. Es ist von entscheidender Bedeutung, dass ihr eure Karten richtig ausspielt.«

Emma legt den Kopf schief. Anscheinend nervt es sie, dass ihre Mutter wieder die Managerin spielt. Aber sie sagt nichts zu ihr, sondern sieht mich fragend an. »Irgendeine Idee?«

»Ja, ich habe eine, aber sie ist ein bisschen fragwürdig«, sage ich, denn ich habe bereits auf dem Weg hierher an einem Plan gearbeitet – und gehofft, dass ich die Chance bekomme, ihn in die Tat umzusetzen. »Ich denke, wenn die Fotografen so wild darauf sind, einen Beweis zu bekommen, dass wir zusammen sind, bieten die Zeitschriften vermutlich hohe Summen für die Bilder. Wieso liefern wir sie ihnen nicht selbst? Wir können denen jede Story auftischen, die wir wollen, und dazu unsere *eigenen* Fotos anbieten. Und dann warten wir ab, wer das höchste Gebot abgibt, und das Geld spenden wir an Emmas Hilfsorganisation. Ich weiß zwar nicht, ob das moralisch vertretbar ist …«

»Nun, es ist jedenfalls moralisch nicht vertretbar, dass diese Widerlinge jede Bewegung eines Menschen auf abwegige, peinliche und geradezu gemeine Weise in aller Öffentlichkeit breittreten«, erwidert Mrs Taylor in einem deutlich mütterlicheren Ton. »Und auf diese Weise habt ihr die Situation so gut unter Kontrolle, wie es geht.«

Emmas Lächeln ist atemberaubend. »Das ist perfekt!«

»Beeindruckend, Jake«, sagt ihr Vater. »Aber du hast ein wichtiges Element übersehen. Wenn ihr beide einzeln jeweils die Hälfte der Story verkauft, könnt ihr beide die gespendete Summe von der Steuer absetzen.« Alle lachen. »Du kannst sogar die Kosten für deinen Flug hierher geltend machen. Ihr sprecht doch übers Geschäft, oder etwa nicht?«

Die Zwillinge kommen wieder ins Zimmer gestürmt. »Ihr habt euch geküsst, igitt!«, sagt einer von ihnen. Ich weiß nicht welcher – für mich sehen sie beide vollkommen gleich aus. »Das ist voll eklig!«

Emma hält ihm den Mund zu. »Wer braucht ein Klatschmagazin, wenn er kleine Brüder hat?«

Der andere Zwilling zieht den Ärmel meines T-Shirts hoch. »Du hast ja *Riesenmuskeln.*«

Das reicht offenbar aus, um das Wohlwollen beider Jungs zu gewinnen, denn jetzt klettern sie auf mir herum, bis Mrs Taylor sie schließlich ins Bett schickt.

Mr Taylor bleibt da, bis seine Frau zurückkommt, und sieht mich dann zum x-ten Mal an diesem Abend streng an. »Ich bin in meinem Arbeitszimmer, nur ein Stück den Flur hinunter.«

Nachdem er gegangen ist, verstärkt Emmas Mutter die ohnehin schon eindeutige Botschaft. »Er bleibt dort, bis es Zeit ist, Jake das Gästezimmer zu zeigen. Spätestens um Mitternacht.«

Emma stemmt eine Hand in die Hüfte, als wolle sie widersprechen, aber ich bin schneller. »Das ist kein Problem«, sage ich, und Mrs Taylor scheint meine sofortige Zustimmung zu imponieren.

Sie verschwindet nach oben, und Emma und ich kehren auf die Couch zurück. »Es wird alles wohl noch eine Weile ziemlich verrückt sein, aber wir schaffen das«, sage ich. »Schließlich sind wir Profis im Geheimhalten.«

Emma lehnt sich an mich. »Ich kann den Leuten echt keinen Vorwurf machen, dass sie Fotos von uns wollen. Wir sind zusammen echt süß.«

»Zum Verlieben, stimmt's?«

Wir flüstern noch eine Weile weiter, höchstens fünf Minuten, bis Emmas Dad plötzlich ruft: »Es ist verdächtig still bei euch!«

»Tut mir leid, Dad«, ruft Emma zurück. »Wir werden versuchen, etwas lauter zu knutschen!« Da keine Antwort kommt – was soll Mr Taylor auch dazu sagen? –, bemerkt Emma: »Nach Arizona zurückzufliegen, wäre eigentlich keine schlechte Idee. Außerdem habe ich für morgen sowieso schon ein Ticket gebucht.«

Ich lächle und lege den Arm um sie. »Ach, ich finde es hier ganz in Ordnung. Und wenn die Produktionsfirma ihr Okay für die neue Realityshow gibt, die McGregor vorgeschlagen hat, werden wir noch viel genauer überwacht. Aber ich schätze, dass die Kameras uns höchstens acht oder zehn Stunden am Tag begleiten werden. Damit bleiben uns immer noch –«

Emma hebt die Hände. »Was? McGregor … Realityshow? *Was?*«

»Er sagt, er hätte schon mit dir darüber gesprochen. Er nennt sie *Beauty and The Body*.«

»Er muss vollkommen verrückt sein, wenn er wirklich gl… – Moment mal!«, sagt Emma. »Wie kommt McGregor darauf, dich *The Body* zu nennen?«

Ich schnappe mir so viele Couchkissen, wie ich kann, um dahinter in Deckung zu gehen. »Ich bin mittlerweile ein echt guter Schauspieler, stimmt's?«

»Allerdings!« Emma entreißt mir ein Kissen nach dem anderen und will sie nach mir werfen. Doch dann lächelt sie und lässt die Kissen fallen. »Weißt du, die letzten paar Stunden auf Film zu haben, würde mich nicht stören. Ich könnte mir diese Szene wieder und wieder ansehen und sie würde niemals langweilig.«

»Ehrlich?«, sage ich und rücke ein bisschen näher. »Dann lass sie uns noch einmal wiederholen, damit die Aufnahme perfekt wird.«

»Aber diesmal ohne den Teil, in dem wir übers Wetter sprechen«, sagt sie, fährt mir mit den Fingern durch die Haare und flüstert: »Die wunderschöne Liebesszene zwischen Jake und Emma …«

Ich küsse sie. »Klappe, die Zweite.«

Danksagung

Meine ganze Liebe und Zuneigung geht an Shawn, Aubrey, Kailey und Ella, die Geduld und Verständnis aufgebracht haben, während ich diesem Traum nachjagte. Auch an meine Eltern, Don und Ann Marie, und meine Schwiegereltern, Wayne und Valerie. Ihr habt praktisch euren Ruhestand geopfert, um mir zu helfen, wann immer ich euch brauchte. Und ich muss auch Gabby Pribil zur Familie zählen, denn sie hat sich in den vergangenen Jahren fast so viel um meine Töchter gekümmert wie ich.

Mein Dank gilt auch dem tollen Team von Bloomsbury, vor allem Caroline Abbey, meiner wunderbaren Lektorin, die mich mit den *besten Neuigkeiten aller Zeiten* überrascht hat, als ich gerade bei Costco war, und wie sich herausstellte, habe ich dort ein besseres Geschäft gemacht als je zuvor. Ebenso Laura Whitaker, die ich zu meinem Glück auf halber Strecke kennenlernte und die sowohl Lektorin als auch Freundin wurde (und die außerdem Liebesgeschichten genauso mag wie ich). Sarah Shumway, Cat Onder und Michelle Nagler, ich danke euch für euren Beitrag, den ihr geleistet habt, um Emma und Jake zum Leben zu erwecken. Ilana Worrell, Erica Barmash, Emily Ritter, Lizzy Mason, Courtney Griffin, Donna Mark und Lisa Novak – nur wenige Leser wissen, wie hart ihr arbeitet, um sie mit tollen Storys zu erfreuen, und das ist eure wohlverdiente Ehrung. *Vielen Dank!*

Erin Murphy … Womit soll ich anfangen? Ich hätte mir nie erträumt, dass es eine Agentin wie dich gibt. Du hast mich rund um die Uhr unterstützt und für lebenslangen Nachschub an neuen besten Freunden gesorgt – die supertolle EMLA Gango! Du behandelst mich, als wäre ich die einzig wichtige Klientin (aber natürlich weiß ich, dass du *jedem* dieses Gefühl gibst).

Joe Peskin, dein Vertrauen in dieses Buch hat dazu geführt, dass es den Sprung von meinem Laptop in die Regale geschafft hat. Und dein Vertrauen in *mich* war oft das Einzige, was mich ermutigt hat, weiterzuschreiben. Aber am meisten bedeutet mir unsere Freundschaft. Bei Weitem.

Sara Watkins, wie kann ich dir jemals für deine nächtlichen Lese-Marathons danken, bei denen du wieder und wieder über dieselben Stellen gelacht und dir mein ewiges »Entschuldige, ich muss weiterschreiben« angehört hast. Ich kann wohl mit Fug und Recht sagen, dass ich dir eine Einladung zum Mittagessen schulde. Und zwar für den Rest deines Lebens.

Ich hatte noch andere Freunde und Mentoren, die mich in diesen langen Jahren des Lernens (und Hoffens) immer wieder aufgemuntert haben, vor allem Jessica Day George, Heather Moore, Kim Thacker, Kristyn Crow, Alison Randall, Jennifer A. Nielsen, Carol Lynch Williams, Ann Cannon, Jen White und Amy Efaw. Ihr seid alle hervorragende Autorinnen und noch bessere Freundinnen.

Vielen Dank auch an Rachel Parkin und Tyler Atkinson, die mir bei den technischen Einzelheiten für dieses Buch geholfen und auch das fertige Manuskript überprüft haben. Und mein schrillstes Fan-Kreischen gilt den Schauspielern und der Crew von *Parks and Recreation, Parenthood* und *Melissa & Joey*, die mir gestattet haben, die Studios zu besichtigen, ihnen bei der

Arbeit zuzusehen und – was am besten war – mich ein wenig in ihrem Ruhm zu sonnen!

Ich danke auch meinen vielen Freunden auf Kryptonside.com, wo mich Fremde aus aller Welt als *ajfinn* kennen und mich glauben ließen, dass meine Geschichten vielleicht irgendwann mehr Leser finden als die drei Leute, denen sie bisher gefielen. Mein tief empfundener Dank geht an Cardinal, SVSlueth, MOOman0618, Binkys711, NYC300Z, Ketchup, escout, Dr. Jekyll, LuvClana, Mythos, Superman_lives_on, booze_is_me09, itsallinthespelling, iLuvClana, 4EverSmallville, Spacewalker_33.3 und alle anderen treuen Leser meiner Fan Fiction. Lang lebe Clana!

Und das dickste Dankeschön geht an euch Leser da draußen! Ich hoffe, euch hat *Not in the Script* gefallen und ihr bleibt ein Teil meines Lebens. Bitte sagt Hallo auf Facebook (Amy Finnegan, Autorin) oder auf Twitter (@ajfinnegan). Ich würde euch gern kennenlernen! Ihr könnt auch den Charakteren aus *Not in The Script* auf Twitter folgen: @onlyhre4thefood, @EmmaTayAllDay, @actorincognito, @SoooooOverIt, @Crazy4Hollywood und @NotInTheScript. Und da ich noch nicht bereit bin, sie aufzugeben, werde ich gelegentlich ein paar zusätzliche Szenen auf AmyFinnegan.com posten, wo ihr auch Neuigkeiten über mich und weitere Bücher findet. Ich hoffe, wir sehen uns!

© Heidi Ann

Amy Finnegan wollte als Kind eigentlich Sekretärin werden. Doch ihr Bruder, der für ein großes Hollywood-Filmstudio arbeitet, brachte immer wieder spannende Geschichten vom Set mit nach Hause, die sie schließlich zu der Geschichte von »Emma & Jake« inspirierten. Sie hospitierte bei mehreren großen TV-Produktionen, unter anderem bei »Parenthood« und »Parks and Recreation«, und konnte so einen Blick hinter Hollywoods Kulissen werfen. Amy Finnegan ist verheiratet und hat drei Töchter.

ISBN 978-3-473-**58505**-2

LESEPROBE

»Kiss Online«
von Kiara London
ISBN 978-3-473-58505-2

Ich gehe einen Schritt auf ihn zu und lege meine Arme um seinen Nacken. Da er größer ist als ich, muss ich mich auf die Zehenspitzen stellen, doch er beugt sich zu mir hinunter. Unsere Lippen treffen sich mit so viel Verlangen – kein Vergleich zu unseren bisherigen Küssen. Er umfasst mein Gesicht zärtlich mit beiden Händen und küsst mich mit solcher Innigkeit, dass sich in meinem Kopf alles zu drehen beginnt. Meine Hände lösen sich aus seinem Haar und sinken auf seine Schultern.

Er zieht mich noch ein Stückchen näher zu sich heran. Noch nie bin ich so geküsst, so festgehalten worden.

Für einen Moment vergesse ich, warum wir uns so leidenschaftlich küssen, dass ich kaum noch Luft bekomme. Doch dann gleiten seine Hände zum Saum meines Shirts, als hätte er die Kamera völlig vergessen, und ich weiß plötzlich wieder, wo ich bin.

Widerstrebend entziehe ich mich ihm. Meine Augenlider öffnen sich flatternd, bevor ich zurückweiche und ihn loslasse.

Seine Augen bleiben geschlossen, und ich schwöre, dass ihm der Atem stockt, als ich – laut genug für die Kamera – sage: »*Kiss Cam!*«

EINS

In dem Moment, als Jas sein Tablett mir gegenüber auf den Tisch stellt und mich verschwörerisch angrinst, weiß ich, dass er wieder etwas ausheckt.

»Du wirst nicht glauben, wozu ich Lenny überredet habe«, sagt er, nachdem seine Schultasche zu Boden geplumpst ist und er sich auf der gegenüberliegenden Bank niedergelassen hat.

Ich ziehe eine Augenbraue hoch, lege den Kopf schief und lasse meinen Blick auf der Suche nach Lenny über die Schlange vor der Essensausgabe wandern. »Wozu denn?«, frage ich neugierig und wende mich wieder Jasper zu, nachdem ich festgestellt habe, dass mir zu viele Schüler die Sicht versperren.

Seine Augen funkeln und sein Grinsen wird immer breiter, als er antwortet: »Er wird eine eklige Mischung aus allem essen, was mir so einfällt.«

»Das ist ja widerlich«, sage ich und drehe den Deckel meiner Sprite ab. »Nicht dass er am Ende noch kotzt.«

»Wer wird kotzen?«, fragt Allison, meine beste Freundin

und unverzichtbare Partnerin bei unserem Geschichtsprojekt, während sie ihr Tablett neben mir abstellt.

»So wie's aussieht, wird Lenny wahrscheinlich Pfirsiche mit Mayo essen«, bringe ich sie auf den neuesten Stand. Darauf wird es wohl rauslaufen. Denn wir nehmen von der Essensausgabe immer Obstsalat für Lenny mit, und ich dippe meine Pommes gerade in Mayonnaise.

»Iiih!« Allison schneidet eine Grimasse und wirft Jasper einen vorwurfsvollen Blick zu. »Und du wirst das Ganze filmen, richtig?«

Jasper nimmt seinen Rucksack auf den Schoß, öffnet den Reißverschluss der Vordertasche und holt die Videokamera heraus, für die er, Lenny und ich zusammengelegt haben, die aber offiziell ihm gehört. »Yep!«, sagt er und platziert sie neben seinem Tablett. Allison sieht Jasper genervt an und schüttelt so heftig den Kopf, dass ihre dunklen Haare mitschwingen. »Ihr und euer Vlog«, murmelt sie.

Es ist kein Geheimnis, dass Allison die Challenges hasst, die wir für unseren Video-Blog filmen. Was vor allem daran liegt, dass sie so kamerascheu ist. Ich habe mir das schon längst abgewöhnt – dank Jasper Lahey, der die Abonnenten unseres Channels über alle Neuigkeiten aus seinem Leben und dem seiner Schicksalsgenossen auf dem Laufenden hält – ob man will oder nicht. Hätte der durchgeknallte Jasper mich nicht vor ein paar Jahren eingeladen, bei seinen und Lennys albernen Aktionen mitzumachen, hätte ich meine Scheu vor Kameras – und Menschen – garantiert nie abgelegt.

Aber Allison Steele aus ihrer Komfortzone zu locken, ist noch niemandem gelungen, und so bleibt das Vortragen unserer Geschichtsreferate jedes Mal an *mir* hängen. Allison hat beschlossen, alles ätzend zu finden, was irgendwie mit dem Thema Vloggen zu tun hat. Sie hält sich die Hand vors Gesicht, wenn die Kamera auf sie gerichtet ist, und versetzt Jasper unter dem Tisch einen Tritt, wenn er versucht, sie zum Mitmachen zu überreden.

In diesem Moment kommt Lenny mit wenig begeisterter Miene angetrabt, was Jasper ein fieses Grinsen entlockt. Ein Blick auf die seltsame Mischung von Lebensmitteln auf Lennys Tablett sagt mir, dass die Sache böse enden wird.

»Oh, bitte nicht!«, stöhnt Allison und verbirgt ihre Augen hinter den lackierten Fingernägeln. Ich nicke zustimmend und rutsche hastig einen halben Meter zur Seite, als Lenny sich neben mich setzt.

Jasper, der jetzt mit laufender Kamera und einem albernen Grinsen abwartet, erntet einen finsteren Blick von mir. Er scheint nur aus dunklen Haaren, langen Beinen und dummen Gedanken zu bestehen. Und er würde keine Sekunde zögern, mich für eine witzige Performance vor allen zu blamieren.

Einmal hätte er mich beinahe als Versuchskaninchen missbraucht, um herauszufinden, ob Mentos und Cola tatsächlich wie verrückt schäumen, wenn man sie gleichzeitig in den Mund nimmt. Das war eins der ersten Dinge, die er ausprobieren wollte, nachdem er mir angeboten hatte, bei ihm und Lenny einzusteigen. Ich war schon drauf und dran, alles hinzuschmeißen, als sich in letzter Sekunde Lenny opferte und das Experiment an meiner Stelle über sich ergehen ließ. Es stimmt übrigens, Mentos und Cola verursachen eine mörderische Fontäne. Inzwischen kann Lenny darüber lachen, aber er trinkt immer noch nichts, das auch nur ansatzweise Kohlensäure enthält.

»Du bist echt widerlich«, sage ich halb im Spaß.

»Komm schon, June, Lenny macht das schließlich für uns.« Jasper lacht und richtet die Kamera auf mich. Hätte ich mir auch denken können, dass er auch den Vorspann dieser ekligen Mutprobe aufnimmt.

Jetzt, da die Kamera läuft, scheint Lenny sein Selbstvertrauen wiedergefunden zu haben und gibt damit an, wie viel er schaffen wird.

Es gibt zwei Dinge, die man über Lenny wissen sollte. Erstens, er nimmt jede Herausforderung an. Zweitens, man kann ihn mühelos zum Lachen bringen. In diesem Fall ist der erste Punkt entscheidend.

»Iss das bloß nicht.« Allison hält sich noch immer die Augen zu.

»Zwanzig Mäuse, wenn ich alles schaffe«, fordert Lenny, ohne auf Allisons Flehen einzugehen. »Dreißig, wenn ich es unten behalte.«

»Abgemacht«, sagt Jasper grinsend. »Ich zähle bis drei.«

Lenny nickt und hebt seinen Löffel. Er wirkt nervös, aber hat für die Kamera ein lässiges Grinsen aufgesetzt. »Eins, zwei … drei!«

Später lasse ich mich auf Jaspers Bett fallen und drehe mich weg, als er zur Vorbereitung unseres wöchentlichen Frage-und-Antwort-Videos für VlogIt den Scheinwerfer anmacht. Als die Matratze schaukelt, weiß ich, dass Lenny sich ebenfalls niedergelassen hat und Jasper die ganze Arbeit überlässt.

»Es tut mir *echt* leid, Juniper«, entschuldigt sich Lenny ungefähr zum hundertsten Mal. Wenn er mich *Juniper* statt nur June nennt, scheint er es wirklich ernst zu meinen.

»Alles okay«, sage ich und versuche, mir das Lachen zu verkneifen. »Außerdem ist es Jaspers Schuld.«

Es war oberpeinlich, als Lenny sich tatsächlich übergeben musste. Wenigstens hat er es noch rechtzeitig aus der Cafeteria geschafft. Trotzdem war es eine dämliche Wette, und ich musste mir für den Rest des Tages Allisons Gejammer anhören, wie widerlich die beiden doch seien.

Nach dem Mittagessen ist Lenny erst zur Schulkrankenschwester und dann nach Hause gegangen. Vorhin hat er wirklich nicht gut ausgesehen, aber jetzt scheint er wieder ganz der Alte zu sein. Das ist auch gut so, denn heute ist der einzige Abend in dieser Woche, an dem wir unser Frage-und-Antwort-Video drehen können.

Ich drehe mich um und sehe zu, wie Jasper zwischen Laptop und Kamera hin und her wechselt und dabei geschickt den Kabeln ausweicht. Ohne das ganze Video-Equipment wäre sein Zimmer ziemlich aufgeräumt. Obwohl wir qualitativ nicht die besten Videoblogger sind, gehören wir zu den Channels auf VlogIt, die die meisten Abonnenten haben. Das heißt, wir sind Partner der Site und verdienen gut damit. Wir könnten durchaus ein erstklassiger VlogIt-Channel sein, aber Lennys Faulheit, mein mangelnder Geschäftssinn und Jaspers fehlende Starallüren haben dazu geführt, dass wir seit drei Jahren so vor uns hinwurschteln. Aber wahrscheinlich gerade *weil* wir so normal und verplant sind, ist die Beliebtheit unseres Channels *Wir-Vloggen-Hier* seit seinem Start rasant gewachsen.

Wir hatten tatsächlich schon Treffen mit anderen Vloggern und unseren Fans aus aller Welt, aber hier zu Hause sind wir nicht besonders bekannt. Unsere Nachbarn halten uns für abgedrehte Teenager mit einem Camcorder. Das ist ganz gut, um nicht abzuheben.

Ein Highlight unseres Channels ist, die Fragen unserer Abonnenten vor laufender Kamera zu beantworten. Jede Fragerunde steht unter einem bestimmten Motto, und heute Abend ist es *Wahrheit oder Pflicht*.

»Wisst ihr was?«, murmelt Jasper, während er die Kamera auf das Stativ stellt. »Es sieht irgendwie aus, als würden wir einen billigen Porno drehen.«

Lenny starrt ihn einen Moment an und prustet dann los. Ich setze mich auf und ziehe eine Augenbraue hoch. »Wie bitte?«

Jasper schüttelt den Kopf über Lennys Lachanfall, grinst aber selbst in sich hinein. »Komm schon, June. Das ist doch nicht zu übersehen. Künstliche Beleuchtung, eine aufs Bett gerichtete Kamera und drei geile Teenager. Das könnte ziemlich heiß werden.«

Bei diesen Worten muss Lenny noch mehr lachen und lässt sich kopfüber in Jaspers orangefarbenes Kopfkissen fallen, um sein knallrotes Gesicht zu verbergen.

Ich schnaube empört. »Du solltest nicht von dir auf andere schließen.«

»Soll heißen?«, fragt er, während er das Ladekabel aus seinem Laptop zieht. Er sieht mich an und lässt seine Augenbrauen auf und ab tanzen, als er sich zwischen Lenny und mich quetscht.

»Ich bin nicht geil«, antworte ich nur.

»Alle Teenager sind geil«, erwidert er achselzuckend und öffnet die Kommentare zu unserem letzten Video auf seinem Laptop.

Lenny hebt die Hand. »Das kann ich bestätigen.«

»Oh mein Gott«, sage ich lachend. »Ich möchte mir lieber nicht so genau vorstellen, was ihr beiden in eurer Freizeit so macht.«

»Auf jeden Fall machen wir es nicht *zusammen*«, betont Lenny und setzt sich kopfschüttelnd wieder auf.

»Wer weiß …«, sagt Jasper mit einem anzüglichen Augenzwinkern, das ihm von Lenny einen Hieb auf den Arm einbringt. Er zuckt zurück und stößt gegen meine Schulter.

Ich schubse ihn weg, stehe auf und tue so, als wollte ich den Raum verlassen. »Dann will ich euch mal nicht länger stören.«

»Nein!«, ruft Lenny. »Stopp! Setz dich wieder hin. Wir müssen das Video heute Abend abdrehen. Morgen hab ich keine Zeit. Muss auf die Zwillinge aufpassen, du weißt schon.«

Lenny schiebt bei allem seine Zwillingsschwestern vor. Wenn er mal keine Lust auf etwas hat, behauptet er einfach, er müsse babysitten. Allerdings weiß er nicht, dass wir wissen, dass das eine dicke, fette Ausrede ist.

Morgen ist Freitagabend. Da muss er garantiert *nicht* babysitten. Jasper und ich wissen genau, dass am Freitagabend die Wiederholungen von *Desperate Housewives* laufen und dass Lenny in Eva Longoria verknallt ist. Uns kann er nichts vormachen. Dazu kennen wir uns schon zu lange.

»Ja, ja.« Jasper seufzt und wirft mir einen vielsagenden Blick zu. Bei der Vorstellung, wie Lenny mit großen Augen und Popcorn mampfend *Desperate Housewives* guckt und jedes Mal anfängt zu sabbern, sobald Eva Longoria ein bisschen nackte Haut zeigt, muss ich ein breites Grinsen unterdrücken.

»Irgendwelche guten Fragen dabei?«, erkundige ich mich über Jaspers Schulter hinweg, nachdem ich mich wieder hingesetzt habe.

»Keine Ahnung, die werden gerade erst geladen. Wollen wir der Reihe nach vorgehen?«

Als wir nicken, stellt er Lenny den Laptop auf den Schoß und schaltet die Videokamera ein. Dann schauen wir alle in die Kamera und lächeln.

»Ich bin Jas.«

»Ich bin Lenny.«

»Ich bin June.«

»Und: Wir vloggen hier.«

Jasper holt sich den Laptop von Lenny zurück, und ich informiere unsere Zuschauer, worum es heute geht.

»Hallo, Leute. Wir haben euch gebeten, uns Fragen zum Thema *Wahrheit oder Pflicht* zu schicken, und es sieht so aus, als wären einige zusammengekommen«, beginne ich und werfe einen Blick auf die Anzahl der Kommentare. »Wir werden sie der Reihe nach abarbeiten, bis wir keine Lust mehr haben, euch unsere größten Geheimnisse zu verraten oder fragwürdige Dinge aus Jas' Speisekammer runterzuwürgen.«

Das bringt Jasper zum Lachen, denn beim letzten Mal, als wir *Wahrheit oder Pflicht* gespielt haben, musste ich rohe Makkaroni mit Käse essen.

»Lenny, würdest du bitte die erste Frage vorlesen? Sieht aus, als sei es sogar ein Top-Kommentar«, bemerkt Jasper und lehnt sich zurück, um Lenny Platz zu machen. »Könnte interessant sein.«

Ich reibe mir die Hände und warte gespannt, an wen die Anfrage gerichtet ist. Ich würde auf Lenny tippen, weil der praktisch *alles* macht, nur keinen Rückzieher.

»TeamJacob3012«, liest Lenny vor. Nachdem er den Text überflogen hat, bekommt er einen Lach-Flash. Es dauert eine Weile, bis er sich so weit wieder beruhigt hat, dass er hervorstoßen kann: »Für alle Jasiper-Shipper da draußen – ich fordere June und Jas heraus, sich zu küssen!«